Christian Huster

Beresina

Christian Huster

Beresina

Roman

Langen Müller

Für Emma und Dieter

Besuchen Sie uns im Internet unter
www.langen-mueller-verlag.de

Schutzumschlaggestaltung: Wolfgang Heinzel
Schutzumschlagmotiv oben: © MFA, Regensburg
unten: © bridgeman, London
Satz: Fotosatz Völkl, Türkenfeld
Herstellung: VerlagsService Dr. Helmut Neuberger
& Karl Schaumann GmbH, Heimstetten
Gesetzt aus der 10,2/12,6 Trump Mediaeval
Druck und Binden: GGP Media GmbH, Pößneck
Printed in Germany
ISBN 3-7844-2992-0

Weh mir, wo nehm ich, wenn
Es Winter ist, die Blumen, und wo
Den Sonnenschein,
Und Schatten der Erde?

Johann C. F. Hölderlin

BUCH I

Januar bis Mai 1812

Das Glück ist nur eine Hure.
NAPOLEON

I.

Die Grenze war nahe.
Er spürte sie. Irgendwo hinter den dunklen Stämmen der von Schnee bedeckten Buchen wartete sie auf ihn. Und hinter ihr die Freiheit.
Sein ganzer Körper wurde von dieser Ahnung erfasst. Das Herz schlug schneller, seine ausgelaugten Muskeln schöpften neue Kraft, sein müder Blick schärfte sich wieder. Wie ein Pferd, das den nahen Stall wittert, ohne ihn zu sehen.
Im Schutz der Bäume kämpfte er sich weiter durch den knietiefen Schnee. Immer wieder blieb er mit seinen Füßen an Ästen und Ranken hängen, die sich unter dem pulverigen Weiß verbargen. Dann sank er auch mit den Händen ein und musste sich wieder aufrappeln. Den Schnee aus den Kleidern klopfen, damit Kälte und Nässe nicht durchkamen.
Obwohl es Nacht war, konnte er die Stämme der Buchen gut erkennen – scheinbar besser als tagsüber, denn sie hoben sich deutlich als schwarze Säulen vom weißen Hintergrund ab. Der unberührte Schnee auf dem Waldboden schien eine eigene Leuchtkraft zu besitzen. Das lag jedenfalls am Vollmond.
Er würde die Grenze nie sehen. Sie war nur eine unsichtbare Linie irgendwo unter dem Schnee. Doch sie zog ihn mit solcher Macht an, dass er fest daran glaubte, es spüren zu müssen, wenn er sie überschritt. Sie würde ihn zu einem neuen Menschen machen. Sie trennte nicht nur Württemberg von Baden, sondern auch den alten Georg Unterkofler von seinem neuen Leben.
Hinter ihm lag der Hof seiner Eltern, ein Leben in erbärmlicher Armut und Hoffnungslosigkeit. Für ihn als Einundzwanzigjährigen war es zu eng geworden. Viel zu eng. Und aussichtslos. Das Land hatte gerade so viel abgeworfen, dass

sie nicht verhungerten. Oftmals aber waren sie kurz davor gewesen, wenn das Wetter nicht mitgemacht oder der Dicke mit seiner Jagdgesellschaft die Äcker verwüstet hatte.
Der Hof war zu klein für ihn und Wilhelm, seinen Bruder. Wegen des Erbrechts hätten sie sich später das Land teilen müssen. Das Land hätte sich halbiert und das Elend damit für jeden verdoppelt. Das war gerade so, als wenn jeder ein Hosenbein von der Hose des Vaters oder eine Hälfte des Wagens mit zwei Rädern bekommen hätte. Es wäre unmöglich gewesen, so zu leben. Deshalb hatte er schon lange mit dem Gedanken gespielt, nach Amerika auszuwandern. Dort, so hieß es, gab es Land in Hülle und Fülle. Er stellte sich Felder vor, die sich, egal in welche Richtung man schaute, bis an den Horizont erstreckten. Wenn man in die Stadt zum Verkaufen fuhr, musste man unterwegs auf dem eigenen Land übernachten, weil es einfach nicht aufhören wollte. Seinen Viehbestand konnte man nur grob schätzen, weil es unmöglich war, ihn zu zählen, wie den Sand am Meer oder die Sterne des Himmels …
Außerdem gab es Napoleon nicht und den Dicken nicht. Die Leute dort drüben regierten sich selbst. Jeder konnte sagen, was er für richtig hielt, und tun, was er wollte.
Er hielt inne. Irgendetwas oder irgendjemand war hinter ihm. Ein Ast hatte geknackt. Das Gefühl der Bedrohung war augenblicklich da und hemmte seinen Atem. Er kauerte in den Mondschatten einer breitstämmigen Buche. Sein Herz hämmerte, und er spürte, wie er unter den warmen Kleidern schwitzte.
Wer war da?
Noch war er in Württemberg, noch gab es ein Gesetz, das ihm das Auswandern bei Strafe verbot. Dass es hier in Grenznähe Polizeispitzel gab, war kein Geheimnis. Was, wenn ihm so einer auf den Fersen war? Die Spuren im Schnee, die er hinterlassen hatte, würden jeden Trottel zu ihm führen. Dann musste er um seine Freiheit kämpfen.
Er lauschte angestrengt, doch war nichts weiter zu hören. Vielleicht war der Ast unter seiner Schneelast abgebrochen. Oder ein Reh war auf ihn getreten. Es gab viele Dinge in einem

Wald, wegen denen ein Ast knacken konnte. Es musste nicht gleich ein Polizeispitzel sein.
Doch er wollte lieber noch abwarten. Dass er nächste Woche eigentlich seinen Kriegsdienst in Ludwigsburg antreten musste, machte die Sache nicht weniger spannend. Da machte er sich dann nicht nur der Landes-, sondern auch der Fahnenflucht schuldig. Was ja, so gesehen, wieder zwei gute Gründe waren auszuwandern.
Nein, für den Kaiser der Franzosen würde er sich den Hintern nicht aufreißen lassen. Kein bisschen. Er wollte leben, lange und glücklich, und das ging schlecht, wenn man tot war. Und tot war man als Soldat zurzeit schneller als das Eichhörnchen auf dem Baum, vor allem, solange Napoleon noch in Reitstiefeln steckte.
Die Erschöpfung übermannte ihn. Den ganzen Tag, seit der Morgendämmerung, war er ununterbrochen durch den Schnee gewatet. Die Kälte hatte mit der Nacht zugenommen. Seine Finger schmerzten, als ob jemand durch jeden einzelnen einen Nagel hindurchgeschlagen hätte. Trotz der dicken Fellhandschuhe waren sie steif gefroren. Er stand wieder auf, biss die Zähne zusammen und ballte seine Hände immer wieder zu Fäusten, wodurch sie allmählich beweglich wurden. Dann steckte er die Hände in die Taschen seines Mantels und hüpfte auf der Stelle, um sich aufzuwärmen.
Aller Anfang war schwer. Er durfte sich von der Kälte nur nicht unterkriegen lassen. Sie war ein billiger Preis für die Freiheit.
Unwillkürlich tastete er in seiner Manteltasche nach dem Geldbeutel. Er war noch da. Das Erbteil, das er sich wie der verlorene Sohn hatte auszahlen lassen – hoffentlich rannte er nicht genauso in die Irre wie der damals. Nein, er wäre gerne bei seinem Vater, bei der Familie geblieben. Aber die Armut ließ ihm keine Wahl. Das Geld, das er sich vom Vater erbeten hatte, war nur ein kleiner Teil dessen, was ihm eigentlich zustand. Es würde gerade für die Überfahrt reichen. Mehr hatte er ihnen nicht nehmen wollen, sie brauchten es dringend. Die Ernte war schlimm gewesen. In Amerika musste er schauen, dass er schnell an Arbeit kam. Und dann an Land – irgendwo im Westen.

Er stellte sich an den Buchenstamm und begann zu pinkeln. Mit seinem dunkelgelben Harnstrahl begann er das Wort »Amerika« in den Schnee zu schreiben. Der schmelzende Schnee zischte leise, und würziger Dampf stieg aus den Buchstaben. Für »rika« reichte es nicht mehr. Er hatte nicht sehr viel getrunken heute.
Wenn er nur wüsste, ob er schon über die Grenze war. Ob er sich in Sicherheit wiegen konnte. Jedenfalls war er jetzt an einem Punkt, an dem er nicht mehr weiterkonnte. Sein müder, hungriger Körper sehnte sich nach Schlaf. Der tiefe Schnee raubte Kraft. Besser er schlief und brach morgen mit neuem Schwung auf. Heute Nacht würde ihn hier niemand mehr finden.
Er schnallte sich den Sack vom Rücken, zerrte die Decken heraus und breitete eine auf dem Boden aus. Dann setzte er sich hin und aß eine der Zwiebackscheiben, die ihm seine Mutter gemacht hatte. Seit Tagen hatte er nichts anderes gegessen, und sie hingen ihm zum Hals heraus. Aber hungrig würde er nicht einschlafen können. Wenn er sich an den lieben Blick erinnerte, mit welchem ihm die Mutter den Zwieback eingepackt hatte, dann ging es mit dem Schlucken.
Fröstelnd griff er nach seinen Decken. Da sie ihm viel zu kurz waren, wickelte er eine um seine Füße und Beine, die anderen beiden um seinen Oberkörper. Er wusste aus den vergangenen eisigen Nächten, dass er trotz der Decken so gut wie nicht schlafen würde. Auf dem Rücken liegend, die Hände unter dem Kopf verschränkt, starrte er in den von Wolken verschleierten Himmel.
Irgendwo im Wald knackte wieder ein Ast, wahrscheinlich war es ein aufgescheuchtes Reh. Aufgescheucht? Wovon denn? Vielleicht hatte es schlecht geträumt. Was Rehe wohl träumten, wenn sie schlecht träumten? Vom bösen Wolf?
Alles war still. Selbst der Wind, der tagsüber noch den Schnee von den Wipfeln der Buchen gefegt hatte, heulte nicht mehr.
Mit dem leeren Magen und den kalten Knochen sah alles ziemlich hoffnungslos aus. Ob das Ganze nicht doch unüberlegt war? Er hatte kaum noch Essen. Sollte er nicht lieber

noch einmal heim und seine Reise besser planen? Vor allem war es daheim nicht so kalt wie hier draußen. Er hätte ein Feuer machen sollen, aber das war eine nervenaufreibende Sache mit dem nassen Holz, das sich sowieso unter dem Schnee versteckte. Da zitterte er lieber. Umdrehen? Heim? Nein. Das war wie bei Lots Frau. Wenn er umkehrte, würde er wie sie zur Salzsäule erstarren. Gelähmt. Da ging dann gar nichts mehr mit Amerika.
Musste ein ziemlich komisches Gefühl sein, wenn man so plötzlich an sich herunterschaute und feststellte, dass alles aus Salz war. Beim nächsten Regen war man dann endgültig hinüber ...
Seine Ohren fühlten sich wie zähes Leder an. Diese Kälte! Die würden ihm noch abfallen.
Er war in so einer eiskalten Nacht auf die Welt gekommen, hatte ihm seine Mutter erzählt. Genau in der Nacht musste der Neckar zum ersten Mal zugefroren sein. Wenige Tage später hatte er dann die schwere Ohrenentzündung bekommen und nächtelang wie am Spieß geschrien. Seine Eltern mussten sich damals schon damit abgefunden haben, dass er sterben würde. Trotzdem war seine Mutter nie von seinem Bett gewichen. Er war ihr erstes Kind, auf das sie lange gewartet hatte. Nach ihm waren dann drei Kinder jeweils kurz nach der Geburt gestorben. Zwei Schwestern und ein Bruder. Wer die wohl waren? Nur Wilhelm hatte überlebt. In zwei Tagen wurde er acht.
Auf ihren Knien hatte seine Mutter für ihn zu Gott gefleht. Er hatte sie erhört. Nach drei langen Wochen war er so kerngesund gewesen, als hätte er nie entzündete Ohren gehabt. Er war zu einem ganz normalen Buben herangewachsen, kein bisschen schwächer als die anderen. Vielleicht hatte ihn die Krankheit sogar noch zäher gemacht. Als man ihm als Kind davon erzählte, hatte er jedenfalls schnell verstanden, dass das Leben etwas Kostbares war. Er hatte es von Gott geschenkt bekommen, um das Beste daraus zu machen.
Und das war Amerika.
Vielleicht hätte es auch andere Möglichkeiten gegeben, wenn sie nicht so arm gewesen wären. Und wenn er lange

Zeit nicht der einzige Sohn gewesen wäre. In der Schule, damals noch beim alten Pfarrer, war er gut gewesen. Im Kopfrechnen hatte ihm keiner was vorgemacht. Da hatte selbst der Pfarrer ab und zu gestaunt. Auch das Schreiben war ihm nie schwer gefallen. Der Pfarrer hatte gemeint, dass aus ihm mal was werden könnte, dass er die Lateinschule besuchen sollte. Das ging aber nicht. Seine Eltern brauchten ihn dringend auf dem Hof, und er konnte ihnen da auch keinen Vorwurf machen. Aber jetzt hatten sie Wilhelm, deshalb ließ er sie auch nicht im Stich, wenn er ging.

Bücher hatte er verschlungen. Wenn Zeit dazu war. Meist nachts bei brennender Kerze. Alles Mögliche wild durcheinander. Die ersten hatte er vom Pfarrer ausgeliehen bekommen. Später hatte er sich Geld zur Seite geschafft, um welche beim Trödler in Ludwigsburg kaufen zu können. Am meisten hatte er in der alten, zerfledderten Bibel von Oma Emilie gelesen. Sie war das einzige Buch, das sie zu Hause hatten. Groß wie ein Schemel. Jeden Morgen hatte er Oma Emilie ein Kapitel vorlesen müssen. So hatte er das Lesen gelernt.

Jetzt einen Psalm lesen, so einen, den David geschrieben hatte, als er selbst auf der Flucht war! Darin würde er Trost finden.

Als er sich gerade in Gedanken auf seinem riesigen, neuen Gut sah, inmitten einer muhenden Kuhherde, überfiel ihn der Schlaf. Er schlief unruhig. Immer wieder weckte ihn die Kälte, und er musste sich wieder ganz neu in seine Decken wickeln. Zeitweise lag er hellwach da, zitternd, und starrte in den Sternenhimmel. Dann sank er wieder in einen oberflächlichen Schlaf.

Gegen Morgen träumte er. Schon als der Traum begann, stöhnte er im Schlaf, denn er kannte ihn. Er sah Maries Gesicht. Ihr Lächeln. Ihr blondes Haar, das durchsichtig wie Glas schien, weil die Sonne hinter ihr stand. Sie kam auf ihn zu und schaute ihn an. Er konnte nichts zu ihr sagen im Traum. Auch sie sagte nichts. Noch bevor sie sich berührten, verzerrte sich ihr Gesicht, und sie stürzte weg. Mit diesem schrecklichen Schrei und diesem bitteren Vorwurf in den Augen.

Er erwachte und richtete sich, in seine Decken gehüllt, auf. Es war alles nur ein Traum. Und doch war es alles wirklich. Es war der Fluch, der auf seinem Leben wie Pech klebte. Eine tiefe Narbe in seiner Seele. Ob sie in Amerika endlich verheilen würde? Er sank wieder zurück auf sein Lager. Marie. Ohne sie war sein Leben leer geworden wie ein Gefäß, das man aus Versehen umwarf. Das man einfach für einen kurzen Augenblick, den man später ewig bereute, nicht sah und mit dem Ellbogen umstieß.
Er schloss die Augen und versuchte, an nichts zu denken. Nur das Schwarze hinter den Augenlidern zu sehen. Wie lange er so dalag, wusste er nicht. Irgendwann schlummerte er noch einmal für kurze Zeit ein.

II.

Als die Sonne am nächsten Tag wieder unterging, wusste er, dass er es geschafft hatte. Irgendwann heute hatte er die Grenze überschritten, das hatte er vorher so ausgerechnet. Er war jetzt in Baden, wo ihm kein Mensch etwas zu sagen hatte. Der Rhein war das nächste große Ziel. Dem Rhein musste er bis zum Meer folgen, wo die Schiffe nach Übersee vor Anker lagen.

Hunger quälte ihn. Hunger, der mit Zwieback nicht mehr zu stillen war. Er sehnte sich nach etwas Warmem, Kräftigem, etwas, bei dem man hinterher auch spürte, dass der Bauch voll war.

Durch die Bäume hindurch konnte er eine Siedlung erkennen. Irgendein kleines Bauernnest mit einem Kirchturm und ein paar Häusern drum herum.

Er musste jetzt nicht mehr aufpassen und sich verstecken. Jetzt war er ein freier Mann. Hoffentlich gab es in dem Nest ein Wirtshaus! Dann konnte er sich endlich mal wieder was Warmes zwischen die Zähne schieben. Und in einem Bett schlafen. In einem *warmen* Bett.

Wenig später betrat er ein Gasthaus. Es war fast leer. Nur in einer Ecke saßen ein paar Schatten um einen der runden Holztische. Zielstrebig steuerte er zunächst auf den großen Kachelofen zu, um sich die Hände aufzuwärmen.

Ah, dieses Gefühl, wenn die Finger auftauten! Als ob man in Brennnesseln gelangt hätte …

Er setzte sich an den Tisch gleich neben dem Ofen. Ein Talglicht brannte auf der rauen Holzplatte und verbreitete einen muffigen Geruch.

Ein Mädchen kam grüßend aus der Küche. Unwillkürlich richtete er sich auf. Donnerwetter! Gar nicht hässlich! Da hatte er mit einem alten, fetten Wirt gerechnet, und dann

kam da plötzlich so ein hübsches Mädchen auf ihn zu. Wohl die Wirtstochter. Wirtstöchter sahen immer gut aus. Er war zwar noch nie in einem Wirtshaus gewesen, aber davon hatte er gehört.
Sie mochte nicht älter als siebzehn Jahre sein, schlängelte sich aber mit einem Selbstbewusstsein an den runden Tischen vorbei, als gehörte der Laden ihr. In ihrer Hand trug sie ein gefülltes Weinglas, das sie mit einer scherzenden Bemerkung auf dem Tisch in der Ecke abstellte. Sie ließ ein Lächeln folgen, das ihm in den kommenden Nächten mehr Wärme verschaffen würde als jedes noch so große Lagerfeuer. Die drei Schatten am anderen Tisch schienen sie in ein Gespräch verwickeln zu wollen, was auch sicher einen nicht geringen Reiz hatte. Sie machte noch ein, zwei Scherze mit, dann entschwand sie den drei Männern aber mit der Leichtigkeit einer Biene, die sich von der einen Honigblüte zur nächsten aufmachte.
Und die nächste Honigblüte war er.
Seit sie aus der Küche gekommen war, hatte er seine Augen nicht von ihr lösen können. Vielmehr hatte er sie stur auf ihr Gesicht geheftet. Abgesehen von Marie hatte er in seinem Leben noch nie so ein schönes Gesicht gesehen. Vor allem hatte er beim bloßen Anblick eines menschlichen Gesichts noch nie solche seltsamen Regungen in sich gespürt, wie er es jetzt tat. Er fror nicht mehr, ihm war vielmehr so warm, dass er sich am liebsten bis aufs Unterhemd ausgezogen hätte. Der Bauch schmerzte, und sein Herz begann für zwei zu pumpen. Jetzt kam sie auf ihn zu.
Ihr braunes Haar hatte sie zu einem Knoten gebunden, auch ihre Augen waren braun wie Haselnüsse. Sie lächelte, als sie vor ihm stand. »Wir haben warme Kartoffelsuppe nach Bauernart«, kam sie recht schnell zur Sache. »Und wir sind bekannt für unsere Kartoffelsuppe.«
Beim letzten Satz ließ sie die Augenbrauen verführerisch hochzucken.
»Ich muss ja ziemlich ausgehungert aussehen«, sagte er, wobei er ihr Lächeln zu erwidern versuchte, was ihm aber letztlich dämlich vorkam.

»O ja, das tun Sie!«
»Wie sieht denn Ihrer Erfahrung nach jemand aus, der Hunger hat?«, versuchte er, die Biene bei der Blüte zu halten.
»Nun, dieser Jemand kommt in ein Wirtshaus, setzt sich so an den Tisch, dass er die Küchentür im Blick hat, und lässt die Wirtin, die da erscheint, vor lauter Hunger keine Sekunde aus den Augen, bis sie endlich zu ihm kommt.«
Fast zu arg, wie sie lächelt, dachte er. Ihre Lippen zittern ja richtig. Vermutlich fand die ihn auch ganz nett. War ja auch verständlich ...
»Also, dann nehme ich mal einen gehäuften Teller Kartoffelsuppe. Und zu einem Gläschen Most sage ich auch nicht Nein.«
»Unser Most nach Bauernart ist weltberühmt ...«, sagte sie, als sie schon losgegangen war, freilich mit einem Lächeln.
Seine Blicke blieben auf ihrer schlanken Gestalt haften, bis sie in der Küche verschwunden war. Er biss sich auf die Unterlippe.
Seit Marie hatte es nie mehr ein Mädchen in seinem Leben gegeben. Das war jetzt schon einige Jahre her. Er hatte es sich nicht vorstellen können, jemals eine andere zu lieben. Er hätte es sich irgendwie auch nicht erlaubt. Dabei wäre er sich wie ein Verräter vorgekommen. Aber er spürte, dass das so nicht weitergehen konnte. Das waren die Gedanken eines Heranwachsenden gewesen. Denn gerade eben, als er in die Augen der Wirtstochter geschaut hatte, hatte er in seinem ganzen Körper diese gewaltige Sehnsucht gespürt, eine Frau zu lieben. Seltsames Gefühl. Als ob einem tatsächlich eine Rippe fehlte, die man wiederhaben wollte. Weil man ohne sie unvollständig war.
Die Wirtstochter kam mit dem Mostglas wieder.
»Sagen Sie, nehmen Sie eigentlich auch württembergische Münzen?«, fragte er sie, als sie das Glas vor ihm abstellte.
»Ich hab noch keine badischen.«
Ihre Mundwinkel kamen ihren Ohren noch ein Stück näher als sonst. Was war denn jetzt los?
»Selbstverständlich nehmen wir württembergische Münzen«, meinte sie, während sie sich nahe zu ihm heruntergebeugte. »Das ist in Württemberg so üblich.«

Hätte er schon einen Löffel in der Hand gehabt, er wäre ihm jetzt vor Schreck aus der Hand gefallen. »Ich bin noch in Württemberg?«, fragte er mit einem Würgen im Hals. »Ich hab gedacht, ich bin schon in Baden ...«

»Nein, zur Grenze sind's noch ungefähr zehn Minuten zu Fuß«, meinte sie unbekümmert. »Aber seien Sie doch froh, die Kartoffelsuppe nach Bauernart kriegen Sie nur bei uns. Was die Badenser einem in den Topf schmeißen, will ich gar nicht wissen. Ihre Suppe braucht übrigens auch noch zehn Minuten.«

Damit verschwand sie wieder in der Küche.

Er spürte, wie das Blut aus seinem Magen langsam wieder in seinen Kopf zurückkehrte. Da hatte er sich glatt verschätzt! Peinliche Sache das! Was sollte er machen? Alles stehen und liegen lassen und die zehn Minuten hinter sich bringen? Hier an der Grenze war es brandgefährlich! Hatte nicht einer der Schatten kurz aufgeschaut, als das Wort »Grenze« gefallen war?

Nein. Ruhig Blut! Er durfte sich jetzt bloß nicht verrückt machen. Gerade das konnte gefährlich werden. Schließlich trug er nirgends ein Schild, auf dem draufstand: »Auf der Flucht!« Jetzt erst mal die Kartoffelsuppe essen, sich aufwärmen und zu Kräften kommen. Danach konnte er sich immer noch überlegen, ob er hier übernachtete oder erst noch über die Grenze ging. Mittlerweile war es allerdings schon Nacht geworden. Ziemlich finster war's hier im Wirtshaus. Nur die Talglichter auf den Holztischen leuchteten wie kleine Inseln in der Dunkelheit.

Er nahm einen großen Schluck aus seinem Glas und behielt den sauren Most einige Augenblicke im Mund zurück, um ihn dann in kleinen Schlucken die Kehle hinunterrinnen zu lassen. Das war wohl der letzte Most, den er in der nächsten Zeit trinken sollte. Was die in Amerika wohl tranken? Äpfel gab's da ja wohl auch. Aber ob die damit Most machten? Er könnte es denen ja beibringen. Vielleicht ließ sich damit ja ein Geschäft aufbauen ... Quatsch! Da waren doch schon zig deutsche Auswanderer drüben. Zum Glück. Schließlich konnte er kein Wort Englisch.

Hungrig blickte er in die Richtung, in welcher die Wirtstochter zuletzt verschwunden war. Ob die beim Supperühren auch grinste?
Plötzlich begann das Licht auf seinem Tisch unruhig zu flackern. Er spürte, dass er nicht mehr allein war. Im Lichtschein der Kerze konnte er eine spitze Habichtsnase erkennen, die bedrohlich wankend auf ihn zukam. Eine graue Gestalt funkelte ihn mit winzigen Augen an. Unaufgefordert nahm sie ihm gegenüber Platz. Er konnte zwei weitere Schatten ausmachen, die langsam aus dem Dunkel in den Lichtkreis seines Tisches traten. Sie nahmen sich zwei Stühle und rutschten von beiden Seiten beklemmend nahe an ihn heran.
Angespannt presste Georg unter dem Tisch den großen Zehen seines rechten Fußes auf den Zehen daneben. Hoffentlich wollten die nur ein bisschen ihren Spaß haben. Hoffentlich …
Betont uninteressiert ließ er seine Blicke vom einen zum anderen gleiten. Der Kerl, der sich rechts neben ihn gesetzt hatte, war groß und breit wie ein Riese. Er stank nach Schweiß und Alkohol.
Der Mann mit der Habichtsnase hatte graue Haare und trug einen Anzug aus grauem Tuch. Selbst seine Haut schien grau zu sein. Nur die Brille auf seinem Riesenzinken hatte ein vergoldetes Drahtgestell.
Der dritte, der sich links neben ihn gesetzt hatte, war ein Giftzwerg. Klein und schlitzohrig, das sah man auf einen Blick.
»Du hast sicher nichts dagegen, dass wir uns ein wenig zu dir gesellen, Fremder«, meinte der Habicht, während er auf sein mitgebrachtes Weinglas schielte. Das hatte wohl freundlich klingen sollen. »Es ist hier heute Abend nicht mehr viel los«, fuhr er fort, »und da dachten wir, leisten wir doch einem einsamen Menschen ein wenig muntere Gesellschaft.«
Da habt ihr eben falsch gedacht!, erwiderte Georg in Gedanken. Er atmete ein widerliches Gemisch von schlechtem Atem und Alkohol ein, weil die beiden Kerle neben ihm grunzten. Wie zwei Hunde, die auf Befehl ihres Herrn losbellten.

Wie wurde er die nur wieder los? Sollte er mitspielen? Oder gleich sagen, was Sache war – dass sie sich schleichen sollten. Wenn er nur wüsste, ob das einfach ein paar Trunkenbolde waren ... Die beiden neben ihm: ja. Aber der Habicht? Der sah eigentlich nicht so aus. Eher nach einem Beamten ...einem Polizeispitzel. O Mann, was mussten die auch gerade jetzt hier sein!
»Wir haben gehört, dass du nicht von hier bist«, fuhr der Habicht fort.
Immer noch schaute er wie verliebt auf sein Weinglas.
»Gute Ohren habt ihr«, antwortete Georg mit einem Nicken. Auch er starrte vor sich auf sein Glas. »Unglaublich gute Ohren.«
»Du bist auf Reisen?«
Kein Zweifel! Der wollte ihn aushorchen! Aus reiner Neugier? Nein. Nicht der Habicht.
»Ja. Und ihr? Vom Ort?«
Der Habicht zog die Lippen nach unten und schüttelte den Kopf. »Nein, aber aus der Gegend. Erstaunlicherweise haben die meisten Fremden in diesem Ort eine lange Reise vor sich«, nahm er seinen Faden beharrlich wieder auf.
Mit einem viel sagenden Blick schaute er zum Giftzwerg, der sofort zu grunzen anfing. Dann sah er wieder auf sein Glas, tauchte scheinbar gleichgültig den Zeigefinger in den Wein und fuhr mit ihm den Glasrand entlang. Das Glas begann zu singen.
Die hatten ihn! Georgs Eingeweide zogen sich auf Faustgröße zusammen, während auch er so gleichgültig wie möglich auf sein Glas zu starren versuchte. Gott! Das waren Spitzel, und sie hatten ihn! Die Schlinge hatten sie schon um seinen Hals gelegt. Jetzt brauchten sie nur noch zuziehen. Zehn Minuten vor der Grenze! Zehn lächerliche Minuten zu früh war er stehen geblieben!
Raus hier! Nur wie? Die zwei Grunzer hatten ihn mit ihren Stühlen ganz schön eingekeilt. Keine Frage. Die hatten Übung. Er war nicht der Erste, den sie aufgabelten. Die waren fein abgerichtet. Aber er würde der Erste sein, der ihnen wieder entwischte! Das war sicher. Wie würden die vorge-

hen? Wie sollte er vorgehen? Auf und weg! Rennen, was das Zeug hielt, bis über die Grenze!
Nein, darauf warteten die doch nur, dass er sich verriet. Noch war nichts draußen. Noch konnten die ihm gar nichts anhängen. Besser, er spielte das Spiel weiter. Vielleicht konnte er die Schlinge ja doch noch einmal abstreifen. Rennen konnte er später immer noch.
Plötzlich hob der Habicht seinen Kopf. Seine kleinen, zu Schlitzen verengten Augen blitzten Georg jetzt voll ins Gesicht.
Der Habicht hatte seine Beute erspäht. Kam jetzt der Sturzflug? Oder drehte er erst noch ein paar Kreise? Der sollte nur aufpassen, dass ihm die Maus nicht an die Kehle sprang …
»Es kann sehr gefährlich werden, so nahe an der Grenze anstrengende Reisen zu unternehmen. Vor allem in deinem Alter …«
»Ich fühl mich eigentlich noch ganz rüstig«, erwiderte Georg mit einem Lächeln. »Wüsste außerdem nicht, was mir hier gefährlich werden könnte …« Nur zu gut wusste er es!
Er spürte die lauernde Haltung der beiden Wachhunde, die ihn nicht aus den Augen ließen. Ganz klar. Der Habicht war der Jäger, und sie würden aufpassen, dass ihm die Beute nicht entwischte.
Der Habicht hielt sein Weinglas mit Daumen und Zeigefinger in das Licht der Kerze. In aller Seelenruhe betrachtete er es, als ob er im Wein irgendetwas erkennen konnte, was den anderen verborgen blieb.
»Was gefährlich werden könnte?«, nahm er den Faden nach einer Weile wieder auf, als hätte er zwischendrin an etwas völlig anderes gedacht. »Nun, man könnte leicht in Versuchung geraten, die Grenze so mir nichts, dir nichts zu überschreiten. Und das vor allem *in deinem Alter.*«
Er senkte das Weinglas etwas, um darüber hinweg in Georgs Gesicht zu schauen.
Es war klar, worauf der Habicht anspielte.
»Ich weiß nicht, was du willst!« Georg unterdrückte die Wut in seiner Stimme nicht länger. »Hör zu, das Schauspiel ist zu Ende! Warum geht ihr nicht einfach nach Hause und lasst mich in Ruhe auf meine Suppe warten?«

Der Giftzwerg mit der hässlichen Fratze kicherte vor sich hin. Dann wandte er sich zu Georg. »Du solltest freundlicher zu uns sein!«, sagte er mit einer so hohen Stimme, dass Georg für einen Augenblick glaubte, neben einem Kind zu sitzen.
»Halt's Maul, Jakob!«, fuhr der Habicht den Giftzwerg an. »Niemand hat dich etwas gefragt!«
Augenblicklich war der Giftzwerg wieder still, jedoch verschwand das hämische Grinsen nicht aus seinem Gesicht. Dieses hässliche Grinsen! Der Kerl war kleiner als eine Ziege, aber er glaubte, den starken Mann heraushängen lassen zu können! Dem gehörten alle Zähne einzeln ausgeschlagen! Aber davor beschützte ihn sicher der Riese. Der schaute nur dumm vor sich hin. Grinste nur dann, wenn der Giftzwerg auch grinste. Als ob der Giftzwerg der Kopf vom Riesen war, auf einen eigenen Stuhl abgesetzt.
Unbeirrt fuhr der Habicht zu Georg gewandt fort: »Wir werden dann gehen, wann ich es für richtig halte, mein junger Freund! Wie alt bist du?«
Georg spürte, wie sich seine Brust beim Atmen heftiger hob, als er es wollte. Der schoss die Fragen wie gezielte Pfeile auf ihn. Da gab es kein Ausweichen. Rausrennen? Können vor Lachen. Die beiden Wachhunde saßen zu dicht auf. Ruhe bewahren! Nur nicht klein beigeben! Noch war nichts verloren …
Schweigend nahm er einen Schluck aus seinem Mostglas.
»Ich habe dich gefragt, wie alt du bist!«, herrschte ihn der Habicht an, wobei er mit der Faust auf den Tisch schlug. Dann nickte er dem Riesen zu.
Plötzlich spürte Georg die Hand des Riesen auf seinem rechten Oberschenkel, kurz hinter dem Knie.
»He, nimm deine Wurstfinger …«
Weiter kam er nicht, denn der Riese drückte zu, ohne seinen dummen Blick dabei zu verändern.
Gott! War die Hand aus Eisen? Gott! Die Schmerzen!
Er krümmte sich mit zusammengepressten Zähnen nach vorne. Plötzlich spürte er die andere Hand des Riesen in seinem Haar. Wie eine zentnerschwere Last drückte sie ihn auf

die Tischplatte. Kein bisschen konnte er dagegenhalten! War das Goliath?
Er versuchte sich herauszuwinden. Das Mostglas fiel klirrend auf den Boden. Der Riese drückte ihn jetzt so fest auf die Tischplatte, dass er froh war, noch atmen zu können. Zehn Minuten zu Fuß! Zehn Minuten zu früh!
Mit sichtlichem Genuss beugte sich der Habicht zu ihm herunter, um ihm spöttisch ins Gesicht zu lächeln. »Und, wie alt?«
»Ich weiß nicht, was dich das angeht, Alter …«, keuchte Georg. Er konnte den Mund beim Sprechen kaum bewegen, weil der Riese seinen Kopf immer noch auf den Tisch presste.
»Du willst nicht mit mir reden?«, giftete der Habicht. »Du wirst reden. Das hat bis jetzt noch jeder getan.«
Mit einem schrammenden Geräusch schob er die brennende Talgkerze unter Georgs Stirn.
War das heiß! Georg versuchte sich aufzubäumen. Gleich hatten die ihn so weit! Gleich hatte er keine Kraft mehr! Nein, er durfte nichts sagen, auch wenn's wehtat! Seine Zukunft stand auf dem Spiel! Die durfte er sich nicht verscherzen lassen! Nicht von denen! Was waren schon die paar Schmerzen, die ihm die Flamme anhaben konnte, gegen Amerika! Sein ganzer Körper bebte vor Hass und Schmerzen. Verächtlich spuckte er auf den Tisch.
»Ha, er will die Kerze ausspucken!«, spottete der Habicht. »Warte, da helf ich dir ein bisschen!«
Mit teuflischer Genugtuung in den Augen schob er ihm die Kerze bis unter den Mund.
Aaah! Der stechende Schmerz trieb Georg die Tränen aus den Augen. Weg mit der Kerze! Er wollte seinen Kopf in die Flamme sinken lassen, damit sie ausging. Doch der Riese ließ es nicht zu. Diese Höllenflamme! Er spürte, wie seine Lippen anschwollen. Nein, er konnte nicht mehr! Sollten sie mit ihm doch machen, was sie wollten.
»Wie alt?«, fragte der Habicht wieder.
»Einundzwanzig!«, brüllte er.
»Name?«

»Unterkofler! Georg!«
»Woher?«
»Neckarweihingen!«
»Wohin sollte die Reise gehen?«
»Tu die Kerze weg!«, schrie Georg.
»Wohin?«
Er krallte seine Finger in den Oberschenkel, um nicht die Schmerzen im Gesicht zu spüren. Mit seinen Füßen stampfte er auf den Boden. »Tu die Kerze weg!«
Plötzlich spürte er eine weitere Hand auf seinem Hinterkopf. »Ich gebe hier die Ratschläge!«, meinte der Habicht trocken. Dann drückte er Georgs Gesicht in die Flamme. »Wohin?«
»Nach Amerika!«, brüllte Georg so laut, dass in diesem Augenblick die Zeit stillstehen musste.
Schon befreite ihn der Habicht mit einer schwungvollen Handbewegung von der Kerze. »Na also, es geht doch! Dann will ich mich auch mal so artig vorstellen. Ich heiße Zinknagel, und ich bin von der Konskriptionsbehörde. Was das ist, kannst du dir ja wohl denken.«
Der Riese ließ Georg los. Halb ohnmächtig ließ er sich auf den Tisch fallen. Die Schmerzen im Gesicht ließen ihn kaum noch denken. Was gab's da auch noch zu denken? Es hatte sich gründlich ausgedacht. Die hatten gewonnen. Drei gegen einen. Ungerecht, aber erfolgreich. Wie ging's jetzt weiter? Die würden es schon wissen. Ah, diese Schmerzen! Das ganze Gesicht bestand nur aus Schmerzen …
»Georg Unterkofler!«, hörte er die Stimme des Habichts wie aus weiter Ferne. »Durch Ihren gestandenen Fluchtversuch aus dem Königreich Württemberg machen Sie sich des Verstoßes gegen das Auswanderungsverbot Seiner Königlichen Majestät, Friedrich von Württemberg, wie es im Jahre 1807 erlassen wurde, schuldig.«
Was schwallte der? Was wollte der Hundesohn von ihm? Das Schwein mit Brille …
»Das ist bei weitem noch nicht alles«, fuhr der Habicht fort. »Mit einundzwanzig Jahren sind Sie Kriegsdienstpflichtiger erster Klasse. Durch Ihren gestandenen Versuch der Landesflucht stehen Sie im Verdacht der Desertion. Erlauben Sie

mir die Anmerkung, dass Sie Desertion den Kopf kosten kann!«

Augenblicklich war Georg wieder bei Sinnen. Den Kopf kosten! Der sagte das doch nur, um ihn vollends fertig zu machen! Oder war das wahr? Den Kopf kosten? Natürlich war es wahr. Er hatte es doch schon als Kind immer mitbekommen, wenn sie auf dem Marktplatz in Ludwigsburg einen Deserteur hingerichtet hatten. Langes Trommeln und dann der Krach, wenn der Boden des Galgens wegbrach. Gott! Nicht das! Nicht sterben!

»Georg Unterkofler!«

Der Habicht wieder! Was denn noch?

»Als pflichtbewusster Staatsdiener sehe ich mich gezwungen, Sie auf der Stelle festzunehmen!«

Er fiel wie ein nasser Sack in seine Stuhllehne zurück. Hinter seinen geschlossenen Augenlidern sah er sich in ein tiefes Loch stürzen. Ein Loch, aus dem man nicht mehr herauskam. Wie Joseph im Brunnen.

»So, hier kommt die Kartoffelsuppe!«

Das war die Stimme der Wirtstochter. Wenigstens für das Henkersmahl war gesorgt!

Sie kam aus der Küchentür und trug eine große Suppenschüssel in ihrer Hand, aus der es kräftig herausdampfte. Der Habicht und seine Wachhunde drehten sich überrascht nach ihr um. Mit ihr hatten sie wohl nicht mehr gerechnet. Na ja, er auch nicht …

Wieso schaute sie ihn nur so eindringlich an? Und zwinkerte? Merkte die denn nicht, dass sie mit ihren verliebten Blicken hier und jetzt völlig fehl am Platze war?

»Vorsicht! Ist sehr heiß!« Sie schickte noch einmal einen eindringlichen Blick – erst zu ihm, dann zur Suppe.

Er hatte verstanden.

Sie spielte den Stolperer so überzeugend, als hätte sie darin jede Menge Übung. Zeitgleich mit einem entsetzten »Huch!« schüttete sie dem Riesen die heiße Suppe ins Gesicht. Er brüllte wie ein Ochse.

Jetzt!

Er griff nach der Suppenschüssel und ließ sie auf dem Kopf

des Giftzwergs zerkrachen. Dann stieß er den Tisch von sich, sodass er dem Habicht voll in die Rippen fuhr. Ein Sprung über die Tischplatte, und er war frei.
Raus und über die Grenze!, ging es ihm durch den Kopf. Bei allem, was dir lieb ist, renn um dein Leben!
Die Dunkelheit im Wirtshaus verwirrte ihn, und er musste sich umschauen. Wo war die bescheuerte Tür? Da hinten musste sie sein! Los jetzt! Er sprang in die Richtung, in der er sie vermutete. Hinter sich hörte er den Riesen fluchen. Gott! Der kam! Dem war jetzt alles egal! Nur dem nicht noch mal in die Hände fallen!
Er hastete durch die Dunkelheit. Den Riesen fühlte er ganz nahe hinter sich. Schon konnte er den grauen Schatten der Tür erkennen. Da spürte er, dass er mit dem Bein an einem Stuhl hängen blieb. Die Augenblicke, die er durch die Luft flog, kamen ihm wie eine Ewigkeit vor. Dann schlug sein Kopf gegen die Tür, und er verlor das Bewusstsein.

Tags darauf saß er auf der harten Holzpritsche einer kleinen Kammer, deren Tür von außen verschlossen war. Weil die staubbedeckten Holzdielen auf dem Boden selbst beim noch so kleinsten Schritt nervtötend knarrten, hatte er es schnell aufgegeben, wie ein gefangener Tiger im Käfig herumzulaufen. Er starrte durch die trübe Scheibe eines winzigen Fensters nach draußen.
Die Luft hier war widerlich. So musste es in einer Leichenhalle stinken, muffig und abgestanden. Die hatten das Fenster eingemauert, sodass es sich nicht den kleinsten Spalt weit öffnen ließ. Als ob man sich durch einen handbreiten Spalt zwängen könnte! Vielleicht hielten die hier ja ab und zu auch Spatzen gefangen. Böse Spatzen natürlich, die irgendein Verbrechen begangen hatten. Die würden freilich durch den Spalt fliegen …
Er befühlte seine Stirn. Als er die große, blutverkrustete Beule berührte, zuckte er zusammen. Wie konnte man nur an einem Tag zweimal so dämlich sein? Erst die Grenze um zehn Minuten verpassen und dann, bei der Möglichkeit, noch mal alles geradezubiegen, gegen die Tür zu flie-

gen, die zur Freiheit führte. Mist. Jetzt war der Kuchen gegessen.
Draußen fielen dicke Schneeflocken, und er zog seinen Filzmantel eng um sich, denn die Kammer war natürlich nicht beheizt, und es lag nicht *eine* Decke auf der Pritsche.
So mit sich allein gelassen, konnte man schon verrückt werden. Wieso war er nur in das Wirtshaus gegangen, so nah vor der Grenze! Er hatte seine Freiheit um ein Linsengericht hergegeben! Die Suppe hatte er nicht mal gegessen! Was für ein Trottel war er nur!
Er schüttelte immer wieder den Kopf und starrte vor sich hin. Demnächst würden sie ihn holen und nach Ludwigsburg karren. Wie einen Mörder würden sie ihn dort vor einen Richter stellen! Er durfte gar nicht daran denken, welche Strafe ihn erwartete! Was auch immer es sein mochte, der Traum vom Glück war ausgeträumt. So oder so. Ob er am Galgen endete oder auf dem Hohenasperg eingekerkert wurde.
Wie das wohl war, wenn man gehängt wurde? Bis heute hatte er nicht herausbekommen, ob man am Ersticken starb oder ob der Ruck einem das Genick brach. Schlimmer war es wahrscheinlich eh vorher, wenn sie einem den rauen Strick um den Hals legten und man von allen angegafft wurde. Das Warten, bis der Boden mit einem Krach unter einem wegbrach. Das letzte Geräusch, das man hörte.
Amerika gab es jetzt nicht mehr. Es war ein kurzer Traum gewesen. Einer von den Träumen, die man besser gar nicht träumte, weil sie einen nur verwirrten. Ziemlich verwirrten. Mann! Wie schön hatte er sich das Bild doch ausgemalt, und jetzt lag es in einer Pfütze. Es war ihm nicht nur um Amerika gegangen. Nicht nur darum, um den Kriegsdienst herumzukommen. Oder aus der Armut herauszukommen. Er hatte auch das Dunkle in seinem Leben hinter sich lassen wollen. Marie. Und jetzt saß er mittendrin im Dunklen. Rabenschwarze Nacht war's. Nichts ließ sich mehr daran ändern.
»Marie!«, brüllte er, als könnte sie ihn hören.
Er sprang auf und trat mit seinem Stiefel gegen einen Schemel, sodass er gegen die Wand krachte und auseinander fiel.

Dass er nichts tun konnte, das war das Schlimmste! Er lehnte sich mit seinen Unterarmen auf den kalten Fenstersims und starrte auf den dicht fallenden Schnee, der vor seinen Augen zu einem weißen Nebel verschwamm.
Plötzlich sah er sich wieder, wie so oft, als vierzehnjährigen Jungen auf dem zugefrorenen Neckar stehen. Ein kleiner Junge, der seine beiden Spielkameraden auslacht, weil sie sich nicht auf die neue Eisschicht trauen. Marie, ihre Schwester, kommt zu ihnen und hört, wie er ihnen versichert, dass das Eis hält. Sein Herz schlägt höher, wie immer, wenn er Marie sieht. »Wenn du es sagst, wird es schon halten«, sagt sie und kommt auf ihn zu. Er schaut ihr verliebt in die Augen. Sie sind so wunderschön. Dann kracht es. Sie schreit seinen Namen. Schaut ihn an. Dieser Blick! Dieser Blick!
Und dann ist sie weg. Er schaut auf das Loch und kann ihr nicht helfen. Er sieht sie nicht einmal mehr, die Strömung hat sie unter der Eisdecke schon mitgenommen. Ihre Brüder stehen am Ufer und schauen ihn fassungslos an.
Er rammte seine Stirn gegen das kleine Fenster, ohne dabei an seine Beule zu denken. Sein Kopf wollte vor Schmerzen zerplatzen. Er spürte, wie ihm das Wasser in den Augen zusammenlief. Jetzt nur nicht heulen! Das wollte die Schweinebande doch nur, dass er hier drin heulte. Sein Körper wurde von einem Schluchzer geschüttelt. Nein, nicht heulen!
Vater!, betete er. Hilf mir hier heraus! Hilf mir, dass sie mich nicht kleinkriegen!
Was hatte Gott mit ihm vor? Warum hatte er die Flucht nicht gelingen lassen?
Plötzlich hörte er draußen Schritte, ein Schlüsselbund rasselte, und die Tür wurde von außen aufgeschlossen. Zinknagels Habichtsnase schob sich in die Kammer.
»Fertig machen, Unterkofler! Der Wagen wartet!«, krächzte er. »Jetzt geht's zurück nach Ludwigsburg!«

III.

Blitzschnell presste sich Rudolf Deiss gegen die Steinwand. Er wagte nicht zu atmen. Mit geschlossenen Augen lauschte er angestrengt die Gasse hinunter. Die Nacht war zu dunkel, um in der Entfernung etwas sehen zu können. Der fehlende Atem machte seine Brust schwer wie einen Kürass.

Schritte. Das war nur einer. Sie klangen unsicher, wankend. Ein Besoffener? Er kam nicht näher. Schien irgendetwas zu suchen dahinten. Ob der da wohnte und den Schlüssel nicht fand? Verdammt! Lief der denn im Kreis? Konnte der sich nicht endlich mal zu was entschließen?

Plätschern. Der Kerl schiffte an die Hauswand! Klar, der hatte vor lauter Suff die Hose nicht runtergekriegt ... Wie lang dauerte das noch? Hatte der denn ein ganzes Fass leer gesoffen?

Ruhig! Er musste die Zeit nutzen, um nachzudenken. Bisher war alles wie am Schnürchen gelaufen. Fast zu gut. Die anderen hatten nichts gemerkt, als er zum Stubenfenster rausgeklettert war. Da konnte er ganz sicher sein, dass die nicht vor dem Kompaniewecken aufwachten. Dafür hatte schon Bollinger heute mit seinem Exerzierdrill gesorgt. Die schliefen wie die Steine. Falls doch mal einer zum Pissen raus musste, hatte er sein Bett ausgestopft. Das kapierten die im Halbschlaf nicht. Außer ihnen konnte die ganze Nacht lang niemand sein Fehlen bemerken. Wenn die Kasernenwache was spitzgekriegt hätte, dann hätte sie sich gleich gemeldet. Waren doch alles böse Trottel.

Die Schritte entfernten sich langsam wieder. Erst als sie nicht mehr zu hören waren, hob er seinen Kopf aus dem Schatten der Hauswand. Dann löste er sich von ihr und huschte die Gasse hinunter.

Also weiter! Zum Heilbronner Tor. So schnell wie möglich raus aus Ludwigsburg und das Weite suchen. Am Tor würde es noch einmal eng werden. Das Tor war das, was ihn von der Freiheit trennte. Wenn die Posten was merkten, war er geliefert. Was würde er dann machen? Sich ohne Widerstand ergeben? Nein. Solange er konnte, musste er für seine Freiheit kämpfen. Die mussten ihn schon erschießen, um ihn aufzuhalten. Der Tod war noch tausendmal besser, als in die Kaserne zurückzukehren. Dort wartete am Ende auch nur der Tod auf ihn – und davor ein Leben als der Trottel vom Dienst.

Als er Pferdegetrappel hörte, warf er sich schnell hinter einer Treppe auf den eiskalten Steinboden.

Nie hatte er etwas anderes erlebt als Unterdrückung. Den Daumen der anderen auf sich, wie auf einer Fliege, die man zerdrückte. Von Anfang an, erst beim Vater, dann beim Großvater, in der Lehre und jetzt beim Kommiss. Wie er sie alle hasste, die Schweine, die über ihn bestimmen wollten, die Spaß hatten am Schinden und Quälen. Zum Henker mit ihnen!

Jetzt hatte er es in der Hand, endlich sein eigener Herr zu werden. Es durfte jetzt einfach nichts schief gehen. Wenn sie ihn kriegten, würde ihr Hass doppelt so stark auf ihn einschlagen. Sie würden versuchen, ihn kaputtzukriegen. Ihn wie eine Nuss zu knacken, als abschreckendes Beispiel für alle anderen Soldaten. Die sollten sehen, dass es sich nicht lohnte abzuhauen. Pah! Sollten es ruhig versuchen! Er war stärker! Die kriegten ihn nicht klein.

Er raffte sich wieder auf und huschte weiter an den Hauswänden entlang. Am Ende der Gasse blieb er atemlos stehen. Jetzt den Berg runter, direkt hinter dem Schloss vom Dicken, da war das Heilbronner Tor. Das Nadelöhr. Jetzt hieß es die richtige Gelegenheit abwarten. Aber wie sah die aus?

Zu dumm auch, dass er keine zivilen Kleider mehr auf der Stube gehabt hatte. Wahrscheinlich hatten sie die genau für diesen Fall eingesammelt. Dass man, wenn man schon weglief, das in der auffälligen Uniform machen musste. Und die Schweinekälte hatte es nicht erlaubt, irgendwas wegzulassen.

Was, wenn die in der Kompanie doch schon bemerkt hatten, dass er getürmt war, und längst hinter ihm her waren? Jeden Augenblick konnte hier ein mordsmäßiges Geschrei ausbrechen ... Dann wurde das Ganze hier zu so einer Treibjagd, wie sie der Dicke immer veranstaltete. Das Wild steckte in einem Gehege, das kleiner war als ein Schafstall. Entkommen unmöglich. Er konnte gar nichts anderes machen, als sich erschießen zu lassen.
Plötzlich hörte er etwas: Hufgeklapper und Holzräder, die leise über die unebenen Pflastersteine der Gasse ratterten. Es kam auf ihn zu. Da sang einer!
Er versteckte sich in einem dunklen Spalt zwischen zwei Häusern und spähte in die Gasse.
Ein Wagen kam ihm entgegen. Eine Laterne, die am Kutschbock hing, pendelte quietschend hin und her und warf einen verzerrten Schatten des Gespanns an die Häuserwände. Der Wagen hatte Mist geladen. Ein riesiger Berg davon türmte sich im Rücken des Fahrers auf.
Deiss zog sich weiter in den Spalt zurück.
Der Fahrer schien auch ordentlich einen über den Durst gebechert zu haben, so wie der auf seinem Kutschbock rumwankte. Gab's denn in Ludwigsburg nur Säufer? Fehlte nur noch, dass wegen dem in den Häusern die Lichter angingen.
Andererseits: Das war *die* Gelegenheit! Voll wie der Kerl war, würde der wahrscheinlich gar nichts mitkriegen ...
Er wartete, bis der Wagen auf seiner Höhe war.
»Hilfe!«, zischte er so leise, dass der Fahrer es gerade noch hören musste. »Hilfe!«
Tatsächlich schaute der Fahrer verdutzt in seine Richtung. Verdammt! Warum hielt der den Wagen nicht an?
»Halten Sie!«, raunte er scharf. »Hilfe!«
Endlich zog der Fahrer die Zügel. Wie saublöd der herstarrte! Wie der Kerl überhaupt aussah! Ein kleines, buckeliges Häufchen Elend ... Aber dass der mal abstieg und herkam, das war wohl zu viel verlangt!
»Kommen Sie!«
Wieder nichts. Jetzt schien der Fahrer erst recht wie angewurzelt auf seinem Kutschbock sitzen bleiben zu wollen.

Die Zügel in der Hand, den Kopf nach rechts gedreht, den Mund offen wie ein Scheunentor. Der gehörte doch übers Knie gelegt, strohdumm wie der war!
Sollte er ihn einfach runterziehen und unschädlich machen? Wehren würde der sich nicht – fehlte nicht viel, und der kippte schon so um ... Aber bei Besoffenen wusste man eben nie, wie sie sich verhielten. Was, wenn der losquiekte wie ein Ferkel? Nein. Der musste freiwillig absteigen.
»Was is'n los?«, fragte der Fahrer so unvermittelt, dass Deiss erschrocken zusammenfuhr. »Wer ist da?«
Deiss hielt sich weiter verborgen. Wenn der Strohkopf die Uniform erkannte, wusste selbst der, woher der Wind wehte.
»Hier hinten bin ich. Ich brauch deine Hilfe. Ich steh hier mit 'nem Fässchen Wein«, antwortete er so leise wie möglich. »Das muss unbedingt heut Nacht noch runter nach Hoheneck. Auf 'ne Hochzeit. Ist mir aber allein zu schwer. Muss 'n guter Tropfen sein. Passt der noch auf deinen Wagen?«
Der Fahrer schwieg, als hätte er kein einziges Wort verstanden.
»Ich krieg mächtig Ärger, wenn der Wein nicht rechtzeitig beim Bräutigam ist«, schob Deiss ungeduldig nach. »Der ist nämlich mein Meister. Ein Metzgermeister. Der macht Spickbraten aus mir, wenn ich dem nicht den Wein bring.«
Der Fahrer kicherte. »Du Trottel!«, lallte er. »Der schlägt dich wohl öfter, dein Meister? Du bist aber auch zu dumm! Ihr jungen Leute habt's doch bis heute noch nicht begriffen!«
Halt deine stinkende Fresse und steig ab!, schimpfte Deiss innerlich. Kein Mensch will nur ein Wort von dir hören!
Der Fahrer machte eine gnädige Handbewegung. »Nun schmeiß es schon hinten drauf, dein Fass! Aber mit Verstand! Ihr Jungen habt doch außer Hunger und Durst kein Gefühl! Hab zwar Mist geladen, aber du musst den Fusel ja auch nicht trinken. Ist Mist von der Kavallerie. Fällt ordentlich was ab, wenn ich für die ausmiste. Muss gutes Futter sein, das die denen füttern, so wie der Mist riecht. Hab so was in der Nase. Ziemlich handlich der gefrorene Mist. Den schmeiß ich so, wie er ist, in den Ofen. Brennt wie ...«

»Allein krieg ich das Fass doch nicht hoch!«
Anstatt seinen unterbrochenen Satz zu vollenden, atmete der Fahrer mit verdrehten Augen aus.
»Mann! Dein Meister muss schon eine Engelsgeduld mit dir haben, mein Junge. Bring du mal deine Lehre fertig, dann wirst du schon sehen, wie's im Leben läuft.«
Deiss wollte dem Fahrer genau in dem Augenblick an die Kehle springen, als er doch noch mit unsicheren Handgriffen abstieg.
»Ich helf dir ja«, brummte er dabei. »Aber später gibt's mal keinen Wilfried, der dir hilft. Wenn du's bis dahin noch nicht kapiert hast, wie's läuft, dann sag ich: Gut Nacht! Mit euch Jungen ist doch einfach nichts mehr los. Ich geb dir mal 'nen gut gemeinten Rat: Schau zu, dass du zum Kommiss kommst. Vielleicht kriegen die dich ja noch einigermaßen hin ...«
Deiss legte seine Hände um den dünnen Hals des Fahrers und drückte mit aller Kraft zu. Das kleine Männchen riss seine Augen weit auf vor Schreck. Schreien konnte es nicht, und zu wehren versuchte es sich erst recht nicht. Es starrte ihn nur ängstlich an und versuchte verzweifelt, Luft zu bekommen. Erbärmliches Stück Mensch! Wer war jetzt hier der Trottel? Wer hatte jetzt den gut gemeinten Rat nötig? Hä? Es war ein verdammt gutes Gefühl, das Leben eines Menschen in der Hand zu haben. Nicht der Unterdrückte zu sein, sondern der Unterdrücker. Den anderen voll und ganz zu beherrschen. All seine Wut und seinen Hass in den Griff zu legen, mit dem man den anderen an der Kehle gepackt hielt. Die Daumen immer fester gegen den widerspenstigen Adamsapfel zu drücken und zu spüren, wie der andere vor Angst zitterte.
Nie mehr würde er der sein, über dessen Leben andere bestimmten. Ab jetzt mussten die anderen nach seiner Pfeife tanzen.
Plötzlich fiel der Fahrer in sich zusammen wie ein Mehlsack. So schnell? Der konnte doch unmöglich schon erstickt sein! Ob der nur so tat? Er rüttelte an ihm. Nein, der war bedient. Der war doch wohl nicht etwa vor Schiss ohnmächtig geworden ...

Er zog dem Fahrer die Kleider aus und vertauschte sie mit seinen.
Die Hose reichte gerade über die Knie. Das Hemd konnte er nicht mal zuknöpfen. Bravo, damit sah er ja auffälliger aus als in Uniform ... Zum Glück war der Mantel groß genug. Der deckte alles zu. Mann! Der Fetzen stank nach Alkohol, dass man allein vom Atmen besoffen wurde.
Und der Fahrer? Er nahm ihm den Hut ab und drückte ihn sich auf den Kopf. Konnte gut sein, dass der erfror, wenn er die Nacht hier draußen liegen blieb. Er zuckte mit den Schultern. Pffft. Sein Pech.
Er schwang sich auf den Kutschbock und ließ die Zügel auf den Rücken des Kaltbluts knallen. Langsam setzte sich der Wagen in Bewegung.
Sofort als der Wagen die Gasse verließ, konnte er das Heilbronner Tor sehen. Er zog an den Zügeln, damit das Pferd so langsam wie möglich lief, und löschte die Laterne. War nicht nötig, dass die ihn anstrahlte. Angestrengt spähte er in die Dunkelheit. Das Tor war nur schwach beleuchtet, dennoch konnte er die zwei Posten erkennen, die davor standen. Die hatten also auch nachts zwei Mann davor. Damit dem Dicken ja kein Schäfchen durch die Lappen ging.
Er schaute nach rechts, wo das Schloss stand. Wenn er nicht in Stuttgart war, dann schlief der Dicke jetzt da drinnen. Bei dem mal kurz vorbeischauen! Nur, um ihm ein Messer in den Wanst zu rammen – wenn das überhaupt durch die Fettschicht durchkam.
Sein Blick ging wieder zum Heilbronner Tor. Unwillkürlich zog er sich den engen Hut tiefer ins Gesicht. Dreißig Schritte von ihm entfernt lag die Freiheit. Zwischen ihm und ihr standen zwei Menschen. Die letzten beiden Menschen, die ihm jemals im Wege stehen sollten. Unter der Hutkrempe fasste er die beiden Soldaten scharf ins Auge.
Kein Zweifel: Das waren Milchbärte. Frisch Eingezogene. Wahrscheinlich gerade die Wachausbildung hinter sich und jetzt zum ersten Mal Torposten. War das gut oder schlecht? Tja, wohl eher schlecht. Bei der ersten Wache machte man

noch alles genau nach Vorschrift. Man hatte Angst, Fehler zu machen, und war deshalb umso gründlicher.
Er hielt den Wagen im Schatten mehrerer Bäume an, um sich noch einmal zu sammeln und nicht unüberlegt an die Sache heranzugehen. Er musste sich immer vor Augen halten, dass er ein Bauer war. Ein Bauer aus Neckarweihingen, der bei den Chevaux-legères ausgemistet hatte.
Die Wachposten schienen ihn nicht weiter zu beachten. Er konnte hören, wie sie sich miteinander unterhielten.
»Verfluchte Kälte ist das!«, schimpfte der eine von ihnen. Fröstelnd, die Hände unter die Achseln geklemmt, wippte er von einem Fuß auf den anderen. Sein Gesicht hatte er, gegen die Vorschrift, mit einem dicken Wolltuch vermummt. Das war ein gutes Zeichen. Das hieß, dass der Wachhabende im Häuschen sich einen Dreck um die beiden da draußen kümmerte. Mit mehr als zweien würde er es also nicht zu tun kriegen. Der andere Posten war zwei Köpfe größer als sein Kamerad und dünn wie eine Bohnenstange. Seine Hände hatte er tief in den Taschen seines Mantels vergraben, der ihm gerade mal bis zu den Knien reichte. Die Gewehre hatten sie geschultert.
»Hättest du mir vielleicht noch 'n Pfeifchen, Schäfer?«, fragte der Lulatsch hustend den Kleineren.
Mit verschnupfter Stimme kam die Antwort: »Scheiße, du Schnorrer! Könntest dir ruhig auch mal wieder 'nen Tabak kaufen! Hier, nimm schon!«
Der Lulatsch stopfte seine Pfeife. »Hast mal Feuer?«
»Heimatland, ja hab ich Feuer! Jetzt beug dich schon runter, oder soll ich zu dir hochhüpfen?« Fluchend machte sich der Kleine an seinem Feuerzeug zu schaffen. Anscheinend klappte es nicht so recht. »Ach, leck mich doch am Ärschle!« Er pfefferte das Feuerzeug auf den Boden.
»Was bist'n du heut so gereizt, Schäfer?«, fragte der Lulatsch verblüfft.
»Ja, *bitte*, frag's mich, du Granatentrottel! Weil ich wegen dir hier draußen steh und Wache schieben muss! Weil du einfach mal wieder nicht dein Maul halten konntest, mit deinen Milchbubenwitzen!«

Mit kindischer Stimme ahmte er den anderen nach: »Was ist König Friedrich, wenn er einen über den Durst getrunken hat? Eine Rumkugel!« Er schlug sich an die Stirn. »So ein Blödsinn aber auch!«
»He, Ruhe da draußen!« Aus dem Fenster des Wachhäuschens schaute ein Unteroffizier heraus. Ziemlich sicher der Wachhabende.
»Schäfer, Bertel! Wenn's euch so arg Spaß macht, könnt ihr gern noch 'ne Woche dranhängen!« Mit einem lauten Knall warf er das Fenster wieder zu.
»Na, bravo!«, schimpfte der Kleine kopfschüttelnd.
Deiss atmete entschlossen ein. Länger durfte er nicht warten. Jetzt oder nie. Er schlug das Pferd mit den Zügeln, und der Wagen setzte sich in Bewegung. Langsam, aber sicher kam das Tor näher.
Plötzlich wurde ihm klar, dass er einen riesigen Fehler gemacht hatte. Ein Fehler, der alles zunichte machen konnte: Er hatte den Fahrer ohnmächtig zurückgelassen. Der konnte jeden Augenblick wieder aufwachen und Alarm schlagen. Wenn der losschrie, konnte man das bis hierher hören. Dann brauchten die beiden Wachposten nur noch ihre Gewehre auf ihn richten. Schande, er hätte den Fahrer eindeutig kaltmachen müssen! Umdrehen konnte er jetzt nicht mehr. Das war zu auffällig.
Er spürte, wie er zu schwitzen begann. Jede Sekunde rechnete er mit dem verräterischen Schrei. Trotzdem! Er durfte jetzt nicht nervös werden! Wenn die Posten seine Unruhe spürten, war es aus.
Die Posten wiesen ihn mit Handzeichen an, den Wagen anzuhalten. Der Lulatsch stolzierte pflichtbewusst auf ihn zu, während der Kleine mit gelangweiltem Gesichtsausdruck stehen blieb. Der Lulatsch musterte ihn misstrauisch. »So, guten Abend!«, grüßte er wichtigtuerisch. »Das hier ist eine übliche Torkontrolle, braucht Sie nicht weiter zu beunruhigen. Wenn Sie mithelfen, können wir das Ganze ganz schnell abwickeln. Was haben Sie geladen?«
Deiss traute seinen Ohren nicht. So war das also! Der Herr Torposten Nummer eins kam sich wichtig vor! Dem gehör-

te links und rechts eins auf die Backen, aber nicht zu knapp! Hatte der ein Glück, dass das jetzt nicht der richtige Augenblick dafür war …
»Was Sie geladen haben!«
»Mist.«
»Lassen Sie Ihre Flüche! Glauben Sie mir, ich tu das hier auch nicht gern! Na, wir werden's schon rauskriegen!«
Aus den Augenwinkeln beobachtete Deiss, wie der Lulatsch mit dem Gewehr in beiden Händen um den Wagen schlenderte. Seine Finger krallten sich unwillkürlich in das Leder der Zügel. Der eingebildete Trottel würde es ihm noch vermasseln. Wenn er wegen dem geschnappt wurde, würde er ihm den Kopf bei lebendigem Leib runterreißen, und wenn es das Letzte war, das er in diesem Leben machte!
Der Lulatsch stocherte mit seinem Bajonett in dem gefrorenen Mist herum. Was sollte denn das jetzt?
»Kannst du dich eigentlich mal für zehn Minuten nicht lächerlich machen?«, fragte der Kleine, der bisher unbeteiligt rumgestanden war, den Lulatsch jetzt mit knallrotem Kopf. »Was soll das bitte bringen? Glaubst du jetzt, unter dem Mist versteckt sich einer, oder was?«
»Was würdest du machen, wenn du abhauen wolltest?«, schnaubte der Lulatsch zurück. »Dich auf 'nen Kutschbock setzen und hoffen, dass die Wache sich beide Augen zuhält? Quatsch! Ich sag dir, wenn einer abhaut, dann macht der das richtig. Und dann hat der auch kein Problem damit, sich mit ein paar Zentnern Kuhfladen zuzudecken. Wär ja 'n Riesentrottel, wenn er sich die Gelegenheit entgehen ließe! Welcher Torposten hat schon Lust, im Mist rumzuwühlen! Und genau deshalb mach ich's. Weil ich wie ein Deserteur denke. Deshalb wird auch kein Deserteur an mir vorbeikommen.«
Da hast du aber falsch gedacht, Freundchen, dachte Deiss. Am liebsten würde ich dir sagen, dass ich ein Deserteur bin, nur um dir zu zeigen, was für ein Riesenrindvieh du bist. Ich sitze hier vorne auf dem Kutschbock und höre deinem Geschwätz in aller Ruhe zu, denn du bist dabei, denn Kürzeren zu ziehen. Du kriegst mich nicht, und solltest du mir irgendwann in diesem Leben noch einmal begegnen, dann be-

kommst du von mir einen Tritt in den Hintern! Und wenn du mich jetzt nicht augenblicklich durchlässt, dann vergesse ich meine Flucht und trete dich gleich!

»Haben Sie sonst noch was geladen?«, fragte ihn der Lulatsch plötzlich.

»Nein«, antwortete Deiss, wobei er sich schwer zwingen musste, gelassen zu bleiben. »Nur Mist.«

»Keine Deserteure?«

Für einen Augenblick verschlug es Deiss die Sprache. »Nee, diesmal nicht«, antwortete er dann. »Sind heutzutage schwer zu bekommen.«

Der Lulatsch schaute ihn verdutzt an. Plötzlich grinste er dümmlich und grunzte dabei wie einer, der zwar mitbekommen hatte, dass er an dieser Stelle lachen musste, aber nicht wirklich wusste, warum. »Sieht fast so aus. Was meinst du, Schäfer?«

Der Kleine zuckte gleichgültig mit den Schultern. »Kann passieren.«

Der Lulatsch schaute ihn verdutzt an. »Was kann passieren?«

»*Er*, meine Fresse, *er* kann passieren!« Der Kleine war drauf und dran, dem Lulatsch eins überzubraten.

»Na, dann schauen Sie mal, dass Sie weiterkommen!«, wandte sich der Lulatsch an Deiss.

Deiss lächelte. »Auf jeden Fall.« Er hob die Zügel.

»Wird Ihrer Frau auch nicht gefallen, wenn Sie sie so lange warten lassen.«

»Nein. Sicher nicht.«

»Dann lassen Sie sie mal nicht länger warten!« Der Lulatsch zwinkerte mit einem Auge.

Deiss nickte, ebenfalls zwinkernd, dann ließ er die Zügel auf den Rücken des Kaltbluts knallen.

Der Lulatsch schaute ihn herausfordernd an. »Oder zieht Sie's etwa nicht heim?«

Was geht das dich an, Bursche!, dachte Deiss. »Oh, doch. Ich eile. Schönen Dienst noch.«

Die beiden Torposten machten ihm Platz. Langsam rollte der Wagen los. Er hielt seinen Blick stur geradeaus, um nicht in ihre Augen schauen zu müssen. Wenn jetzt nur nichts mehr schief ging! Die beiden Schatten der Torposten wichen aus seinem Sichtfeld. Grüßten die etwa mit der Hand am Kaskett? Na, wenn die morgen erfuhren, wen sie da so ehrenvoll verabschiedet hatten ...

Draußen! Deiss zog das Feuchte in der Nase hoch. Es schien tatsächlich so, als habe er es geschafft. Verdammt, hatte ihn der Lulatsch Nerven gekostet! Aber nichts hatte ihn verraten. Der Fahrer war nicht aufgewacht und hatte nicht geschrien. In der Kaserne hatten sie auch noch nichts bemerkt. Aber Zeit zum Durchatmen war trotzdem nicht. Auch wenn er durch das Nadelöhr geschlüpft war, die Flucht ging weiter. In wenigen Stunden würden sie in der Kaserne auf jeden Fall merken, dass er weg war. Dann begann die Hatz. Bis dahin musste er einen möglichst großen Vorsprung rausholen.

Plötzlich hörte er in seinem Rücken, wie die beiden Posten aufgeregt miteinander sprachen. Hatten die doch noch was gemerkt? Vorsichtig drehte er den Kopf. Der Lulatsch kam ihm nachgerannt.

»Halt! Sofort anhalten!«, keuchte der. »Halten Sie den Wagen an, verdammt!«

Deiss zog sofort die Zügel. Weiterfahren würde jetzt alles nur noch schlimmer machen. Die Rolle spielen, solange es ging! Er fühlte sich, als würden tausend Nadeln in seinen Körper stechen. Was tun, wenn der Lulatsch ihn jetzt wirklich festnehmen wollte? Die Überraschung nutzen, ihn umhauen und dann die Beine in die Hände nehmen? Er kämpfte mit sich selbst. Nein. Das hatte keinen Sinn. Sofort wäre ganz Ludwigsburg hinter ihm her. Ohne Vorsprung war das Wahnsinn.

Jetzt hatte der Lulatsch ihn erreicht. Atemlos griff er ihm in die Zügel. Sein Brustkorb arbeitete heftig. »Sagen Sie«, keuchte er mit verlegenem Lächeln, »haben Sie uns zufällig Feuer? Unser Zundel ist nass, und bei der Kälte ist ein Pfeifchen eine richtige Wohltat.«

»Nein. Tut mir Leid. Ich rauche nicht.«

Der Lulatsch nickte enttäuscht. »Kann man nichts machen.« Er ließ die Zügel los.

»Dürfen Sie das denn überhaupt?«, fragte Deiss. »Ich meine, im Dienst rauchen?«
Der Lulatsch wog den Kopf hin und her. »Nee, eigentlich nicht.«
»Seien Sie mir ja vorsichtig!« Deiss strafte ihn mit einem rügenden Blick.
Der Lulatsch zog den Kopf ein, als fürchtete er, verpfiffen werden zu können. Dann wandte er sich mit einem knappen Gruß ab und ging eilends zurück auf seinen Posten.
Deiss setzte den Wagen wieder in Bewegung. Ungläubig schüttelte er den Kopf. Dass bei dem Rindvieh nichts schief gegangen war, grenzte an ein Wunder. Aber jetzt hatte er es geschafft, er war raus aus Ludwigsburg. Er spürte, wie seine Brust sich weitete. Freiheit! Da hingehen, wo man hin will. Raus aus diesem Hundezwinger. Raus aus Knechtschaft und Unterdrückung.
Er trieb das Pferd an. Durch die Bäume hindurch konnte er den Neckar sehen.

IV.

Es war wie ein schlechter Traum.
Georg stand mit den anderen in Reih und Glied vor dem Kompaniegebäude und starrte auf das schwere Gewehr, das an seiner rechten Schulter lehnte. Es war nicht zu glauben: Er war Soldat. Sie hatten ihn nicht eingesperrt und nicht gehängt. Sie hatten ihn zum Soldaten gemacht. War ja am Ende das Gleiche. Eingesperrt war er hier in der Kaserne so sicher wie auf dem Hohenasperg, und das mit dem Sterben konnte als Soldat auch ganz schnell gehen. Viel zu schnell.
Das eigene Leben war ihm wie ein Fisch aus den Händen geflutscht. Andere bestimmten jetzt über ihn. Sagten ihm, wann er aufstehen und wann er schlafen musste. Fast jede Bewegung, die er machte, machte er für andere. Die hatten die Befehlsgewalt über ihn. Und das stank zum Himmel.
Er hatte die Gelegenheit gründlich versaut, dem Kommiss zu entkommen. Wegen zehn Minuten. Das würde er sich nie verzeihen können. Nie! Das lag wie bittere Galle im Magen. Nicht auszudenken: Mittlerweile könnte er schon in Holland sein. O Jammerstand! Knapper konnte man gar nicht scheitern!
Er durfte jetzt unter keinen Umständen klein beigeben! Amerika nicht aus den Augen verlieren! So schnell wie möglich musste er wieder sein eigener Herr werden. Sonst hatte der Fisch ausgezappelt. Er musste von hier abhauen, und je früher er floh, desto besser. Denn hier, hinter den Kasernenmauern, wurde er darauf gedrillt, keinen eigenen Willen mehr zu haben. Ein Mitläufer zu werden, der gehorsamst in die Schlacht rannte. Hier war er nicht mehr Georg Unterkofler, hier war er die fleischerne Füllung für eine Uniform, die mit tausend anderen im Gleichschritt marschierte.
Die Gefahr war, dass er sich irgendwann mit dieser Rolle ab-

finden würde. So wie all die anderen, die zwar auch alle gegen ihren Willen hier waren, sich aber, warum auch immer, damit abfanden. Wahrscheinlich wurde man mit jedem Tag, den man hier war, gleichgültiger. Und das lähmte.
Ein Einziger hatte es gewagt, sich über die Kasernenmauern davonzumachen. Rudolf Deiss hieß er. Der Name stand auf einem Blechschild, das für alle sichtbar an dem Galgen im Kasernenhof angebracht worden war. Der Galgen sollte wohl zeigen, wie man hier über Deserteure dachte. Unter dem Namen stand noch »Steinheim« – wahrscheinlich der Geburtsort. War gar nicht weit von hier …
Er kannte Deiss nicht. Der war genau da geflohen, als er hier angekommen war. Aber Deiss interessierte ihn mehr als all die Soldaten zusammen, die in seiner Kompanie waren. Deiss konnte ihm nämlich den Beweis liefern, dass es möglich war abzuhauen. Und bisher sprach alles dafür. Deiss war jetzt schon zweieinhalb Tage draußen, und seine Verfolger bissen sich die Zähne an ihm aus. Hoffentlich schaffte *er* es über die Grenze. Ja, Amerika musste auch von hier drinnen noch erreichbar sein. Unbedingt.
Er atmete tief ein. Scheißrumsteherei in der Kälte! Musste jetzt schon eine halbe Stunde her sein, dass sie hier angetreten waren. Das war nicht zum ersten Mal so. Die Ausbilder ließen fast immer so lange auf sich warten. Das sollte mürbe machen. Man sollte sich geradezu darauf freuen, dass sich einer zeigte, der einen vom Stillstehen befreite.
Aus den Augenwinkeln beobachtete er seine neuen Kameraden. In den Uniformen waren sie schwer zu unterscheiden. Der neben ihm hieß Michel Kopp und war mit ihm auf der Stube. Breit wie ein Kleiderschrank war der. Stiernacken. Ging schon auf die dreißig zu. Der war auf jeden Fall mal in Ordnung.
Die blaue Uniform der königlich württembergischen Infanterie, an die musste man sich dagegen erst gewöhnen. Vor allem daran, wie man sie richtig trug. Und wehe, das war nicht der Fall. Das war hier drin so angesehen wie draußen der Ehebruch. Gleich am ersten Tag hatte er vergessen, an seinem blauen Rock den obersten Knopf zu schließen. Bollin-

gers Donnerwetter pfiff ihm jetzt noch in den Ohren. Wie konnte man sich wegen einem einzigen Knopf nur so aufregen!
Leicht zu verwechseln war die Sache mit dem weißen Lederriemen, an dem die schwarze Patronentasche hing. Von der linken Schulter zur rechten Hüfte musste er gehen. Auf keinen Fall andersherum. Denn links hing der Säbel am Gürtel. Das Heiligtum. Wenn der nicht blank poliert war, dann hatte man hier nichts zu lachen.
Sonst auch nicht.
Plötzlich ging ein Ruck durch die Reihen. Aha. Korporal Bollinger kam mit verschlossener Miene aus dem Kompaniegebäude. So ähnlich musste Napoleon aussehen: ein kleines Männchen im grauen Soldatenmantel, den Kragen hoch ins Gesicht geschlagen. Die Arme hinter dem Rücken verschränkt, leicht nach vorne gebeugt. Das Kaskett so tief ins Gesicht gezogen, dass die Augen gerade noch so zu erkennen waren.
»Zergliederte Chargierung in zwölf Tempo«, stand auf dem Dienstplan. Klang wie der Name für eines der Stücke, die der Organist in der Laurentiuskirche immer so verbissen geübt hatte. Der wäre jetzt mit seinen flinken Fingern genau der Richtige für das hier …
Bollinger ließ seine Blicke langsam durch die Reihen wandern, als ob er jemand Bestimmtes suchte. Wahrscheinlich hielt er nach einem Opfer Ausschau, dem er während der Ausbildung seine ganze Aufmerksamkeit schenken würde. Dann konnten die anderen so viele Fehler machen, wie sie wollten, denn dann hatte Bollinger nur Augen für genau den einen.
Bollinger schaute ihn an.
Der wollte also ihn sehen. Dass er erst einen Tag Übung hatte, war dem Bollinger wohl nicht nur völlig gleich, es war ihm vermutlich gerade recht. Wer Fehler machte, den konnte man auch ordentlich schleifen. Und das wollte der doch. Aber der sollte bei ihm vergeblich auf Fehler warten!
»Lad's Gewehr!«, befahl der Bollinger da auch schon mit lauerndem Blick.

Georg ließ das geschulterte Gewehr blitzschnell in die linke Hand fallen, mit der er es genau nach Vorschrift am untersten Ring des Laufes festhielt. Den linken Daumen legte er am Schaft an, den rechten drückte er an die Vorderseite des Pfannendeckels. Mit dem rechten Unterarm presste er den Einschnitt zwei Zoll unterhalb der rechten Brustwarze an den Körper. Die Mündung hielt er auf Augenhöhe, während er sich den linken Ellbogen an die Seite drückte.

»Nimm Er die Mündung höher!«, meinte Bollinger unzufrieden.

Wieso denn das, bitte? Die Mündung war genau auf Augenhöhe. Kein bisschen zu tief. Also blieb sie auch, wo sie war. So nicht, mein Herr Korporal!

Er nahm die Mündung nicht höher.

»Er soll die Mündung höher nehmen!«, wiederholte Bollinger scharf, wobei er einen Schritt auf ihn zumachte.

Bollingers Augen zuckten zu einem winzigen Spalt zusammen. Das waren die Augen einer Katze. Und gleich würde ihm die Katze mit ihren Krallen ins Gesicht fahren. So weit sollte man es dann doch nicht kommen lassen …

Er nahm die Mündung höher, aber so langsam, als handle er nicht auf Befehl, sondern weil *er* es so wollte.

Wenn Bollinger sich auch äußerlich nichts anmerken ließ, in seinen Augen glühte es wie in einem Schmiedeofen. Sich mit dem anzulegen, konnte natürlich böse in die Hose gehen. Der konnte einen glatt niederbrüllen, wenn er schlecht gelaunt war. Aber der musste kapieren, dass hier einer war, der nicht einfach blind nach seiner Pfeife tanzte. Es war wichtig, ihm Widerstand zu leisten – auch für einen selbst. Damit man sich nach wie vor für einen selbstständigen Menschen hielt, der sich nicht willenlos einfügte.

»Öffnet Pfann!«, befahl Bollinger, ohne seinen Blick von ihm abzuwenden.

Mit dem linken Arm drückte Georg das Gewehr an den Körper, damit es nicht auf den Boden fiel, während er mit dem rechten Daumen die Pfanne aufstieß. Dann öffnete er mit der rechten Hand zwischen seinem Körper und dem Gewehrkolben die Patronentasche.

»Ergreift Patron!«, gab Bollinger das nächste Kommando.
Mit der rechten Hand nahm Georg eine Patrone aus der Tasche und hielt sie mit dem Daumen und dem Zeige- und Mittelfinger zwischen die Zähne. Den rechten Ellbogen hatte er dabei genau auf der Höhe der rechten Schulter.
»Den Ellbogen weiter runter!«, befahl Bollinger mit funkelnden Augen, ohne den Ellbogen auch nur eine Sekunde lang angeschaut zu haben.
Jetzt wollte er wissen, woran er war. Ob der Soldat Unterkofler seinen Befehlen gehorchte oder nicht. Auch wenn's wieder völlig unbegründet war.
Er musste weiterhin stur bleiben. Weil der Bollinger ihn sonst genau da hatte, wo er ihn haben wollte: bei den Kopfnickern. Bei denen, die sich hier eingenistet hatten. Bei denen der Gedanke an eine Flucht etwas Anrüchiges war. Nein, er musste es dem Bollinger und sich selbst noch einmal klar machen, dass er sich nur dann bewegte, wann er es für richtig hielt!
Er nahm den Ellbogen nicht weiter herunter.
Bollinger brüllte so laut, dass Georg aus den Augenwinkeln einige Soldaten neben sich zusammenzucken sah: »Nimm Er Seinen verdammten Ellbogen herunter, oder ich lass Ihn den Kasernenhof mit Seiner Zunge fegen! Er glaubt wohl, Er kann hier den Hermann spielen! Den Ellbogen runter, aber plötzlich!«
Georg rieb die Backenzähne aufeinander.
Der wollte seinen Willen brechen! Aber er ließ ihn sich nicht brechen!
Hinter ihm murrten einige leise. Denen war das offensichtlich nicht geheuer, dass sich einer auflehnte. Die fürchteten Unannehmlichkeiten.
»Nimm ihn runter, Mann!«, raunte ihm Kopp von rechts zu. »Sonst bist du weg vom Fenster.«
Er zögerte.
Nein, jetzt erst recht! Er ließ den Ellbogen, wo er war.
Aus Bollingers Gesicht war alle Gelassenheit gewichen. Sein rechter Mundwinkel zuckte nervös zur Seite, als ob sich ein Angelhaken in ihm verfangen hätte.

»Weil offensichtlich erhebliche Ausbildungsmängel bestehen«, wandte er sich mit scharrender Stimme an den ganzen Zug, »werden wir uns heute – entgegen meiner ursprünglichen Absicht – noch sehr, sehr lange gegenüberstehen. Wir werden nämlich so lange chargieren, bis es *jeder* kann.«
Beim letzten Satz sah Georg Bollingers kleine Augen wieder auf sich gerichtet. Hinter sich hörte er unterdrückte Flüche.
»Arschloch«, raunte einer.
Der hatte nicht Bollinger, sondern ihn gemeint.

Drei geschlagene Stunden später betrat Georg die Stube.
»Junge, Junge!«, stöhnte Kopp hinter ihm. »Das ist doch das Dümmste, was du machen kannst! Sich's gleich in der ersten Woche mit dem Vorgesetzten verderben! Wo soll denn das hinführen? Willst du unbedingt unter die Räder kommen, oder was?«
Er riss sich das Kaskett vom Kopf, schleuderte es ins Eck und warf sich erschöpft auf sein Bett. Das musste bei Kopps Körperbau schon einiges an Belastung ausgehalten haben.
»Nein, will ich nicht«, erwiderte Georg, während er sich auf sein Bett setzte. »Und grad deshalb kann's nicht sein, dass ich alles mit mir machen lass. Schon gar nicht, wenn's Schwachsinn ist. Der kann mir nicht befehlen, dass ich den Arm runternehmen soll, wenn der genau in der richtigen Höhe ist. Da kann er mir ja gleich sagen, dass ich ›muh!‹ schreien soll – nur damit er was befohlen hat.«
Kopp schüttelte den Kopf. »Mann, das ist doch so egal, ob dein Arm *so* oder *so* dahängt. Hör zu! Ich sing schon einige Wochen länger als du in diesem Knabenchor, und ich rat dir jetzt was: Wenn du hier ungeschoren davonkommen willst, dann tu das, was die dir sagen! Jeder, der sich denen in den Weg stellt, wird nämlich umgepflügt, dass er nicht wieder von alleine auf die Beine kommt. Du musst es einfach schlucken, dass die dir was zum Sagen haben, dann tun die dir auch nichts!«
Georg versuchte, mit dem einen Stiefel den anderen abzustreifen. »Klar tun sie dir dann nichts. Weil sie dich ja genau so weit bringen wollen, dass du ihnen aus der Hand frisst

und den Taubenschlag am besten gar nicht mehr verlassen willst. Aber verstehst du, Kopp«, er senkte seine Stimme, »ich will hier auf gar keinen Fall bleiben. Ich will hier raus, weil ich ein Leben zu leben habe. Und das kann ich nur, wenn ich frei bin und mir nicht ein gewisser Korporal sagt, was ich zu tun oder zu lassen habe.«
Kopp legte seine klobigen Hände unter den Hinterkopf. »Ach, und du glaubst, wenn du hier ab und zu den Befehl verweigerst, kommst du wieder raus, oder was?«
Mit zusammengebissenen Zähnen zog Georg auch den zweiten Stiefel aus. »Nein, aber ich glaube, dass ich, wenn ich denen von Anfang an nach der Pfeife tanze, hier niemals wieder rauskomme. Pass mal auf! Auch wenn du schon länger hier bist, eins scheinst du noch nicht kapiert zu haben: Wenn der Bollinger zu mir herkommt und mir sagt, dass ich die Mündung weiter hochnehmen soll, und kurz danach, dass ich meinen Ellbogen runternehmen soll, dann sagt der das nicht, weil das dem nicht passt, wie ich meine Mündung halte. Der sagt das, weil er mich verunsichern will. Die ganze Herumbruddelei ist nur 'ne Masche. Der will, dass ich mich für 'nen Esel halte, der gar nicht mehr leben kann, ohne dass ihm einer sagt, was er zu tun hat. Der kein Vertrauen in sich selbst mehr hat. Das ist die Art von denen, einem die Flügel zu stutzen. Der Vogel, der kein Selbstvertrauen hat, der fliegt auch nicht über die Kasernenmauer.«
Jetzt versuchte auch Kopp, seinen rechten Stiefel abzustreifen. »Mag schon sein«, stöhnte er dabei. »Du zahlst aber einen verdammt hohen Preis für das Ganze. Du machst dir nämlich nicht nur die Vorgesetzten zum Feind, sondern auch deine Kameraden. Oder glaubst du, die Jungs hat's gefreut, dass sie wegen dir drei Stunden länger chargieren durften? Unterkofler! Jetzt mal wirklich ein guter Rat unter Freunden: Versau's dir mit denen nicht. Wenn du die nicht auf deiner Seite hast, dann gehst du hier ganz schnell zugrunde. Noch bevor du überhaupt ›Flucht‹ gesagt hast. – Na, endlich!«
Sein Stiefel polterte genau vor Georgs Bett. Es stank aus ihm heraus, dass es einem die Eingeweide verdrehte.

»Der Deiss hat das so gemacht«, fuhr Kopp fort, während er sich mit gekrümmtem Körper an seinem linken Stiefel zu schaffen machte. »Genau so wie du heute, und das wochenlang: angeeckt, wo er nur konnte. Alles verweigert. Und wenn er dafür Dreck zu essen bekam, hat der immer noch dagegengehalten. Das Problem dabei war nur, dass es immer die ganze Kompanie auszubaden hatte. Und das nicht zu knapp. Das war dem völlig gleich. Glaub mir: Den hat hier jeder gehasst bis aufs Blut. Kein Einziger hat mit dem geschwätzt. Ich kenne nicht einmal seine Stimme, weil er immer nur für sich war – wie ein Aussätziger. Unterkofler! Wenn du dir selber was Gutes tun willst, dann mach's nicht so wie der Deiss. Du machst dich nur selbst kaputt dabei.«
»He, Kopp! Langsam!«, sagte Georg mit gedämpfter Stimme. »Grad der Deiss zeigt ja wohl, wie man's macht! Der ist nämlich nicht mehr hier drinnen. Der ist jetzt frei und kann machen, was er will. Und wenn du meinst, dass der sich hier nichts gefallen lassen hat, dann beweist das doch nur das, was ich gesagt habe. Dass man's nur so packt, sich aus dem Staub zu machen ...«
Georg fuhr herum. Die Tür war aufgesprungen. Da hatte einer gehorcht! Bollinger? Nein. Es war Blümler. Nur Blümler, der schlaksige Jüngling mit dem strohblonden Haar.
»Hallo, Mädels«, grüßte er, während er hereinpolterte und sein Kaskett auf sein Bett warf. »Sagt mal«, er hielt inne und schnüffelte wie ein Hund, »hat sich hier irgendwo 'ne Katze zur letzten Ruhe hingelegt? Es riecht so ... Aaah!«
Blümler ging mit schmerzverzerrtem Gesicht in die Knie. Kopp hatte ihm einen seiner Stiefel gegen den Bauch geschleudert.
»Mir tut das auch sehr weh, wie du immer über meine Schweißfüße herziehst!«
Georg schüttelte den Kopf. Blümler und Kopp – das ungleiche Paar. Verschiedener konnten zwei Menschen beim Kommiss gar nicht sein. Heinrich Blümler: gerade mal achtzehn Jahre alt. Noch feucht hinter den Ohren. Dünn und hoch wie eine Bohnenstange. Strohblondes Haar und Milchgesicht. Immer gut gelaunt und ein Späßchen auf den Lippen. Michel

Kopp dagegen: ging schon auf die dreißig zu. Erfahren im Leben – bildete sich vielleicht etwas zu viel darauf ein. Grobschlächtig wie ein Zuchtbulle. Konnte zwar auch lustig sein, war aber viel öfter schlecht gelaunt. Wenn man sie so sah, konnte Kopp spielend als Blümlers Vater gelten.
Als der sich von seinen Schmerzen erholt hatte, leuchteten seine Augen schon wieder. »Ich habe beim Marketender zwei Neuigkeiten aufgeschnappt«, verkündete er geheimniskrämerisch, als er sich auf sein Bett sinken ließ. »Eine witzige und eine traurige. Welche wollt ihr zuerst hören?«
»Die in der Mitte«, kam es dumpf aus Kopps Mund. Er hatte sich auf den Bauch gedreht und das Gesicht im Bett vergraben.
»Also die witzige«, stellte Blümler unbeeindruckt fest. »Pass auf, Unterkofler!« Er senkte die Stimme, wobei er sich mit einem Blick vergewisserte, dass die Stubentür zu war. »Was macht der Dicke, wenn er grad nichts zu tun hat?«
Georg schaute ihn einige Augenblicke lang nachdenklich an. Dann zuckte er mit den Schultern. »Keine Ahnung. Sag's mir!«
Blümler klopfte sich auf den vorgestreckten Bauch. »Na, er schiebt 'ne ruhige Kugel!« Mit dem eigenen Gelächter überfordert, ließ sich Blümler mit dem Rücken aufs Bett sinken.
»Du bringst uns noch allesamt an den Galgen! Außerdem wolltest du doch zuerst die *witzige* Sache erzählen«, kam es wieder dumpf aus Kopps Bett.
»Nee, die kommt jetzt: Sie haben Deiss!«
Georg richtete sich auf. »Sie haben ihn geschnappt?«, fragte er.
»Ja, heut Nacht.«
»Wo?«
»Kurz vor der Grenze nach Baden. In einem Wirtshaus. Er hat sich grad 'ne Suppe bestellt, weil er gedacht hat, dass er schon in …«
Diesmal war es Georg, der seinen Stiefel nach Blümler schleuderte.
»Nee!« Blümler zuckte mit den Schultern, nachdem er den Stiefel gefangen hatte. »Ich habe keine Ahnung, wo oder wie. Ich weiß nur, dass sie ihn haben. Seit heut Nacht.«

»Sie haben ihn!« Georg ließ sich wieder auf sein Bett zurückfallen. »Diese Bluthunde! Diese teuflischen Bluthunde!«
»Da haben sie ihn also doch noch gekriegt«, meinte Kopp müde. »Hätte fast schon dran geglaubt, dass er's geschafft hat. Tja! Schade, Welt! Schade, Hochzeitsgesellschaft!«
»Was die jetzt wohl mit dem machen?«, fragte Georg.
Kopp strich sich mit dem Zeigefinger pfeifend an der Kehle vorbei. »Drum überleg's dir gut, ob du's ihm nachmachen willst!«
Georg starrte aus dem Fenster neben seinem Bett. Es war stockdunkel draußen. Der Wind rüttelte an der Glasscheibe. Er fror: Durch die Ritzen zwischen Rahmen und Wand kam eiskalte Luft herein.
Deiss hatte es nicht geschafft. Vielleicht war es also tatsächlich nicht möglich, dem Kommiss zu entkommen. Vielleicht aber doch. Deiss musste nur Pech gehabt oder irgendeinen Fehler gemacht haben. Musste doch rauszukriegen sein, woran er gescheitert war ...
Nur nicht abschrecken lassen! Die Flucht war nach wie vor möglich. Er musste einfach raus aus diesem Tollhaus. Es war in seinem Leben nicht vorgesehen. Er hatte andere Pläne: Amerika statt Kommiss. Bauer sein, nicht Soldat. Eine Frau lieben statt Männer töten ...
Eine Frau. Wie gut es jetzt doch täte, irgendwo da draußen jemanden zu haben, der an einen dachte. Zu dem man sich hinsehnen konnte. Eine Frau, deren Lächeln man sich in Momenten wie diesen in Erinnerung rief. Noch besser wäre es natürlich, gar nicht hier zu sein, sondern draußen, und sich dort ein Mädchen zu suchen, das einen liebte und einen in den Arm nahm und gar nicht mehr damit aufhörte. Die Haut eines Mädchens auf der eigenen zu spüren ...
Nein. Hier drin gab es sie nicht. Hier gab es nur Verrückte und Unterdrückte. Nur Männer, wohin man auch schaute. Als ob es gar keine Frauen gäbe.
Menschenskinder! Zum Glück war Gott auf die Idee mit der Rippe gekommen ...
Warum hatte Gott ihn nur hier hereingeführt? Warum die Flucht nach Amerika nicht gelingen lassen? Hatte Gott ihn

übersehen oder vergessen? Es konnte doch unmöglich Gottes Wille sein, dass er hier dazu ausgebildet wurde, Menschen zu töten. War das Ganze ein Versehen? Wohl kaum. Aber was dann? Was war der Sinn davon, dass er jetzt hier war? Was hatte für Gott dagegen gesprochen, ihn nach Amerika zu lassen?

Wenn er die Flucht wagte – war das dann mit oder gegen Gottes Willen?

In einem Psalm hieß es: Mit meinem Gott kann ich über Mauern springen. Ob damit auch Kasernenmauern gemeint waren?

Oma Emilies Bibel lag zu Hause. Zu Fuß war es nicht einmal eine halbe Stunde dorthin. Seine Eltern wussten noch gar nicht, dass er hier gestrandet war. Das war für sie auch zunächst mal besser so …

V.

Es begann zu schneien. Der Himmel hatte sich schon gestern Abend steingrau gefärbt, aber da hatte das Wetter noch gehalten. Jetzt flogen die Schneeflocken wie Daunenfedern vom Himmel. Als ob da oben irgendjemand saß und ein paar Gänse rupfte. Fehlte nur noch, dass irgendwann ein Kopf oder ein Stück Leber runterfiel.

Georg ließ eine Flocke auf seine Zunge fallen und zog sie in den Mund. Sie schmeckte süß. War das denn möglich? Schnee war doch eigentlich nur Wasser. Er fing noch eine ein. Tatsächlich. Süß. Sah ja auch manchmal aus wie Zucker, wenn so ein Schneefeld in der Sonne glänzte. Aber wirklich so schmecken? Wahrscheinlich kitzelten die Flocken nur auf der Zunge, und das fühlte sich dann irgendwie süß an. Vielleicht war ja Süßsein gar nichts anderes als an der Zunge kitzeln. Irgendwelche kleine Männchen, die auf der Zunge herumtanzten und …

O Mann! Es war einfach noch zu früh am Morgen! Oder noch zu spät in der Nacht. Wie viel Uhr es wohl war? Schwer zu sagen mit den Wolken am Himmel. Vier Uhr? Wahrscheinlich. Die Herren Offiziere ließen sich doch immer wieder was Neues einfallen. Für die musste heute so was wie ein Festtag sein. Wahrscheinlich konnte der denen gar nicht früh genug beginnen. Hatten sicher vor Freude kein Auge zu getan …

Ob Deiss wohl geschlafen hatte? Musste ein dummes Gefühl sein, dazuliegen und zu wissen, dass man, wenn man wieder aufwachte, dran war. Da hinten, in dem Holzschuppen, hielten sie ihn gefangen. Der Hohenasperg war ihm erspart geblieben. Auch seinen Kopf hatte er behalten dürfen. Soldaten waren dem Dicken zurzeit zu wertvoll. Da drückte er lieber mal ein Auge zu.

Na ja. So war's dann auch wieder nicht. Was Deiss hier und jetzt erwartete, war am Ende schmerzensreicher als eine Hinrichtung. Kopp hatte vor Schreck einen fahren lassen, als er von der Strafe gehört hatte. Dreitägiges Gassenlaufen. Kopp hatte sofort gewusst, was das bedeutete: Deiss musste sechsmal durch die Gasse laufen, hin und zurück – und das an drei Tagen. Durch eine Gasse, die aus zweimal hundert Soldaten bestand, die sich gegenüberstanden und die auf einen einprügelten. Um vier Uhr in der Nacht. Bei einer Schweinekälte.

Kopp hatte gemeint, dass das bisher noch keiner überlebt hatte.

»Ich will in mein Bett zurück«, raunte irgendeiner ungeduldig in der Reihe. »In mein warmes, weiches Bett, verdammt noch mal! Und davor noch was mampfen.«

»Ich muss pissen«, zischte sein Nachbar. »Ich muss so dermaßen pissen, dass ich mit'm Rücken an 'ne Steinwand stehen muss, damit mich der Rückstoß nicht weghaut!«

»Spritz es doch dem Deiss ins Gesicht, wenn er vorbeirennt. Ham die sicher nichts dagegen.«

»Würde den glatt durchlöchern.«

»Wär nicht das Schlimmste«, mischte sich ein Dritter leise ein. »Ich hab den Kerl so satt! Der macht einen auf Trotzkopf, und wir können's ausbaden! Sogar jetzt stehen wir doch nur wegen dem hier rum!«

»Also ich hab kein Problem damit, dem gleich so dermaßen eins überzuziehen ...«

»Nee, der soll mal ernten, was er gesät hat! Wollte keine Freunde, dann soll er auch keine haben!«

»Ich sag dir, wenn die uns wegen dem dreimal nachts hier rausholen, dann ist's das Beste, wir schlagen ihn gleich jetzt tot!«

»Ssst!« Ein Unteroffizier hatte sich hinter die Schwätzer gestellt.

Georg knirschte mit den Zähnen. Dreckig waren die! Durch und durch dreckig! Nur an sich selber denken und dabei über Leichen gehen. Ja nichts wagen, und deshalb immer auf der sicheren Seite stehen – auf der Seite der Vorgesetzten, des Ba-

taillons. Der ganze Kommiss klappte nur, weil es Tausende Deppen wie die hier gab. Die brav mitmarschierten. Wären alle wie Deiss, gäbe es keinen Kommiss.
Jetzt war auch klar, warum das Ganze mitten in der Nacht stattfand: weil die Leute dann schlechter Laune waren, weil sie schnell wieder in die Heia wollten und dafür sogar ihre eigene Mutter totprügeln würden.
Deiss konnte sich selig preisen, wenn er das hier überlebte.
Es schien loszugehen. Hinter der Gasse stellten sich auf beiden Seiten Fackelträger auf. Wie nett! Damit man Deiss in der Dunkelheit ja nicht verfehlte.
Pferdeschnauben. Aha! *Der* hatte noch gefehlt im Reigen der Schlächter: Major von Haucken trabte auf seinem Rappen zum Anfang der Gasse. So wie's aussah, war er der ranghöchste Offizier hier.
Sah dem Teufel ähnlich. Wo es etwas zu schinden gab, da tauchte er wie aus dem Nichts auf. »Die rote Rübe« nannten ihn die Männer wegen seiner feuerroten Haare. Aber nur selten, hinter zwei vorgehaltenen Händen. Zu groß war die Angst, dass Haucken es einmal hören könnte. Außerdem war der Name zu harmlos für ihn. »Der rote Reiter« passte viel besser: »Und es kam heraus ein zweites Pferd, das war feuerrot. Und dem, der darauf saß, wurde Macht gegeben, den Frieden von der Erde zu nehmen …« Das passte bei dem wie die Faust aufs Auge.
Haucken war Hesse, das allein reichte vielen aus, um ihn zu hassen. Es machten zahllose Gerüchte über ihn die Runde, üble Gerüchte, und weil man Haucken alles zutraute, gab es keinen Grund, an ihnen zu zweifeln. Er war in Amerika gewesen als Leutnant des Landgrafen und hatte Hunderte verkaufter Männer für die Engländer in den Tod getrieben – gegen die aufständischen Amerikaner. Er hatte Todesurteile gegen die Männer vollstreckt, die von der Fahne geflohen waren, um sich in Amerika ein neues Leben aufzubauen. Männer, die er zuvor mit falschen Versprechungen, Alkohol oder Gewalt in sein Regiment gepresst hatte. Auch hier aus der Gegend waren viele nach Kassel gegangen und nur wenige zurückgekehrt.

Man sprach davon, dass er Hessen hatte verlassen müssen, weil er einen ungehorsamen Soldaten kurzerhand niedergeschossen hatte.
Jetzt gab Haucken Bollinger einen Wink, worauf der mit vier Soldaten auf den Holzschuppen losmarschierte.
Es schneite jetzt heftiger. Die Trommler, die am Anfang, in der Mitte und hier hinten, am Ende der Gasse, standen, schielten besorgt auf ihre Trommelfelle. Diese Kindsköpfe! Machten sich Sorgen um ihre Spielsachen statt um einen Kameraden!
Da trat Deiss aus dem Holzschuppen. Er war groß. Den Bollinger überragte er mindestens um zwei Köpfe. Pechschwarze Haare hatte er. Wilde Locken, die ihm in die Stirn und in den Nacken fielen. Seine Hände waren mit Stricken auf den Rücken gebunden. Ja, so sah ein Deserteur aus. Aber das Gesicht! Weißer als der fallende Schnee! War das so, oder hatte der das große Muffensausen? Nein. So sicher, wie der sich umschaute, hatte der alles, nur keinen Schiss. Etwas *zu* sicher schaute der sich um. Hatten die ihm nicht gesagt, was auf ihn zukam?
Die vier Wachsoldaten führten ihn an den Eingang der Gasse, wo ihm Bollinger die Fesseln mit einem Messer zerschnitt. Dann musste er sich ausziehen – bis auf die Unterhose. Menschenskinder, hatte der einen Körper: von Muskeln zerfurcht wie ein gepflügter Acker. Wenn der auf die Idee kam, sich zu wehren, konnte der locker drei Leuten auf einmal das Genick brechen …
Aber er machte nicht den Eindruck, als ob er sich wehren wollte. Überhaupt. So wie Deiss dastand – nur in der Unterhose, mit den dunklen Locken, allein gelassen, die Gasse mit den hasserfüllten Soldaten vor sich –, fehlte ihm nur noch das Kreuz auf der Schulter und die Dornenkrone. Dann sah er aus wie auf dem Bild, das Oma über ihrem Bett hängen hatte.
Auch auf Deiss würden gleich Leute einschlagen, denen er gar nichts getan hatte. Das verlieh dem Ganzen schon etwas Eigenartiges.
Was ihr einem der Geringsten getan habt, das habt ihr mir

getan, ging es ihm plötzlich durch den Kopf. Jetzt war ihm klar: Er würde Deiss nicht schlagen. Er würde ihm das Kreuz tragen helfen. Er musste sich zu dem bekennen, der für die Freiheit einstand.

Der Steckenknecht kam. Ein hagerer, dümmlich dreinblickender Bursche mit den Händen voller Haselnussruten. Mit ernster Miene stapfte er durch die Gasse wie das teuflische Abbild eines Pfarrers, der seine Gemeinde segnet. Jeder der Soldaten zog sich mit entschlossener Miene eine Rute aus dem Bündel. Als hätte keiner eine andere Wahl.

Georg bekam Bauchschmerzen, als der Steckenknecht ihm immer näher kam. Eigentlich konnte er jetzt gleich schon Farbe bekennen, indem er keine Rute nahm. Nur, dass es dann sehr gut sein konnte, dass sie ihn selbst durch die Gasse rennen ließen.

War das Hauckens Pferd, das da gerade hinter ihm geschnaubt hatte?

Gegen seinen Willen zog er doch eine Rute aus dem Bündel. Der Steckenknecht grinste ihn an wie der Teufel persönlich. Scheißgefühl. Fehlte nur noch, dass irgendwo ein Hahn dreimal krähte.

Der Schneefall nahm weiter zu. Die kalten Flocken flogen in den Kragen, um am Hals zu schmelzen und als Tropfen langsam den Rücken hinunterzurinnen. Die kalten Ohren fühlten sich an, als ob sie bei der geringsten Berührung abfielen wie morsches Holz.

Die Tambours am Ende der Gasse, nur wenige Schritte von ihm entfernt, trommelten Appell, als der Steckenknecht durch war. Das Trommeln ging ihm durch Mark und Bein.

Dann gab Haucken das Zeichen.

Die Wachsoldaten stießen Deiss in die Gasse. Sofort versperrten ihm zwei gekreuzte Gewehre den Ausgang. Er begann zu rennen. Ein giftiges Fauchen setzte ein: die durch die Luft streichenden Ruten, die auf seinen Körper knallten.

Er rannte, so schnell er konnte, wie in einem Wettlauf, durch das Weiß des fallenden Schnees. Mit seinen Händen versuchte er, sein Gesicht vor den Schlägen zu schützen.

Nun setzten die Tambours in der Mitte mit dem Trommeln

ein. Schon längst lief er nicht mehr so gleichmäßig wie am Anfang, sondern setzte seine Füße unsicher auf.
Gleich würde er vorbeikommen. Georg kam ins Schwitzen. Die Soldaten neben ihm hatten längst die Ruten hochgenommen. Haucken stand hinter ihnen und wartete nur darauf, dass einer nicht zuschlug.
Deiss kennt dich eh nicht, hörte er eine Stimme zu sich sprechen. Schlag ihn wie die anderen auch! Wenn nur du allein ihn nicht schlägst, hilft ihm das auch nicht weiter!
Plötzlich bemerkte er, dass sein Arm gegen seinen Willen nach oben gegangen war.
Schlag ihn!, sagte die Stimme. In der Menge fällt es nicht auf! Kein Mensch wird dir einen Vorwurf machen!
Heftiger, als er es beabsichtigt hatte, schlug er Deiss.
Noch bevor er überlegen konnte, was er getan hatte, hatte Deiss am Ende der Gasse gewendet. Schon kam er wieder zurück. Seine Haut war an einigen Stellen aufgeplatzt. Er keuchte. Immer noch hielt er seine Hände vor seine Augen.
Schande! Wer oder was hatte ihn gegen seinen Willen dazu gebracht, Deiss zu schlagen?
Das Geschrei der anderen machte die Gasse mittlerweile zu einem richtigen Hexenkessel. Sie feuerten Deiss bei jedem Schritt an, nur um ihn noch einmal schlagen zu dürfen.
Auch Georg schlug ihn wieder, als er vorbeirannte.
War er denn vom Teufel besessen? Er hatte ihn ganz sicher nicht schlagen wollen!
Deiss war wieder am Anfang der Gasse angekommen. Scheußlich, wie er jetzt aussah! Das bleiche Gesicht, der Rücken blutüberströmt. Der Oberkörper wie im Krampf gekrümmt. Und er musste noch fünfmal durch!
Das überlebte der nicht! Und mit seinen Schlägen war er mit schuld, wenn Deiss starb!
Deiss kam wieder näher. Sein Rennen wurde immer mehr zum Humpeln. Ohne Mitleid schlugen sie auf ihn ein und lachten über ihn. Sie trauten sich dabei immer mehr zu und standen schon lange nicht mehr so steif da, wie sie es eigentlich sollten. Einer trat sogar mit seinem Stiefel nach Deiss. Keiner der Unteroffiziere, die hinter den Reihen standen, griff ein.

Die Ruten klatschten auf das Fleisch. Immer stärker noch, als ob es galt, ihn totzukriegen. Raubtiere, die ein wehrloses Opfer gefunden hatten, um es zu zerreißen. Und er war eines von ihnen.

Nein!

Er ließ das Gewehr, das er wie die anderen an seiner linken Seite stehen hatte, aus der Hand gleiten. Es fiel dumpf auf den mittlerweile von Schnee bedeckten Boden. Die, die neben ihm standen, schauten ihn verdutzt an. Dann trat er wenige Schritte vor Deiss in die Gasse und nahm seinen Stecken in beide Hände. Er hielt kurz inne, dann zerbrach er ihn krachend über seinem Knie.

Stille. Tödliche Stille. Das ohrenbetäubende Geschrei war mit einem Schlag verstummt. Er hörte den Schnee auf seine Ärmel fallen, so leise war es plötzlich.

Alle hatten zu schlagen aufgehört und schauten ihn an. Auch Deiss mit seinem blutüberströmten Gesicht. Er war stehen geblieben. Der Schnee zu seinen Füßen färbte sich rot.

Georg stand weiter reglos da und hielt den zerbrochenen Stecken in seinen Händen.

»Weitermachen!«, zerriss Hauckens Stimme die Stille. »Sofort weitermachen, sonst darf jeder mal durchrennen!«

Er sah, wie Haucken einem Soldaten die Rute aus der Hand riss und dann mit seinem Rappen auf ihn zupreschte, mitten in die Gasse hinein. Er bekam die Rute voll ins Gesicht. Plötzlich scheute der verwirrte Rappe. Georg wollte ausweichen, doch der Huf traf ihn am rechten Bein. Er sackte wie ein Mehlsack auf den Boden und blieb liegen. Aus den Augenwinkeln sah er, wie Haucken sein Pferd wieder aus der Gasse lenkte.

»Weitermachen!«, brüllte er noch einmal.

Augenblicklich begannen die anderen wieder zu schreien und zu schlagen, als müssten sie die Pause nachholen. Die Ruten klatschten erneut auf Deissens Rücken. Doch Deiss rannte nicht mehr. Er blieb stehen und ließ sich prügeln wie ein Hund.

Seine dunklen Augen schauten zu Georg. Doch das war

nicht Dank, das da in seinen Augen leuchtete. Das war Hass. Abgrundtiefer Hass.
Deiss begann zu wanken. Ein kurzes Stöhnen, dann klatschte er der Länge nach in den Schnee. Einer der Männer spuckte ihm auf den Rücken.

Georg fuhr sich über seine rechte Backe. Das Zeug, das der Doktor ihm in die Platzwunde gekippt hatte, brannte wie die Hölle. Der ganze Raum stank danach. Gott sei Dank hatte Haucken das Auge nicht erwischt. Bei der Wucht hätte das glatt draufgehen können. Dafür würde eine fette Narbe unter dem rechten Auge zurückbleiben. Ein dicker, fetter Strich. Der Strich durch seine Rechnung.
Er saß auf einem Stuhl im Behandlungszimmer des Bataillonsarztes. Neben ihm, auf einer Holzpritsche, lag Deiss. Ohnmächtig. Als Doktor Bernau ihm die Wunden eingerieben hatte, war er wieder weggekippt. Der Rücken hatte wie ein Schlachtfeld ausgesehen. Ein einziger Brei aus rohen Fleischfetzen. Jetzt war zwar ein Verband drüber, aber der war vor lauter Blut schon nicht mehr zu erkennen. Der Wahnwitz an der Sache: Deissens Rücken heilte nur zusammen, um dann wieder ausgepeitscht werden zu können.
Es sei denn, Doktor Bernau hatte Erfolg. Jetzt im Moment war er nämlich bei den Offzen drüben, um sein Gutachten abzugeben. Wenn der denen klar machen konnte, dass Deissens Wunde schon jetzt vollkommen war, dann konnte es sein, dass Deiss der Rest der Strafe erspart blieb.
Er versuchte, seine Lage auf dem Stuhl zu verändern. Es war unmöglich. Der Rappe hatte ihn gut getroffen – genau auf den rechten Oberschenkel. Das hatte der Haucken dem sicher heimlich beigebracht. Das ganze Bein bestand nur aus Schmerzen.
Was da wohl auf ihn zukam? Dass er sich geweigert hatte, Deiss zu schlagen, musste die Offiziere ziemlich mitgenommen haben. Kopps Prophetenworte klangen ihm im Ohr: Wer sich gegen die Offiziere stellt, kommt unter die Räder. Er musste aufpassen, dass sein Versuch, so schnell wie möglich wieder frei zu sein, nicht im Gegenteil endete. Dass der

Schuss nicht nach hinten losging. Vielleicht war er das schon ... Und wenn! Deiss nicht zu schlagen war die richtige Entscheidung gewesen!
Als Deiss zusammengebrochen war, hatte der Hass in seinen dunklen Augen geleuchtet. Warum nur? Wohl kaum, weil er Deiss die Schau gestohlen hatte. Es gab nur eine Möglichkeit: Deiss war zu stolz, um Hilfe anzunehmen. Passte zu dem, was Kopp von ihm erzählt hatte. Das war also Deiss: ein stolzer Jüngling. Mal sehen, ob das zutraf, wenn er aufwachte.
Stolz oder nicht stolz. Deiss hatte einen Weg gefunden, hier rauszukommen, und das machte ihn in diesem Zimmer zu einem gefragten Mann. Deiss konnte aus erster Hand erzählen, was beim Abhauen zu beachten war – und welchen Fehler er gemacht hatte. Wenn er wirklich so stolz war, wie es den Anschein hatte, konnte er sein Scheitern vielleicht gar nicht ertragen und musste noch mal abhauen. Zu zweit zu sein bei der Flucht würde sicher kein Nachteil sein.
Plötzlich sah er zwei dunkle Augen auf sich gerichtet.
Holla! Deiss war wach. Er lag auf dem Bauch, das Kinn auf seinen Händen abgelegt.
»Geht's mit den Schmerzen?«
»Mit welchen Schmerzen?«, antwortete Deiss stoßweise.
»Die auf deinem Rücken.«
»Auf welchem Rücken denn?«, meinte Deiss und schloss die Augen.
Wenn er auch nach vorne umgekippt war, auf den Mund war er dabei nicht gefallen.
»Viel ist von deinem Rücken wirklich nicht mehr übrig. Hab vorher gemeint, du hättest 'nen Pickel auf der Niere.«
»Und?«
»War dein Bauchnabel von hinten.«
Deiss öffnete die Augen wieder und schaute ihn befremdet an. »Hilfe! Ham die mich statt ins Lazarett zu den Verrückten gesteckt?«
Georg zuckte mit den Schultern. »Kann gut sein. Wer ist hier drin schon nicht verrückt ...«
Deiss schwieg. »Ich habe mich gefragt, was für ein Dumm-

kopf das ist, der aus der Gasse raustritt und den Stecken zerbricht«, fing er nach einer Weile an. »Jetzt mal davon abgesehen, dass hier drin wirklich alle verrückt sind ... War dir das Prügeln allein zu langweilig?«
»Du scheinst ein Problem damit zu haben, dass ich dich nicht geschlagen haben. Hat dich das irgendwie *verletzt*?«
»Hoho«, tat Deiss. »Nein, aber sagen wir mal, ich hab so einen Auftritt nicht erwartet.« Deiss schien dem Gespräch endlich eine ernste Wendung geben zu wollen.
»Ich habe halt gehofft, dass du mir mal später Gleiches mit Gleichem vergelten wirst.«
»Wie meinst du das?«
»Kann ja gut sein«, sagte Georg, »dass ich auch mal durch die Gasse laufen muss. Würde mir zusagen, wenn du mich dann auch nicht schlägst.«
»Und wieso solltest du durch die Gasse laufen müssen? Weil du mich nicht geschlagen hast, oder was?«
»Deswegen hoffentlich nicht. Eher aus dem gleichen Grund wie du.«
Deiss richtete sich etwas auf und schaute ihn an. »Du willst abhauen?«
»Ja, ich will abhauen.«
»Vergiss es!« Leise stöhnend ließ sich Deiss wieder auf das Bett sinken.
»Und warum?«, fragte Georg.
Deiss richtete sich – trotz seiner Schmerzen – wieder auf. »Weil es unmöglich ist! Weil ich jetzt nicht hier liegen würde und so dermaßen am Sack wäre, wenn es nur den kleinsten Hauch einer Möglichkeit gäbe. Darum!«
»Du hast es rausgeschafft. Zwei Tage lang haben sie dich nicht gekriegt.«
»Und? Was kann ich mir jetzt davon kaufen? Einen neuen Rücken?«
Georg schüttelte den Kopf. »Hör zu, ich weiß nicht genau, was sich da draußen abgespielt hat, wie sie dich gekriegt haben. Aber das Ganze hätte doch auch klappen können. Ich meine, mich haben sie auch erwischt. Sie hätten mich aber auch genauso gut nicht erwischen können.«

»Was heißt das: Dich haben sie auch erwischt?«
»Ich wollte nach Amerika auswandern, noch bevor ich zum Kommiss musste. An der badischen Grenze haben sie mich geschnappt.«
»Dann ist das hier wohl das Versagerstübchen …«, raunte Deiss.
»Aller guten Dinge sind drei …«
»Nein.«
»Was nein?«
»Nein, was auch immer. Nein, wenn du glaubst, dass ich mit dir zusammen abhaue. Und nein, wenn du glaubst, dass du's alleine schaffst.«
»Als ich dich heute zum ersten Mal gesehen habe, wie sie dich aus dem Holzschuppen rausgeholt haben, da hatte ich nicht den Eindruck, dass du einer bist, der schnell aufgibt …«
»Da hatte ich meinen Rücken auch noch, Freundchen. Außerdem gebe ich nicht *schnell* auf, ich gebe auf, nachdem ich einiges durchgemacht habe. Und weil beim nächsten Versuch nicht mehr mein Rücken, sondern mein Arsch auf dem Spiel steht.«
»Im Krieg steht der auch auf dem Spiel. Und da kannst du ihn dir nicht mehr retten.«
»Nur dass jetzt gar kein Krieg ist!«
»Das kann sich aber ändern. Und dann ist es zu spät zum Abhauen.«
Deiss vergrub sein Gesicht im Bett, dann legte er die gefalteten Hände auf seine schwarzen Locken. »Vor meiner Flucht habe ich genauso gedacht wie du«, kam es dumpf darunter hervor. »Aber jetzt glaub ich, dass ich eher überlebe, wenn ich hier bleibe, und deshalb bleibe ich. Du kannst ja gern gehen.«
»Mach ich auch.«
»Wird nicht klappen.«
Georg atmete tief ein. »Warum bist du dir da so sicher?«
»Weil ich zum Beispiel weiß, dass die dank mir die Wachen verdoppelt haben. Und zwar nicht nur vor der Kaserne, sondern auch an den Stadttoren.«
»Und warum noch?«

Deiss versuchte sich wieder aufzurichten. Das Holz der Pritsche quietschte. Mit seinem Finger deutete er auf das Fenster. »Weil es da draußen so arschkalt ist«, sagte er mit Nachdruck, »dass es ziemlich bedauerlich ist, wenn man kein Feuer machen darf, weil die einen verfolgen. Und weil es so dermaßen schwierig ist, was zu essen, wenn du nichts zum Essen hast. Weil du wie ein gejagtes Viech durch den Schnee rennst, dir nie sicher sein kannst, wo du gerade bist, weil du mit keiner Menschenseele reden darfst. Und weil sie dich am Ende dennoch kriegen.« Stöhnend sank Deiss wieder auf sein Lager.

Georg fuhr sich mit der Hand durch die Haare. Was Deiss da sagte, war nicht unwahr. Doch es blieb die Frage, ob man es trotzdem schaffen konnte. Trotz aller Hindernisse! Und diese Frage konnte man eben nur dann beantworten, wenn man es versuchte.

Die Tür ging auf.

Es war Doktor Bernau. Welche Nachrichten der wohl brachte? Für Deiss? Für ihn selbst?

Der kleine, grauhaarige Arzt ging schweigend zum Fenster, verschränkte die Hände auf dem Rücken und starrte hinaus, als ob er ganz alleine wäre. Er spiegelte sich in der Fensterscheibe, hinter der es Nacht war. Nach einer Weile nahm er die Brille von der Nase und schob den einen Drahtbügel in den Mund.

»Deiss«, meinte er mit seiner tiefen, rauen Stimme, die gar nicht zu ihm passte, ohne den Blick von seinem Spiegelbild zu wenden. »Sie haben dir den Rest der Strafe erlassen. Es ist mir gelungen, sie davon zu überzeugen, dass das Ziel der Strafe erreicht wurde.«

Deiss antwortete nicht. Er blieb unverändert liegen. Bernau schien das nicht zu stören. Auch er rührte sich nicht. Ihn schien das Urteil mehr zu freuen als Deiss.

Bernau war der einzige Normale hier. Er hatte ihnen mit keinem Wort einen Vorwurf gemacht, sondern sie behandelt, als hätten sie sich beim Exerzieren verletzt. Er war auch der einzige Vorgesetzte, der sie mit »du« anredete.

Bernau wusste, was die Offiziere über ihn gesprochen hatten. Warum rückte er nicht endlich damit heraus? Was gab's denn da draußen so Tolles zu sehen, dass er immer noch am Fenster stehen musste?

Plötzlich drehte sich Bernau um und schaute ihn an. »Kinder, Kinder, Unterkofler!«, meinte er kopfschüttelnd. »Ich habe schon viele Rücken von Deserteuren behandelt … Aber so einer wie du ist mir noch nie unter die Finger gekommen. Du kannst dir gar nicht vorstellen, wie das die Herren Offiziere durcheinander gebracht hat.« Er machte eine Pause, in der er seine Brille wieder aufsetzte. »Ich will's kurz machen«, begann er, wobei er seine Brille auch schon wieder von der Nase zog. »Major von Haucken hat vom Bataillonskommandeur gefordert, dass du jetzt selbst durch die Gasse musst. Hast du das erwartet, als du das gemacht hast?«

Georg zuckte mit den Schultern. Was sollte er schon sagen … Als ob man in so einem Augenblick an die Folgen dächte.

»Du kannst dich bei deinen Vorgesetzten bedanken, dass Major von Haucken mit seiner Forderung nicht durchkam. Hauptmann von Gehlen und Leutnant Faber haben ihm heftigen Widerstand geleistet. Darauf brauchst du dir allerdings nichts einzubilden. Die sind selten einer Meinung mit dem Major.« Bernau setzte seine Brille wieder auf. »Ich selbst konnte noch anbringen, dass du mit dem Pferdekuss schon ordentlich gestraft seiest. Jedenfalls: Du kommst für zwei Wochen in den Bau.« Er verzog abschätzend den Mund. »Eigentlich das Beste, was dir passieren kann. Dein Bein benötigt unbedingte Ruhe.«

Georg atmete erleichtert aus. Halleluja! Nicht durch die Gasse!

Noch bevor er etwas sagen konnte, ergriff Bernau wieder das Wort.

»Wisst ihr, Buben …« Er unterbrach sich und atmete tief ein. Dann schien er sich anders zu besinnen. »Unterkofler! Ich lass die Wachsoldaten kommen, dass sie dich in den Bau bringen. Dort kannst du immerhin liegen. Deiss! Du bleibst noch hier!«

Damit verschwand er aus dem Zimmer.

In den Bau also! Es gab Schlimmeres. Der Haucken hatte ihn

durch die Gasse jagen wollen. Von dem war jetzt in nächster Zeit natürlich nicht viel Gutes zu erwarten. War es so aber auch nicht.
»Unterkofler heißt du also«, meinte Deiss plötzlich.
»Ja, Georg Unterkofler. Und du heißt Rudolf Deiss.«
Deiss nickte, dann meinte er: »Als Deserteur wird man eben schneller bekannt, als einem lieb ist.«
»Tja, das hättest du dir vorher klar machen sollen.«
»Man kann nicht an alles denken.«
»Nein, das kann man nicht.«
Deiss schwieg eine Weile, dann sagte er noch: »Finde dich damit ab, dass es kein Entkommen gibt. Wir sind den Hunden ausgeliefert – auf Gedeih und Verderben.«

VI.

War sein Blick zu ihr nur ein Zufall gewesen?
Sophie versuchte, das Lächeln, das in ihr aufstieg, zu unterdrücken und in eine andere Richtung zu schauen.
Es war nur ein kurzes Aufleuchten gewesen, eine kurze Übereinstimmung seines und ihres Blickes. Sie hatte zuerst geschaut, dann hatte Gustav seine Lider gehoben, sie für den Bruchteil einer Sekunde angesehen, um sich letztlich wieder seinen Gesprächspartnern und seinem Glas Schaumwein zuzuwenden. Jetzt tat er sogar so, als gäbe es sie gar nicht. Seine Blicke schweiften überall im Saal umher, während er redete, zuhörte oder am Glas nippte, aber sie schien plötzlich Luft für ihn zu sein.
Wie überaus reizvoll!
Sie hatte Gustav schon einmal gesehen. Bei Charlotte, deren Bruder ihn und andere junge Männer zu einer Hirschjagd eingeladen hatte. Er hatte auf seinem Rappen eine blendende Figur abgegeben, keiner der anderen preußischen Jünglinge war auch nur mit Abstand an ihn herangekommen. Gegen ihn waren sie alle wie Bauern in ihren Sätteln gehangen. Den Hirsch hatte er zwar nicht geschossen, aber das sprach eben für den Hirsch.
Nach der Jagd, am Abend, waren seine Jagdgefährten dann genauso um ihn herumgestanden wie die kleine Gesellschaft aus jungen Männern und Frauen, die sich im Augenblick um ihn scharte. Sie hingen allesamt an seinen Lippen. Seine Mimik, seine Gesten und Blicke wiesen darauf hin, dass er wieder über irgendetwas Ausgefallenes philosophierte. Dafür war er bekannt. Charlotte hatte es ihr während der Jagd in der Kutsche erzählt – und zwar so, dass ohne Zweifel blieb, dass auch sie für ihn schwärmte. Gustav glaubte fest daran, dass es den Menschen schon bald möglich sein würde, wie

Vögel durch die Luft zu fliegen. Und dabei sogar den Mond zu besuchen. Wenn das auch letztlich kindische Spinnereien waren, seine Zuhörer unterhielt er mit diesen Geschichten prächtig.
Seine Augen leuchteten dabei so schwärmerisch und mitreißend.
Er war schon viel in der Welt herumgereist – zumindest hatte Charlotte das so von ihm erzählt. Wenn er auch noch nicht in Amerika gewesen war, wusste er viel darüber zu berichten. Sein Vater hatte als Offizier General von Steuben begleitet, als der die Kolonisten im Krieg gegen die Engländer ausgebildet hatte. Letztlich verdankten die Amerikaner ihre Unabhängigkeit also dem Vater des Mannes, der hier wenige Schritte von ihr entfernt stand!
Er schaute wieder zu ihr her. Unwillkürlich nickte sie ihm dabei kurz zu.
War sie denn wahnsinnig geworden?! Wie hatte sie ihm denn nur zunicken können? Jetzt musste er sie für ein Flittchen halten!
Jetzt nickte er ihr ebenfalls zu.
Sie spürte, wie ihr das Blut in den Kopf schoss. Das hatte sie schon immer geärgert, dass sie gleich rot wurde! Das musste auf ihn schrecklich kindisch wirken!
Sie wandte sich deshalb ab und schaute wieder den drei Paaren zu, die zur festlichen, aber dilettantisch gespielten Musik des Kammerorchesters tanzten.
Plötzlich stand Gustav vor ihr. Seine Augen schauten sie durchdringend an. »Darf ich um diesen Tanz bitten?«, fragte er.
Sie ließ ihre Augenbrauen nach oben zucken und bot ihm die Hand an.
»Mit Vergnügen!«, sagte sie.
Als sie zu tanzen begannen, wechselte das Orchester zu einem schwungvollen Stück. Gustav war ein ausgezeichneter Tänzer. Nach und nach verließen die anderen Paare die Tanzfläche, um ihnen Platz zu machen. Wie fallendes Herbstlaub wirbelten sie durch den Saal ...
Ihr Onkel, den sie auf sich zukommen sah, holte sie aus

ihrem Tagtraum in die Wirklichkeit zurück. Sie musste endlich damit aufhören, französische Romane zu lesen!
Zwei Männer, die ihr unbekannt waren, begleiteten ihren Oheim. Der eine war etwa im gleichen, fortgeschrittenen Alter wie ihr Onkel – auch seine Haare waren schon ergraut. Vermutlich war der andere Fremde sein Sohn, wenn er auch nicht viel mit ihm gemein zu haben schien. Neben dem stattlichen Alten sah er krumm wie ein Fragezeichen aus. Wollte ihr Onkel sie mit seiner neuen Vogelscheuche bekannt machen?
Nein. Erfahrungsgemäß wollte er sie mit ihrem zukünftigen Gatten bekannt machen. Warum konnten Gustavs Geschichten nicht wahr sein und es einen Apparat geben, mit dem sie ihren Onkel auf den Mond schießen konnte? Dass er sich einbildete, ihr den Mann aussuchen zu können, ging ihr nicht erst seit kurzem auf die Nerven. Zustände wie beim Hochadel waren das!
»Sophie, ich möchte dich mit Oberst von Dennewitz und seinem erstgeborenen Sohn Carl von Dennewitz bekannt machen«, ergriff ihr Onkel das Wort.
Erstgeboren! Er hatte tatsächlich »erstgeboren« gesagt! War das peinlich! Wann würde er endlich im neunzehnten Jahrhundert ankommen?
Sie zwang sich zu einem Lächeln, als sie zuerst dem Vater, dann dem Sohn die Hand zum Kuss reichte.
»Der Oberst und ich, wir haben beide bei den Langen Kerls gedient, damals noch unter König Friedrich dem Großen«, fuhr ihr Onkel fort.
Seine Blicke sagten: Heirate seinen Sohn und zeuge mit ihm eine Kompanie Lange Kerls für unsere Ahnengalerie!
Die Blicke des Oberst sagten: Höre auf deinen Onkel!
Es war grausam! Hoffentlich sah Gustav jetzt nicht her! Er würde sie niemals mehr ernst nehmen.
»Der Oberst und ich haben einige Erinnerungen aufzufrischen«, fing ihr Onkel wieder an, wobei seine Augen bedeutsam zwischen ihr und der Vogelscheuche pendelten. »Ihr beiden jungen Leute entschuldigt uns! Ihr habt euch sicher viel zu erzählen!«

Der Oberst nickte ihr freundlich zu – und wie freundlich! –, dann verschwand er mit ihrem Onkel im Gewühl der anderen Gäste.
Sie schaute die Vogelscheuche so giftig an, dass diese vor Schreck zusammenzuckte. Dann musterte sie den Erstgeborenen mit abfälligen Blicken vom Scheitel bis zur Sohle, während seine Augen ihrem Blick ängstlich auswichen.
Sein schwarzes, voluminöses Haar war fettig wie eine Weihnachtsgans. Weiße Flocken waren ihm zuhauf auf die schmächtigen Schultern gerieselt, wo auch eine ganze Reihe von Haaren auf dem grünen Filz seines Rockes klebten. Seine braunen Augen mochten auf den ersten Blick ganz ansehnlich sein, doch lag in ihnen so viel Männliches wie in einem Stück warmen Apfelkuchens. Die ungebändigte Fülle seiner Haare machte zwei Drittel seines Kopfes aus, darunter wirkte sein schmales, kantiges Gesichtchen wie ein indianischer Schrumpfkopf.
Er zitterte.
»Sie sind also der Erstgeborene?«, fragte sie ihn streng.
Seine Lippen bebten: »Ja, das stimmt wohl, aber ich …«
»Bilden Sie sich womöglich auf diese zufällige Fügung des Schicksals etwas ein?«
Er schüttelte erschrocken den Kopf. »Nein, keineswegs, ich …«
»Wie bitte? Ich habe Sie nicht verstanden! Die Musik ist so laut, und Sie nuscheln fürchterlich! Könnten Sie es noch einmal sagen?«
»Nein!«, sagte er so laut, dass er selbst zusammenzuckte. »Ich …«
»Nein?«, unterbrach sie ihn. »Sie sind sich wohl zu fein, sich mit mir zu unterhalten?«
Jetzt begann der Erstgeborene wie Espenlaub zu zittern. Mit den Lippen versuchte er vergeblich, ein Lächeln zu formen, während aus seinen Augen die nackte Angst starrte. Er rang um Fassung. Vergebens.
»Erzählen Sie mir etwas von sich!« Sie gönnte ihm keine Pause. »Was ist Ihre Profession? Sind Sie etwa Soldat wie der Herr Papa?«

Er nickte heftig, da er nicht in der Lage zu sein schien, auch nur ein Wort auszusprechen. »Ich … hätte … lieber die Künste studiert«, gluckste es dann doch noch aus ihm heraus.
»Haben Sie jemals einen Kamm in der Hand gehabt?«
Er schaute ihr für den Bruchteil einer Sekunde erschrocken in die Augen, dann wich er ihrem Blick verwirrt aus. »Ich …«, seufzte er.
»Wollen Sie mich heiraten?«, fragte sie ihn dann.
Augenblicklich war auch noch der letzte Tupfer Farbe aus seinem Gesicht gewichen. Sein Unterkiefer klappte so widerstandslos herunter wie bei einem hölzernen Nussknacker.
»Ob Sie mich heiraten wollen!«, wiederholte sie erbost.
Seine Kehle zitterte. »N… Nein!«, stammelte er schließlich.
»Nein?«, hakte sie nach. »Sie wollen mich nicht heiraten? Warum reden Sie dann mit mir?«
Die Kammermusik verstummte auf einen Schlag, als er über die Tanzfläche irrte und dann aus dem Saal stürmte.

Wenig später saß Sophie in der Kutsche, die sie zurück auf das Gut ihres Onkels brachte. Sie war seiner Strafpredigt auf der Feier ausgewichen, indem sie freiwillig in die Verbannung gegangen war. Für immer entkommen konnte sie dem Donnerwetter freilich nicht. Aber immerhin fand es so nicht vor Gustavs Augen statt.
Obwohl das seine Aufmerksamkeit unweigerlich auf sie gelenkt hätte. Aber er hatte sie ja bemerkt. Sein Nicken war deutlich gewesen.
Wieso konnte ihr Onkel sie nicht mit *ihm* bekannt machen? Weil er kein Erstgeborener war? Weil er gut aussah und auch keinen Keuchhusten hatte wie all die anderen Vogelscheuchen? Vermutlich war es die Tatsache, dass seine Familie erst vor kurzem in den Adelsstand erhoben worden war. Dass sie keine Alteingesessenen waren. Nicht zum Club gehörten.
Aber ihr Onkel sollte sich seine morschen Zähne an ihr ausbeißen! Sie ganz alleine bestimmte, wer sie heiraten durfte. Sie und sonst keiner!
Sie schleuderte das Polsterkissen, das neben ihr lag, an die gegenüberliegende Kutschenwand.

Jetzt konnte sie Gustav nicht mehr sehen! Wie sollte er eine Gelegenheit finden, sie anzusprechen, wenn sie nicht da war?!
Ihr Onkel war ein riesiger Stein auf ihrem Weg zum Glück! Sie musste es schaffen, so lange ledig zu bleiben, bis er nicht mehr war!
Die Kutsche verlangsamte plötzlich ihre Fahrt, dann hielt sie an.
Da es schon dunkel war, konnte sie den Grund dafür nicht erkennen, als sie aus dem Fenster blickte. Trotz der Kälte, die draußen herrschte, schob sie das Fenster etwas herunter.
»Ludwig!«, rief sie durch den kleinen Spalt in Richtung Kutschbock. »Warum hat Er angehalten?«
»Mein gnädiges Fräulein«, antwortete Ludwig, wobei ihm der hochgeschlagene Mantelkragen die Stimme dämpfte, »hier ist ein Bauer mit seinem Wagen. Ihm ist ein Rad gebrochen.«
Tatsächlich sah sie jetzt im Schneematsch des Straßenrands einen alten Bauern frierend neben seinem Leiterwagen stehen. Seine Augen blickten hilfesuchend in die Kutsche.
»Was soll ich tun, mein gnädiges Fräulein?«, rief Ludwig unentschlossen.
»Was soll diese Frage?«, entgegnete sie ihm ungeduldig. »Er soll mich heimfahren! Habe ich Ihm das nicht schon ganz am Anfang gesagt?«
Ludwig schien zu zögern. »Aber mein gnädiges Fräulein!«, wagte er noch einen Versuch. »Das Haus des Bauern liegt auf unserem Weg, und es ist eiskalt hier draußen. Ich habe noch Platz auf dem Kutschbock ...«
»Fahr Er jetzt weiter!«, herrschte sie ihn an. »In der Kutsche wird es auch nicht wärmer!«
Die Kutsche setzte sich wieder in Bewegung. Was ging sie denn das zerbrochene Rad eines preußischen Kartoffelbauern an! Sie hatte genug eigene Probleme!
Im Gutshaus brannten nur wenige Lichter, als die Kutsche vorfuhr. Dunkel wie eine Gruft!, dachte sie. »Clara, bringe alle Kerzen, die wir im Haus haben, auf mein Zimmer!«, befahl sie ihrem Mädchen, als sie die Treppe hinaufeilte.

Auf ihrer Kommode lag ein Brief. Er musste im Laufe des Nachmittags angekommen sein. Sie erkannte Antoinettes Handschrift.

Was sie wohl zu schreiben hatte als Frischverheiratete?

Neugierig faltete sie den Bogen auseinander und schob einen Stuhl an den Ofen. Die Kacheln strahlten eine angenehme Wärme ab. Sie legte den Brief auf den Stuhl und fasste mit ihren beiden Händen in die Mulden der Kacheln.

Sie fühlte Geborgenheit, als die Wärme über ihre Hände auf ihren Körper überging. Wieso konnte man nicht immer so ein wohliges Gefühl mit sich herumtragen?

Ihre Handballen schmerzten vor Hitze, als sie endlich wieder losließ. Sie nahm den Brief, goss sich ein Glas Wein ein, setzte sich auf den Stuhl und begann zu lesen.

VII.

Die Kälte machte einen wahnsinnig. Sie war die schlimmste aller Foltern: Man war müde und wollte schlafen, aber die Kälte riss einen mitten in der Nacht aus dem Schlaf und ließ einen nicht mehr zur Ruhe kommen. Stundenlang lag man dann zitternd da. Der Schädel brauchte Schlaf, aber der Körper zitterte herum, als ginge es um die Wette.

Georg raffte sich stöhnend auf und wickelte die Decken wieder so eng wie möglich um seinen Körper. Unruhig wälzte er sich auf der harten Holzpritsche herum, bis er einigermaßen bequem lag. Doch die Kälte ließ ihn nicht in Ruhe. Er bebte am ganzen Körper, als hätte er Fieber.

Er wollte nie wieder frieren müssen! Er konnte sich noch gut an den Winter erinnern, in dem das Feuerholz ausgegangen war. Bis in den März hinein hatte es gefroren, und sie hatten nichts mehr zum Verheizen gehabt. Vater wollte die Möbel, die man entbehren konnte, zu Feuerholz machen. Aber dagegen hatte sich Mutter gewehrt und gemeint, dass man lieber den Apfelbaum fällen solle. Das hatte Vater nicht geschmeckt. Doch mitten im Winter hatten sie den Apfelbaum gefällt. Ihren einzigen Apfelbaum. Seine Äpfel hatte man immer bis in den März essen können. Oma Emilie hatte mit ihnen immer einen wunderbaren Kuchen gebacken. Aber sie hatten den Baum fällen müssen, um nicht zu erfrieren. Geld, um Holz zu kaufen, hatte es keines gegeben. Und welches im königlichen Wald zu holen, das hatten schon andere versucht. Sie waren geschnappt und dem Richter vorgeführt worden.

Nein, nie wieder frieren! Es war dunkel. Er hatte keine Ahnung, wie spät es war. Ob die Nacht noch jung war oder ob es schon auf den Morgen zuging.

Die Decken konnten der Kälte nicht viel entgegensetzen. Nicht hier im Bau, wo der Wind durch alle Ritzen pfiff. Zehn Tage war er jetzt schon drin, und es kam ihm wie ein ganzer Winter vor. Er zog sich die Decke über den Kopf.

Er hatte die Flucht so gut wie abgeschrieben. Aber es lag nicht nur an der Kälte allein, die ihn mürbe gemacht hatte. Das, was Deiss gesagt hatte, hatte in den letzten Tagen immer tiefer Wurzeln in ihn getrieben. Er hatte sich vor ihnen genauso wenig schützen können wie vor der Kälte. Es war der Glaube, dass eine Flucht unmöglich war. Und die Angst, dass es einem hinterher nur noch schlechter ging als vorher. Wenn Deiss es geschafft hätte, dann sähe die Welt anders aus. Aber Deiss war am Ende auch in diesem Schuppen hier gelandet ...

Nein. Die Flucht aus der Kaserne war ein Traum, an dem er nicht länger festhalten durfte. Er musste sich selbst wieder ein klares, erreichbares Ziel stecken. Auf das er seine Hoffnungen setzen konnte. Das ihn am Leben hielt.

Er würde die Ausbildung durchziehen. Sie einfach hinter sich bringen, ohne viel dabei zu denken. Sozusagen eine Pause in seinem Leben einlegen. Eine Pause, in der er Amerika für eine Weile nicht näher kam. Nach der Grundausbildung wurde man beurlaubt und nur noch ab und zu für Übungen eingezogen. Er würde seinen Urlaub dann eben in Amerika verbringen. Freilich etwas länger als erlaubt ...

Mit seinen Händen stopfte er die Decken unter seine Beine, damit die Kälte keine Lücken fand.

Es gab nichts Schlimmeres, als in diesen Nächten zu träumen. Nein, eigentlich war es das Beste: In den Träumen war man frei, und man konnte tun, was man wollte. Man traf auf andere Menschen, wenn es auch schwierig war, mit ihnen zu reden. Es war nicht kalt, und man war auch nicht Soldat in den Träumen.

Aber genau das machte das Aufwachen so grausam. Es dauerte immer noch einen Augenblick, bis er begriff, wo er war. Dann traf es ihn wie eine Ohrfeige: Er war nicht zu Hause, auch nicht auf der Stube, wie er geträumt hatte, sondern im Bau – als Gefangener.

Seltsamerweise träumte er nicht mehr von Marie. Von ihrem Sterben. Wie sie ins Eis einbrach. Früher hatte er, wenn es ihm schlecht ging, nichts anderes geträumt. Vielleicht bekam er es ja doch so langsam aus seinem Kopf …
Er spürte die Sehnsucht nach einer Frau in sich. Die Sehnsucht, eine weibliche Stimme zu hören, ein weibliches Gesicht zu sehen, ein weibliches Lächeln auszulösen. Der ganze Kommissschwachsinn war schlichtweg wider die Natur! Man konnte nicht so leben, wie es vorgesehen war. Kein bisschen.
Schritte?
Er richtete sich auf und lauschte in die Richtung, wo die Tür war.
Ja, die Wache kam. Der Schlüssel drehte sich im Schloss. Was die mitten in der Nacht von ihm wollten? Die Holztür öffnete sich knarrend. Der Schlüsselbund rasselte. Eine Kerze schob sich durch den Spalt, dann eine große, dürre Gestalt. Das war nicht der Wachposten …
»Sein Stündlein hat geschlagen. Hat Er noch einen letzten Wunsch, Unterkofler?«, raunte eine Stimme.
Verwirrt starrte er auf den Schatten hinter der Kerze. Da war nichts zu erkennen. Was wollten die von ihm? Einen letzten Wunsch? Das klang tödlich … Steckte Haucken dahinter?
Der Mann kam näher. Das Kerzenlicht fiel für einen kurzen Augenblick auf seinen Kopf. Er hatte strohblonde Haare.
»Blümler!«, rief Georg überrascht aus. »Bist du das?« Schwungvoll befreite er seine Beine aus den Decken und setzte sich auf den Rand der Pritsche.
»Morgen, Unterkofler!«, grüßte Blümler mit einem Grinsen, das über beide Backen ging. »Ja, ich bin's, mein Goldjunge!« Er zuckte mit den Augenbrauen. »Und ich bringe ein Kerzchen mit!«
»*Du* schiebst heut Wache, oder was?«, fragte Georg fassungslos.
Blümler winkte müde ab. »Na ja. Mehr oder weniger …«
Georg schlug sich mit der Faust auf die flache Hand. »Hätte ich *das* gewusst, hätte ich versucht, heut Nacht abzuhauen! Aber freut mich trotzdem, dich zu sehen!« Er stand rasch auf,

machte einen Schritt auf Blümler zu und riss ihm den Schlüsselbund aus der Hand. »Zeig mal kurz her, Kamerad! Wenigstens einmal will ich ihn in der Hand haben.« Er wog den Schlüsselbund in seiner Hand. »Ein gutes Gefühl!« Er nickte mit zusammengepressten Lippen. »Ein sehr gutes Gefühl!«
»He, die Schlüssel!«, meinte Blümler verunsichert. »Mach keine Dummheiten!«
»Was für Dummheiten denn?«, fragte Georg, wobei er Blümler wie ein Verrückter anstierte.
Blümler streckte die Hände beschwichtigend von sich. »Unterkofler, deine Augen funkeln so seltsam«, stotterte er. »Gib mir mal lieber den Schlüssel wieder ...«
»Ich müsste dich nur umhauen«, murmelte Georg. »Den Schlüssel bräuchte ich nicht mal, weil du die Tür offen gelassen hast. Wenn ich dich drinließe ...«
Blümler machte einen unsicheren Schritt rückwärts zur Tür. »Haha!«, lachte er gezwungen. »Der gute, alte Unterkofler! Immer ein Späßchen im Ärmel!« Plötzlich wurde er ernst. »Gib ihn mir bitte wieder!«, meinte er leise. »Ich krieg sonst einen fürchterlichen Ärger ...«
Georg warf ihm den Schlüsselbund zu. »Klar gebe ich ihn dir wieder«, sagte er fast beleidigt. »Hast du wirklich geglaubt, ich lauf mit dem Schlüsselbund übern Kasernenhof und schließ mir alle Türen auf und lass dich hier mit deinem Kerzchen rumstehen, oder was?«
Blümler winkte erleichtert ab. »Lass mal gut sein. Obwohl ...« Er zuckte mit den Schultern. »Du willst doch immer abhauen. Da weiß man eben nie ...«
Georg zog die Mundwinkel nach unten. »Ach, da bin ich mir gar nicht mehr so sicher, ob ich das noch will! Junge, und dann sicher nicht auf deinem Rücken!«
Er setzte sich wieder auf seine Pritsche. »Was treibt dich zu mir, Flachskopf?«, fragte er, wobei er ihm dankbar zunickte.
»Tja, also, wir hatten in der Wachstube die hier übrig ...« Blümler hielt die Kerze an seinen linken Arm, über den eine dicke Wolldecke hing.
»... und da hab ich gedacht, die könnte ich gut auf der Stube gebrauchen. Es ist doch nachts so kalt jetzt.«

»Was du nicht sagst …«
»Na ja. Ich wollte dich fragen, ob du mir auch noch deine Decken gibst …«
Georg lächelte freundlich. »Wer meine Decken berührt, stirbt.«
»Also gut!«, stöhnte Blümler. »Dann behalt sie eben! Und nimm die hier noch dazu!« Er warf ihm die Decke grinsend auf den Schoß. Dann setzte er sich neben ihn auf die Pritsche. »Ich soll dir einen Gruß vom Kopp sagen. Und: Du sollst keine Läuse mitbringen, wenn sie dich wieder rauslassen.«
Georg nickte. »Gib ihm den Gruß zurück: Ich hätte mir schon gedacht, dass ihm die noch reichen, die er von zu Hause mitgebracht hat.«
»Auch vom Deiss soll ich dir was ausrichten.«
Georg schaute Blümler überrascht an. »Ach was? *Der* hat mit *dir* gesprochen?«
Blümler zuckte mit den Schultern. »Zwangsläufig, sag ich mal. Den haben sie jetzt zu uns auf die Stube, weil grad kein anderes Bett frei war außer deinem. Jedenfalls sollst du für ihn was erledigen.«
»Und was?«, fragte Georg.
»Warte …«
Blümler leuchtete mit der Kerze an die Wand hinter der Pritsche. Er suchte nach irgendetwas.
»Der hat hier irgendwo was eingeritzt, als er selbst drin war«, murmelte er. »Du sollst es für ihn fertig machen. Überm Bett hat er gesagt … Ah, hier steht's: ›Haucken! Ab nach …‹ Tja, so weit ist er noch gekommen, bevor sie ihn rausgeholt haben.«
Georg drehte sich zur Wand um. »Das ist vom Deiss?«
»So sieht's aus! Wie gesagt: Du sollst es fertig machen.«
»Haucken! Ab nach …«
»Kassel!«, vollendete Blümler nahtlos.
Georg zog die Mundwinkel nach unten und nickte anerkennend. »Hat was. Werd's erledigen. Das kannst du ihm ausrichten.« Er schlug Blümler auf den Oberschenkel. »Und sonst? Alles klar?«

Blümler lächelte bitter. Er wirkte plötzlich geknickt. »Machst du Witze? Bei wem ist denn seit heute Morgen noch was klar? Bei dir vielleicht?«
Georg stutzte. »Was meinst du?«
Blümler schaute ihn an, wie ihn Dina, die Hündin, früher immer angeschaut hatte, wenn er ihr einen Knochen hingeschmissen und ihn dann zum Spaß wieder weggenommen hatte. »Du weißt es noch nicht!«, stotterte er. »Die Idioten, sie haben's dir noch gar nicht gesagt!«
Georg schaute ihn durchdringend an. »*Was* haben sie mir noch nicht gesagt?«
»Dass ...« Blümler wich seinem Blick aus und schaute auf den Boden. »Der Dicke hat die Mobilmachung befohlen. Wir rücken hier bald aus. Wohin sagen sie noch nicht.«
Georg ließ sich rückwärts auf sein Bett fallen. »Die Mobilmachung!«, stöhnte er. »Das ist das Ende!« Dann richtete er sich wieder ruckartig auf. »Sicher?«
Blümler nickte. »So sicher war hier drin noch nie was. Du solltest die Offzen sehen! Die rennen rum wie die aufgescheuchten Hühner. Als würde der Feind kurz vor Ludwigsburg stehen.«
»Und dass es sich um eine Übung handelt?«
Blümler schüttelte den Kopf. »Nee, dann würden die Offzen nicht *so* hohl drehen. Das ist bitterer Ernst, sag ich dir.«
»Aber ... Was haben die mit uns vor?«
Blümler zuckte mit den Schultern. »Wie gesagt, sie verraten es nicht. Aber Kopp meint, die schippern uns nach Spanien. Anscheinend hat der Napoleon da derzeit Probleme.«
»Und da lässt er uns für sich die Fresse hinhalten«, stellte Georg bitter fest. »Was interessieren mich dem seine Probleme! Ich hab genug eigene! Vor allem *jetzt*!«
Er stand auf.
Gegen irgendetwas musste er jetzt treten! Irgendeinen Krach musste er jetzt machen! O Mann, es gab nur den Nachttopf! In dem ganzen trostlosen Bau gab es nichts anderes zum Dagegentreten als diesen ekelhaften Nachttopf! Er war nicht geleert ... Nein! Und wenn die Erde neben ihm unterging, gegen den Nachttopf würde er nicht treten!

Er trat gegen die Wand. »Scheißdreck!«
»Du sagst es«, meinte Blümler, während auch er sich von der Pritsche erhob. »Wenigstens dein Bein scheint wieder heil zu sein.« Er rasselte mit dem Schlüsselbund. »Tut mir Leid, wenn ich dich jetzt um den Schlaf gebracht hab, aber wissen musst du's ja.« Er ging zur Tür. »Ich muss jetzt mal wieder. Die glauben nämlich, dass ich gerade Patrouille lauf.« Dann zwang er sich zu einem Grinsen. »Nimm's bitte nicht persönlich, wenn ich jetzt hinter mir abschließe!«
»Das geht schon in Ordnung, Flachskopf! Hat mich gefreut, dass du reingeschaut hast!«
Blümler nickte. Dann verschwand er aus dem Bau, und mit ihm die Kerze. Der Schlüssel drehte sich im Schloss, dann war es still. Still und finster.
Georg ging langsam auf die Pritsche zu, dann sank er vor ihr auf die Knie. Er vergrub sein Gesicht in den Decken und presste die gefalteten Hände auf seinen Hinterkopf.
Es ging also doch immer noch ein Stückchen schlimmer! Jetzt hatte er sich gerade damit abgefunden, die Ausbildung durchzuziehen, und jetzt das! Krieg! Das Schlimmste, was überhaupt hätte passieren können! Der sicherste Weg, das Leben zu verlieren!
»Vater!«, flüsterte er. »Ich weiß nicht, was du mit mir vorhast! Ich hab keine Ahnung! Hilf mir da durch! Lass mich am Leben bleiben!«
Niedergeschlagen wickelte er sich wieder in seine Decken. Wie wenig man sein Leben doch selbst in der Hand hatte! Bisher war jeder Schuss, den er dieses Jahr abgegeben hatte, nach hinten losgegangen! Aber die würden ihn nicht kleinkriegen! Die nicht und der Krieg auch nicht!
Überleben! Das war jetzt das Entscheidende. Den Krieg überleben, wenn er wirklich losbrach. Durchhalten, vielleicht auch mitspielen, bis der ganze Spuk zu Ende war. Und dann: Amerika!

VIII.

Georg starrte gedankenverloren in die niedergebrannte Flamme des Lagerfeuers. In regelmäßigen Abständen trieb ihm der Wind den beißenden Qualm in die Augen. Er roch stark nach dem verbrannten Kiefernharz. Aber es hatte keinen Sinn, sich irgendwo anders hinzusetzen, denn der Wind hatte keine feste Richtung.

Die letzten Tage waren so schnell verstrichen wie die Seiten eines Buches, die man am Daumen vorbeiflattern ließ, um ihre Anzahl zu schätzen. Ihr Inhalt war kaum noch in eine zusammenhängende Reihe zu bringen, denn die Ereignisse hatten sich überschlagen – wie so oft in diesem Jahr.

Schon am Tag nachdem Blümler ihn im Bau besucht hatte, hatten sie ihn rausgeholt und wieder in die Ausbildung gesteckt. Die hatte sich freilich geändert. Plötzlich war vom »Verhalten auf Märschen« und anderen Scherzen die Rede gewesen. Alles hatte darauf hingedeutet, dass es ziemlich bald losging. Im März war es dann so weit gewesen: den voll gestopften Tornister auf den Rücken und ab die Post.

Zunächst waren sie nach Öhringen marschiert. Dort waren andere Truppen zu ihnen gestoßen – und nicht gerade wenig. Es mussten Abertausende Soldaten sein, die der Dicke dem Kleinen verkauft hatte. So nannte man die beiden jetzt abfällig: der Dicke und der Kleine.

Der Dicke! In Öhringen hatte er sich doch tatsächlich blicken lassen. Was der für einen Kessel vor sich herschob! Dass so was überhaupt möglich war – man konnte es wirklich nur so lange glauben, wie man mit beiden Augen hinstarrte! Wie es sich mit so einem Wanst lebte? Der konnte jedenfalls nur noch freihändig pissen!

Der sollte mal einen Tag hier mitmarschieren! Zerlaufen wie ein Stück Butter in der Sonne würde der! Andere sonst wo

hinschicken, aber selbst keine zehn Schritte machen können – das sah dem ähnlich!
Heute war der letzte Tag, den sie in Württemberg verbrachten. Das Biwak war genau an der Grenze. Weikersheim hieß das Kaff, das hier ganz in der Nähe lag. Morgen, in aller Frühe, ging es dann über die Grenze nach Bayern. Schön blöd – einmal wollte man über die Grenze und durfte nicht. Ein anderes Mal musste man – und würde sich am liebsten am nächsten Baum festkrallen!
Ein Tannenzapfen, der im Feuer zerkrachte, schreckte ihn aus seinen Gedanken.
Deiss, der Deserteur, saß ihm schweigend gegenüber. Kopp und Blümler hatten sich an eines der anderen Lagerfeuer verdrückt. Denen war hier wohl zu wenig geboten. Fühlten sich von Deiss und ihm nicht gut genug unterhalten. An den anderen Lagerfeuern machten Weinflaschen und versaute Witze ihre Runden. Das zog natürlich. Vor allem bei Blümler.
War auch nicht gerade unterhaltsam, was Deiss und er hier veranstalteten. Mochte eine halbe Stunde her sein, dass sie das letzte Wort gewechselt hatten. Deiss war da ziemlich launisch. Damals im Behandlungszimmer, nach dem Gassenlauf, hatte er einen ziemlich gesprächigen Eindruck gemacht. In der Zeit danach hatte er dagegen kaum ein paar Sätze von sich gegeben. Lag wohl am Gassenlauf. Dass einen die eigenen Kameraden wie einen Hund verprügelten, war wahrlich kein Zuckerschlecken. Das musste im größten Spaßvogel Bitterkeit erzeugen, wie viel mehr also bei Deiss. Hatte er die anderen vor seiner Flucht nicht beachtet, jetzt hasste er sie aufs Äußerste.
Beachtlich war, wie die damit umgingen: Sie kuschten vor ihm, als hätten *sie* die Prügel empfangen. Jeder wich seinen Blicken aus, keiner wechselte ein Wort mit ihm. Kam Deiss, verstummten alle. Es war, als fürchteten sie sich vor einer grausamen Rache, die durch das geringste Lebenszeichen in seiner Gegenwart ausgelöst werden könnte.
Was der jetzt wohl dachte? Dass ihn irgendetwas beschäftigte, war ihm jedenfalls anzusehen: Er stocherte unaufhörlich mit einem Stecken in der Glut herum, sodass immer wieder

Schwärme von Funken in den Nachthimmel aufstiegen. Seine schwarzen Locken hingen ihm tief in die Stirn. Im schwachen Feuerschein sah sie so bleich wie der Mond aus. Seine Augen versteckten sich in dunklen Höhlen und blitzten nur dann hervor, wenn er aufschaute.

Ob er wirklich Rachepläne schmiedete? Ob er nach einem Weg suchte, wie er es denen, die ihn verprügelt hatten, heimzahlen konnte?

Deiss war ein Rätsel. Er hob sich von den anderen ab wie ein Stück Kohle in einem Korb Eier. Nicht nur deshalb, weil er abgehauen war. Seine Erscheinung, sein Auftreten – neben ihm wirkten die anderen wie kleine Kinder, die morgens noch von ihrer Mutter angezogen wurden. In seinen strengen Zügen zeigte sich, dass er in seinem Leben schon mehr mitgemacht hatte als alle anderen zusammen. Wahrscheinlich pfiff er deshalb auch auf ihre Gesellschaft.

Außerdem war Deiss nicht der Mann, der ihnen den Gassenlauf schnell verzeihen würde. Er würde es ihnen wahrscheinlich gar nicht verzeihen, sondern sie bis an sein Lebensende hassen.

Wer war Deiss? Wo kam er her? Wo wollte er hin, als er versucht hatte zu fliehen?

Jetzt war der rechte Augenblick, ihn danach zu fragen. Ihm ein wenig auf den Zahn zu fühlen. Dem großen Schweigsamen.

Man musste es nur behutsam anstellen.

Georg hüllte sich tiefer in seine Decke. Dann zog er seine Beine an und umschlang die Knie mit seinen Armen. Scheinbar gleichgültig starrte er auf einen dicken Kiefernscheit, der im Feuer lag. Mit einem pfeifenden Geräusch trieb die Hitze das Wasser aus ihm heraus.

»Was hast du'n eigentlich gelernt?«, fragte er Deiss, wobei er mit seinen Fingern ein Rindenstückchen in die Feuerstelle schnippte.

Deiss schaute schlagartig auf und hielt seine Augen für einige Sekunden misstrauisch auf ihn gerichtet. Dann senkte er seinen Blick langsam wieder. »Schmied«, antwortete er dann.

»Schmied«, wiederholte Georg nickend. »Dankbare Sache, das.«

»Erzähl hier keinen solchen Mist, Unterkofler!«, erwiderte Deiss schroff. »Alle Schmiede sind krank im Kopf! Merk dir das fürs Leben! Bevor du bei einem Schmied lernst, wirfst du dich lieber vor eine Kutsche!«
»Ach was?«
»Aber *das* kannst du laut sagen!«
Das Leben schien plötzlich in Deiss zurückgekehrt zu sein: Er nahm einen Holzscheit von dem Haufen neben sich und schleuderte ihn in das Feuer. »Schmiede«, knirschte er, »wollen so hart sein wie Eisen, sind aber weich im Kopf wie ein fauler Bratapfel. Schläger und Säufer. Prahlen morgens damit, wie viele sie am Abend davor im Wirtshaus verdroschen haben. Oder wie oft sie in ihrer Lehre die Frau vom Meister rumgekriegt haben. Tiere, keine Menschen sind das. Und der, bei dem ich gelernt hab, war das Obertier. Drei Jahre Hölle waren das. Der hat mich ausgenutzt bis zum Letzten.«
Georg schnippte wieder ein Rindenstück ins Feuer.
»Hat dich wohl ordentlich rangenommen, dein Meister?«
Deiss nickte. Dann strich er sich die dunklen Locken aus der Stirn. »Allerdings. Wie's die Schmiede eben so machen. Hast du denn jemals dein hübsches Näschen in eine Schmiede gesteckt, Unterkofler?«
»Dann und wann. Wenn's die Gäule nötig hatten.«
»Hast du dann auch schon mal mit'm Vorschlaghammer voll auf 'n Amboss gehauen?«
Georg nickte. »Ja. Heimtückische Sache: Wenn kein Eisen dazwischen ist, haut's den Hammer mit voller Wucht wieder zurück. Hätt mir beinah 'ne blutige Nase dabei geholt.«
Deiss lächelte bitter. »Ja, es gibt wohl keinen Schmied, der damit nicht sein Schindluder treibt. Meine Nase hat jede Woche mindestens einmal geblutet. Mein Meister hat mir nämlich immer das Eisen weggezogen, wenn ich's ihm nicht sauber genug getroffen habe.«
Georg presste hörbar Luft durch die geschlossenen Lippen.
»Sobald ich irgendeinen Fehler gemacht hab«, fuhr Deiss fort, ganz in seine Erinnerung versunken, »gab's nur noch eins: zur Türe rennen!«

»Wieso?«
»Weil der Hammer geflogen kam. Und der Alte konnte verdammt gut zielen. Ich weiß nicht, ob dir schon mal ein Hammer zwischen den Rippen gesteckt hat …«
»Menschenskind! Was war denn mit ihm los?«
Deiss stocherte wieder mit seinem Stecken in der glühenden Asche herum. Er zuckte mit den Schultern. »Keine Ahnung, Mann! Warum ist der Haucken so, wie er ist? So sind halt die, die was zum Sagen haben. Die sehen ihre Aufgabe einfach darin, anderen das Leben schwer zu machen. Keiner zwingt sie dazu. Und trotzdem würden sie lieber sterben als damit aufhören.«
Georg zog eine Weinflasche aus seinem Tornister. Er hatte sie von der Familie Breitschlager bekommen, bei der er vorgestern einquartiert gewesen war.
»Und, hast du mal zurückgeworfen?«, fragte er, während er mit seinem Messer den Korken aus dem Flaschenhals hebelte.
»Ich weiß nicht, wie oft ich kurz davor stand, ihm mit dem Vorschlaghammer den Schädel zu spalten. Der einzige Grund, warum ich's nicht getan hab, war, dass ich um alles in der Welt meine Lehre durchziehen wollte.«
Georg nickte. »Vorbildlich!«
»Pah! Vorbildlich!« Deiss spuckte einen hauchdünnen Strahl in die heiße Asche, dass es zischte. »Mir ging's nur darum, endlich auf eigenen Füßen zu stehen. Die Welt nicht mehr von unten sehen zu müssen, sondern mein eigener Herr zu sein. Aber: Scheiße, sagte die Meise! Kaum hab ich ausgelernt, holen die mich zum Kommiss. Das Spiel beginnt wieder von vorne: Ich hab nichts zu sagen, und andere bestimmen über mich. Was für ein großer Misthaufen das Leben doch ist!«
Georg bot Deiss die Weinflasche an. Da der den Kopf schüttelte, nahm er selbst einen kräftigen Schluck. Er behielt ihn eine Weile im Mund, damit er seinen vollen Geschmack entfalten konnte. Dann ließ er ihn genussvoll die Kehle hinunterrinnen.
Deiss hatte sich unterdessen eine Pfeife angesteckt. Schwei-

gend sog er an dem Mundstück und stieß den Rauch zur Nase hinaus.
»Welchem Geschäft geht dein Vater nach?«, fragte Georg nach einer Weile, um das Gespräch in Gang zu halten. »Gibt's da später mal was zum Übernehmen?«
In Deissens Pfeifenkopf glimmte es auf. Seine Augen waren wieder in tiefen Höhlen verschwunden. »Was du nicht alles wissen willst, Unterkofler!«, raunte er wie aus weiter Ferne.
Georg zuckte mit den Schultern. »Muss die Leute ja ein bisschen kennen, mit denen ich in den Krieg zieh.«
Deiss zog langsam an seiner Pfeife, wobei er Georg mit zusammengekniffenen Augen anschaute. »Hab gedacht, du willst abhauen?«, meinte er trocken.
Georg schüttelte den Kopf, während er die Weinflasche wieder an den Mund führte. »Nicht mehr möglich bei dem Auflauf, der hier grad stattfindet«, antwortete er, ohne den Wein hinuntergeschluckt zu haben. Er blubberte in der Kehle. »Da renn ich doch nur einem anderen Bataillon in die Hände.«
Deiss hakte nicht weiter nach. Er schien nicht derjenige zu sein, der gerne Fragen stellte. Wahrscheinlich hatte er überhaupt nur deshalb gefragt, um von sich abzulenken. Bei dem Wort »Vater« war er regelrecht zusammengezuckt. Plötzlich machte er einen unruhigen Eindruck. Allein schon, wie er plötzlich auf seinem Mundstück herumkaute …
Plötzlich war aus der Richtung, in der Weikersheim lag, das wilde Gebell von mehreren Hunden zu hören. Sie schienen um irgendetwas zu streiten und übertönten damit sogar das Gelächter und die Lieder der Betrunkenen an den anderen Lagerfeuern. Doch schon nach wenigen Augenblicken waren sie wieder still.
»Jetzt gibt's in Weikersheim eine Katze weniger«, meinte Georg, während er gleich zwei Scheite in das Feuer schob. Es war kälter geworden.
Er warf einen Blick in den schwarzen Nachthimmel. Immer mehr Sterne kamen zum Vorschein. »Wir hatten auch einen Hund, als ich noch ganz klein war«, fuhr er fort. »Eigentlich eine Hündin. Dina hieß sie. Die hat mich sogar auf ihr reiten lassen, so lieb war die.«

Er musste husten. Die neuen Scheite qualmten stark. »Als die gestorben ist, war ich höchstens fünf.« Er stützte das Kinn auf seinem Knie ab. »Mein Vater hat sie mit mir zusammen unterm Apfelbaum begraben.«
Er hatte Deiss beobachtet: Genau bei dem Wort »Vater« hatte er den Rauch in einem kräftigen Schwall ausgestoßen.
Am Nachbarfeuer zerklirrte eine Flasche. Sie musste leer gewesen sein, denn keiner beschwerte sich darüber. Oder die Jungs waren schon so voll, dass sie es gar nicht mehr bemerkten.
»Ich hatte auch mal 'nen Hund«, meinte Deiss plötzlich und zog das Feuchte in der Nase hoch. »Begraben hat ihn mein Vater nicht, aber dafür totgeschlagen.«
Georg tat so, als hörte er nur mit einem halben Ohr hin. Deiss sollte nicht das Gefühl haben, dass er ihn aushorchte.
»Ich hatte ihm noch nicht mal einen Namen gegeben«, fuhr Deiss tatsächlich fort. »Ein Bauer hat ihn unten in der Murr ersäufen wollen. Als ich gekommen bin, ist er grad dabei gewesen, ihn mit ein paar Steinen in einen Sack zu stecken. Er war noch ein Welpe und klapperdürr und hat vor Angst nur noch gefiept. Ich hab den Mann gefragt, ob er mir den Hund gibt. Ich hab ihn sofort gekriegt.«
Deissens Blicke verloren sich in der Flamme, während er erzählte. »Ich hab ihn im Schuppen versteckt, weil ich genau wusste, dass mein Vater ihn mir wegnehmen würde. Immer wenn er ins Wirtshaus gegangen ist, um sich zuzusaufen, bin ich hin und hab ihm was zum Fressen gebracht und mit ihm gespielt.« Er nahm einen tiefen Zug aus der Pfeife.
»Der Kleine war mein Freund. Die anderen Eltern haben ihre Kinder nicht mit mir spielen lassen, weil mein Vater ein Säufer war. Ich wollte auch gar nicht mehr mit ihnen spielen, weil ich jetzt den Hund hatte.«
Er spuckte wieder in die Glut. Seine Stimme war immer leiser geworden.
»Ich weiß nicht, wie lang ich ihn hatte – höchstens zwei Wochen –, da hat mein Vater ihn entdeckt. Er war voll wie jeden Tag. Ohne ein Wort hat er ihn am Schwanz gepackt und auf den Boden geschlagen. Er war nicht gleich tot. Ich hab ge-

schrien und geheult. Ihn in sein verfluchtes Bein gebissen. Er hat ihn zertrampelt. Dann hat er mich verprügelt.«
Georg spürte einen großen Kloß in seinem Hals. Das Funkeln in Deissens Augen. Er hatte es schon einmal gesehen. Damals beim Gassenlauf. Das war Hass, abgrundtiefer Hass, was da leuchtete. Unversöhnlich.
»Er hat mich auch davor schon immer verprügelt. Das hat mir nichts mehr ausgemacht. Aber dass er meinen Hund umgebracht hat, einfach so, das hab ich ihm nicht verziehen. Als ich aufgehört hab zu weinen, hab ich mir geschworen, dass ich ihn umbringe, wenn ich größer bin. Ich hätt's wirklich gemacht. So leicht wie man einen verdammten Furz lässt.«
»Deinen Vater?«, fragte Georg heiser.
Deiss klopfte seinen Pfeifenkopf an einem der Steine aus, welche die Feuerstelle begrenzten. »Pffft! Vater!«, fauchte er dabei angewidert. »Egal, ob der Kerl mein Vater war! Du weißt nicht, wie er war, Unterkofler! Wenn der besoffen war, hat der mich behandelt wie Dreck! Und besoffen war der am Schluss nur noch.«
Er setzte sich wieder auf seinen Platz, ließ die Pfeife in seiner Manteltasche verschwinden, faltete die Hände und starrte wieder auf das Feuer. »Das Beste war, dass er mir immer vorgeworfen hat, ich hätte meine Mutter umgebracht, weil sie bei meiner Geburt gestorben ist. Ich war damals so klein, dass ich grad mal über die Tischkante schauen konnte, und musste mir anhören, meine eigene Mutter umgebracht zu haben. Obwohl ich sie nicht mal gekannt hab.«
Georg erinnerte sich plötzlich daran, dass er noch immer die Weinflasche in seinen Händen hielt. Er nahm einen Schluck, um den Kloß in seinem Hals wegzuspülen. Der herbe, fast bittere Geschmack des Weines passte irgendwie zu dem, was Deiss da erzählte.
»Jetzt willst du sicher das Ende vom Lied hören«, fuhr der mit einem bitteren Lächeln fort. »Warum ich nie das Glück hatte, ihm ein Messer in den Bauch zu schieben. Dafür war er einfach ein zu großer Versager. Neben dem Saufen hat er nach dem Tod meiner Mutter bald auch das Spielen angefangen.

Und hat immer mehr Schulden gemacht, bis er am Ende war.«
Er warf dürres Reisig in das Feuer, das sofort in hellen Flammen aufging.
»Ich bin nachts aufgestanden, um was zu trinken. Es war dunkel, und ich bin über einen umgestürzten Schemel gestolpert, genau in die Beine von meinem Vater. Neben dem Esstisch hat er sich aufgehängt.«
Das Feuer knisterte laut.
»Ich bin dagestanden und hab ihn angeschaut. Ich hab ihn davor gehasst und hasse ihn jetzt noch – aber in dem Augenblick hab ich ihn nur angeschaut. Ich hab ihn hängen lassen und bin noch in der Nacht von zu Hause weggerannt.«
Das Reisig brannte schnell nieder, sodass es jetzt auf einen Schlag dunkler war als vorher.
Georg wusste nicht, was er sagen sollte, und deshalb schwieg er. Auch Deiss sagte nichts mehr. Nur das Feuer knisterte ab und zu.
Er heftete seinen Blick auf Deissens Augen. Sie waren dunkel wie immer, aber auf ihrer Oberfläche schillerte es unruhig, als wollten sich Tränen aus ihnen lösen. Wenn man sie so sah, dann waren das nicht die Augen eines Deserteurs, sondern die eines kleinen Buben, der um seinen Hund trauerte. Dem seine Mutter fehlte. Der sich gegen den Hass seines Vaters nicht zu wehren wusste.
Aber gleichzeitig lag in diesen Augen auch Hass. Nicht nur in seinen Augen, in seinen ganzen Gesichtszügen. Es war deutlich zu sehen, dass Deiss das alles noch nicht verkraftet hatte. Dass das alles noch in ihm wie ein Gift gärte. Denen, die ihn so schlecht behandelt hatten, hatte er noch nicht vergeben. Er hasste sie bis auf den Tod.
»He, w… was fürn Trauersch…piel fff… führt ihr'n auf?«
Georg drehte sich um. Es war Blümler, der das gelallt hatte. Er stank nach Alkohol. Unter seinem strohblonden Haar glühte es knallrot. Auf Kopp gestützt, wankte er wie ein Grashalm im Wind.
»Ihr macht Gesss…sichter, als ob ihr in'n K… Krieg ziehen müssstet, M… Mensch!«, schimpfte er. »W… warum habt ihr euch'n nich z… zu uns rübergehockt, ihr?«

Schwankend deutete er mit der Weinflasche in seiner Hand auf eines der anderen Lagerfeuer.
»Mann...nomann...nomann! S... s... so viele Witze hab ich in meim g... ganzen Leben noch nich erzählt!«
»Schön wär's, Flachskopf!«, brummte Kopp. »Du hast die ganze Zeit den gleichen erzählt!«
Wenigstens Kopp schien noch einigermaßen bei Verstand zu sein.
»Aber *gelacht* ham die!«, schrie Blümler mit weit aufgerissenen Augen. »Sss... sei's drum! K... kommt ihr beiden m... mit? Wir w... wolln uns beim Fff... Vaterland fff... verabschieden!«
»*Du* willst dich verabschieden!«, betonte Kopp mit einem Blick, der wohl so viel sagen sollte wie: Gebt dem Knallkopf ja nie wieder was zum Trinken!
»Morgen geht's über die Grenze, M... Männer!«, lallte Blümler unerschrocken weiter, während er beinahe über die eigenen Füße stolperte. »Da müssen wir uns ordentlich fff... verabschieden fff... von Wü... Württemberg!«
Er torkelte zum Feuer und zog einen brennenden Holzscheit heraus, den er, gefährlich nahe an Georgs Gesicht vorbei, mit der grimmigen Miene eines Räuberhauptmanns in die Luft riss. Der Schwung warf ihn beinahe um.
»Auf zum Grenzfffahl!«, schrie er. »W... wer kommt mit?«
»Nee, lass mal gut sein!«, stöhnte Kopp, während er mit seiner rechten Hand heftig abwinkte, sodass nur Georg und Deiss es sehen konnten.
Georg schüttelte den Kopf.
Blümler war zwar betrunken. Aber das hieß nicht, dass er die Idee, sich von einem Grenzpfahl zu verabschieden, nicht auch nüchtern gehabt hätte.
Sprach ja auch nichts dagegen. Blümler war in einem Zustand, der versprach, dass es noch sehr lustig werden konnte. Und Deiss? Von Blümlers Scherzen hielt er wahrscheinlich überhaupt nichts. Waren ihm sicher zu kindisch. Aber ein bisschen Spaß würde seiner eigenbrötlerischen Art nicht schaden.
»W... wollt ihr wohl mitkommen, Hunde!«, brüllte Blümler

im Ton eines Vorgesetzten, sodass sich an den anderen Lagerfeuern einige Soldaten erschrocken umdrehten.
»Also gut, also gut, Flachskopf!« Kopp schaute mit einem hilflosen Achselzucken zu Georg. »Gehen wir halt!«
Georg rammte den Korken in seine Weinflasche. »Klar!«, sagte er, während er sich aufrappelte. »Kommst du auch mit, Deiss?«
Wie erwartet, winkte dieser ab. »Lasst mich mit eurem Quatsch in Frieden, Kinder!«
Blümler machte einen Schmollmund und warf sich torkelnd in die Brust. »Das find ich Sch… Scheiße, Deisse!«, lallte er zornig. »Ganz große Sch… Scheiße!«
»Jetzt komm schon mit, Deiss!«, forderte Georg ihn händeklatschend auf. »Du gehörst mit zur Stube. Da kannst du jetzt nicht einfach sitzen bleiben! Wenn, dann müssen wir vier 's zusammen machen!«
Deiss warf einen mitleidigen Blick auf Blümler. »Also gut!« Er warf seinen Stecken in die Glut. »Bevor der Held mir noch mein Feuer ausreihert …«
»Brrr… bravo!« Blümler hielt seine Fackel wieder in den Sternenhimmel. »Bravo! Mir nach!«
Immer noch auf Kopp gestützt, führte er sie zu dem großen Holzpfahl, der nur wenige Schritte vom Lager entfernt auf einem kleinen Hügel stand. »D… da! Halt mal!«
Frech drückte Blümler Kopp den brennenden Holzscheit in die Hand und beorderte ihn mit einem selbstbewussten Kopfnicken beiseite. Der Grenzpfahl, auf den das spärliche, flackernde Licht der Fackel fiel, überragte Blümler wie ein dunkler Schatten. Wankend streckte er seine rechte Hand nach dem Pfahl aus. Sie griff erst einmal eine gute Elle an ihm vorbei.
»Ah, da isser!« Er umarmte den Pfahl wie eine Frau. »S… so! Liebe Heimat! W… wir haben uns hier versammelt …«
»Mach's kurz, Flachskopf!«, brummte Kopp ungeduldig.
»Liebe Hei… Heimat!«, lallte Blümler. »W… wir müssen dich jetzt fff… verlassen.« Selbst das Lallen schien ihm immer schwerer zu fallen.
»Hab Da… Dank für alles! Wir freuen uns, wenn wir wieder

z... zurückkommen! In deinem Namen w... wollen w... wir große Taten ...«
Plötzlich bückte er sich und hob etwas vom Boden auf. »Die...«, er rülpste, »diesen Ki... Kieselstein werde ich mitnehmen. Er soll mich an die Hei...mat erinnern. Ich gelobe, dass ich ihn immer, immer, immer bei mir tragen werde. Wenn ich z... zurückkomme, will ich ihn hier wieder aaahablegen, will ich ihn!«
Er schob den Stein in seine Brusttasche, dann nahm er Kopp die Fackel aus der Hand. »L... los, du bissst dran!«
Kopp verzog das Gesicht. »Vergiss es!«
»P... pah, dann eben nich! Dann eben duhu, Uhu... Unterkofler!«
»Aber immer doch!« Georg stellte sich vor den Pfahl und berührte ihn mit der Hand. Das glatte Holz war kalt und nass. Der flackernde Schein der Fackel beleuchtete einen eingeschnitzten Schriftzug: Königreich Württemberg.
Er wollte etwas Witziges sagen, aber wie er so dastand und den dunklen, hohen Pfahl ansah, wurde ihm ganz anders. Der Pfahl wirkte mit einem Mal so finster und bedrohlich auf ihn wie seine Zukunft.
Abschied nehmen von der Heimat. Von dem, was bisher sein Leben war. Rückkehr war auf absehbare Zeit nicht eingeplant. Wenn es überhaupt eine Rückkehr gab. Schließlich zog man nicht zum Liedersingen aus, wie an Weihnachten. Wo er wohl das nächste Weihnachten verbringen würde? Würde er da noch leben?
»W... was machst du'n da ssso lang?«, beschwerte sich Blümler da auch schon. »K... knutschst du den Pfahl ab, oder was?«
O Blümler! Werd nüchtern, damit ich dich schlagen darf, dachte Georg.
»Schon gut! Bin fertig«, brummte er und trat vom Pfahl zurück.
»D... du bissst dran!«, meinte Blümler zu Deiss. »Jetzt kanssst du deiner Heimat endlich mal danke sssagen!«
»Nichts lieber als das«, erwiderte Deiss, während er an den Pfahl trat.

Er öffnete seinen Mantel und zog die Hose ein Stück herunter. Dann pinkelte er an den Pfahl, dass es nur so plätscherte.
»Danke für die Narben auf meinem Rücken«, sagte er dabei in aller Freundlichkeit.
Blümler quollen vor Überraschung die Augen über. Plötzlich begann er nach vorne wegzusinken. Er konnte sich gerade noch mit einem Arm am Pfahl einhängen, sodass er mit einer schwungvollen Drehung in die Knie ging. Sein Körper krümmte sich und mit einem Schwall kotzte er sein ganzes Inneres vor sich auf den Boden.
Georg konnte nur noch schlucken und den Kopf schütteln. Was für ein Abschied!

IX.

Endlich war Frühling!
Mit zwei Fingern strich sich Sophie eine Haarsträhne hinter das Ohr, die ihr der Wind immer wieder ins Gesicht wehte, wenn sie den Kopf zur Elbe drehte.
Die Sonne hatte endlich den ihr gebührenden Platz am Himmel eingenommen. Zwar versuchten es die Wolken auch heute immer wieder, sich vor sie zu drängen, aber sie waren klein und schwächlich. Der Wind trieb sie wie störenden Schmutz zur Seite. An dem frischen Blau des Himmels konnte sie sich nicht satt sehen. Es war wie ein neues Leben.
Sie schaute wieder zum Fluss. Mit einem hellen Rascheln strich der Wind durch die Wipfel der Trauerweiden, die in regelmäßigen Abständen am Ufer standen. Er brachte den süßen Duft von Kirschblüten mit sich.
Die ovalen Bögen der alten Steinbrücke spiegelten sich im Wasser. Schwankend glitt ein kleiner Holzkahn unter ihr hindurch, um für kurze Zeit Unruhe in ihr symmetrisches Abbild zu bringen. Wenn man von der Brücke aus aufblickte, konnte man am anderen Ufer die breite Kuppel der Frauenkirche sehen. Schaute man dann zwischen den nächsten beiden Trauerweiden hindurch, hatte man freie Sicht auf den schlanken Turm der Hofkirche.
Plötzlich stob am anderen Ufer ein Schwarm Tauben auseinander. Irgendjemand, vielleicht ein Kind, musste sie vor dem Zwinger aufgescheucht haben.
»Wie in Venedig«, meinte Antoinette, ihre Freundin, auf Französisch. »Findest du nicht auch?«
»Nein«, antwortete Sophie. »Das hier ist tausendmal schöner!«
»Oh, schau nur!«, rief Antoinette plötzlich, wobei sie sich von Sophies Seite löste und wie ein neugieriges, kleines Mädchen zum Ufer eilte. »Eine Schwanenfamilie!«

Sophie folgte ihr mit den Augen.
Typisch Antoinette! Bei Tieren verlor sie die Beherrschung. Ob sich das eines Tages noch legte? Ab einem gewissen Alter stand es einem einfach nicht mehr, laut zu jauchzen, nur weil man einen Schwan sah.
Sie sah, wie Antoinette sich zum Wasser beugte.
Die neuen Kleider standen Antoinette ausgezeichnet. Was hatte Antoinette auch für ein Glück! Sie war die große Gewinnerin der neuen Damenmode. Mit ihrem südländischen Teint, den kräftigen, schwarzen Locken und ihren großen, braunen Rehaugen sah sie aus wie eine Griechin – und das passte ideal zu der antiken Art, wie man die Kleider jetzt schnitt: Die hoch angesetzte Taille ließ den Stoff körpernah fallen, wie man es von alten Abbildungen auf Vasen oder vom Theater her kannte. Antoinette sah aus wie eine Venus – das musste man ihr neidlos zuerkennen.
Was sollte sie nur anstellen, dass auch sie von der neuen Mode so profitieren konnte? Hätte sie doch die dunkleren Stoffe nehmen sollen? Wenn sie sich jedenfalls bei der Toilette im Spiegel betrachtete, dann war sie alles andere als zufrieden mit ihrem Aussehen. Mit ihrer rosigen Haut und den blonden Haaren hatte sie nichts Griechisches an sich. Die neuen Kleider, die sie bei Monsieur Scuderi hatte anfertigen lassen, wollten auch nicht recht zu ihr passen. Sie kam sich in ihnen verkleidet vor.
Sie nahm eine Falte ihres Kleids zwischen Daumen und Zeigefinger.
Dabei war der Stoff der beste, den die Händler zurzeit auf den Markt brachten. Es war Musselin aus indischer Baumwolle, der wegen der Seesperre der Franzosen so kostbar war wie das Goldene Vlies. Er hatte sie ein halbes Vermögen gekostet.
»Es sind vier junge Schwäne«, sagte Antoinette, als Sophie herangekommen war. »Siehst du sie? Wie grau sie noch sind!«
Dann waren sie eben noch grau! Wen außer Humboldt interessierte denn das?
Plötzlich fauchte einer der erwachsenen Schwäne Antoinette an. Sein Hals glich dabei einer Giftschlange, die kurz davor stand, sich auf ihr Opfer zu stürzen.

»O là!«, schreckte Antoinette zurück. »Der mag uns nicht.«
»Dann gehen wir eben wieder!«, meinte Sophie zufrieden und setzte sich in Bewegung. »Wer uns nicht mag, den lassen wir stehen!«
Sie gingen auf der Uferpromenade weiter. Ein kleiner Holzwagen holperte an ihnen vorbei, der verschiedene Theaterkulissen geladen hatte. »Pas si grand et pas si beau que Lui«, stand auf einer großen, vergoldeten Sonne aus Holz.
»Schau da, Antoinette! Die Sonne aus dem Hoftheater! Sie war der Mittelpunkt der Apotheose, weißt du noch?«
Antoinette nickte mit weit aufgerissenen Augen. Sophie musste lachen.
Antoinettes Augenaufreißen – wie hatte sie es vermisst! Den ganzen Winter hatte sie kaum andere Augen zu Gesicht bekommen als die vom grauen Star überzogenen Pupillen ihres greisen Onkels. Es war derselbe Unterschied wie zwischen zwei dekorierten Tellern aus Meißener Porzellan und zwei Grabsteinen.
»Wie könnte ich diese Galavorstellung vergessen haben!«, antwortete Antoinette. »Dass sie ihn nicht noch auf den Knien anbeten, ist ein Wunder! König Friedrich August weiß jedenfalls, was er tun muss, damit sich Napoleon hier in Dresden wohl fühlt.«
»Die Fürsten umschwirren den Kaiser wie die Motten das Licht«, meinte Sophie. »Die würden sogar Männchen machen, wenn er es verlangen würde. Aber Ehre, wem Ehre gebührt!«
Antoinette winkte ab. »Es ist das Gleiche wie in Frankreich! Überall, wo Napoleon hingeht, liegen ihm die Leute zu Füßen. Dabei hat er immer nur Spott für sie übrig. Er braucht sie nicht, aber sie brauchen ihn – so einfach ist das. Er weiß es, und sie wissen es auch.«
Der feine Kies knirschte unter ihren Füßen. Bei einem alten Kahn, der an einem schmalen Holzsteg festgebunden war, blieben sie stehen. Genüsslich hielten sie ihre Gesichter in die wärmenden Sonnenstrahlen.
»In der Öffentlichkeit tritt er auch immer alleine auf«, bemerkte Sophie dabei. »Es liegt etwas in seinem Äußeren, das

alles andere neben ihm vernichtet. Das einen gefangen nimmt und nicht mehr loslässt. Das bezaubert. Vielleicht ist es sein Blick. Ja, ich glaube es sind seine Augen – diese dunklen, korsischen Augen! Sie haben so etwas Feuriges!«
Schwärmerisch schaute sie zu Antoinette.
»Weißt du noch, wie er letzten Sonntag ganz allein auf seinem goldgezäumten Schimmel durch die Straßen geritten ist? Wie im Märchen! Die weißen Reiter mit den schwarzen Brustpanzern, die ihm gefolgt sind! Das hatte etwas Mystisch-Entrücktes an sich! Aber auch etwas durch und durch Männliches!«
Antoinette winkte ab. Unverständlicherweise war sie von Napoleon überhaupt nicht beeindruckt. »Es war ein prächtig inszeniertes Bühnenstück. Das ist alles.«
Sie verließen den Holzsteg wieder und gingen zurück auf den Weg.
»Verstehst du nicht? Napoleon heuchelt der Welt vor, ihr Friedefürst zu sein«, fuhr Antoinette fort. »Er lässt sich hier in Dresden als derjenige feiern, der Europa Frieden und Einheit gebracht hat. Und was macht er währenddessen?« Sie riss ihre Augen wieder auf. »Er sammelt Truppen für den nächsten Krieg!«
Plötzlich spürte Sophie Antoinettes Hand auf ihrem Unterarm. Sie blieb stehen. Die dunklen Augen ihrer Freundin schauten sie sorgenvoll an. Was hatte sie denn plötzlich?
»Ach, Sophie!«, seufzte sie. »Ich bin dir so dankbar, dass du mitkommst! Von Tag zu Tag begreife ich mehr, was ich von dir verlange! Und ich habe Angst, dass es zu viel ist! Aber glaube mir, ohne dich würde ich es nicht durchstehen!«
»Was hast du nur auf einmal? Du verlangst überhaupt nichts von mir! Du rettest mich, das ist alles! Ich hätte es keinen Tag länger zu Hause ausgehalten – in dieser erstickenden Enge! Du kannst dir nicht vorstellen, wie ich den Winter über beinahe verrückt geworden bin! Du kennst meinen Onkel! Er ist die verknöcherte Tradition in Person! Die Revolution hat es für ihn nie gegeben. Er kann dir unseren Familienstammbaum bis zu Karl dem Großen zurück auswendig aufsagen! Das wäre ja noch in Ordnung, wenn er mich damit in

Ruhe ließe! Aber er hat es sich in den Kopf gesetzt, mich unbedingt noch mit einem Mann seines Geschmacks zu verheiraten, bevor er das Zeitliche segnet!«
Sie schüttelte den Kopf. »Diese Reise ist für mich wie ein geöffnetes Fenster in einem Raum, in dem kein einziger Atemzug Luft mehr steckt! Sie ist Freiheit für mich! Glaub mir, Antoinette, dass ihr mich mitnehmt, ist wundervoll!«
»Trotzdem solltest du nicht so abfällig über deinen Onkel reden! Sei froh, dass du ihn hast!«
»Nein!«, erwiderte Sophie entschieden. »Als Onkel habe ich ihn immer gemocht! Aber wie er sich als mein Vormund aufführt – da hört es mit der Freude auf! Er lässt mich nur zu den Gesellschaften alleine gehen, die er persönlich kennt. Ist ihm nur eine der Personen unbekannt, schiebt er mir den Riegel vor. Und dann seine ständigen Versuche, mich zu verkuppeln. Mit Männern, die so alt sind, als kenne er sie noch aus der eigenen Schulzeit. Ich will einen Mann, der mir gefällt, und nicht eine gute Partie! Nein, nur weg von ihm!«
Sie gingen weiter. Ein Schwarm Tauben stob vor ihnen auseinander.
»Charles hat sich so um die Stellung im Administrationsstab bemüht«, erklärte Antoinette. »Er ist sehr glücklich und will mich unbedingt dabei haben. Aber er wird sehr beschäftigt sein. Ohne dich würde ich sicher vor Langeweile vergehen!«
Sophie küsste Antoinette auf die Wange. Seltsamerweise schien ihre Freundin bei der bevorstehenden Reise – entgegen ihrer Art – nur wenig Optimismus zu verspüren.
»Wir werden sehr viel Vergnügen haben!«, schwärmte Sophie. »Was für ein Abenteuer steht uns da nur bevor!«
»Abenteuer?«, wiederholte Antoinette entsetzt. »Ich glaube nicht, dass Abenteuer das Richtige für uns sind!«
Sophie lachte. »Ach, komm schon! Du hast dich gerade angehört wie der alte Rousselle. Schäm dich!«
»Wie bitte? Ich – wie der Rousselle?« Antoinette riss die Augen auf.
»Jetzt siehst du auch noch aus wie er!«
Antoinette schnaufte entrüstet. »Aber Napoleon gefällt dir,

ja?« Sie äffte Sophie nach: »Dieser wilde, korsische Blick!« Dann schlug sie die Hände über dem Kopf zusammen. »Ich will dir eins sagen, Sophie. Ich habe Napoleon schon gesehen, als er noch jung und knackig war. Er ist dick geworden, und für jede Schlacht, die er gewinnt, scheint er ein Büschel Haare zu verlieren! Und seine Augen, seine ach so korsischen Augen! Ich verwette meine Stute, dass er an Verstopfung leidet!«

Sophie explodierte vor Lachen. Sie taumelte an den Stamm einer Trauerweide, um sich mit dem Rücken anzulehnen. »Ach, Antoinette!«, seufzte sie, wobei sie sich eine Träne abwischte. »Du tust mir mindestens so gut wie die Sonne! Es ist schön, dass wir wieder einmal zusammen sind!«

»Es ist wieder wie damals, als du bei mir gewohnt hast«, sagte Antoinette mit einem Lächeln. »Was war das doch für eine lustige Zeit! Weißt du noch, was für ein Gesicht der alte Rousselle gemacht hat, wenn wir beim Chocolat-Trinken geschlürft haben?« Sie ahmte die zittrige Stimme des greisen Erziehers nach: »›Mais Mademoiselles! C'est incredible!‹ Der Gute war mit uns wirklich völlig überfordert!«

Sie kamen an einer großen Uferwiese vorbei, auf der mehrere Jungen mit einem Ball spielten. Ihr Geschrei erinnerte Sophie an eine Begebenheit in ihrer eigenen Kindheit.

Ihre Eltern waren an ihrem sechsten Geburtstag mit ihr in die Stadt gefahren, um ihre erste Geige beim Geigenbauer abzuholen. Unterwegs hatte die Kutsche in einem kleinen Dorf Halt gemacht, weil ein Pferd lahmte. Sie hatte das gleiche fröhliche Geschrei gehört wie jetzt und war ihm nachgegangen – ohne dass es ihre Eltern bemerkt hatten.

Sie war auf zwei Gruppen von Kindern gestoßen, die sich hinter Holzstößen und Steinmauern verschanzt hatten und sich gegenseitig mit Kugeln aus Erde bewarfen. Ohne zu fragen, hatte sie sich einfach zu zwei großen Buben gestellt und mitgeworfen. Die beiden waren schon ziemlich dreckig gewesen und hatten sie in ihrem weißen Geburtstagskleidchen zuerst wie einen Engel angestarrt. Dann hatte der Schwarzhaarige ihr den Auftrag gegeben, für sie die Erdkugeln herzustellen. Sie hatte den Dreck in ihren Händen so lange ge-

zwirbelt und geknetet, bis es vollkommene Kugeln waren. Der Schwarzhaarige hatte sie dafür sogar gelobt. Das hatte sie unglaublich stolz gemacht.
Plötzlich war dann ihr Vater neben ihr gestanden. Er hatte die beiden Buben mit derben Beschimpfungen und schallenden Ohrfeigen in die Flucht geschlagen, sie an der Hand genommen und zurück zur Kutsche gebracht.
Als ihre Mutter ihre dreckigen Hände entdeckt hatte, hatte sie furchtbar zu schreien angefangen, ihr auf beide Hände geschlagen und ihr die braunen Handflächen immer wieder vor die Augen gehalten. Dann hatte sie den Knecht angewiesen, ihr einen Eimer Wasser und eine Bürste zu bringen. Sie hatte dann beim Schrubben nicht aufgehört, Sophie zu ermahnen, dass sie als Baronesse von Laue »nichts, aber auch gar nichts« mit dem »schmutzigen Bauerngesinde« zu tun habe. Sie selbst hatte die ganze Zeit nur geweint.
»Schau dir diesen Hund an!«, schreckte Antoinette sie aus ihren Gedanken. »Was für ein prächtiges Geschöpf!«
Nur wenige Schritte entfernt stand dort unter einer rauschenden Trauerweide ein dicker Mann mit einem borstigen Backenbart. Er trug einen altmodisch geschnittenen Anzug aus grünem Tuch und einen schwarzen Zylinderhut mit einer überaus hässlichen Metallschnalle. Verzweifelt versuchte er, trotz des Windes seine lange Tabakspfeife anzuzünden. Neben ihm saß ein kräftiger, brauner Hund.
Der Philister, wie er im Buche stand! Was Antoinette daran nur so aufregend finden konnte?
Während diese sie begeistert näher zu dem Hund heranzog, ließ Sophie ihre Augen gelangweilt am Ufer entlangschweifen.
Plötzlich blieben ihre Augen an einem bestimmten Punkt hängen. Etwas weiter rechts standen zwei Soldaten in blauen Uniformen. Sie hatten ihre Blicke auf die Bauwerke am anderen Ufer gerichtet und unterhielten sich.
Der eine von ihnen war so dürr wie eine Bohnenstange und sah nach einem Milchbart aus. Aber der andere …
Hatte der sich gerade nach ihr umgeschaut?
Sie spürte, wie ihr das Blut in die Wangen stieg, aber sie wi-

derstand dem Drang, ihre Augen zu senken. Er schaute als Erster wieder weg.
»Er ist sehr hübsch, findest du nicht?« Antoinette hielt ihren Mund nahe an Sophies Ohr.
»Ja, das ist er«, antwortete Sophie.
»Er ist groß, und athletisch ist er auch.«
Sophie nickte, ohne dass ihre Augen auch nur einen Moment von ihm wichen.
»Das kurze Haar steht ihm ausgesprochen gut.«
»Ja, das tut es, Antoinette. Aber sprich doch bitte etwas leiser!«
»Ich glaube kaum, dass er Französisch versteht, Sophie! Aber weißt du, was mich an ihm am meisten fasziniert? Es sind seine Augen!«
»Ich weiß nicht. Er ist etwas zu weit weg, um ...«
»Ob er sich wohl von mir streicheln lässt?«, fragte Antoinette.
»Antoinette! Was ...«, rief Sophie ihr verblüfft nach.
»Komm schon! Der ist sicher ganz lieb!«, forderte Antoinette sie auf, während sie zielstrebig auf den Hund zuging. Sophie verschlug es die Sprache. Das war ja wohl nicht möglich! War das ein Scherz, oder hatte sie tatsächlich die ganze Zeit über diesen Hund gesprochen?
Mit einer gewissen Genugtuung stellte sie fest, dass dieser Antoinette mit einem unfreundlichen Knurren abwies.
Aber Antoinette wäre nicht Antoinette, wenn sie sich damit lange aufhielte. Ohne Umschweife hatte jetzt auch sie die beiden Soldaten am Ufer ins Auge gefasst. »Voilà, Sophie! Zwei junge Helden, die sich langweilen! Wie verwegen! Komm, lass uns ein wenig mit ihnen plaudern, sie haben sicher abenteuerliche Geschichten zu erzählen!«
»Meinst du wirklich, wir sollten uns hier in aller Öffentlichkeit mit zwei gemeinen Soldaten einlassen?«, fragte Sophie skeptisch.
»Deinen Onkel könnte das in der Tat stören! Komm schon, die beiden armen Kerle freuen sich doch auch über ein bisschen Abwechslung!«
»Wer weiß, was die sich dann hinterher darauf einbilden!

Wahrscheinlich kritzeln die uns zum Dank an ihre Latrinenwände!«
»Gönnen wir's ihnen!«, beharrte Antoinette unerschütterlich. »Allons-y!« Sie ging los.
Sophie zog die Augenbrauen hoch. Was blieb ihr anderes übrig, als ihr zu folgen? Sie verkniff sich ein Lächeln.

»Russland!«, schimpfte Blümler. »Kein Mensch will nach Russland!«
Ebenso missmutig hob Georg einen Stein auf und schleuderte ihn in die Elbe.
»Doch!«, erwiderte er. »*Ein* Mensch will es. Und weil der ein Zepter in der Hand hält, tun alle, was er will. Ich würde ihm am liebsten das Zepter wegnehmen und ihm damit eins zwischen die kaiserlichen Beine geben …«
Er ließ einen weiteren Stein auf der Elbe aufklatschen. Das hatte er als Kind oft am Neckar gemacht. Manchmal hatte er dabei versucht, die Schwäne am anderen Ufer zu treffen. Nur einmal hatte er tatsächlich einen erwischt. Was der für Laute von sich gegeben hatte! Wahnsinn!
Bald würde er besser treffen müssen. Nicht mit Steinen, sondern mit Bleikugeln. Nicht Schwäne, sondern Menschen.
Verrückt! Man konnte sich ewig den Schädel darüber zermartern, ohne es zu fassen: Warum töteten sich die Menschen? Menschen, die sich vorher nie gesehen hatten, die sich nie irgendetwas Böses getan hatten, rannten wie die Hirsche gegeneinander an, dass die Geweihe krachten, bis es nur noch einen von beiden gab.
Er würde keinen Menschen töten! Er, Georg Unterkofler, der hier in Dresden Steine in die Elbe schmiss, er gelobte sich hiermit, keinen Menschen zu töten! Kein Russe hatte ihm je etwas angetan! Also würde er keinen Russen je töten!
»Die Russen werden von uns jedenfalls ordentlich eins auf die Mütze bekommen!«, sagte Blümler, obwohl klar war, dass er von allen Soldaten in Napoleons Armee am meisten Schiss hatte. »Die werden sich umgucken! Wahrscheinlich suchen die schon bei unserem Anblick schneller das Weite,

als unsere Kugeln fliegen können! Na ja, auch das Beste, was die armen Schweine machen können ...«
Georg hörte ihm nicht zu.
»He, Unterkofler!«, beschwerte sich Blümler. »Hörst du mir überhaupt zu? Wo starrst du denn die ganze Zeit so dümmlich hin?«
Georg hatte seinen Blick an Blümler vorbei auf zwei junge Frauen gerichtet. Zwei bildschöne junge Frauen. Er spürte ihre Blicke auf der Haut. Irgendetwas klopfte mit ziemlicher Hartnäckigkeit von innen gegen seine Brust.
Sie kamen her. Erst jetzt drehte sich Blümler um. Hoffentlich ließ der nichts anbrennen! Wenn der nur seine vorwitzige Klappe hielt!
Na ja, wenn die beiden Frauen was von ihnen wollten, dann ja sicher nicht von Blümler!
»Guten Tag, 'err Soldat!«, sprach da die Schwarzhaarige Blümler an mit einem reizenden französischen Akzent.
»Oh! Grüß Gott, mein Fräulein!«, antwortete Blümler verlegen.
Die beiden Damen schienen sie tatsächlich in ein Gespräch verwickeln zu wollen.
»Woher kommen Sie, mein 'eld, und was treibt Sie in diese wunderschöne Stadt?«, fragte die Dunkle.
»Wir ... also wir sind aus Lud... aus Württemberg sind wir, also mein Kamerad und ich ...«, stammelte Blümler, wobei sein Kinderkopf rot wie eine Erdbeere wurde.
»Ach, aus Württemberg? Das ist schön! Und was machen Sie 'ier in Dresden, wenn ich Sie das fragen darf?«
Georg bemerkte, wie Blümler zu schwitzen begann. Hoffentlich hielt die Uniform den Gestank lange genug zurück!
»Nun, äh, was wir hier machen, das wissen wir selber nicht so genau, wissen Sie! Wir ziehen in den Krieg, na klar, aber hier jetzt in Dresden, also, da hat's geheißen, dass wir an einer Parade teilnehmen, aber irgendwie hat dann der Klein... äh der Kaiser keine Lust mehr gehabt, uns zu sehen, und jetzt haben wir heute Freigang gekriegt. Auch nicht schlecht, wenn Sie jetzt *mich* fragen ...«
Georg hörte nicht weiter zu. Seine ganze Aufmerksam-

keit galt der Blonden, die sich, etwas verdeckt, hinter der Schwarzhaarigen hielt.
Was für einen bezaubernden Mund sie hatte! So vollkommen geformt! Weiblich. Das Rot der Lippen grenzte sich von der hellen Haut des Gesichts in einer klaren Linie ab. Diese Linie war unbeschreiblich, aber klar wie der Horizont. Sie zog sich wie ein Kunstwerk vom einen Mundwinkel zum anderen.
Verblüfft stellte Georg fest, dass die Schwarzhaarige Blümler lächelnd am Arm nahm und ihn mit sich zum Ufer zog. Donnerwetter! Er hatte Blümler unterschätzt! Alter Charmeur!
Ihre Freundin stand ihm plötzlich so unmittelbar gegenüber. Sie schien darauf zu warten, dass er das Wort ergriff.
»Einen wunderschönen guten Tag!«, grüßte er mit einem freundlichen Nicken. »Mein Name ist Georg Unterkofler.« Ihre Lippen entblößten zwei strahlend weiße Schneidezähne. Sie standen etwas zu weit auseinander für seinen Geschmack.
»Freut mich, Sie kennen zu lernen, Herr Unterkofler!«, erwiderte sie, wobei sie ihm die Hand entgegenstreckte. »Ich heiße Sophie von Laue.«
Sophie! Was für ein Name! Seltsam, wie sie die Hand hielt. Den Handrücken nach oben, statt zur Seite. Wie sollte man denn da einschlagen? Von unten?
Entschlossen griff er nach ihrer Hand und drehte sie so, dass er sie ganz normal schütteln konnte.
Sie antwortete mit einem Lächeln, das ihm das Blut in den Kopf schießen ließ. »Ihr Kamerad scheint meine Freundin Antoinette ja in ein aufregendes Gespräch verwickelt zu haben«, meinte sie, wobei sie Blümler und der Schwarzhaarigen einen viel sagenden Blick nachsandte. »Ich fürchte, wir werden uns einige Zeit ohne sie unterhalten müssen.« Sie schaute ihn an. »Würden Sie mich bitte auch in so ein aufregendes Gespräch verwickeln, Herr Unterkofler?«
»Aber von Herzen gerne!« Wenn er nur wüsste, was Blümler der anderen so eifrig erzählte!
»Worüber würden Sie denn gerne mit mir reden?«, fragte er vorsichtig.

»Oh, als Soldat haben Sie doch sicher schon viel erlebt! Wissen Sie, mein Bruder Johann ist auch Soldat – das war schon von klein auf sein Traum –, und in seinen Briefen schreibt er mir immer seitenweise von seinen Abenteuern. Erzählen Sie mir doch einfach, was Sie in diesem Jahr schon alles erlebt haben!«
Sie löste sich langsam von ihm und forderte ihn mit einem freundlichen Blick über die Schulter auf, ihr zu folgen. Sie ging in die entgegengesetzte Richtung von Blümler und ihrer Freundin.
»Sie haben schon Recht, ich habe dieses Jahr wirklich einiges erlebt«, sagte er, als er wieder auf gleicher Höhe mit ihr war. »Sie haben gesagt, Ihr Bruder ist gern Soldat geworden? Das verstehe ich nicht. Ich wäre froh, ich hätte diese Stiefel hier nie anziehen müssen. Wissen Sie, wenn ich mich nicht ganz so dumm angestellt hätte, dann wäre ich jetzt schon in Amerika, wo Napoleon nicht mehr ist als ein seltsamer Name.«
»Oh, Sie wollten nach Amerika auswandern?«, unterbrach sie ihn begeistert. »Ich liebe Amerika! Es ist ... so ein freies Land!«
Er nickte, wobei er sich auf die Unterlippe biss. »Ja, das ist es! Ein freies Land. Schade nur, dass ich's gehörig versaubeutelt habe ...«
Sie schaute ihn fragend an. »Verzeihung, Sie haben was getan? Ver...?«
Ihre Augen! Diese lachenden Augen!
»Versaubeutelt«, antwortete er. »Ich meine: Ich habe es gründlich verdorben. An der badischen Grenze hab ich mich erwischen lassen. Ich weiß nicht, ob Sie wissen, dass der Dicke, so heißt unser König, das Auswandern aus Württemberg verboten hat ...«
»Ich habe davon gehört, ja«, meinte sie. »Das ist sehr schade, dass Sie es nicht geschafft haben! Wissen Sie, es ist schon lange auch mein Traum, nach Amerika auszuwandern.«
Er schaute sie erstaunt an. »*Sie* nach Amerika? Ihr Familienname klang nicht gerade so, als ob Sie das nötig hätten!«
»Sie meinen, weil ich von Adel bin?« Sie lächelte bitter. »Sie

werden es mir vielleicht nicht glauben wollen, aber genau das ist der Grund.«
»Das will ich Ihnen wirklich nicht ganz glauben.«
Sie schaute an ihm vorbei auf die Elbe. »Es ist nicht immer schön, eine Baronesse zu sein. Es ist eigentlich nur selten schön, vielleicht auch gar nie. Haben Sie schon einmal von dem goldenen Käfig gehört?«
Er schüttelte den Kopf. Warum nur hatte er noch nie von dem goldenen Käfig gehört!
»Wissen Sie«, fuhr sie fort, »mein Leben ist so ein goldener Käfig. Nach außen hin glänzt alles, und vieles ist auch schön daran – sicher. Aber ich muss einen sehr hohen Preis dafür bezahlen.«
»Welchen?«
Sie schaute ihn an. »Meine Freiheit. Meine persönliche Freiheit.«
»Oh, dann kenne ich den goldenen Käfig doch – sehr gut sogar«, sagte er. »Nur, dass wir ihn bei uns Kommiss nennen und dass der Teil mit den schönen Seiten wegfällt.«
Sie blieb an der Elbe stehen und schaute sehnsüchtig zum anderen Ufer. »Tja, da sitzen wir also beide in so einem Käfig, Sie und ich. Finden Sie das nicht lustig? Und beide würden wir gerne nach Amerika!«
Er schaute sie von der Seite an. Wie sie sich die blonde Haarsträhne mit zwei Fingern hinter das Ohr strich! Hoffentlich blies der Wind sie noch einmal nach vorne! Damit sie sie wieder hinter das Ohr streichen musste – mit ihren wunderschönen Fingern und dem Lächeln, das sie dabei anscheinend unbewusst auf den Lippen hatte.
»Aber warum wandern Sie dann nicht einfach nach Amerika aus? Ich meine, Sie würde man wohl kaum als Deserteurin durch den Wald hetzen, wenn Sie zu Hause weggehen würden ...«
Auf ihren Lippen lag ein Lächeln. Ihre Augen verrieten aber, dass es nicht echt war. »Das geht nicht. Mein Onkel würde es nie erlauben, geschweige denn, mir einen Taler meines Erbes dafür auszahlen. In seinen Augen bin ich längst mit irgendeinem preußischen Grafen verheiratet, der ... Ach, wis-

sen Sie, als Frau darf man von der großen, weiten Welt nur träumen!«
»Und was sagen Ihre Eltern dazu?«, fragte er.
»Meine Eltern sind beide tot«, erwiderte sie.
Noch bevor er irgendetwas dazu sagen konnte, fuhr sie fort: »Als ich sechzehn Jahre alt war, habe ich ein Jahr lang in Frankreich gelebt, bei den d'Andervilliers, das ist der Mädchenname meiner Freundin Antoinette. Meine Mutter hatte die Idee gehabt, dass ich dort mit Antoinette zu einer Dame erzogen werden könnte. Mein Vater kannte den Marquis, ihren Vater, von seiner Zeit bei einem französischen Kavallerieregiment.« Sie seufzte leise. »Es war eine sehr lustige Zeit, dort in Frankreich. Aber eines Tages sagte der Marquis mir, dass meine Eltern in ihrer Kutsche von Marodeuren überfallen worden seien. Sie hatten es nicht überlebt.«
»Das tut mir sehr Leid mit Ihren Eltern«, sagte er.
»Seitdem lebe ich mit meinen beiden jüngeren Schwestern bei meinem Onkel«, fuhr sie gedankenverloren fort. »Er ist unser Vormund und verwaltet unser Erbe. Und er ist sehr traditionsbewusst, was unsere Zukunft anbelangt.«
»Tja, das mit der Zukunft ist so eine Sache«, meinte er, während er einen flachen Stein aufhob und ihn über die Wasseroberfläche springen ließ. »Es scheinen immer andere Leute zu bestimmen, wie sie auszusehen hat.«
»Zwölfmal!«
»Was war zwölfmal?«
»Sie haben den Stein zwölfmal springen lassen!«
»Ach so, das!« Er winkte ab. »Nein! Zwölfmal? Das glaub ich nicht! Das waren höchstens neun, ich meine, ich hab's nicht gezählt, aber ...«
»Aber ich hab's gezählt«, meinte sie mit strahlenden Augen. »Sie haben das Dutzend genau voll gemacht! Bei mir hüpft der Stein höchstens dreimal!«
Er schaute sie ungläubig an. »Sie ...?«
»Schauen Sie mich nicht so an! Glauben Sie etwa, ich habe noch nie einen Stein hüpfen lassen? Sagen Sie mir lieber, wie Sie das machen, dass er so oft aufhüpft!«
Er zuckte mit den Schultern.

»Ich weiß es nicht genau. Ich meine, wie machen Sie's denn, dass er nur dreimal aufhüpft?«
»Sie halten mich wohl für einen Tollpatsch?«
»Nein, nein«, sagte er. »Aber wenn Sie mir zeigen, wie Sie den Stein werfen, kann ich Ihnen vielleicht sagen, was Sie noch besser machen können.«
Sie nickte. »Also gut, passen Sie auf!« Sie bückte sich und hob einen Kiesel auf.
»Schon falsch«, meinte er kopfschüttelnd. »Der ist nicht flach genug. Der Stein muss so flach wie ein Teller sein. Warten Sie!« Er bückte sich und suchte den Boden ab. »Hier! Nehmen Sie den hier!«
Als sie nach dem kleinen Stein in seiner Hand griff, berührte sie für einen kurzen Augenblick seine Finger. Dabei durchzuckte es ihn, als hätte er ihr ein glühendes Kohlenstück gegeben.
Ob sie das gemerkt hatte? Anscheinend nicht. Jedenfalls hatte sie ihn in dem Augenblick nicht irgendwie erschrocken angeschaut oder so. Sie schien sich wirklich ganz auf den Wurf zu besinnen.
»Also, ich nehme den Stein und hole aus«, sagte sie, während sie nahe an das Ufer trat.
»Halt, halt! Warten Sie!«, unterbrach er sie, als sie ausholte. »Sie müssen den Stein anders halten. Sie dürfen ihn nicht einfach so in die Faust nehmen. Nehmen Sie ihn zwischen Daumen und Mittelfinger, sodass der Zeigefinger hinten am Stein anliegt!«
»Bitte?«, fragte sie verdutzt. »Hören Sie, ich will den Stein *werfen* und nicht …«
»Warten Sie!« Er trat näher an sie heran. Sie öffnete die Faust, sodass er den Stein herausnehmen konnte.
»Sehen Sie, so!«
»Ah, jetzt verstehe ich«, meinte sie mit einem Nicken. Sie nahm den Kiesel wieder in die Hand.
»Legen Sie den Zeigefinger an den schmalen Rand!«
»So?«
»Nein, warten Sie! So …« Er nahm ihren Zeigefinger und brachte ihn in die richtige Lage.

Diese Berührung! Gott, was für ein schönes Gefühl! Sie hatte ihn dabei kurz angeschaut. Ganz kurz. Wie das Aufleuchten eines Blitzes. Als ob sie für den Bruchteil einer Sekunde die Beherrschung über sich verloren hätte. Sofort hatte sie die Augenlider wieder gesenkt. Aber ihr Blick hatte sich in sein Hirn eingebrannt: zwei Feueraugen.
»Sie müssen den Stein jetzt so flach wie möglich auf dem Wasser aufsetzen lassen!«, erklärte er weiter. »Ich geh dazu immer ein bisschen in die Knie. Schleudern Sie den Stein aus der Hüfte heraus!«
»So?« Sie warf den Stein. Er hüpfte in kleinen Bögen über das Wasser.
»Eins, zwei, drei, vier, fünf, sechs«, zählte er. »Sechsmal! Ich bin sprachlos!«
»Bravo! Ich kann's! Sechsmal!«, rief sie aus, wobei sie die Arme in den Himmel streckte. »Aber Sie haben zwölf geschafft! Ich kann mir gar nicht vorstellen, wie das gehen soll!«
»Ach, Übung ist alles«, winkte er lächelnd ab. »Sie wissen ja jetzt, wie's geht! Üben Sie halt ein bisschen!«
»Worauf Sie sich verlassen können!«, erwiderte sie. »Ich werde in nächster Zeit wahrscheinlich an sehr vielen Gewässern vorbeikommen. Wenn wir uns das nächste Mal hier treffen, werde ich Ihre zwölf Hüpfer schlagen!«
Er nickte. »Machen Sie das!«, sagte er. Und nach einer Weile fügte er an: »Vermutlich werden Sie dabei auf das gleiche Rätsel stoßen wie ich.«
»Auf ein Rätsel?«
Wieder nickte er. Er genoss es, wie ihre Augen an seinen Lippen hingen.
»Sagen Sie schon!«, bohrte sie nach. »Was für ein Rätsel?«
»Noch nie hat ein Stein das andere Ufer erreicht«, sagte er in der Hoffnung, dass sie seinen Bluff nicht bemerken würde. »Auch wenn ein Stein tausendmal aufhüpfen würde, er erreicht doch nie das andere Ufer ...« Er machte sich gar nicht erst die Mühe, darüber nachzudenken, ob an dem, was er ihr da auftischte, etwas dran war oder nicht. Es war ihm einfach so eingefallen. Aber es klang gut.

Sie schüttelte den Kopf. »Ist das wirklich so? Ich meine, dass so ein Stein nie das andere Ufer erreichen kann?«
Er schaute ihr in die Augen. »Denken Sie unterwegs darüber nach!«
Sie schien aber jetzt schon darüber nachdenken zu wollen. »Es hat was damit zu tun, dass die Hüpfer immer kleiner und schneller werden, stimmt das?«
Er wog seinen Kopf wie gegen einen Widerstand hin und her. »Das geht in die richtige Richtung. – Sie verreisen?«, fragte er dann schnell, um auf ein anderes Thema zu kommen.
Sie nickte. In ihren Augen lag Stolz. »Ja, in einer Woche. Ich fahre zusammen mit Antoinette und ihrem Mann nach Russland.«
Hätte er jetzt nur einen Tropfen Wasser im Mund gehabt, er hätte sich an ihm heillos verschluckt. »Sie fahren *wohin*?«, fragte er sie mit einem entgeisterten Blick.
»Nach Russland. Sie wissen schon! Das große Land im Osten.«
Er schüttelte verwirrt den Kopf. »Schauen Sie, ich bin Soldat und *muss* nach Russland, weil dort bald Krieg ist. Und Sie *verreisen* nach Russland?«
»Ja«, antwortete sie lachend. »Nach Russland!«
»Finden wir das denn nicht ein bisschen leichtsinnig?«
»Aber nein! Wir werden ja nicht quer über die Schlachtfelder fahren! Wissen Sie, Charles, Antoinettes Mann, ist Offizier im Administrationsstab der französischen Armee. Die beiden sind frisch verheiratet, und Charles möchte sie unbedingt dabeihaben. Viele Offiziere nehmen übrigens ihre Frauen mit. Jedenfalls hat Antoinette mich gefragt, ob ich sie auf der Reise begleiten würde, damit sie nicht so alleine ist. Charles wird natürlich viel zu erledigen haben.«
Georg schüttelte den Kopf. »Aber warum reisen Sie nicht in irgendein anderes Land, wo's friedlicher zugeht als in Russland?«
Sie zog den Mund breit. »Der goldene Käfig – schon vergessen? Ich kann als Frau nicht einfach sagen: Ich reise da und da hin! Es grenzt ohnehin schon an ein Wunder, dass mich mein Onkel nach Russland mitgehen lässt. Wahrscheinlich hofft er

darauf, dass ich unterwegs einen pflichtbewussten Grafen kennen lerne ... Nein, aber schauen Sie! Wir werden in gebührendem Abstand hinter der Armee herziehen. Der Feldzug wird schon längst gewonnen sein, bis wir überhaupt einmal einen Russen zu Gesicht bekommen. Mit Napoleon – und natürlich mit Ihnen – wird es der Zar nicht aufnehmen können.«

»Danke, danke«, meinte er nickend. »Aber trotzdem ist das Ganze zu gefährlich für eine Frau!«

Sie schüttelte energisch den Kopf. »Ich bin nicht so hilflos, wie Sie denken! Mein Bruder Johann hat mir auf unserem Gut in Preußen das Reiten und Schießen beigebracht. Ich kann auf mich aufpassen, glauben Sie mir! Wie Sie sehen, kann ich sogar mit Steinen werfen.«

Sie schaute ihn an. »Sie müssen das verstehen! Russland ist vielleicht der einzige Flug, den ich jemals aus dem goldenen Käfig mache. Ein paar Wochen Freiheit, in denen ich das Marionettentheater zu Hause nicht mitspielen muss. Ich werde früh genug wieder wohl behütet in der Stube sitzen – vielleicht dann für immer.«

»Na ja, wenn Sie mir versprechen, wirklich auf sich aufzupassen und nicht versehentlich auf mich zu schießen, dann bin ich ja beruhigt.«

»Versprochen«, meinte sie, und angesichts ihres Tonfalls wurden ihm die Knie weich.

Sie standen eine Weile schweigend am Ufer und starrten auf das Wasser.

»Und Ihren König nennen Sie also den Dicken?«, fragte sie unvermittelt.

Ihre weißen Zähne strahlten zwischen den Lippen hindurch. Wenn diese Lücke nicht wäre!, dachte er.

»Ja«, nickte er. »Er ist auch einfach unglaublich dick! Wissen Sie, ich hab einen Kameraden, Deiss heißt der, der hat neulich am Lagerfeuer gemeint, dass der Dicke wahrscheinlich gar kein Mensch ist. Der meint tatsächlich, dass der Dicke vielleicht vom Mond kommt ...«

»Sophie! Kommst du?«, rief plötzlich die Schwarzhaarige aus einiger Entfernung. »Wir kommen sonst zu spät zum Diner!«

Georg versuchte sich nicht anmerken zu lassen, dass es ihm sämtliche Eingeweide zusammenzog. Was musste *die* denn jetzt schreien?

»Oh, da ist Antoinette!«, rief Sophie. »Wir haben uns mit ihrem Mann zum Essen verabredet. Ich muss gehen!«

»Leben Sie hier in Dresden?«, fragte er schnell.

»Nein«, meinte sie kopfschüttelnd. »Ich habe mich hier nur mit Antoinette und Charles getroffen. Wir wohnen dort unten, am anderen Ufer, im Gasthof Traube. Dort müssen wir jetzt auch wieder hin …«

»Ein Gasthof? Da lässt sich's sicher aushalten …«

»O ja, ich habe ein kleines Zimmer im zweiten Stock!«, schwärmte sie. »Es hat sogar einen Balkon, von dem aus man über die Elbe sieht. Man hat einen herrlichen Blick!«

»Sophie! Kommst du?«, rief Antoinette erneut.

Georg stöhnte innerlich.

Sophie schaute ihn ernst an. »Leben Sie wohl! Und schreiben Sie mir, wenn Sie es nach Amerika geschafft haben!«

»Aber gerne! Dazu müsste ich allerdings …«

Sie hörte ihn nicht mehr. Sie hatte sich einfach umgedreht und war losgelaufen. Holla, das war aber ein bisschen arg plötzlich gegangen!

Er hätte sie am liebsten festgehalten oder ihr wenigstens etwas nachgerufen. Aber er blieb stehen und schaute ihr stumm nach.

»Menschenskinder, Unterkofler!«, riss Blümler ihn aus seinen Gedanken. »Das waren vielleicht zwei Engel! So was spricht einen nur alle hundert Schaltjahre einmal an!« Er schüttelte den Kopf. »Das muss an der Uniform liegen, das muss an der Uniform liegen! Kinder, Kinder! Zum Glück war heute Rasurkontrolle! Was für ein Glück! Mist!«, rief er dann entsetzt aus. »Das wird uns niemand glauben! Die werden uns doch als Prahler verschreien! Wir dürfen keinem davon erzählen! Hörst du, Unterkofler?«

Georg hätte Blümler mitsamt seinem Geschwätz am liebsten in der Elbe ertränkt.

X.

Er hielt ihr schwarzes Haarband in seiner Hand. Er hatte es am Elbufer gefunden, zwischen dem Kies, kurz nachdem sie gegangen war. Ganz sicher war er sich nicht, ob es wirklich ihr gehörte. Aber wem sonst? Blümler, so seltsam er manchmal war, trug wohl kaum nach Rosen duftende Haarbänder unter seinem Kaskett.

Er musste sie wiedersehen! Und er hatte dazu noch genau die Nacht Zeit, die jetzt gerade hereinbrach. Morgen, in aller Frühe, war Abmarsch. Wenn er heut Nacht nicht ging, war sie für immer weg.

Sie waren hier in Dresden im Haus eines Beamten, in einer ganz geräumigen Stube, einquartiert. Kopp, Blümler und Deiss lagen schon halb ausgezogen auf ihren Betten. Er konnte nicht. Er musste hier an diesem Fenster stehen, die Hände auf den Sims stützen und die Stirn gegen die kalte Glasscheibe pressen. Er musste sich entscheiden. Es hing sehr viel von dieser Entscheidung ab. Er konnte alles gewinnen und alles verlieren. Und viel Zeit hatte er nicht mehr.

Er hatte sich immer gefragt, ob es eine Frau gab, die genau für ihn bestimmt war. Bei Marie war er sich da sicher gewesen. Deshalb hatte er nach ihrem Tod nicht mehr daran geglaubt, noch einmal auf einen Menschen zu treffen, der ihn derart verzaubern könnte. Bis gestern.

Sophies Feueraugen hatten sich tief in sein Hirn eingebrannt. Das war mehr gewesen als nur ein freundlicher Blick. Viel mehr.

Oder sollte er sich da täuschen?

Das war es, warum sich sein Magen immer wieder zusammenzog: Er konnte sich nicht sicher sein. Dass sie ihn angesprochen hatte, konnte viel bedeuten, konnte aber auch gar nichts bedeuten.

Wie vertraut sie mit ihm gewesen war! Die Geschichte mit diesem goldenen Käfig! Es gefiel ihm, wie sie die eigene Welt verachtete und sich nach einem freien Leben sehnte – in Amerika, wie er. Und dann diese Lippen! Sie zu küssen musste so ziemlich das Größte sein, was im Leben überhaupt drin war. Ob ein anderer sie schon mal geküsst hatte? Er durfte sich jetzt nicht in Träumereien verlieren! Vielmehr hieß es nachzudenken, ob das Ganze überhaupt einen Sinn hatte. Wenn's ging, wie's im Leben ging, so sah er sie nie wieder. Aber dagegen konnte er etwas tun. Er konnte sie heute Nacht im Gasthof Traube besuchen.
Na, wenn das so einfach wäre, Herr Unterkofler!
Von der Tatsache, dass er seinen Kopf riskierte, wenn er das Haus verließ, mal ganz abgesehen. Was würde sie wohl davon halten, wenn er mitten in der Nacht vor ihr stünde? Was sollte er ihr sagen?
Marie und Sophie – diese Namen klangen nicht nur ähnlich. Sophie rief in ihm, schon allein was das Aussehen betraf, starke Erinnerungen an Marie wach. Was, wenn er in Sophie nur die erwachsene Marie sehen wollte und sich damit nichts als einem kindischen Traum hingab?
Nein! Dort, am Elbufer, hatte er kein einziges Mal an Marie gedacht. Das hatte sich erst hinterher vermischt. Dort hatte er nur sie gesehen: Sophie. Und es war *ihre* Geschichte, für die er sich interessiert hatte.
Was sie wohl in ihm gesehen hatte? Vielleicht war es ihr nur um das Gespräch gegangen. Konnte ja sein, dass sie es aufregend fand, sich mit einem fremden Soldaten zu unterhalten. Aber hätte sie dann so viel Persönliches von sich erzählt?
Er musste sich hier rausstehlen und zu ihr! Wo der Gasthof Traube war, danach hatte er sich gleich nach dem Gespräch an der Elbe erkundigt.
Er wandte sich vom Fenster ab.
»He, Unterkofler!«, rief Blümler. »Du lebst ja doch noch! Mist, jetzt haben wir völlig umsonst um deine Schuhbürste gewürfelt!« Er richtete sich in seinem Bett auf und stützte sich auf die Ellbogen. »Weißt du, dass du lieber irgendetwas

an die Fensterscheibe heranmurmelst, als dich mit uns zu unterhalten, ist nicht gerade vertrauenswürdig …«
»Der träumt halt von seiner schönen Baronesse«, brummte Kopp, der mit dem Rücken auf dem Bett lag, ohne seine Augen zu öffnen. »Die hat ihm den Kopf verdreht!«
»Mjääääh«, machte Blümler mit einem bedeutsamen Blick. »Jetzt erklärt sich mir allerdings manches! Hat der gute Unterkofler heute Morgen doch tatsächlich statt 'nem Stiefel seinen Tornister über den Fuß gezogen! Wär ich noch 'n bisschen jünger, würd ich singen: Unterkofler ist verlie-hiebt! Unterkofler ist verlie-hiebt!«
»Halt gefälligst die Klappe, Flachskopf!«, schimpfte Georg. »Willst du etwa Deiss aufwecken?«
»Oh, ich schlafe gar nicht«, meinte der nur.
»Unterkofler ist verlie-hiebt! Unterkofler ist verlie-hiebt!«
»Also gut!«, zischte Georg. »Jetzt wissen's alle! Na und? Ich geh jetzt zu ihr!«
»Klar!«, krächzte Blümler, wobei er sich wie ein Besoffener zurück aufs Bett fallen ließ. »Und wir kommen alle mit!«
»Brauchst es ja nicht zu glauben, Blümler!«
»Also gut, also gut, Unterkofler«, meinte Kopp, während er seinen schweren Körper aus dem Bett hob und langsam auf Georg zuging. »Sie hat dir gefallen. Verstehe ich ja. War sicher ein hübsches Ding, die Baronesse …« Plötzlich gab er Georg eine schallende Ohrfeige.
»Komm zu dir, Junge!«, sagte er beschwörend, wobei er ihn an den Schultern packte und kräftig schüttelte. »Vergiss sie! Die ist nichts für dich! Die ist von und zu!«
»Dafür ist er hin und weg«, schaltete sich Blümler wieder ein.
»Schnauze!«, herrschte Kopp ihn an, dann wandte er sich wieder in ruhigem Ton an Georg. »Lass den Quatsch, Unterkofler! Du kannst hier nicht raus, unten stehen Wachen. Außerdem gehen sie überall Patrouille. Die halten dich für einen Deserteur, und dann kannst du dir die Enten auf der Elbe von unten anschauen. Außerdem …« Er atmete tief ein, wobei er die Augenbrauen hochzog. »Außerdem: Glaub doch bitte nicht, dass die irgendwas von dir will! Meine Zeit, wie kann man nur so dumm sein, Unterkofler! Wach auf!«

Indem er sich bückte, konnte Georg einer zweiten Ohrfeige von Kopp ausweichen.
»Ich sag auch gar nicht, dass ich weiß, dass sie was von mir will«, erwiderte er. »Gerade das will ich ja rauskriegen, Mann! Fragen kostet nix!«
»Das ist 'ne Baronesse, Unterkofler!«, ließ Kopp nicht locker. »Zu der kannst du nicht einfach hin wie zu einer Dorfschlampe! Die lässt dich von ihren Dienern vor die Tür setzen, und dann hat sich's!«
»Du kennst sie doch gar nicht!«, meinte Georg barsch.
»Aber du kennst sie, oder was?«, fiel ihm Kopp ins Wort. »Du wechselst ein paar verdruckste Worte mit ihr und glaubst dann, dass du sie kennst! Sag mal, spielst du noch mit Puppen?«
Kopp ließ sich wieder auf sein Bett fallen. Georg stand in der Mitte der Stube, genau zwischen seinem Bett und der Tür. Genauso musste sich ein Spieler fühlen, der mit der Entscheidung rang, alles auf eine Karte zu setzen, um alles zu gewinnen oder sich gnadenlos zum Kasper zu machen.
»Verrat mir mal nur das eine, Unterkofler«, unterbrach Deiss plötzlich die Stille. »Kommt dir das nicht auch seltsam vor, dass eine hübsche, reiche Baronesse ausgerechnet von *dir* was wollen sollte? Ich mein, nicht dass du jetzt so wärst, dass man dich nicht angucken könnte, aber glaubst du nicht, dass so eine wie die 'n bisschen mehr Anspruch hat? Weißt du, die ist mit goldenen Messerchen und Gäbelchen groß geworden. Da kann ich mir nicht vorstellen, dass sie ernsthaft was von dir will, dem Bauern in zu großen Soldatenstiefeln.«
»Zum Glück hat dich auch keiner danach gefragt, was du dir vorstellen kannst«, erwiderte Georg mehr als gereizt. Deissens Schwarzseherei hatte ihm gerade noch gefehlt!
»Weißt du, keine Ahnung, ob sich das bis zu dir rumgesprochen hat«, meinte Deiss, wobei er seinen nackten Oberkörper aufrichtete und gegen die Wand lehnte, »aber seit einigen tausend Jahren gibt's da was, das nennt man Standesunterschied. Das heißt, dass die da oben mit uns hier unten nichts zu tun haben wollen, verstehst du? Mich tät's einfach wundern, wenn das plötzlich nicht mehr so wär.«

»Und mich tät's wundern, wenn du irgendwann mal die Klappe aufmachen würdest, ohne dass nur Müll rauskommt«, hielt Georg dagegen.
»Dann geh halt zu ihr, hab nichts dagegen«, sagte Deiss mit einem Schulterzucken. »Sie wird wahrscheinlich auch nichts dagegen haben, wenn sie heut Nacht nicht allein schlafen muss!«
»Halt die Fresse!«
Georg trat einen Schritt auf ihn zu und hielt ihm drohend den Zeigefinger unter die Nase. Er spürte, wie sich sein Brustkorb heftiger hob und senkte, als er das eigentlich wollte. Deiss setzte eine Unschuldsmiene auf.
»Unterkofler! Wenn sie überhaupt was von dir will, dann ja wohl nur das eine! Sag jetzt bloß nicht, du hast nicht auch nur das eine gewollt! Klar, wir marschieren hier morgen früh weg, und du hast an was Ernstes gedacht!«
Georg packte Deiss an den Ohren und zog ihn zu sich nach oben.
»Was ich will und an was ich denke, das geht dich nichts an!«, zischte er verächtlich. »Dein Problem, Deiss, dein Problem ist, dass du glaubst, dass alle Menschen leben und denken wie du, so erbärmlich und dreckig. Aber zum Glück täuschst du dich.«
Plötzlich spürte Georg Deissens Schmiedehände an seinen Unterarmen. Sie fühlten sich fest wie Eisenklammern an. Während er Georg voller Verachtung in die Augen schaute, zog er dessen Hände von seinen Ohren weg, als wären sie lästige Spinnweben.
»Deine Baronesse gehört also zu den Guten und ich zu den Bösen, was?«, fragte er, während er aufstand und sich vor Georg aufbaute.
Er löste seine Griffe um Georgs Handgelenke, die kaum noch Blut durchgelassen hatten, ballte eine Faust und klopfte mit ihr Georg warnend auf die Brust.
»Hör zu, Unterkofler!«, meinte er langsam. Sein Brustkorb hob und senkte sich erregt. »Mir ist das alles gleich. Von mir aus kannst du zu ihr hinrennen und dich unterwegs erschießen lassen oder mit ihr schlafen oder was du sonst vor-

hast, glaub mir, das geht mir dermaßen am Hintern vorbei! Aber eins sag ich dir: Wenn du zur Tür rausgehst, dann bist du für mich gestorben! Deine Baronesse ist eine von denen, die mir den Rücken gepflügt haben, und denen du im Übrigen die Narbe in deinem Gesicht verdankst. Denen du überhaupt verdankst, dass du nicht frei bist, sondern dir hier mit drei Verrückten die Nächte um die Ohren schlagen musst. Also, von mir aus geh, aber dann werd ich lieber dem Haucken den Arsch küssen, als mit dir noch ein Wort zu wechseln!«

Dann drehte sich Deiss um und legte sich wieder auf sein Bett. Georg konnte seinen vernarbten Rücken dabei allzu deutlich sehen.

Das saß tiefer als Kopps Ohrfeige!

Jetzt erst recht!, dachte er. Jetzt geh ich erst recht!

Doch seine Füße wollten nicht. Sie blieben genau in der Mitte der Stube stehen.

Machte er sich hier zum Kasper? Oder ließ er sich nur von drei Schlaffsäcken von einer Sache abbringen, die durchzuziehen sie selbst nicht in der Lage waren, weil es ihnen an Wille und Zuversicht fehlte?

Sollte er ihretwegen *die* Gelegenheit seines Lebens vertun?

Doch er spürte es: Deiss und Kopp hatten mit dem, was sie gesagt hatten, das Tauziehen gewonnen. Auch er hatte mit einer Hälfte von sich auf ihrer Seite gezogen. Seine andere Hälfte auf Sophies Seite war mit den paar vagen Hoffnungen und Wünschen im Tornister einfach zu schwach. Die Angst, selbst diese schwachen Hoffnungen ganz verlieren zu können und am Ende völlig leer dazustehen, überwog.

Außerdem wollte er es sich nicht mit Deiss verderben. Jetzt, wo's losging, war ihm seine sichere Zuneigung wichtiger als die einer Frau.

So hart das klang.

Zornig streifte er sich die Stiefel von den Füßen und schleuderte sie gegen die Wand.

»Na also!«

Kopp hatte das wohl gesagt.

»Ach, leckt mich doch am Arsch!«, antwortete Georg.

»Vielleicht triffst du sie ja mal wieder«, kam es unter Blümlers Bettdecke hervor.
»Ja, klar!«, erwiderte Georg, wobei er seine Hose auszog. »Vielleicht ist das alles auch nur ein Traum, und wir sind in echt Maulwürfe!«
»Ha!«, lachte Blümler. »Würde wenigstens erklären, wo Kopp seine Riesenhände herhat. Und warum er immer so dreckig ist. He, vielleicht hast du wirklich Recht ...«
Georg legte sich ins Bett.
Deiss hatte seither nichts mehr gesagt. Sie waren heftig aneinander geraten. Wie Deiss das wegsteckte, was er ihm gesagt hatte?
In der Regel mit Hass und Verbitterung. War schlecht gelaufen, das!

Sophie saß auf dem Balkon, der zu ihrem Zimmer gehörte, und schenkte sich Wein nach. Sie hatte sich die Flasche vom Jungen bringen lassen, nachdem Charles und Antoinette auf ihr Zimmer gegangen waren. Der Korbsessel, in dem sie saß, quietschte, als sie die Flasche wieder auf das kleine Tischchen zurückstellte, das neben dem schmiedeeisernen Geländer stand.
In der grünen Flasche sah der Wein schwarz wie Tinte aus. Auch im Glas, wenn es auf dem Tisch stand. Wenn sie es aber gegen den hellen Halbmond hielt, dann leuchtete der Wein blutrot.
Sie umschloss das pralle Glas von unten mit ihren Fingern und ließ die Hand langsam kreisen. Der Wein geriet in Bewegung, flutete sich selbst hinterher und gab die Bewegung an ihre Hand zurück.
Irgendwie beruhigte sie das.
Die Flasche war schon zu mehr als zwei Dritteln leer. Es war die zweite, die sie sich hier im Gasthof Traube bestellt hatte. Die erste hatte sie innerhalb von drei Tagen leer getrunken. Die, die jetzt auf dem Tisch stand, war vor einer Stunde noch unberührt gewesen.
Die Elbe war kaum zu sehen. Nur hier und da funkelte das Wasser durch die dunklen Stämme der Bäume hindurch. Es

war das Mondlicht, das sich in ihr spiegelte. Es wurde kälter. Hinter ihr, auf dem Bett in ihrem Zimmer, lag ein warmer Wollumhang. Sie musste nur aufstehen und ihn sich umlegen. Doch dazu hatte sie jetzt keine Lust.
Stattdessen griff sie wieder nach dem Weinglas. Es kostete sie einige Anstrengung, das Glas sicher zu ihrem Mund zu balancieren. Der Wein wirkte stärker, als sie das gedacht hätte.
An dem Tag, als die d'Andervilliers ihr erzählt hatten, dass ihre Eltern tot seien, hatte sie sich zum ersten Mal betrunken. Zunächst war sie in einem Tobsuchtsanfall durch das Schloss auf ihr Zimmer gerannt, um dort sämtliche Seidengardinen von der Decke zu reißen, zu einem großen Knäuel zu verknoten und aus dem Fenster zu werfen. Dann hatte sie sich auf ihr Bett geschmissen und geheult wie ein Schlosshund. Die alte Vaubyessard hatte ihr »zur Beruhigung« ein Glas Wein eingeflößt.
Es hatte tatsächlich gewirkt. Die Gedanken an ihre toten Eltern waren in ihr mehr und mehr verschwommen wie ein Kreidebild, auf das der Regen fiel.
Irgendwann nachts war sie dann aufgewacht. Sie hatte die Weinflasche entdeckt, die die Vaubyessard vergessen hatte, und sie in einem Zug ausgetrunken. Aus purem Protest gegen das Schicksal, das ihr die Eltern genommen hatte. Was dann geschehen war, wusste sie nicht mehr. Sie erinnerte sich nur noch daran, dass sie sich die ganze Nacht in ihrem Bett wie auf hoher See gefühlt und sich mehrmals übergeben hatte.
Sie hatte sich seitdem nicht wieder betrunken – schon allein deshalb, weil sie zu sehr Angst davor hatte, sich übergeben zu müssen. Aber sie hatte die Wirkung des Weins kennen gelernt. Er konnte einem die Bilder im Kopf zerstören, die man nicht haben wollte. Er konnte einen aufmuntern, wenn man melancholische Anflüge verspürte. Und man konnte durch ihn einschlafen, wenn einen trübe Gedanken beschlichen.
Auch lange nach dem Tod ihrer Eltern, wenn ihr Onkel wieder versucht hatte, sie in sein Weltbild zu pressen, hatte sie abends vor dem Einschlafen hin und wieder heimlich ein Glas geleert.

So viel wie heute hatte sie allerdings schon lange nicht mehr getrunken. Warum hatte sie sich die Flasche kommen lassen? Als Charles und Antoinette zusammen auf ihrem Zimmer verschwunden waren, hatte sie sich plötzlich allein gelassen gefühlt.
Sie erwischte sich dabei, wie sie in die Richtung des benachbarten Balkons lauschte, der zum Zimmer der beiden gehörte. Ob sich irgendetwas hören ließ, das darüber Auskunft gab, was die beiden gerade miteinander machten?
Nichts zu hören.
Sie nahm wieder einen kräftigen Schluck aus dem Glas.
Wann nur endlich Gustavs Brief eintraf? Er hatte ihr auf der Hochzeit der Werthals kurz vor dem Abschied zugeflüstert, dass er ihr schreiben würde. Wahrscheinlich füllte ihn seine neue Stelle als Leutnant bei der preußischen Artillerie jetzt von morgens bis abends aus, sodass er keine Zeit zum Schreiben fand.
Sie behielt einen Schluck Wein im Mund und schloss die Augen.
Was für ein Mensch! Sie war in ihrem Leben leider viel zu selten auf Männer wie ihn getroffen, die nicht nur dem Namen nach von Adel waren – wie dieses bleiche Pack hühnerbrüstiger Hofschranzen, das man in jeder Gesellschaft zuhauf antraf. Sondern die durch ihr Äußeres und ihre Persönlichkeit bestachen.
Gustav erinnerte sie ganz an ihren Bruder Johann. Auch Gustav hielt sich auf Festen immer etwas abseits von der Menge in einem »erlesenen Kreis«, wie er es nannte. Auch von ihm hatte sie gewusst, dass in diesen Kreisen die spannendsten Gespräche geführt und die abwegigsten Philosophien aufgestellt wurden. Ob die Männer wussten, dass die Frauen ihre Hälse deswegen nur noch mehr nach ihnen reckten? Dass man trotz all der Zerstreuungen auf so einem Fest nicht glücklich wurde, wenn man nicht zu solch einem Kreis gehörte?
Bei der Hochzeit hatte Gustav sie endlich seinen Freunden vorgestellt. Aus lauter Freude darüber war sie den ganzen Abend nicht mehr ansprechbar gewesen.

Aber Gustav hatte Feuer gefangen. Am Schluss hatte er ihr den Brief versprochen. Das war jetzt drei Wochen her. Sie leerte das Glas. Ihr Kopf fühlte sich jetzt selbst wie ein Weinglas an, das irgendjemand in der Hand kreisen ließ. Plötzlich musste sie kichern. Den Soldaten an der Elbe hatte sie so leicht um ihren Finger gewickelt, dass es ein wahres Wunder war! Wenn der mit seinem Gewehr so schnell schoss, wie er sich in sie verschossen hatte, dann hatte Napoleon denkbar gute Aussichten.
Er hatte auf den ersten Blick ganz gut ausgesehen, doch dann hatte sie die Narbe unter seinem rechten Auge bemerkt. Sein ganzes Gesicht verlor dadurch. Auch wenn seine blauen Pupillen nett geleuchtet hatten.
Sicher hatte er sich die Narbe bei einer Schlägerei mit seinesgleichen eingefangen. Im Vollrausch nach einer Partie Skat, bei der es Meinungsverschiedenheiten über die Regeln gegeben hatte. Wahrscheinlich hatten auch noch beide Unrecht gehabt.
Wie dem auch sei. Er hatte ein hervorragendes Objekt abgegeben, um das Bezirzen zu üben. Es tat immer wieder gut, von einem Mann angehimmelt zu werden – wenn auch nur von einem Bauern, der nichts wusste von der Welt.
Als er ihr die Hand gegeben hatte, hatte sie das Gefühl gehabt, sich schmutzig zu machen. Nein, jemand, der wie ein Kind noch Steine über das Wasser springen ließ, würde es nie nach Amerika schaffen.
Sie goss den restlichen Wein in das Glas und trank es in einem Zug leer. Dann tappte sie benommen in ihr Zimmer, wo sie die leere Flasche und das Glas in ihrer Kommode verstaute.
Mit einem tiefen Seufzer ließ sie sich auf ihr Bett fallen und schlief kurz darauf ein.

BUCH II

Juni bis Oktober 1812

Was ist der Krieg?
Ein barbarisches Handwerk,
dessen ganze Kunst darin
besteht, an einem bestimmten
Ort stärker zu sein.
NAPOLEON

I.

Zum Henker!
Wenn die Sonne so weiterbrannte, konnte man heute Abend sein eigenes Hirn essen! Wollte sich da oben denn nicht eine Wolke zeigen, sodass man sich wenigstens Hoffnungen auf Schatten machen durfte?
Hauptmann von Gehlen senkte seine Hand wieder, mit der er die entzündeten Augen vor der Sonne geschützt hatte. Er ließ seinen Blick rundum über das Flachsfeld schweifen, durch das sie mitten hindurchmarschierten. Das kräftige Blau der Blüten schien den Brand in seinen Augen tatsächlich kühlen zu können.
Könnte doch hier überall der Flachs wachsen! Dieses weite Land ein einziges Meer aus blauen Blüten! Ein Ozean!
Der intensive Duft und die ungewohnte Farbe boten der Seele Erfrischung. Zum ersten Mal hatte die Weite dieses Landes nichts Bedrohliches an sich, sondern etwas Schönes. Wenn sie aber sonst durch das vergilbte Grün der Steppe marschierten, wo ihnen der von den Trainwagen aufgewirbelte Staub ins Gesicht schlug, dann war die Weite dieses Landes wie ein Fluch – als würden sie trotz aller Mühen auf der Stelle gehen. Der von bewaldeten Hügeln begrenzte Horizont war jeden Tag aufs Neue ihr Ziel, bis zu fünfzehn Stunden lang marschierten sie ihm entgegen und kamen ihm doch keinen Schritt näher.
Was war das Ziel? Sicher: die nächste Schlacht. Aber was hieß das schon? Warum kamen von oben nicht genauere Angaben durch? Er bekam das dumpfe Gefühl nicht los, dass die Schlacht schon längst hätte stattfinden sollen. Dass hier irgendetwas nicht nach Plan lief. Man musste kein Stratege sein, um zu wissen, dass für eine Schlacht die Feinde fehlten. Viel Feind, viel Ehr. Aber ohne Feind wird's schwer.

Die Russen stellten sich einfach nicht. Hatte es denn so etwas in der Geschichte schon einmal gegeben? Ein Krieg, der nicht stattfand, weil die eine von beiden Seiten offensichtlich keine Lust dazu hatte? Das war nur hier in Russland möglich, in diesem Riesenreich, in dem sich selbst eine 600 000-Mann-Armee verlor.
Das Spiel konnten die Russen bis zum Sankt-Nimmerleins-Tag treiben, wenn sie lustig waren. Einfach vor dem Eindringling abhauen und ihn ins Leere laufen lassen – hatte vielleicht einen feigen Beigeschmack, war aber durchaus sinnvoll. Erste Auswirkungen zeigten sich schon: Der Zwieback wurde knapp, weil von den Herren Oberstrategen offensichtlich niemand mit den langen Nachschubwegen gerechnet hatte. Die Moral der Truppe erreichte jeden Tag einen neuen Tiefstand, und das nicht nur, weil's am Essen fehlte und auch das Wasser knapp wurde, sondern weil hier selbst der größte Trottel spürte, dass er von den Russen an der Nase herumgeführt wurde. Sogar die Haudegen der Kompanie verloren langsam, aber sicher die Lust auf die Schlacht.
Wenn aber die Moral sank, sank auch die Disziplin. Und ohne die war kein Feldzug zu gewinnen, in tausend Jahren nicht. Um die Truppe mit Essbarem zu versorgen, mussten täglich kleine Kommandos zum Fouragieren losgeschickt werden. Genau genommen waren das nichts anderes als Marodeure, welche die Siedlungen der einfältigen Bauern plünderten. Alles wurde mitgenommen. Und weil die Menschen hier ihre Lebensmittel deswegen meist gut versteckten, wurde auch alles aufgebrochen oder eingerissen. Und dabei marschierten sie nicht selten durch die fruchtbarsten Getreidefelder und zertrampelten alles achtlos! Wenn sich das mal nicht rächte! Plündern und brandschatzen – barbarisch ging es zu auf diesem Feldzug, da musste man sich fragen, in welcher Zeit man lebte. Allein nicht auszudenken, wie viele Kinder nächstes Jahr in Russland zur Welt kamen, deren Mütter den Tag ihrer Zeugung bis an ihr Lebensende verfluchen würden.
Jeden Tag marschierten sie an riesigen Aschehäufen vorbei, die am Tag davor noch Holzhütten gewesen waren. Meistens konnte man noch die verkohlten Kadaver der Soldaten er-

kennen, die das Feuer leichtsinnigerweise hatten weiterbrennen lassen, als sie schliefen. Ganze Dörfer traf man an den Waldrändern an, die aus diesem Grund niedergebrannt waren und die der Wind in alle Welt verteilte.
Das konnte langfristig nicht gut gehen. Was die Bevölkerung jetzt an Unterdrückung stillschweigend hinnehmen musste, das konnte sie an einem schönen Tag mit doppelter Münze zurückzahlen. Das konnte schon sehr bald sein, wenn die Sonne, der Hunger und der Durst der Armee weiterhin so zusetzten.
Es musste so schnell wie möglich zur Entscheidungsschlacht kommen. Und genau deshalb würden die Russen sie bis zuletzt hinauszögern.
Verdammt! Was war da vorne los? Irgendwas hatte die Marschkolonne in Unordnung gebracht. Hoffentlich nicht das, worauf er schon lange gewartet hatte ...
Der Hauptmann sammelte Speichel, um den Staub aus seiner trockenen Kehle zu spülen. Unter Schmerzen schluckte er die drei Tropfen, die er zusammenbekommen hatte, hinunter.
»Kompanie, halt!«, krächzte er, wobei er ein unangenehmes Stechen im Hals fühlte.
Ruckartig blieben die durch und durch nass geschwitzten Männer, die bisher in Dreierreihen nebeneinanderher marschiert waren, stehen. Mit schnellen, kleinen Schritten hastete Hauptmann von Gehlen an ihnen vorbei durch den blauen Flachs, bis zu der Stelle, an der er die Unordnung ausgemacht hatte. Mit einem Blick sah er, dass sich seine Befürchtung bestätigt hatte. Verflucht! Ein Soldat aus dem zweiten Zug war zusammengebrochen.
»Leutnant Faber, austreten!«, brüllte von Gehlen, immer noch nicht im Vollbesitz seiner Stimme. »Wer ist der Mann?«
Der große, schlanke Zugführer scherte aus der Marschkolonne aus und antwortete: »Das ist Gimpel, aus der zweiten Sektion, mein Herr Hauptmann!«
»Korporal Böttich, austreten!«, fuhr von Gehlen in seinem Befehlston fort, während ihm das Stechen in seinem Hals die Tränen in die entzündeten Augen trieb. »Untersuch Er ihn!«
»Jawohl, mein Herr Hauptmann!«

Während sich der breitschultrige Korporal hastig über seinen Mann beugte, wandte sich Hauptmann von Gehlen – diesmal in vertraulichem Ton – wieder Leutnant Faber zu. »Wie ist das passiert?«
»Schlagartig, ohne Vorzeichen«, antwortete Faber. »Den hat's umgeworfen wie einen Mehlsack. War aber klar, dass er der Erste ist. Besteht ja nur aus Haut und Knochen und einem Riesenschädel, der arme Kerl!«
Unterdessen hatte der Korporal dem noch immer bewusstlosen Gimpel das Kaskett abgenommen und den blauen Uniformrock ausgezogen. Schweißperlen rannen dem Soldaten übers bleiche Mondgesicht, das im Verhältnis zum übrigen Körper wirklich viel zu groß geraten war.
»Der ist erledigt«, raunte Böttich.
»Erzähl Er uns keine Geschichten, Korporal!«, herrschte von Gehlen ihn an, obwohl er genau derselben Meinung war. »Ruf Er ihn wieder ins Leben zurück, aber ein bisschen plötzlich, sonst tanzt hier gleich noch der Herr Major an, weil wir nicht marschieren, und ich habe heute verdammt noch mal keine Lust auf die Hessenvisage, hat Er das verstanden?«
Derlei abschätzige Bemerkungen über Haucken kamen bei den Männern gut an. Das wusste von Gehlen, und deshalb war er für jede Situation dankbar, in der er sie anbringen konnte.
Korporal Böttich nahm seine Finger von Gimpels Hals. Seinem Gesichtsausdruck zur Folge hatte er vergeblich nach dem Puls gesucht. Kurz entschlossen packte er Gimpel am Kragen seines Unterhemds, brüllte ihn mit seinem Namen an und behandelte ihn mit mehreren schallenden Backpfeifen.
Plötzlich riss Gimpel die blutunterlaufenen Augen auf, krümmte sich wie unter Krämpfen zusammen und schrie, dass von Gehlen einige Männer neben sich zusammenzucken sah. Es war das lang gezogene Quieken eines Schweins, das seinem Schlachter in die Augen geschaut hatte. Gimpel verdrehte die Augen, als habe er den Verstand verloren.

»Stell Er seinen Mann ruhig, Korporal!«, forderte von Gehlen Böttich barsch auf, wobei er einen schmerzhaften Hustenanfall bekam, den er mit einem kurzen, erstickten Fluch beendete.
Böttich versuchte, auf Gimpel einzureden, doch der begann plötzlich wie wild um sich zu schlagen. Dann brach er auch noch in Tränen aus.
»Ich will heim!«, heulte er wie ein kleiner Junge im Tobsuchtsanfall, während er Böttich beinahe die Augen auskratzte. »Ich will heim! Ich kann nicht mehr! Lasst mich heim!«
Hauptmann von Gehlen blähte nervös die Nasenlöcher. Woher nahm der denn die Energie plötzlich wieder her, wenn er gerade erst zusammengeklappt war? War wohl die Kraft der Verzweiflung. Verzweifelt sah er nämlich aus, der Gute. Der machte es nicht mehr lange. Entweder seine körperliche Schwäche raffte ihn hin, oder er verlor völlig den Verstand.
»Gib Er ihm zu trinken, Korporal!«, sagte von Gehlen, nur um den Männern vorzumachen, dass er souveräner Herr der Lage wäre.
Böttich untersuchte Gimpels abgelegten Tornister nach dessen Flasche. »Seine Feldflasche ist leer, mein Herr Hauptmann«, stellte der Korporal fest. »Ich selbst habe meine Marschration auch schon aufgebraucht.«
»Er sollte sie sich besser einteilen«, krächzte ihn von Gehlen an. »Wohl nicht gewohnt, beim Trinken Maß zu halten, was? Ein Mann wie ein Schrank, aber unvernünftig wie ein Kind! Böttich, Böttich, wo soll das nur enden?«
Den letzten Satz hatte er eine Oktave höher als sonst gesagt. Seiner Stimme schien ein ähnlicher Zusammenbruch bevorzustehen wie Gimpel, der wieder am Boden lag.
Währenddessen hatte sich Leutnant Faber zu diesem heruntergekniet, um ihm aus seiner Feldflasche zu trinken zu geben.
»Bravo, Leutnant!«, honorierte von Gehlen den Einsatz seines Zugführers. »Ganz der barmherzige Samariter! Mitten in Russland – ein schönes Bild!«
Plötzlich sah er, wie sich aus der ersten Kompanie, die eini-

ge hundert Schritte vor seiner eigenen angehalten hatte, ein weißes Pferd löste, um sich einen Weg durch den blauen Flachs zu bahnen.
Von Gehlens dunkler, dichter Schnauzbart begann nervös zu zucken.
Haucken ritt heute seine weiße Stute. Den konnte er jetzt hier am allerwenigsten brauchen. Am besten, der Zirkus war vorbei, noch bevor der hier antanzte.
»Böttich, schnapp Er sich Gimpel und leg Er ihn auf den Munitionswagen und treib Er irgendwo noch ein Stückchen Zwieback für den Guten auf, und das alles in einem sehr, sehr flotten Tempo, und dann eingetreten und losmarschiert!«
Doch noch bevor Böttich Gimpels Uniformrock überhaupt in dessen Tornister gestopft hatte, musste von Gehlen einsehen, dass sein Befehl zu spät gekommen war.
»Warum marschiert Ihre Kompanie nicht, Hauptmann?«, schrie Haucken, als er sein erschöpft schnaubendes Pferd, noch etliche Schritte entfernt, in den Trab zwang.
»Warum marschiert Ihre Kompanie nicht, Hauptmann?«, äffte von Gehlen Haucken leise in einem Tonfall nach, der diesem unterstellte, sich in der Gegenwart von Männern wohler zu fühlen als in der von Frauen. »Weil wir einen Ausfall haben, mein Herr Major!«, antwortete er dann so laut, wie es seine Stimme zuließ.
Wie Haucken nur wieder aussah! Wie der Leibhaftige! Das sonst feuerrote Haar war jetzt schwarz vom Schweiß und hing ihm unter dem abgegriffenen Hut wie zwei Hörner in die Stirn. Gelbe, kaputte Zähne ragten zwischen den aufgeplatzten Lippen hindurch.
Mit einem groben Ruck an den Zügeln brachte Haucken die Stute zum Stehen. Noch bevor von Gehlen irgendetwas in dieser Richtung unternehmen konnte, befahl der Major: »Kompanie, links um!«
Mit einem Ruck wandten sich die Soldaten, die bisher noch in Marschrichtung geschaut hatten, Haucken zu, sodass sie jetzt in breiter Front vor ihm standen.
Von Gehlen konnte keine weiteren Betrachtungen anstellen,

weil sich Haucken jetzt wieder an ihn richtete. »So! Da haben Sie also einen Ausfall! Gehe ich recht in der Annahme, dass der dampfende Wasserkopf, der dort am Boden liegt, Ihr Ausfall ist?«
»Sie gehen recht«, erwiderte von Gehlen mit einem unterdrückten Zähneknirschen.
»Na, wo haben wir denn das Wehweh?«, brüllte Haucken von seinem Pferd herunter Gimpel so laut an, dass von Gehlen augenblicklich wieder Schmerzen im eigenen Hals verspürte.
»Er ist völlig erschöpft«, antwortete Leutnant Faber an seiner Stelle.
»Habe ich Sie gefragt, Leutnant?«, herrschte der Major Faber an. »Erschöpft ist er also, unser streitbarer Held? Wissen Sie mir jemanden in der Grande Armée, der vielleicht gerade nicht erschöpft ist, Leutnant Wichtig?«
Dann wandte er sich wieder an Gimpel. In Gedanken sah von Gehlen Schaum von Hauckens Lippen triefen. »Steh Er gefälligst auf, wenn ein Offizier mit Ihm redet!«
Gimpel zuckte zusammen. Er begann wieder zu wimmern. Seine Augen schwollen an, weil sie zu trocken waren, auch nur eine Träne zustande zu bringen.
»Er soll aufstehen!«, brüllte Haucken noch einmal.
»Ich will heim«, wimmerte Gimpel. »Ich will heim!« Zitternd versuchte er sich aufzurichten. Leutnant Faber machte Anstalten, ihm dabei zur Hand zu gehen.
»Der Rekrut kann das alleine, Leutnant!«, ließ Haucken es erst gar nicht so weit kommen.
Gimpel versuchte sich an seinem Gewehr aufzustützen und vollführte dabei Bewegungen, die von Gehlen an anderer Stelle lustig gefunden hätte. Bei Gimpels erbärmlichem Anblick schnürten sie ihm aber die trockene Kehle vollends zu. Wollte die hessische Missgeburt, dass Gimpel noch einmal zusammenbrach?
Als der mit breit gespreizten Beinen leidlich dastand, schwankend auf das Schulterstück seines Gewehres gestützt, nickte Haucken, als sei er damit zufrieden, und riss sein Pferd plötzlich zur Kompaniefront herum. »Wenn ihr Bauerntrampel glaubt«, schrie er die dicht an dicht stehen-

den Soldaten an, »dass das Bataillon euch wieder heimschickt, wenn ihr eine Schwäche vortäuscht, dann wisst ihr spätestens jetzt, dass ihr euch da gewaltig getäuscht habt! Ihr könnt hier nur zwischen Russland und der Hölle wählen! Es gibt nur einen Weg für euch, der wieder nach Hause führt, und das ist der Sieg. Alles andere schlagt euch aus dem Kopf, bevor ich es aus euch herausschlage!« Er durchlöcherte dabei jeden einzelnen Soldaten mit seinen Blicken. »Mir ist von anderen Regimentern zu Ohren gekommen, dass sich einzelne Soldaten beim Marschieren zurückfallen lassen – aus Erschöpfung, wie sie sagen. In meinen Augen ist das Desertion, und ich werde jeden von euch, der glaubt, er könne sich zurückfallen lassen, eigenhändig weiterprügeln. Habt ihr das verstanden?«
»Jawohl, mein Herr Major!«, raunten die Soldaten pflichtgemäß, aber voller Widerstreben.
»Ich habe euch nicht verstanden!«
»Jawohl, mein Herr Major!«, wiederholten die Männer lauter, aber noch widerstrebender.
Plötzlich wandte sich Haucken wieder an von Gehlen. »Sie sind mir für diesen Mann verantwortlich, Hauptmann! Morgen nach dem Appell hat er sich bei mir zu melden!«
»Das wird nicht möglich sein«, meldete sich da Leutnant Faber zu Wort.
»So, und warum nicht, Leutnant Neunmalklug?«, zischte Haucken.
»Weil Gimpel tot ist, mein Herr Major«, zischte Faber noch verächtlicher zurück.
Schlagartig schaute von Gehlen an die Stelle, wo sich eben noch Gimpel auf seinen Gewehrlauf gestützt hatte. Er war nach hinten umgekippt und lag da wie eine Holzpuppe, deren Glieder ein böses Kind in alle Richtungen verdreht hatte. Korporal Böttich horchte mit dem Ohr auf Gimpels Brust nach dessen Herzschlag, dann schloss er dem Toten die Augen. Haucken schien in diesem Augenblick tatsächlich nicht zu wissen, was er sagen sollte. Wie eine Statue saß er auf dem Pferd und starrte auf Gimpel. Wahrscheinlich hielt er das Ganze immer noch für ein Bühnenstück und wartete, bis sich der Schauspieler mit einer Bewegung verriet.

Aus den Augenwinkeln betrachtete von Gehlen seine Männer. Sie waren auf einen Schlag weiß wie Schnee geworden. Der Tod hatte in diesem Augenblick zum ersten Mal Einzug in ihren Reihen gehalten. Sie standen da wie Träumer, die erwachten und feststellten, wie ernst es um sie alle stand. Ähnlich war es ihm damals selbst gegangen, als er auf dem Feld seinem ersten Sterbenden begegnet war.
Die Männer hatten Gimpel, wenn er auch ein stiller, schwächlicher Kerl gewesen war, als Kameraden akzeptiert. Er hatte die Ausbildung von Anfang an mitgemacht und sie in allen Anstrengungen bis zu diesem Punkt begleitet. Ein Kamerad war etwas Vertrautes, ein Stück Zuhause, und das war den Männern in diesem Augenblick entrissen worden. Von Gehlen konnte es förmlich riechen, wie sie in ihren Gedanken Haucken dafür verantwortlich machten. Schließlich hatte er ihn als Simulanten beschimpft und trotz der Schwäche aufstehen lassen.
Er saß noch immer regungslos auf seinem Pferd und schaute zu dem Toten hinunter. Fehlten ihm die Worte? Betreten über Gimpels Ableben war der mit Sicherheit nicht. Vielmehr schien er zu überlegen, wie er die eben erhaltene Scharte, denn das war Gimpels Tod für ihn, wieder auswetzen konnte.
Plötzlich zerriss ein deutlicher, bis zum letzten Wort in aller Ruhe geäußerter Ruf aus den Reihen der Soldaten die drückende Stille: »Dich soll der Blitz beim Scheißen treffen, Hesse!«
Mit einem Mal kam wieder Leben in den Major, der seinen gesenkten Kopf wie ein gereizter Stier zur Seite drehte. Gäbe es das sprichwörtliche Augenlicht wirklich, Hauckens Augen hätten in diesem Moment geglüht wie geschmolzenes Metall, da war sich von Gehlen sicher.
»Wer war das?«, fragte er erstaunlich zurückhaltend. »Wer hat das gesagt?«
Keine Antwort.
»Wer das gesagt hat!«, brüllte er dann wieder in gewohnter Lautstärke, sodass einige Soldaten zusammenzuckten.
Dennoch schauten sie alle stur an ihm vorbei. Keiner machte einen Mucks.
Von Gehlen glaubte, die Stimme des Soldaten erkannt zu ha-

ben. Und selbst wenn er sie nicht erkannt hätte, hätte er sofort an denselben Mann gedacht: Deiss, der Deserteur. Spätestens seit dem Gassenlauf musste er Haucken bis aufs Blut hassen. Und außerdem war nur er verwegen oder besser verrückt genug, sich mit Haucken anzulegen.
Gleich zwei Tote an einem Tag! Das war hart!
Plötzlich rammte Haucken seinem Schimmel die Sporen in den Leib, sodass der dicht an die Männer heransprang. Sein hasserfüllter Blick wanderte durch die Reihen. »Wer von euch Hurensöhnen war das? Ich will es wissen!«
Die Männer hielten ihre Blicke stur, fast stolz geradeaus. Keiner regte sich. Keiner machte Anstalten, auch nur ein Wort zu sagen.
Es war klar, dass Haucken dies nicht hinnehmen konnte, wollte er sein Gesicht nicht verlieren.
»Wer mir den Namen des Mannes sagt, den ich suche«, trompetete der Major plötzlich, »den befördere ich noch heute zum Gefreiten. Er wird aus dem Kompaniedienst entlassen und für den ganzen restlichen Feldzug in den Stab wechseln. Dafür bürge ich!«
Ha, der Teufel! Der versuchte es mit Versuchung! Und mit was für einer! Was der den Männern gerade versprochen hatte, war für jetzige Umstände tatsächlich der Himmel auf Erden! Die Gelegenheit, nicht als Kanonenfutter zu enden! Das will ich dir geben, so du niederfällst und mich anbetest! Ob einer dem Angebot erlag?
Deiss hatte keine Freunde. Das konnte ihm jetzt zum Fallstrick werden, dass er geglaubt hatte, als Einzelgänger am besten durchzukommen. Die Männer mussten spüren, wie er sie verachtete. Ob es ihm einer jetzt heimzahlen würde?
Tatsächlich konnte man einigen Gesichtern eine gewisse Unentschlossenheit nicht absprechen. Die dreißig Silberlinge lockten gewaltig. Dennoch blieben alle stumm.
Jetzt schien Haucken kurzen Prozess machen zu wollen. Er drängte sein Pferd noch näher an das erste Glied, dann riss er die Pistole aus seiner Satteltasche und richtete sie auf den Kopf des Soldaten, der direkt vor ihm stand. Es war Unterkofler, aus dem zweiten Zug.

»Er da!« Hauckens Stimme klang unkontrolliert, als sei er zu allem entschlossen »Er nennt mir den Mann, den ich suche, oder Er stirbt! Ich zähle bis drei. Eins ...«
Starkes Stück! dachte von Gehlen. Bluffte der? Oder war's dem ernst? Der hatte sich doch völlig verrannt und konnte jetzt nicht mehr zurück!
Unterkofler war indes vorgetreten, seinen Blick hatte er weiterhin – gegen die Vorschrift – an Haucken vorbei in die Ferne gerichtet. Aus seinem Gesicht war alle Farbe gewichen.
»Zwei«, sagte Haucken, wobei er den Hahn seiner Pistole spannte.
Unterkofler! Leutnant Faber, der alte Weltverbesserer, hatte doch damals in Ludwigsburg noch ganz freudig erzählt, dass der sich tatsächlich mit Deiss unterhalten würde. Hatte wohl mit ihrem gemeinsamen Niedergang beim Gassenlauf zu tun. Aber irgendetwas musste dann in Dresden vorgefallen sein, das die beiden kein Wort mehr miteinander reden ließ. Ob es so gravierend war, dass Unterkofler Deiss jetzt verriet? Unterkofler öffnete leicht den Mund. Doch nach einigen Sekunden schloss er ihn wieder und atmete durch die Nase aus.
Verflixt und zugenäht! Was für ein Prachtskerl!
Von Gehlen zog seine Pistole aus dem Gürtel, spannte sie mit dem Daumen und hielt sie Haucken vor das Gesicht. »Sie entspannen jetzt ganz, ganz vorsichtig den Hahn Ihrer Pistole und stecken sie zurück in Ihre Tasche, sonst puste ich Sie aus dem Sattel!«, sagte er dabei. »Und ich zähle nicht bis drei!«
Haucken reagierte zunächst gar nicht. Er versuchte, den Unerschrockenen zu mimen. Er sprach in aller Ruhe, ohne von Gehlen den Kopf zuzuwenden: »Hauptmann, Sie sind es, der seine Waffe wieder einsteckt. Sind Sie sich eigentlich überhaupt darüber im Klaren, was Sie hier gerade tun? Ich bin Ihr Vorgesetzter und kann Ihnen eine Menge Ärger verschaffen.«
»Major! Die Pistole!«, drohte von Gehlen jetzt in einem wesentlich schärferen Ton.
»Hauptmann!« Haucken konnte seine Erregung nicht länger unterdrücken. »Ich lasse Sie noch heute Abend wegen Meuterei aufknüpfen, das schwöre ich Ihnen.«
Von Gehlen sah aus den Augenwinkeln, wie dem Soldaten

Unterkofler, der Hauckens Pistolenmündung genau zwischen beiden Augen sitzen hatte, vor Angst die zusammengepressten Lippen zitterten. Er schielte die Mündung an wie jemand, der eine Wespe über seine Nase laufen sah und sich nicht traute, einen Mucks zu machen.
»Wenn Sie sich das Recht nehmen, gegen das Reglement zu handeln und einen Unschuldigen zu erschießen«, meinte von Gehlen, »dann mache ich das auch. Wobei ich im Recht bin, denn es ist meine Pflicht, meinen Mann vor Unrecht zu schützen.«
Haucken schien sich nur noch mit Mühe beherrschen zu können. Seine Brust pumpte wie ein Maikäfer. »Hauptmann! Haben Sie gehört, was einer Ihrer Soldaten gegen mich gesagt hat, oder haben Sie es nicht gehört?«
»Ich habe es laut und deutlich gehört. Ungebührlich, aber kein Grund, jemanden dafür zu erschießen.«
»Wollen Sie es zulassen, dass Ihre Kompanie zur Sauzucht wird!?«
»Nein, aber genauso wenig will ich es zulassen, dass Sie mir meinen Mann erschießen.«
Haucken bleckte seine gelben Zähne wie ein Hund, der nicht einsehen wollte, dass ihn eine Katze in Schach hielt. Wenn die Explosion von seiner Seite kam, dann jetzt.
»Major! Ich bin bei Gott kein Prophet«, fuhr von Gehlen deshalb gleich fort, »aber das eine weiß ich: Es gibt genau zwei Wege, wie wir das Ganze hier zu Ende bringen können. Entweder Sie stecken Ihre Waffe wieder ein, und ich tue das dann auch. Oder Sie erschießen jetzt diesen Soldaten, dann erschieße ich Sie. Einhundertneunzehn Männer werden dann bezeugen, dass ich im Recht war. Wie entscheiden Sie sich, Major?«
Von Gehlen spürte, wie der Schweiß in seinen Stiefeln zusammenlief. Seine Kleider waren so nass, als sei er ins Wasser gefallen. Schon verrückt! Hitze ohne Ende, Durst, dass man wahnsinnig werden konnte, aber man selbst war feucht wie ein neugeborenes Fohlen.
Unterkofler stand da wie eine Statue, aber in seinen Augen tobte ein Gewittersturm.
Haucken entspannte den Hahn seiner Pistole und steckte sie

mit einem übertrieben zackigen Ruck in die Ledertasche. Von Gehlen konnte in Unterkoflers Augen einen stummen Aufschrei Richtung Himmel ausmachen. Dann steckte er seine Pistole wieder in den Gürtel. Den Hahn ließ er allerdings gespannt.

Hauckens von der Sonne zu einem glühend roten Fleischball verbranntes Gesicht zog sich zu tiefen Falten zusammen. »Die zwote Kompanie …«, murmelte er mit einem seltsamen Nicken. »Die zwote Kompanie …« Wieder nickte er. War er übergeschnappt? Schon wollte von Gehlen wieder nach seiner Pistole greifen.

»Ihr kommt nicht wieder nach Hause«, sagte er dann. »Dafür werde ich sorgen.«

Mit einem gewaltigen Ruck an den Zügeln riss er sein Pferd herum, rammte ihm die Sporen in die schon blutverschmierten Weichen und jagte wieder Richtung erster Kompanie davon.

Fehlt nur noch, dass er von einer gelben Schwefelwolke umhüllt im Erdboden versinkt, dachte von Gehlen. Eine Schande für den Offiziersstand war der doch! Er entspannte seine Pistole. »So, jetzt aber zackig!«, riss er seine verstört dreinblickenden Mannen aus ihren Gedanken. »Wollen schauen, dass wir weiterkommen! Unterkofler, eintreten! Nee, nicht eintreten! Helf Er Korporal Böttich, Gimpels Leichnam auf den Munitionskarren zu verstauen! Werden ihn heute Abend bestatten.«

»Kompanie, rechts um!«, befahl von Gehlen, nachdem Böttich und Unterkofler wieder eingetreten waren. »Langsamer Schritt! Marsch!«

Die Kolonne setzte sich in Bewegung. Von Gehlen räusperte sich. Zum Donnerwetter! Er musste unbedingt zusehen, dass er diese Halsschmerzen loswurde!

Tausende Schritte lang dachte Georg an gar nichts. Er setzte seine Füße stur, als hätte er nie etwas anderes gemacht, auf die Stellen, welche die schwarzen Stiefel seines Vordermannes freigaben. Wenn er nur auf die Stiefel schaute, wurden sie zu zwei selbstständigen Wesen, die ihren Lebenssinn

darin sahen, vorwärts zu springen. Hin und wieder rückte er sich die Riemen seines Gewehrs und des Tornisters zurecht, weil sie sich durch die Uniform hindurch in die vom Schweiß durchweichte Haut rieben. Aber er dachte an nichts. Sein Kopf war leer wie ein unbeschriebenes Blatt.
Nur ganz langsam, wie Tropfen von der Decke einer Höhle, drang die Wirklichkeit wieder in sein Bewusstsein. Er hatte Angst vor dem Gedanken, dass er überlebt hatte, als könnte der ihm Hauckens Pistole zurückbringen. Dass er außer Lebensgefahr war, durfte er noch nicht glauben. Ja nicht daran denken!
Nie hatte er gebetet, zu Gott geschrien wie in diesen Augenblicken, als Hauckens Pistole vor seinem Gesicht auf und ab getanzt war. Er hatte sich innerlich die Seele aus dem Leib gebrüllt, war auf den Knien gelegen, dass sich Hauckens Zeigefinger nicht weiter krümmen möge. Er hatte sein Leben und seinen Geist so oft in Gottes Hände befohlen, dass es für die ganze Armee gereicht hätte.
Er hatte seit Wochen nicht mehr zu Gott gebetet. Es einfach vergessen. Die Stiefel hatte er sich dagegen jeden Tag gebürstet. Es hätte aus sein können! Jeden Tag auf diesem Feldzug konnte es aus sein! War er sich darüber eigentlich im Klaren? Ob sich Deiss derlei Gedanken auch gemacht hatte, als er sein Sprüchlein aufgesagt hatte? Der Mann schien keine Angst vor dem Tod zu haben. Eher noch vor dem Leben.
Beachtlich war ja, dass ihn keiner aus den Reihen verraten hatte, obwohl sich spätestens seit dem Gassenlauf zwischen Deiss und den anderen eine tiefe Kluft aufgetan hatte. Aber der Hass gegen Haucken schien bei allen so groß zu sein, dass sie im Vergleich dazu sogar Deiss noch liebten. Vielleicht hatten sie aber auch immer noch einfach nur Schiss vor ihm.
Der Streit wegen Sophie, das musste jetzt schon mehr als einen Monat her sein. Der Satz in Richtung Haucken war das Erste, was er seither von Deiss gehört hatte. Er gab ihm mit seiner verschlossenen Art viele Rätsel auf. Hatte er wohl je ein Mädchen geliebt? Irgendwie kaum vorzustellen ... Aber wer wusste schon, wie es bei ihm tief innen drin wirklich

aussah? Die anderen hörte man jeden Schritt lang von ihren Mädchen erzählen. Bei Deiss konnte man das gleich zweimal vergessen. Das musste aber gar nichts heißen. Die Verbitterung über seinen Vater, seinen Meister, über das ganze Leben, hatte sich wie eine schwarze Decke um ihn gelegt. Er teilte nach allen Seiten hin von dieser Verbitterung aus. Das wusste jetzt sogar auch Haucken. Aber irgendwo musste auch bei Deiss ein Lindenblatt hingefallen sein!

Deiss, der Drachentöter. Wenn man ihn so anschaute, dann hatte er wahrlich was vom alten Siegfried. Die Locken müssten nur blond sein.

Morgen waren sie zusammen zum Fouragieren eingeteilt. Da war ein Gespräch unvermeidbar. Und das war auch gut so. Hätte er ihn nicht beinahe das Leben gekostet – der Auftritt von Deiss war unschlagbar gewesen! Der hatte wirklich vor nichts Angst! So schien es zumindest.

Er verschob das Kaskett auf seinem Kopf. Das Teil zerquetschte ihm noch die Birne! Dieser Trottel von Zeugwart! Warum hatte der ihm nicht ein Kaskett geben können, das passte wie bei allen anderen auch?

Er sah ihn noch genau vor sich: ein kleines Männchen mit einem Adamsapfel, in dem eine ganze Kartoffel Platz hatte. Nur mit ganz kurzen, misstrauischen Blicken schaute es von seiner Liste auf, als müsse man nicht atmen, um zu leben, sondern auf Listen schauen. Er hatte sich extra ein großes Kaskett genommen, das auf keinen Fall gedrückt hätte! Aber nein, er hatte sich ja vom Zeugwart überzeugen lassen müssen!

»Das muss doch fest sitzen, sonst nimmt's ja der Wind mit«, hatte das Hampelmännchen ihn mit seiner Ich-weiß-alles-besser-weil-ich-schon-Tausende-Soldaten-eingekleidet-habe-Stimme verunsichert.

Lächerlich! Als ob jemals schon ein Kaskett vom Wind weggeweht worden wäre! Aber er hatte ja auch auf den Zeugwart hören müssen! Jetzt zahlte er den Preis dafür: ein Kaskett, das drückte. Den ganzen, dummen Feldzug lang!

Ach, was war das schon! Er hatte überlebt! Was war da heute nur vor sich gegangen?

II.

Deiss machte es ihm nicht leicht! Dem schien es nichts auszumachen, dass sie miteinander verkracht waren. Aber so konnte es nicht weitergehen.

Georg zog sein Bajonett aus dem Gürtel, führte es in den Spalt zwischen der dünnen Schuppenwand und dem Holztor ein und zerbrach mit einem kräftigen Ruck den hölzernen Riegel, an dem ein eisernes Vorhängeschloss hing.

Schön blöd! Was brachte denn das beste Schloss, wenn der Riegel aus Holz war? Schienen nicht besonders hell zu sein, die Bauern hier.

Ihm sollte es in jedem Fall recht sein.

Er zog an dem Tor, das widerspenstig über den Sandboden scharrte, dann schlüpfte er durch den schmalen Spalt in den Schuppen.

Er konnte gerade noch zwei Schwalben auffliegen sehen, die sich im morschen Dachgebälk des Schuppens vor ihm versteckten. Das Sonnenlicht fiel durch die zahlreichen Ritzen zwischen den Holzlatten der Wand. Der Staub, der schier regungslos in der Luft schwebte, glitzerte silbern darin. Es roch stickig in dem Schuppen, und das Atmen fiel schwer.

Er sog die Luft dennoch tief in sich ein. Es roch wie zu Hause – nach Holz, Staub und Dreck. Er schaute sich mit prüfenden Blicken um. Hier drin sah auch alles so aus, wie es daheim hätte aussehen können: Mit dem Geschirr, das hier herumstand, war er bestens vertraut. Bei Bauern sah es im Schuppen wohl auf der ganzen Welt gleich aus.

Er rüttelte fachmännisch an dem Pflug, der neben ihm stand, ließ es aber schnell wieder bleiben, denn das Gerät drohte sich dabei in alle Einzelteile zu zerlegen. Einen noch jämmerlicheren Eindruck machte ein Leiterwagen, der an das Gebiss eines Greisen erinnerte, weil ihm mehrere Stäbe fehl-

ten, und dem man schon beim Stehen ansah, welche trostlosen Geräusche er machen musste, wenn er erst in Bewegung kam.
Er ging zur hinteren Wand, an der ein Sattel und mehrere Kummete hingen, deren Leder sich dermaßen rau anfühlte, dass einem die Pferde, die sie um den Hals bekamen, nur Leid tun konnten. Alles in allem sah das Ganze nach ärmlichen Verhältnissen aus.
Tja, hier konnte man sich wirklich ganz wie zu Hause fühlen.
In einem Eck war das gespaltene Feuerholz für den Winter gestapelt. Er nahm einen der Scheite und roch an ihm. Würziger Waldduft. Waren vor allem Kiefern, die sie hier verheizten. Er schmiss den Scheit wieder zurück. Kaum vorstellbar bei diesem Sommer, dass es hier einmal kalt werden könnte ...
Irgendwo musste hier doch was Essbares versteckt sein!
Sie hatten sich das kleine Bauernkaff, in dem nicht mehr als fünfhundert Leute leben mochten, aufgeteilt. Wie die drei Königssöhne im Märchen das Land ihres Vaters aufteilten. Deiss hatte sich den hinteren Teil vorgeknöpft, Mayer, einer aus der ersten Sektion, den mittleren, er den vorderen. Das gesamte Nest war ausgeflogen. Wahrscheinlich hatten die Bauern jede Menge Übung darin, alles stehen und liegen zu lassen und in die Wälder zu rennen, wenn Soldaten anrückten. Ob die so was wie Vorposten hatten, die sie vor den Fouragetrupps warnten? Schien fast so.
Die einzige Dorfbewohnerin, die auf Anweisung ihrer Eltern die Stellung hielt, war die Krämerstochter in Mayers Drittel. Er hatte sich vorhin kurz mit ihr unterhalten, sie konnte gebrochen Deutsch. Ihr Eltern seien in die nächstgrößere Siedlung gefahren, um Tabak und Schnaps zu besorgen. Ein Trupp französischer Grenadiere habe vor zwei Tagen so gut wie alles aufgekauft. »Gekauft?«, hatte er verblüfft gefragt. Ja, ihr Vater halte die Preise so niedrig, dass er immer noch ausreichend Gewinn mache, aber die Soldaten nicht in Versuchung kämen, sich den Plunder mit Gewalt zu nehmen, hatte sie stolz gemeint.
Das schien tatsächlich hinzuhauen.

Er nahm sein Kaskett ab und strich sich durch das Haar. Es war zu lang und fettig.
Vielleicht war es aber auch die Krämerstochter, welche die Soldaten brav wie Lämmchen machte. Sie hatte sich nämlich so herausgeputzt, dass selbst der unerschrockene Deiss beim Betreten des Ladens für einen kurzen Augenblick die Fassung verloren hatte. Auch der Duft, der einem entgegenwehte, wenn man ihr näher kam, war atemberaubend. Weiblich und sanft. Sie war wie eine verloren geglaubte Erinnerung, die einen plötzlich überfiel: Da war doch was gewesen, es hatte Brüste und lange Haare, Frau nannte man das. Eine schöne Erinnerung.
Er zwängte sich zwischen dem Pflug und dem Leiterwagen hindurch, um die andere Hälfte des Schuppens zu inspizieren. Schließlich war er hier, um nach Lebensmitteln zu suchen. Gerüchte von verborgenen Kellern und doppelten Wänden geisterten durch die Armee. Die sonst so einfältig dreinblickende Bevölkerung bewies Einfallsreichtum, was das Verstecken ihres Essens anging. Aber wenn hier eine Maus herumstreunte, dann konnte er so falsch nicht sein.
Georg fühlte sich nicht wie ein Räuber. Eher wie beim Ostereiersuchen. Schließlich ging's ja auch ums Überleben und nicht ums Bereichern.
Er stieß mit seinen Stiefeln zwei von Hühnerkot übersäte, leere Hanfsäcke zur Seite, die – halb vom Leiterwagen verdeckt – auf dem Boden lagen. Er traute seinen Augen nicht: Sie gaben eine Falltür aus morschem, fast schwarzem Holz frei, die im Boden versenkt war.
Er griff nach dem eisernen Ring, der an dem Deckel befestigt war. Ein kurzer Ruck, und er hatte ihn in der Hand.
Morsch wie ein Sarg, dachte er. Also zog er wieder das Bajonett aus dem Lederzeug und stemmte den Holzdeckel damit hoch. Eine Staubwolke zerstob in alle Richtungen, als er ihn wegzog und neben sich auf den Boden fallen ließ. Er musste zweimal niesen.
Zwei prall gefüllte Säcke kamen in dem Loch zum Vorschein. Gespannt knüpfte er einen von ihnen auf und griff hinein. Mehl! Er zog die volle Hand heraus. Fast schnee-

weißes Weizenmehl! Da würden die anderen ganz schön Augen machen.
Er ließ das Mehl durch seine Finger zurück in den Sack rieseln. Dann klatschte er in die Hände, dass es vor seinem Gesicht nur so staubte.
Die anderen! Das erinnerte ihn doch glatt an Deiss! Mit dem wollte er heute noch ein offenes Wörtchen sprechen. Ob sich das noch ergab? Vielleicht, wenn Mayer auf dem Rückweg das Pferd nahm und er und Deiss auf dem Kutschbock hockten. Irgendwie ließ der ihn nicht los. Der war wie ein nur halb gelesenes Buch. Voller offener Fragen.
Mit der dunklen Rolle, die er spielte, konnte man sich sicher auch anfreunden. Sie machte ihn jedenfalls zu etwas Besonderem, einem wertvollen Einzelstück, dem die meisten Männer Respekt zollten. Erst recht nach dem, was er gestern gesagt hatte. Ohne seine Verbitterung, seine dunkle Lebenseinstellung, war Deiss vielleicht nicht mehr als dieses Mädchen, das die gute Fee zur Prinzessin machte, bis dann plötzlich Schlag zwölf der Zauber aufhörte und es wieder ein armes, einsames Ding war.
Plötzlich schreckte er auf und schlug sich dabei die Stirn an der Wagendeichsel an. Er unterdrückte die Reihe von Schimpfwörtern, die ihm auf der Zunge lagen, um lauschen zu können. Die Krämerstochter hatte gekreischt. Und sie hatte so gekreischt, dass auf jeden Fall klar war, warum sie es getan hatte. Deiss oder Mayer – einer von beiden machte sich in diesem Augenblick über sie her.
Er ließ die beiden Säcke Säcke sein, schnappte sich sein Gewehr, das er neben sich auf den Boden gelegt hatte, drückte sich zwischen den Geräten hindurch, dann durch den Torspalt und rannte, was die Beine hergaben, in Richtung Laden. Ihm drehte sich bei dem Gedanken, dass Mayers dreckige Hände am Körper des Mädchens herumfuhren und sich seine rauen Bartstoppeln und sein stinkender Mund in ihren weißen Hals bohrten, der Magen um. Wenn der ihr nur ein Haar krümmte, würde er ihn zum Krüppel schlagen!
Dann trat er mit seinem Stiefel die Türe ein, sodass sie innen

mit einem lauten Knall gegen die Wand flog. Mit einem Blick sah er, dass er zu spät kam.
Deiss war schneller gewesen als er. Er schleuderte den strohblonden Mayer gerade gegen das Warenregal hinter dem Verkaufstisch, sodass der in sich zusammensank wie ein lebloses Knochengerüst und auch noch einen Kupferkessel auf die Birne bekam, der so gezielt aus dem Regal flog, als sei das Deissens Absicht gewesen.
Georg schaute nach der Frau. Sie saß zusammengekauert in einer Ecke, zitterte wie Espenlaub und weinte. Ihr Kleid war zerrissen, und mit ihren Armen verdeckte sie ihre Brüste. Er wollte sie ansprechen, doch als sie ihn bemerkte, sprang sie wie von der Tarantel gestochen auf und rannte an ihm vorbei nach draußen.
Georg stieg die Zornesröte ins Gesicht. Er lehnte sich über die Ladentheke zu Mayer hinunter und brüllte ihm ohne Abstand ins Ohr: »Du Arsch! Aus dir mach ich Hackfleisch! Du bist das Dreckigste, was auf dieser Erde herumstinkt!«
»Er kann dich nicht hören, Unterkofler«, sagte Deiss in aller Seelenruhe. »Er ist bewusstlos.«
»Das ist sein Glück! Den würde ich so lange an die Wand klatschen, bis er nicht mehr in der Lage wäre, Kinder zu zeugen!«
Er konnte sich gar nicht beruhigen.
»Jetzt vergreifen wir uns also schon an kleinen Mädchen! So weit sind wir schon gekommen auf diesem Scheißfeldzug! Das wird ja von Tag zu Tag schöner! Da ist ja in einem Ameisenhaufen mehr Anstand zu finden!«
Deiss untersuchte während seiner Tirade die Regalfächer und hörte ihm nicht zu.
Das Ganze war nur der Anfang, da war er sich sicher! Sie würden mehr und mehr verrohen, und eines Tages würden sie sich in nichts von einer Herde Hammel unterscheiden. Er musste aufpassen, dass er der blieb, der er war. Dass der Feldzug ihn nicht umbog.
»Das wird sich eines Tages noch bitter rächen, dass wir die Russen so behandeln!«, dachte er laut weiter. »Aber ganz bitter! Das verspreche ich dir! Jetzt sind wir am Drücker, aber

wehe, das kippt einmal um! Dann zahlen die's uns mit barer Münze heim! Aber da kannst du dir sicher sein!«
Jetzt wandte er sich direkt an Deiss. »Du musst hier ja blitzschnell aufgetaucht sein!«
»Reiner Zufall«, antwortete Deiss in aller Seelenruhe, dem Regal zugewandt. »Wollte mich bei dem Mädchen mit Tabak versorgen.« Dann trat er gegen Mayer, der mit dem Oberkörper am Regal lehnte. Mit einem dumpfen Schlag kippte dieser auf den Boden.
»Da ist ja auch schon welcher«, meinte er dann mit der Gemütlichkeit eines Großvaters und beugte sich genau zu dem Fach, das Mayer gerade freigegeben hatte.
Er öffnete ein helles Holzkistchen. »Nicht mehr viel drin, aber dafür kommt da ein ganz ordentlicher Duft raus ...«
Er zog seine Blechdose aus dem Rock und nahm seine Pfeife heraus. Dann schüttete er so viel von dem Tabak aus dem Kistchen hinein, dass er die Dose gerade noch zubekam. Mit zufriedener Miene verstaute er sie wieder in seiner Rocktasche. »Den ist mir das Mädchen schuldig«, murmelte er mehr zu sich selbst. »Und, hast du was gefunden, großer Meister?«, fragte er nun seinerseits, während er sich seine Pfeife mit Tabak stopfte. Mayer, der ihm wie ein erlegter Eber genau vor den Füßen lag, würdigte er dabei keines Blickes.
Hoffentlich ist der nicht hinüber, ging es Georg durch den Kopf, sonst haben wir heute Abend ganz schöne Scherereien am Hals. »Ja, zwei Sack Mehl, und du?«
Deiss antwortete nicht gleich. Er schielte angestrengt auf seinen Pfeifenkopf, weil er den Tabak anzuzünden versuchte. Nach einigen heftigen Saugbewegungen hatte er Erfolg. Er verstaute sein Feuerzeug wieder im Rock und nahm mehrere tiefe Züge aus der Pfeife.
»Das hat mir gefehlt«, sagte er dann, während er den Rauch, fast seufzend, aus sich herauspustete. Er roch angenehm würzig. »Nein, ich hab nix gefunden. Die Grenadiere, von denen die Kleine erzählt hat, haben, scheint's mir, alles Heu mitgenommen.«
»Für das Mädchen bist du jetzt der große Held«, sagte Georg.

Er schaute über den Verkaufstisch zu Mayer. »Du hast ja auch ordentlich zugelangt.«
Deiss zuckte mit den Schultern und lehnte sich mit dem Rücken gegen das Regal. Die Arme hatte er lässig über der Brust gekreuzt, die Pfeife in der rechten Hand.
»Der stand mir mit der Kleinen im Weg, als ich zum Tabak wollte. Weil er ums Verrecken nicht gewichen ist, hab ich ihn geschlagen.«
»Jetzt sag nicht, dass dir das Mädchen völlig egal war!«
Deiss antwortete mit einem tiefen Zug, den er aus seiner Pfeife nahm. Er schaute Georg herausfordernd in die Augen, als wollte er sagen: He, Unterkofler! Erinnerst du dich? Ich bin's, Deiss! Mir ist *alles* egal.
»Jedenfalls hast du ihm ordentlich eins übergezogen!«
»Hat sich angeboten«, brummte Deiss.
Georg beugte sich über den Ladentisch zu Mayer herunter. Er atmete. Aus seiner Nase tropfte Blut. Das linke Auge sah schrecklich aus, das Lid war zu einer blauen Walnuss angeschwollen. So zugerichtet konnte Mayer einem fast Leid tun. Der hatte jedenfalls sein Fett weg.
»Zurück*reiten* wird der ja nicht mehr können. Zum Glück haben wir den Wagen, da können wir ihn draufpacken«, sagte Georg, als er sich wieder aufrichtete.
»Wozu die Mühe?«, fragte Deiss. »Überlassen wir ihn doch der Gastfreundschaft der Leute hier. Die werden sich seiner schon annehmen …«
»Nee, lass mal«, bremste ihn Georg. »Der hat von dir genug Gastfreundschaft aufs Auge gedrückt bekommen. Ganz vor die Hunde braucht er dann auch nicht zu gehen …«
Wie so oft zuckte Deiss mit den Schultern. »Dann eben nicht.«
Die Gelegenheit, dachte Georg. »Hör zu, Deiss! Was ich in Dresden zu dir gesagt habe, das tut mir Leid.«
»So?«, machte Deiss, wobei er den Rauch zu seinen Nasenlöchern hinausstieß. »Ich weiß nicht, von was du redest. Werd's wohl vergessen haben.« Er nahm wieder einen Zug. »Sag's das nächste Mal in Reimen, die kann ich mir besser merken.«

Diesmal zuckte Georg mit den Schultern. Was sollte er dazu noch sagen? »Schlage vor, wir packen den Wüstling auf den Wagen und holen meine Mehlsäcke«, sagte er dann. »Nicht, dass die in der Zwischenzeit Beine kriegen ...«
Er packte Mayer an den Achseln, und Deiss griff tatsächlich nach dessen Stiefeln. Sie schleiften ihn aus dem Laden und hoben ihn auf die Ladefläche des Wagens, den er selbst vor dem Laden abgestellt hatte.
»Junge, Junge, den hast du wirklich nicht geschont«, staunte Georg noch einmal, als er Mayer so daliegen sah.
»Der hat halt auch gemeint, er müsste sich wehren«, erwiderte Deiss.
Georg sprang auf den Kutschbock. »Ich krieg die Zügel«, meinte er, als er sie schon längst in der Hand hatte. Er hatte schon lange keinen Wagen mehr gefahren.
»Schlecht beschlagen, der Klepper«, sagte Deiss, als sich das ausgehungerte Pferd mehr schlecht als recht Richtung Schuppen in Bewegung setzte.
»Warum sagst du denen nicht, dass du Schmied bist? Wäre doch 'ne lockere Sache für dich. Könntest für dich sein und bräuchtest nicht in die Schlacht.«
Deiss zog die Mundwinkel abwertend nach unten und schüttelte den Kopf. »Geht die nichts an!«
»Sei nicht blöd, Mann! Das könnte dir das Leben retten!«
»Unterkofler«, meinte Deiss, während er seine Pfeife an der Rückenlehne des Kutschbocks ausklopfte. »Ich bin der Deserteur, schon vergessen? So einen nehmen die sowieso nicht.«
»Ah ja ...«, sagte Georg gedehnt. Und dann, nach einer Pause: »Wie war das noch mal, Reime kannst du dir besser merken? Reimst du denn ab und an?«
»Ja.«
»Im Ernst jetzt?«
»Klar!«
»Wie geht das?«
Deiss zuckte mit den Schultern. »Ja, reimen halt. Bataillon? Ich renn davon. Oder so.«
»Da guck her! Das ist ja ...«

»Feldzug – Geld zruck.«
Georg schüttelte missbilligend den Kopf.
»Was soll denn das heißen?«, empörte sich Deiss.
»Du willst mich bescheißen!«
»Ha!«, lachte Deiss auf und sprang vom Wagen, den Georg vor dem Schuppen zum Halten brachte. »Also, und wo sind jetzt deine Säcke?«
»Natürlich in der Ecke!«
»Auweia«, stöhnte Deiss und schob sich durch den Spalt in den Schuppen.
Georg folgte ihm. Ein Rätsel mehr ...

III.

Georg gelang trotz des peitschenden Regens und trotz des Umstands, dass er sich mit allem, was ihm sein Hirn zur Verfügung stellte, auf seine Schritte besinnen musste, ein flüchtiger Blick nach oben.

Was für ein Himmel! Er war so finster, als hätte nie ein Mensch die Sonne gesehen. Die Wolken schoben sich wie mächtige Meeresfelsen gegeneinander. Die schwarzen Wipfel der Birken, die wie tollwütige Hexenbesen um sich schlugen, hoben sich nur durch ihre Bewegung von ihnen ab. Dieser Sturm war höllisch. Er peitschte einem den eiskalten Regen mit solch einer Wucht ins Gesicht, dass es sich wie ein übergroßer Schneeball anfühlte. Es war Juli, und dennoch war diese Nacht eiskalt. Das passte zu diesem aberwitzigen Feldzug. Er wischte sich das Wasser zum tausendsten Mal aus dem Gesicht. Wie stumpf sich seine Finger anfühlten! Die Haut war aufgeweicht und faltig. Es fehlte nicht mehr viel, und sein ganzer Körper würde verschrumpeln.

Wochenlang waren sie in einer Affenhitze herumgestiefelt. Jeder Wassertropfen war kostbarer gewesen als ein Sack voll Gold. Und jetzt schienen sie mitten in die Sintflut hineingeraten zu sein.

Die Kleider hatten sich längst wie Schwämme voll gesogen. Bei jedem Schritt quietschte und schwappte es in den Stiefeln. Die aufgeweichten Zehen scheuerten sich am Leder wund, und am rechten Ballen hatte sich eine Blase gebildet, die so groß wie ein Guldenstück sein musste. Die Last des Tornisters drückte ihn wie einen Siegelring in den Morast des Waldweges, den Hunderte, wenn nicht Tausende Stiefel in dieser Nacht zu einem einzigen Sumpf verwandelt hatten. Es sah so aus, als sei die ganze Armee durch diesen Wald marschiert. Der Dreck hängte sich, als ginge es für ihn ums

Überleben, mit aller Verbissenheit an die Stiefel. Sie waren schwer wie Blei. Wenn nur kein Stiefel stecken blieb, denn dann hieß es: Barfuß weiterlaufen! Die, die hinter ihm marschierten, würden den Stiefel sofort einstampfen.
Konnten die nicht Schluss für heute machen? Das waren doch mindestens wieder vierzehn Stunden, die sie auf den Beinen waren. In letzter Zeit häuften sich Gewaltmärsche wie dieser. Ob sich da etwa noch mehr zusammenbraute als dieses Donnerwetter?
Er hatte genug! Er wollte trockene Kleider, ein Feuer und schlafen! Und das Loch in seinem Bauch stopfen! Aber auf ihn hörte hier ja keiner!
Als wollten die Offzen ihm damit antworten, leuchtete ein Blitz auf und machte den schwarzen Himmel für Bruchteile von Sekunden weiß wie Schnee.
Sie waren alle am Ende. Mehr ging einfach nicht. Die konnten sie nicht scheuchen, bis sie alle umfielen. Nein, das konnten sie nicht. Und wenn sie jetzt nicht bald anhielten, dann ließe er sich einfach fallen. Mitten in den Schlamm.
Wieder flammte ein Blitz auf, diesmal zeitgleich mit einem ohrenbetäubenden Donnerschlag.
Georg sträubten sich die Haare. Im Aufleuchten hatte er einen Menschen erkennen können, der neben ihm im Morast gelegen hatte. Der Uniform nach war es kein Württemberger gewesen, wohl ein Italiener. Er hatte ein Bild aus der Hölle geboten: die Augen wie unter Schmerzen verdreht, der ganze Körper verkrampft. In seinem Mund hatte noch die Pistole gesteckt, mit der er sich erschossen hatte.
Wieder einer, der sich selbst umgebracht hatte.
Wie konnte sich ein Mensch nur selbst töten? Wie konnte man nur den Willen zu leben einfach so aufgeben? Er verstand es nicht. Die Zähne zusammenbeißen, die Augen zu und mit Gottes Hilfe durch! Es konnte einem auf der Erde doch gar nichts Schlimmeres widerfahren als der Tod – warum also nicht bis zuletzt gegen ihn kämpfen?
Tote – ausgenommen dieser, weil er so plötzlich aufgeleuchtet war – erschreckten nicht mehr. Sie gehörten schon längst zu diesem Feldzug wie der Dreck, die Flüche und der Hun-

ger. Gimpel war damals nur der Erste von einer unzählbaren Menge gewesen. Sie säumten den Weg der Armee wie Meilensteine. Mit stinkenden Pferdekadavern hatte es angefangen, dann waren auch immer mehr Menschen dagelegen, die wie Gimpel vor Erschöpfung zusammengebrochen waren. Zum Begraben war schon anfangs keine Zeit gewesen, jetzt hielt man nicht einmal mehr an, um ihnen die Augen zuzudrücken. Man ließ sie einfach umfallen.
Wann würde er endlich aus diesem Albtraum erwachen?
Sie mussten bald anhalten, er konnte nicht mehr. Wie der schlaksige Blümler mit der Anstrengung wohl klarkam? Da musste man sich schon Sorgen machen, denn Kraftreserven hatte der keine. Es hatte keinen Sinn, sich nach ihm umzudrehen.
Anhalten! Bitte, anhalten! Er biss die Zähne zusammen. Schlagartig leuchtete der Himmel wieder auf.
Ein Reiter drängte seinen schnaubenden Rappen an der Marschkolonne vorbei. Ganz hinten marschierte von Gehlen, wenn er sich nicht abgesetzt hatte. Aber Offiziere machten so was ja nicht.
Tatsächlich drang plötzlich von Gehlens Stimme durch die Regenwand: »Kompanie! Halt!«
Wenige Schritte hinter Georg wiederholte Leutnant Faber wie ein Echo: »Kompanie! Halt!«
Mit einem Ruck stand die Kompanie. Ein Aufatmen ging durch die Reihen.
»Endlich!«, raunte er Kopp zu, der rechts neben ihm stand.
»Denen hat's doch das Oberstübchen verhagelt!«, erwiderte der nur, während er angestrengt versuchte, mit dem rechten Stiefel den Dreck vom linken wegzutreten.
O Mann!, dachte Georg. Jetzt noch die Planen aufspannen, vergeblich versuchen, Feuer zu machen, und dann auch noch in nassen Klamotten schlafen! Die Wechselkleider hatte er ja unbedingt wegwerfen müssen, um den Tornister leichter zu machen! Aber woher hätte er auch wissen sollen, dass sich der Feldzug so in die Länge zog! Und dass es hier so schütten konnte!
Was dauerte denn da hinten so lange? Tranken die Tee, oder was? Konnten die nicht endlich biwakieren befehlen?

Er drehte sich kurz um und warf dabei einen flüchtigen Blick nach hinten. Von Gehlen schien mit dem Adju zu streiten – und zwar heftig. Wenn da mal nichts im Busch war …
»Kompanie!«, brüllte da von Gehlen. »Im geschwinden Lauf! Marsch!« War der verrückt geworden? Wie alle anderen Männer auch, drehte sich Georg noch einmal fassungslos um. Selbst Leutnant Faber, der den Befehl längst hätte wiederholen müssen, schaute zweifelnd Richtung Kolonnenende.
»Kompanie!«, holte von Gehlen das Letzte aus seiner Stimme heraus. »Im geschwinden Lauf! Marsch!«
Flüche und Morddrohungen gegen Haucken wanderten leise durch die Kolonne.
»Ich habe ja immer gesagt, dass wir hier im Tollhaus sind!«, raunte Kopp.
Tatsächlich wandte sich nun auch Leutnant Faber wieder in Marschrichtung. »Durchhalten, Männer!«, sagte er gedämpft, dann brüllte auch er so laut, wie er konnte, als wollte er sie damit anpeitschen: »Kompanie!« Pause. »Im geschwinden Lauf!« Pause. »Marsch!«
Bleibt einfach stehen!, dachte Georg. Kriegt ihr das hin?
Es musste nur einer loslaufen, dann bekamen die anderen Angst, auf der Strecke zu bleiben, und liefen auch los. Und genau so geschah es. Wenn in diesem Bataillon auf irgendetwas Verlass war, dann auf diesen Mechanismus. Und da er auch zur Schafsherde gehörte, musste er genauso loslaufen, damit er nicht zertrampelt wurde.
Das Regenwasser, das sich im Morast zu riesigen Pfützen angesammelt hatte, spritzte unter den Stiefeln in alle Richtungen. Die Stiefel der Vordermänner katapultierten einem den Dreck ins Gesicht, dass man kaum noch aus den Augen herausschauen konnte.
Eine einzige Schlammschlacht. Vielleicht war ja das die große Schlacht, von der alle redeten. Die große Schlammschlacht. Napoleon gegen den russischen Schlamm. Ein Mordsspektakel.
Irgendjemand da vorne legte ein halsbrecherisches Tempo vor. Kameradenschwein!
Er fasste mit den Händen unter die Lederriemen seines Tor-

nisters, um seine Schultern zu entlasten. Die schmerzten, als trüge er ein hölzernes Joch. Die verflixte Knarre schlug bei jedem Schritt gegen die rechte Hüfte. Er musste sie mit dem rechten Arm festklemmen, damit sie ihm nicht die Knochen zertrümmerte. Das aber störte wieder beim Laufen. Plötzlich blieb Banzhaf vor ihm mit dem Stiefel im Sumpf stecken. Noch bevor er irgendwie ausweichen konnte, rempelte er ihn an. Banzhaf flog mit einem Schrei in den Dreck. Schon war Georg vorbei. Er konnte sich nicht mehr nach ihm umdrehen, aber er wusste, dass Banzhaf verloren war. Die Kolonne würde wegen ihm nicht anhalten, genauso wenig, wie er selbst es geschafft hatte auszuweichen. Banzhaf war tot, zertrampelt von den eigenen Kameraden.
Sie waren keine Menschen mehr, wie sie hier durch den Schlamm rannten, nur eine Herde wild gewordener Tiere. Das Denken fiel immer schwerer. Das Hirn zog sich zu einem winzigen Punkt zusammen, der nur noch »Lauf, lauf!« schrie.
Kopp neben ihm keuchte vor Anstrengung wie eine alte Kuh. Er selbst konnte auch nicht mehr. Rechts hatte er Seitenstechen bekommen, das jeden Schritt in einen gemeinen Schmerz verwandelte. Wann hielten sie an? Er konnte höchstens noch zwei Minuten. Dann musste er sich fallen lassen. Er rief sich Sophies Bild in den Kopf. Wenn er an sie dachte, dann würde er länger durchhalten. Sollte er sie jemals wiedersehen, dann sollte sich das hier alles für sie gelohnt haben. Er stellte sich vor, wie sie ihn beim Rennen anfeuerte. Das gab Kraft.
Die Kolonne kam ins Stocken. Wie die anderen auch, blieb Georg völlig erschöpft stehen. Die Schlagader pulsierte im Hals, als würde sie gleich platzen. Er krümmte sich nach vorne. Kopp putzte sich mit seinem Ärmel das Feuchte von der Nase. Reden konnte keiner.
Nur nicht zu früh gefreut: Es hatte keinen Befehl zum Anhalten gegeben. Ob vorne welche zusammengebrochen waren? Wieder sorgte ein Blitz wenige Augenblicke lang für Licht.
Da vorne war ein Bach, jetzt hörte er ihn auch rauschen. Da

mussten sie also auch noch durch. Wenn sich das mal nicht der Teufel Haucken ausgedacht hatte …

Stockend ging es weiter.

»Schau dir das an!«, stieß Kopp voller Hass durch die Zähne. »Hätte meine Mutter drauf verwettet …«

Georg musste auf den nächsten Blitz warten, dann sah auch er Haucken, der am anderen Ufer auf einem Rappen saß und anscheinend seinen Spaß daran hatte, die zweite Kompanie leiden zu sehen.

Ihm verdankten sie das alles. Er nahm Rache an ihnen.

Weil sie sich dem Bach näherten, mussten sie die Gewehre quer über die Schultern nehmen. Der Regen hatte das Wasser über die Ufer treten lassen. Die, die vor ihnen im Wasser wateten, mussten ganz schön verbissen gegen die Strömung ankämpfen.

»Hoffentlich kommt der Blümler heil durch«, raunte Georg.

»Gar nicht dran denken«, kam Kopps Antwort.

Dann stiegen sie in das Wasser. Daran, dass es eiskalt war, konnte Georg keinen Gedanken verschwenden. Sofort musste er mit aller Kraft gegen die reißende Strömung ankämpfen. Sie versuchte ihm bei jedem Schritt die Füße wegzureißen.

In der Mitte des Bachs – das Wasser reichte bis an die Brust – zog die Strömung mit aller Macht. Als er seinen Fuß nach vorne setzen wollte, verlor er das Gleichgewicht. Für Bruchteile von Sekunden sah er sich davontreiben. Er setzte den Fuß wieder zurück. Die Wasseroberfläche schoss an seinen Augen vorbei, sie wollte ihn mitnehmen. Er taumelte.

Grinsend saß Haucken nur wenige Schritte von ihm entfernt auf seinem Gaul und schien nur darauf zu warten, dass er davontrieb. In Gedanken zertrümmerte er Hauckens Schädel an einer Felswand, während er seinen ganzen Körper gegen die Strömung stemmte. Ihm schwindelte. Marie!

»Reiß dich gefälligst zusammen!«, brüllte Kopp ihn gegen das Rauschen an. Recht hatte er! Nur nicht weich werden!

Kopp zog ihn am Arm mit sich. Bei den nächsten Schritten fühlte er sich wieder sicher. Triefend stiegen sie am anderen Ufer aus dem Wasser.

»Nur immer weiter, ihr Helden!«, brüllte Haucken.
Du mich auch, dachte Georg.
Vorne ging es schon wieder weiter. Obwohl immer noch der geschwinde Lauf befohlen war, rannte nun keiner mehr. Keiner hatte mehr genug Kraft in den Knochen. Man schleppte sich nur noch vorwärts durch den Morast.
Als er im Wasser gewesen war, hatte er am anderen Ufer Deiss heraussteigen sehen. Der würde sich auch seinen Teil denken.
Ob Blümler es geschafft hatte?
Zu allem Überfluss begann der Weg jetzt auch noch anzusteigen. Das Donnern und Blitzen ließ nach, aber der Regen schien jetzt in doppelter Menge vom Himmel zu fallen. Er peitschte ins Gesicht, dass einem das Atmen schwer fiel und man die Vordermänner nur noch als vage Schatten erkennen konnte.
Plötzlich erfüllten Schreie die Luft, verzerrt vom Wind und dem Trommeln des Regens.
Die Kolonne geriet wieder ins Stocken. Als es blitzte, sah er, woran das lag und woher das Geschrei kam: Ein Geschütz versperrte ihnen den Weg. Der Größe nach war es ein Zwölfpfünder. Es war mit den beiden großen Holzrädern tief in den Morast eingesunken. Mindestens ein Dutzend Franzosen versuchte das Geschütz mit einem Seil aus dem Schlamm zu ziehen, andere schoben hinten oder stemmten sich mit aller Kraft gegen die Räder. Das Geschütz bewegte sich kein bisschen.
Die Artilleristen bissen die Zähne zusammen, fluchten und schrien sich gegenseitig an, was das Zeug hielt, stemmten sich immer wieder mit aller Kraft gegen die Räder, legten sich in das Seil, aber nichts tat sich.
Was für ein Anblick! Das Gewitter, der Schlamm, die Schinderei, diese gequälten, hoffnungslosen Gesichter, in die der Regen mit aller Macht hineinschlug. Dazu die wirren, vom Wind zerfetzten Schreie, die Dunkelheit, die Sinnlosigkeit der Mühe. Georg erinnerte sich an ein Bild, das er als kleiner Junge in einem Buch entdeckt und das ihn damals über lange Zeit bis in seine Träume hinein verfolgt hatte: Es zeigte

die Seelen der Verlorenen, die in der Hölle schmorten, gequält von einer Schar kleiner Teufel mit grinsenden Fratzen. Genauso kamen ihm jetzt diese Artilleristen vor: Die Kanone, gegen die sie sich völlig umsonst stemmten, die trotz aller Mühen keinen Fingerbreit wich, war wie eine dieser ewigen Qualen, die auf dem Bild zu sehen waren. Die Artilleristen waren wie an ihr Geschütz gekettet, unzertrennbar, unerlöst. Es war eine Last, die sie nie loszuwerden schienen. Der Unteroffizier, der sie die ganze Zeit anbrüllte, ohne selbst Hand anzulegen, verschwamm vor Georgs Augen zu einem dieser Unterteufel. Mit seiner Trosspeitsche knallte er in die Luft, als seien die Männer Pferde.
Die Kolonne bahnte sich stumm einen Weg an dem Geschütz vorbei.
Müsste er selbst einmal zum Pinsel greifen, um diesen Feldzug in nur einem Bild zu malen, er würde diese Begebenheit wählen. Sie zeigte, wie es wirklich um die Kameradschaft, um die Einheit in der Armee stand: gnadenloser Wettkampf, pure Selbstsucht. Die Franzosen, die Artilleristen, waren zu stolz, sie um Hilfe zu bitten. Und das Bataillon würde sich nie freiwillig die Hände schmutzig machen. Es marschierte stillschweigend vorbei. Man würdigte sich keines Blickes. Nicht ein Gruß wurde ausgesprochen, auch nicht unter den Offizieren.
Das Ganze war nicht nur ein Bild davon, es war die Hölle. Menschen schwiegen sich an, halfen einander nicht, quälten und wurden gequält. Jeder dachte nur an den eigenen Vorteil, an das eigene Weiterkommen, an die eigene Ehre. Und am Ende würden auf diese Weise alle auf der Strecke bleiben.
Georg schauderte, nicht nur, weil ihm der eiskalte Regen den Rücken hinunterlief. Wie weit waren sie doch heruntergekommen! Es schien, als zeigten die Menschen immer mehr ihr wahres Gesicht, je schlechter es ihnen ging. Auf wen oder was war hier noch Verlass? Wem konnte man in den eigenen Reihen wirklich trauen?
Die Kameradschaft hielt, solange alle in einem Boot saßen. Man trank zusammen, lachte, man machte auch gemeinsam viel Schlimmes durch. Das verband. Was aber, wenn man

mal alleine im Schlamm steckte, wie eben das Geschütz? Wer würde weiterziehen, wer stehen bleiben? Obwohl er sich mit den meisten in der Kompanie verstand – wenn es hart auf hart kam, würden ihm wohl die wenigsten zur Seite stehen. Bei Kopp war er sich sicher, auch bei Blümler, wenn den nicht Kraft und Mut verließen. Bei Deiss konnte man nie wissen, aber in gewisser Weise konnte man ihm gerade dadurch mehr vertrauen als allen anderen. Und der Rest der Kompanie? Sie alle würden schweigend an ihm vorbeischleichen, da war er sich sicher.

Es war eine einzige Heuchelei. Sie waren in der Hölle. Jeder dachte nur an sich.

Und er? Wie weit hatte er sich schon verändert, seit dem Tag im Januar, als er von zu Hause aufgebrochen war? Er wollte sich nicht aufgeben und auch nicht das, woran er glaubte. Wussten Kopp, Blümler und Deiss, dass sie sich auf ihn verlassen konnten?

Die Sache mit der Kanone rief ihm den barmherzigen Samariter in den Sinn. Er musste gehörig darauf Acht geben, dass er derjenige blieb, der anhielt, und nicht zu einem wurde, der sich vorbeischlich, der in der Menge mitschwamm. Die Versuchung dazu würde jeden Tag größer werden …

Bei Banzhaf war er weitergegangen. Der war jetzt tot. Keiner würde weiter danach fragen, außer vielleicht dem Leutnant morgen früh beim Appell.

Das Kommando zum Anhalten und Biwakieren riss ihn aus seinen Gedanken. Endlich!

Sie sammelten sich auf einer Lichtung. Kopp war neben ihm, Deiss hatte er vorher aus dem Wasser steigen sehen, aber wo war Blümler? Er war nirgends zu sehen.

»Hast du den Flachskopf gesehen?«, fragte Kopp besorgt. »Menschenskinder, ich hab ein ungutes Gefühl. Wie soll denn der das durchgehalten haben?«

Georg nickte, wobei er sich den Regen aus dem Gesicht wischte. Er wollte etwas sagen, dann schluckte er es aber herunter und nickte nur noch einmal. »Schau du da drüben!«, meinte er dann. »Ich guck hier.«

Kopp verschwand in der Regenwand. Georg lief unruhig an

seinen Kameraden vorbei und schaute ihnen in die Gesichter. Überall traf er auf stumpfsinnige Blicke und übermüdete Augen. Aber keine dieser Augen gehörten Blümler.
Dann sah er einen dünnen Schatten, der an einer Birke lehnte.
»Blümler?«, rief er.
Der Schatten bewegte sich. »Ja?«, kam die schwache Antwort. »Unterkofler, bist du's?«
Georg atmete erleichtert auf. »Ja, ich bin's«, sagte er, als er Blümler gegenüberstand.
Dessen Gesicht war nur noch ein bleiches Häufchen Elend. Georg schlug ihm auf die Schulter. »Ham uns ganz schön rangenommen, was?«
Blümler nickte. Plötzlich senkte er den Kopf, verbarg sein Gesicht mit einer Hand und schluchzte leise auf. »Ich ... ich konnte nicht mehr.«
Mehr brachte er nicht heraus.
Der ist fertig mit der Welt!, dachte Georg.
Er legte ihm seinen rechten Arm um den Nacken und tippte ihm mit der linken Faust an die Stirn. »Du hast es geschafft, Mann! Du hast durchgehalten, und schlimmer als heute kann's nicht mehr werden.«
Blümler nickte und versuchte sich wieder zu fangen. Georg klopfte ihm noch einmal aufmunternd auf die Schulter.
Sie hatten es alle geschafft, Deiss, Kopp, Blümler und er. Wie viele von den anderen auf der Strecke geblieben waren, wusste er nicht. Danach fragte er jetzt auch nicht. Die, die ihm wichtig waren, hatten es geschafft.

IV.

Antoinettes Schnarchen überschritt die Grenze des Erträglichen.
Erst hatte sie ganz behutsam angefangen: tiefe Atemzüge, die in ihrer Regelmäßigkeit sogar etwas Beruhigendes gehabt hatten. So hatte es sich früher angehört, wenn Großmutter in ihrem großen Ohrensessel eingeschlummert war, nachdem sie erst drei Minuten zuvor nach einem Buch gegriffen hatte. Dann aber, nachdem die Kutsche mehrmals über Unebenheiten geholpert war, hatte sich Antoinettes Atemholen radikal verändert.
Bei einem dieser Holperer hatte sich ihr Mund schlagartig geöffnet, und sie hatte damit begonnen, durch ihn, und nicht mehr durch die Nase, zu atmen. Anfangs hatte sich das so angehört, wie wenn man eine heiße Kartoffel in den Mund nahm und dann Luft ansaugte, um sie zu kühlen. Doch schnell hatte sich dazu eine weitere Komponente hinzugesellt, und die war jetzt das eigentliche Übel: Irgendwie hörte sich das Schnarchen mit jedem Atemzug feuchter an. Wobei es nicht mehr einfach nur ein Atmen war, vielmehr ein rollendes Crescendo, das sich bis zu jenem Punkt steigerte, an dem ihm Antoinette durch ein kurzes, eruptives Schmatzen oder auch Grunzen ein Ende setzte. Dann herrschte plötzlich diese unerträgliche Stille, dieses Ausharren, in dem Antoinette weder ein- noch ausatmete, als würde sie ersticken. Doch noch bevor man sich entschließen konnte, sie zu wecken, strömte die Luft wieder aus ihr heraus, was ihr Kopf jedes Mal mit einem langsamen Nicken zur Brust hin begleitete.
Sophie verdrehte die Augen, um wenigstens für Sekunden nicht sehen zu müssen, was sie schon seit unzähligen Stunden, Tagen und Wochen sah: Antoinette, die ihr gegenübersaß und die im Schlaf ihr Seelenheil zu finden schien.

Das Fenster der Kutsche stellte leider keine Alternative dar. Sicher, wenn man den Kopf etwas drehte, konnte man bequem hinausschauen. Nur sah man nicht viel, weil die Räder den vertrockneten Boden dermaßen aufwirbelten, dass die ganze Kutsche von einer gelbbraunen Staubwolke umgeben war. Und selbst wenn diese einmal nicht da war, so wie letzte Woche, als es mehrere Tage und Nächte geregnet hatte, dann hatte man herzlich wenig davon. Denn dann sah man den Staub eben nicht durch die Luft wirbeln, sondern als Schlamm auf dem Boden liegen. Etwas anderes gab es in dieser Einöde ja nicht als Dreck.
Sie trommelte mit ihren Fingern nervös gegen das Leder des Sitzpolsters.
Wie hatte sie sich nur jemals dazu entschließen können, Antoinette auf dieser Fahrt zu begleiten? Wie hatte sie sich jemals auf diese trostlose Odyssee freuen können? Das war jetzt einfach beim besten Willen nicht mehr nachvollziehbar!
Noch nie hatte sie sich überflüssiger, unbrauchbarer und schlechter gefühlt als jetzt.
Die Kutsche war ein einziger Backofen. Der Schweiß strömte ihr aus allen Poren und ließ die Kleider wie Kleister an der Haut kleben. Außerdem roch alles nach Käse. Lüften konnte man nicht, weil sonst der Dreck reinkam.
Zwangsläufig traf ihr Blick wieder auf Antoinette.
Jetzt hatte sie gerade eine Hand zwischen den Hinterkopf und die Lehne geklemmt, als läge sie auf einer Wiese und schaute den Wolken nach. Dieses unschuldige, lammfromme, eingefrorene Lächeln auf ihren Lippen und dann diese tierischen Töne, die aus ihr herausquollen! Widerlich!
Antoinette hatte sie gebeten, sie zu begleiten. Warum? Damit *ihr* nicht langweilig würde. Phantastisch! Wie ausgesprochen *phantastisch*!!!
Jetzt saß *sie* da und konnte Däumchen drehen. Anfangs hatten sie sich ganz angeregt unterhalten. Da hatten sie erstens auch noch Gesprächsstoff gehabt, und zweitens hatte es Antoinette tatsächlich noch geschafft, mehr als zwei Stunden zusammenhängend wach zu bleiben. Das war seit mindes-

tens vierzehn Tagen aber nicht mehr so. Sollte diese Reise je ein Ende finden – und sie waren jetzt schon bald zwei Monate unterwegs – , würde Antoinette sicher verwundert ihre müden Augen öffnen und gähnend fragen: »Wie? Sind wir etwa schon da?«
Sophie wusste nicht, was sie dann mit ihr anstellen würde. Es war schlichtweg unverschämt, wie sich Antoinette ihr gegenüber verhielt. Hätte sie die Wahl, sie würde auf der Stelle aus der Kutsche aussteigen. Aber das ging nicht: mitgehangen, mitgefangen.
Der goldene Käfig, dem sie hatte entfliehen wollen, hatte vier Räder.
In diesem Augenblick grunzte Antoinette mehrmals. Dann war Stille, plötzlich murmelte sie etwas und atmete wieder aus.
Sophie schloss die Augen. Wenn sie nur noch einen Schluck Wein in der Flasche hätte! Aber sie war leer, schon seit Tagen. Hoffentlich fand sich in dem Dorf, in dem sie heute Abend rasteten, irgendwo noch eine volle. Ihre Nerven brauchten ein bisschen Wein zur Beruhigung. Sonst fing sie noch zu zittern an.
Es war mehr als das, dass Antoinette sie schnarchend im Stich ließ. Wenn sie ehrlich war, dann war es viel mehr als das.
Antoinette hatte ihren Mann dabei. Einen wundervollen, zärtlichen Mann, der sie täglich mehrmals in den Arm nahm und der nachts mit ihr das Bett teilte. Der sie küsste, der mit ihr scherzte, der sie liebte.
Immer wenn die beiden zusammen waren, wurde sie sich ihrer eigenen Einsamkeit nur allzu deutlich bewusst. Es war ein tiefer Schmerz, und er ließ sich nicht einfach abstellen.
Die Kutsche holperte wieder einmal über einen Stein und setzte hart auf. Sophie wurde ordentlich durchgeschüttelt.
Antoinette reckte und streckte sich gähnend, als sei sie in einem Himmelbett aufgewacht.
»Und? Gut geschlafen?«, fragte Sophie mit einem Unterton, der eigentlich unmissverständlich über ihren Gemütszustand Aufschluss gab.

Doch Antoinette war wohl noch zu sehr im Reich der Träume verhaftet, um ihn zu bemerken. »Ich habe mir das Bein angeschlagen«, maulte sie, wobei sie sich an ihr Schienbein langte. »O là!«

Sophie schielte zum Fenster.

O là! O là! Wie ihr dieses ständige »O là!« auf die Nerven ging! Vielen Dank für das Gespräch! O là! »Du machst mir in letzter Zeit einen etwas übermüdeten Eindruck«, bohrte sie nach.

»Ja, ich bin immer *so* müde«, erwiderte Antoinette. »Aber wenn man schläft, vergeht die Zeit hier drin viel schneller, das ist gut. Du solltest auch mehr schlafen.«

Sophie stellte sich vor, wie sie Antoinette aus der Kutsche warf, ohne dass es jemand aus der Eskorte bemerkte. Antoinette würde sich mehrere Male im Staub überschlagen, liegen bleiben und, anstatt der Kutsche nachzuschreien, die Augen schließen und im gleichen Augenblick auch schon schnarchen.

»Möchtest du ein Stück von der Pfeffersalami?«, riss Antoinette sie aus ihren Gedanken.

Wo hatte sie denn die jetzt so schnell hergezaubert? Mit unverhohlener Gier schnitt sie sich gleich drei Rädchen ab. Schlafen und essen – die ließ es sich wahrlich gut gehen!

»Non, merci«, meinte sie kopfschüttelnd. »Et alors, bon appétit!«

»Kannst du mal in dem Fach neben dir nachschauen, ob da noch der Honig von letzter Woche drin ist?«, fragte Antoinette, den Mund voller Pfeffersalami, wobei sie rechts neben Sophie auf die Kutschenwand deutete.

Sophie kniff die Augen zusammen und schüttelte sich angewidert. »Was willst du? Honig? Honig zur Salami? Sag mal – bist du denn schwanger?«

Schlagartig hörte Antoinette auf zu kauen.

Schlagartig wusste Sophie, dass sie mit dem, was sie als Spaß gemeint hatte, genau ins Schwarze getroffen hatte.

Sie schauten sich beide mit großen Augen an.

»Du bist schwanger?«, fand Sophie die Sprache als Erste wieder. »Antoinette, ist das wahr?«

Antoinette schloss ihre Augen und nickte zaghaft. »Ja, ich bekomme ein Kind.«
Weil Sophie viel zu verblüfft war, um irgendwelche Worte zu finden, fiel sie Antoinette mit einem spontanen Freudenschrei um den Hals und drückte sie fest an sich. »Du bekommst ein Kind! O Antoinette, ich kann's ja gar nicht glauben! Du wirst Mutter!«
Als sie sich nach einer Weile wieder löste, standen Antoinette Tränen in den Augen. Zunächst meinte sie, dass es wie bei ihr selbst Freudentränen seien. Doch das passte nicht ganz zu Antoinettes Gesichtsausdruck.
»Aber, was ist das, Antoinette? Du ... du weinst ja!« Sie nahm ihre Hände und streichelte sie mit den Daumen.
»Es ... ist nichts«, wich Antoinette aus.
»Doch!«, beharrte Sophie. »Dich bedrückt etwas! Nun sag schon, was ist es?« Sie schaute Antoinette aufmunternd an.
»Es ist ...«, setzte Antoinette an. »Charles weiß noch nichts davon. Er ...«
»Du hast es ihm noch nicht gesagt?«, unterbrach Sophie sie verwundert. »Aber ...«
»Er ...«, setzte Antoinette wieder an, ohne ihrerseits Sophie ausreden zu lassen. »Er kann doch jetzt keine schwangere Frau gebrauchen, hier in Russland. Ich werde ihm zur Last fallen, verstehst du denn nicht?«
Sophie ließ sich rücklings in das Lederpolster fallen. »Aber Antoinette! Er wird doch ...«
»Sophie!«, schluchzte Antoinette plötzlich los, wobei ihr die Tränen in Strömen aus den Augen liefen. »Ich will mein Kind nicht in einem russischen Kuhstall zur Welt bringen! Ich ...«
»Antoinette!« Sophie wechselte hastig die Kutschenseite und setzte sich neben Antoinette auf das Polster. Sie nahm sie wieder fest in die Arme. »Du hast so einen wundervollen Mann«, flüsterte sie ihr dabei ins Ohr. »Er wird vor Freude in die Luft springen ...«
Antoinette schüttelte den Kopf. »Das glaube ich nicht«, flüsterte sie zurück. »Es kommt zu ungelegen.«
»Weißt du denn, in welchem Monat du schwanger bist?«

Wieder ein Kopfschütteln. »Ich bin mir erst seit kurzem sicher. Es kann in Dresden gewesen sein, aber auch später.«
»Aber dann brauchst du dir doch keine Sorgen über die Geburt machen! Bis dahin bist du doch längst wieder zu Hause!«
Antoinette schaute sie ausdruckslos an. »Bist du dir da so sicher?«, fragte sie fast vorwurfsvoll. »Kein Mensch weiß doch momentan, wie lange das noch geht! Vielleicht …«
Sophie schüttelte den Kopf. »Antoinette! Jetzt beruhige dich doch! Du siehst das alles so dramatisch! Ich glaube, das ist gerade alles ein bisschen viel für dich! Du musst es Charles sagen, und dann wirst du sehen, dass alles überhaupt nicht schlimm ist!«
Antoinette schluchzte noch einmal auf. Aber es war ein abschließender Schluchzer. Sie schien sich zu fangen.
»Ich werde es ihm ohnehin nicht länger verbergen können«, meinte sie leise.
»Es ist auch nicht nötig, du wirst sehen«, erwiderte Sophie, wobei sie sie auf die Stirn küsste. »Jetzt schlaf noch mal! Du brauchst nach der Aufregung wieder ein bisschen Ruhe.«
Antoinette atmete schwer ein und nickte dabei. Bevor sie sich wieder zurücklehnte und die Augen schloss, meinte sie noch: »Ich bin so froh, dass du dabei bist, Sophie! Du bist eine wahre Freundin. Ohne dich würde ich jetzt verrückt werden.«
Mit einem nicht ganz reinen Gewissen zog sich Sophie auf ihre Seite der Kutsche zurück.

Als die Kutsche endlich anhielt, war Charles schon längst von seinem Pferd gestiegen. Die Sehnsucht, mit der er auf seine Frau wartete, stand ihm sichtlich ins Gesicht geschrieben.
Was für ein Mann!, dachte Sophie. Er wird auch nach zwei Monaten nicht müde, Antoinette jeden Tag aus der Kutsche zu helfen und sie mit einem langen Kuss zu begrüßen.
Wie jeden Tag an dieser Stelle kam wieder das Gefühl der Einsamkeit in ihr auf.
Sie lehnte es dankend ab, als Charles auch ihr aus dem Wa-

gen helfen wollte, und sprang lässig wie ein Kind vom Trittbrett in den knirschenden Sandboden. Dann schaute sie sich schon aus reiner Routine um. Die Siedlungen, in denen sie abends ihre Quartiere für die Nacht bezogen, boten die einzige nennenswerte Abwechslung auf dieser Reise.

»Es ist ein kleines Bauerndorf«, kommentierte Charles ihren Rundblick, während er seinen Arm um Antoinette legte. »Die Vorhut hat es nur durch Zufall entdeckt, so versteckt, wie es hier im Birkenwald ist. Die Armee scheint größtenteils vorbeimarschiert zu sein, ohne es bemerkt zu haben.«

»Dann sind die Leute hier auch sicher nicht so verbittert wie sonst«, sagte Sophie.

»Hast du schon ein Quartier für uns ausgesucht, Charles?«, fragte Antoinette. Von ihrem Weinkrampf und ihrer Besorgnis war ihr nichts mehr anzumerken.

»Wir stehen davor, chérie«, antwortete er lächelnd, wobei er auf das morsche Holzhaus in seinem Rücken deutete. »Die Besitzer haben es uns beim Anblick der Eskorte bereitwillig überlassen.«

Läuse lassen grüßen, ging es Sophie beim Anblick des Hauses durch den Kopf. Bevor sie da jetzt reinging, musste sie erst einmal einen klaren Kopf bekommen.

»Sébastian, bring das Gepäck der beiden Damen!«, befahl Charles dem Kutscher, während er sich mit Antoinette Richtung Holzhütte in Bewegung setzte.

»Ich vertrete mir noch ein bisschen die Füße«, rief Sophie ihnen nach.

»Geh aber nicht wieder allein in den Wald, Sophie! Hörst du? Das ist zu gefährlich«, hörte sie Charles noch, bevor er mit Antoinette im Haus verschwand.

Sie blies sich mit einem kurzen Schulterzucken die Haare aus der Stirn. Das hörte sich so an, als sei sie das kleine Mädchen aus den Geschichten, die ihr Großvater immer erzählt hatte, um sie vor den Gefahren des Lebens zu warnen. Heute kam allerdings jede Warnung zu spät. Sie musste in den Wald.

Aus den Hütten, an denen sie vorbeikam, drang lautes Geschrei heraus. Die Reiter der Eskorte stritten sich wie jeden

Tag um die Betten. Dass die sich nicht endlich mal auf ein System festlegen konnten! Wie die kleinen Kinder!
Hinter den Hütten entdeckte sie einen schmalen Fußpfad, der in den lichten Birkenwald führte. Ohne zu zögern, folgte sie ihm.
Die Dorfbewohner schienen sich aus lauter Angst in die restlichen Hütten zurückgezogen zu haben. Ob die überhaupt wussten, was hier los war? Dass Krieg war? Vielleicht hielten die sie ja für einen Wanderzirkus und warteten gespannt auf die Abendvorstellung. Eine Attraktion hätten sie ja: Antoinette, das Schnarchwunder.
Nein, das war böse! Sie musste ihre Gedanken zügeln! Schließlich ging es Antoinette gerade sehr schlecht.
Antoinette schwanger! Das war irgendwie unglaublich. Sie waren doch gerade eben selbst noch Kinder gewesen. Aber sie waren keine mehr.
Sophie musste schlucken.
Sie war schon zwanzig Jahre alt, während Antoinette im Winter erst neunzehn geworden war. Sie war ein ganzes Jahr älter und hatte noch nicht einmal einen Mann, während Antoinette bald schon Mutter sein würde.
Gustav hatte ihr immer noch nicht geschrieben. Zumindest hatte sie noch keinen Brief von ihm erhalten. Es konnte sehr gut sein, dass er auf der weiten Strecke von Potsdam bis hier nach Russland verloren gegangen war. Es konnte aber auch sehr gut sein, dass Gustav sie längst vergessen hatte. Konnten Offiziere treu sein?
Sie hatte in den letzten Wochen nicht wenige kennen gelernt, und jetzt hatte sie da so ihre Zweifel.
Wie es wohl dem Soldaten von der Elbe in der Zwischenzeit ergangen war? Ob er hier, an diesem Dorf, auch vorbeigekommen war? Wohl kaum. Charles hatte gemeint, dass die Armee es wohl gar nicht entdeckt hatte. Wie weit er jetzt wohl gerade von ihr entfernt war? Was er gerade machte? Es konnte gut sein, dass er gar nicht mehr am Leben war. Ach, was ging sie dieser Bauer an!
Sie hörte Wasser rauschen. Da muss ein Bach sein!, ging es ihr durch den Kopf. O bitte! Hoffentlich ist da ein Bach!

Sie hob ihr zerknittertes Kleid an und begann den Pfad entlangzulaufen. Jetzt spürte sie wieder, wie verschwitzt sie war, wie ihr das Kleid an der Haut festklebte und was für ein Geruch sie umgab.
Der Pfad führte immer steiler bergab. Nach einer Biegung sah sie den Bach, der wie ein flaches, breites Band über ein Bett von großen Kieselsteinen floss.
Hastig streifte sie sich die Schuhe von den Füßen, wobei sie ungeduldig auf dem jeweils anderen Bein weiterhüpfte. Die letzten Meter rannte sie, so schnell sie nur konnte. Mit zusammengebissenen Zähnen watete sie in das eiskalte Wasser. Die runden, glatten Kiesel massierten ihre Füße, und die Strömung erzeugte ein angenehmes Kitzeln.
Ohne zu zögern, legte sie sich auf den Rücken, holte tief Luft und tauchte vollständig unter.
Die Kiesel drückten ihr angenehm in den von der engen Kutsche völlig verspannten Körper. Das Wasser kühlte sie bis in die Schläfen und wusch den Schweiß und den Staub weg. Das gleichmäßige Rauschen des Baches klang für sie wie ein Schlaflied.
Sie schaute in den Himmel, als flöge sie durch ihn hindurch. Freiheit!
Als sie nach einiger Zeit zu frieren begann, richtete sie sich wieder auf. Mit Gänsehaut am ganzen Körper watete sie an das gegenüberliegende Ufer, wo die immer noch starke Abendsonne auf ein trockenes Kiesbett schien. Zähneklappernd schlüpfte sie aus ihrem nassen Kleid, presste das Wasser heraus und breitete es zum Trocknen auf den Steinen aus. Dann rieb sie sich mit ihren Händen die Schenkel und die Oberarme warm und schmiegte sich an die aufgeheizten Steine.
Ihr Körper fühlte sich wie neugeboren an. Als habe sie an diesem Tag keine Sekunde lang in der fürchterlichen Kutsche gesessen.
Gedankenverloren spielten ihre Finger mit einem kleineren Kieselstein. Er war flach wie ein Teller. Flach wie ein Teller …
Georg Unterkofler, der Soldat, er hatte diesen Vergleich ge-

braucht. Wenn man einen Stein über das Wasser springen lassen wollte, musste er »flach wie ein Teller« sein.
Sie hatte sich damals verstellt. Wie man einen Stein über das Wasser hüpfen ließ, hatte sie genauso wenig interessiert wie ein Sandsturm in Afrika. Sie hatte lediglich die Wirkung ihrer Reize an ihm ausprobieren wollen, um für Gustav zu üben.
Ihre Finger streichelten den glatten, flachen Stein.
Sie hatte ihm im Spaß versprochen, auf jedem Gewässer, das sie antreffen würde, Steine springen zu lassen. Um ihn eines Tages schlagen zu können. Er hatte es zwölfmal geschafft – das wusste sie noch, als wäre es erst gestern gewesen.
Sie hatte seither keinen einzigen Stein in die Hand genommen. Kein einziges Mal daran gedacht. Aber in diesem Augenblick konnte sie sich nichts Größeres vorstellen, als Georg Unterkoflers zwölf Hüpfer zu übertreffen.
Sie stand auf und drehte den Kiesel in ihrer Hand.
Er war vollkommen in seiner Form. Wie ein sechster Finger lag er in der Hand – flach, glatt und überall abgerundet. Er war zu schade für den ersten Versuch.
Sie legte ihn auf ihr Kleid und suchte sich einen anderen. Dieser war an einem Ende zu dick, aber für den ersten Wurf tat er es.
Sie hielt den Kiesel so, wie Georg Unterkofler es ihr beigebracht hatte. Dann ging sie leicht in die Knie und schleuderte ihn aus der Hüfte über das Wasser. Mit einem dumpfen Platsch ging er unter – ohne ein einziges Mal aufgesprungen zu sein. Enttäuscht zog sie die Mundwinkel nach unten.
Das hatte am Stein gelegen. Er war einfach nicht flach wie ein Teller gewesen.
Der nächste, den sie vom Boden auflas, hatte diese Form. Bei ihm würde es keine Ausrede in dieser Richtung geben.
An seiner Rückseite klebte feuchter Dreck. Angewidert wusch sie sich die Hand, bis sie wieder ganz sauber war, dann auch den Stein.
Sie legte ihn sich zwischen Daumen und Zeigefinger zurecht und ging wieder in die Knie. Diesmal schwang sie den Arm erst ein paarmal an der Hüfte vorbei, bevor sie den Stein losließ. Dabei entfuhr ihr ein kurzer Schrei.

Platsch. Er war wieder versunken. Ohne einen Hüpfer.
Sophie kochte vor Wut. Das gab es doch gar nicht! Zum Glück hatte das keiner gesehen! Konnte man sich denn dümmer anstellen?
Sie nahm den Stein, den sie als Erstes gefunden hatte, von ihrem Kleid und schleuderte ihn mit einem zornigen Schrei von sich.
Er hüpfte wie ein Lachs durch das Wasser. Sie zählte sieben Sprünge.
Wie benommen stand sie da und starrte ungläubig auf das Wasser. Der Kiesel war längst untergegangen.
»Sieben«, sagte sie leise.
»Sieben«, kreischte sie dann, so laut sie konnte.
Ihre Arme ließ sie dabei wie Hühnerflügel flattern. Ganz allein stand sie im Kiesbett vor dem Bach, streckte die Arme in den Himmel und kreischte dermaßen laut, dass ihr Geschrei an den Birken des anderen Ufers widerhallte.

V.

Blümler war tot.
Georg fuhr sich über die Nase und wischte den feuchten Handrücken am Mantel ab. Dann schob er die Hand wieder in die Manteltasche und zog sein Gesicht in den hochgestellten Kragen zurück. Seine Augen verloren sich in dem kleinen Feuer, das er sich am äußersten Rand des Lagers angezündet hatte, um allein zu sein. Es war Nacht, und so gut wie alle Männer saßen an ihren Feuern. Sie wollten Spaß haben und endlich ihre versauten Geschichten loswerden, die sie sich beim Marschieren ausgedacht hatten. Ihm war nicht nach Scherzen zumute. Er wollte nur allein sein.
Blümler war tot.
Es war keine zwei Wochen her, als sie in dieser irrsinnigen Regennacht durch den Birkenwald gerannt waren. Damals schon hätte Blümler um ein Haar sein Leben verloren. Es war auf Messers Schneide gestanden, dass er auf der Strecke blieb. Er hatte es geschafft. Nach dieser Nacht hatten sie geglaubt, dass nichts, aber auch gar nichts auf dieser Welt sie noch schrecken könnte.
Drei Tage lang hatten sie nach diesem Marsch Ruhe gehabt. Drei Tage lang waren sie an Ort und Stelle geblieben und keinen Schritt marschiert. Aber der Feldzug hatte ihnen diesen Frieden nicht gönnen wollen. Er hatte in seine Zauberkiste gegriffen und ein weiteres Unheil hervorgezogen. Wie ein Schuljunge, der feststellte, dass er die Mädchen mit einer Spinne nicht mehr erschrecken konnte und ihnen deshalb eine tote Ratte unter die Schulbank legte.
Mit Kopfweh hatte es bei einigen angefangen. Die meisten hatten zunächst verschwiegen, wie sehr ihnen der Schädel brummte, um nicht die üblichen Spötteleien wie »Zieh dir doch einen Rock an!« hören zu müssen. Aber einige hatten

dann doch geklagt. Einer der Ersten war Blümler gewesen. Natürlich hatten sie es nicht ernst genommen. Sie hatten es für eine Auswirkung der Hitze gehalten und ihm gesagt, dass er mehr trinken solle. Vielleicht hätte man ihn damals noch retten können.
Georg schniefte unglücklich.
Einige von denen mit dem Kopfweh hatten dann auch Fieber gekriegt. Blümler seltsamerweise nicht. Bernau, der Bataillonsarzt, war erst mal vor einem Rätsel gestanden, als die Leute dann im Lager umzufallen begannen. Bis die Ruhr dann richtig loslegte. Scharenweise waren die Leute in den Wald gerannt und nicht wiedergekommen. Die Offzen hatten das Ganze schon für eine groß angelegte Desertion gehalten und den Männern nachjagen wollen. Bis sie dann riechen konnten, was Sache war.
Er war dabeigewesen, als es bei Blümler zum ersten Mal losgegangen war. Natürlich ohne Vorwarnung. Wie ein Kleinkind hatte er in die Hosen gemacht. Wie ein Kleinkind hatte er geschaut und keine Worte gefunden.
Das Zeug stank wie der Tod. Als ob einer von innen heraus verfault wäre. Den Geruch bekam man zeitlebens nicht mehr aus dem Kopf. Allein die Erinnerung an ihn führte zu einem Würgen im Hals.
Er hielt seinen Kopf in den Rauch, nur um etwas Starkes zu riechen, das ihn ablenkte.
Er sah Blümler noch im Lazarett liegen, neben all den anderen Jammergestalten. Sein bleiches Kindergesicht war eingefallen, die Haut verschrumpelt wie bei einem Greis. Die Augen von roten, entzündeten Äderchen übersät wie ein Porzellanteller, der in Scherben zerfallen war. In seinen Eingeweiden blubberte, blähte und fiepte es, dass es einem himmelangst wurde.
So hatte er ihn zurücklassen müssen. Die Kranken waren strengstens vom Lager abgetrennt und in einem Kloster untergebracht worden. Damit sich die Seuche nicht weiter ausbreitete, wie es hieß. Der Abschied war viel zu schnell gegangen. Daran war er selbst schuld gewesen. Er hatte einen auf »Das wird schon wieder!« gemacht, um die Gedanken ans Sterben gar nicht erst aufkommen zu lassen.

Zwei Tage später war Blümler aber schon tot gewesen. Leutnant Faber hatte es beim Appell verkündet. Ob und wo sie ihn verscharrt hatten, wusste selbst der Leutnant nicht.
Das konnten die Offzen doch immer noch am besten! Mit den Schultern zucken und nichts wissen! Wenn man die fragte, was denn das Ganze mit dem Feldzug eigentlich sollte, würden die nichts anderes tun.
Er würde nie wieder ein Wort mit Blümler wechseln können. Blümler hatte gespürt, dass es mit ihm zu Ende ging. Und Georg hatte ihn gar nicht erst zu Wort kommen lassen: »Das wird schon wieder!«
Was für eine Lüge! Auf diesem Feldzug wurde nichts wieder so, wie es davor gewesen war. Irgendwo am Ende stand immer der Tod und lachte sich ins Fäustchen.
Ihn selbst hatte die Ruhr verschont. So wie es schien, war sie überstanden, denn es gab seit drei Tagen keine neuen Fälle mehr. Aber der Tod war damit nicht überwunden. Solange Menschen wie die Tiere durch die Gegend rannten, um sich gegenseitig umzubringen, würde er nicht aufhören.
Die Worte von der Vergebung und der Nächstenliebe – als hätte sie keiner der Menschen hier je gehört, und doch kannte sie jeder von klein auf. Aber es schien, als hätte es zu Hause nie Kirchen gegeben, sondern düstere Tempel, in denen gepredigt wurde, dass man einander über den Haufen schießen solle. Warum regte sich kein Widerstand? Von den Männern hier wusste kein einziger, aber auch kein einziger, warum dieser Krieg wirklich stattfand. Dennoch nahmen sie ihn hin wie einen Schnupfen.
Es war, als ob ein unsichtbares Dämonenheer sie begleitete. Die Teufel hielten die Männer davon ab, Widerstand zu leisten. Sie legten sogar selbst Hand mit an, wenn eine der Kanonen im Morast stecken blieb, nur damit die Räder des Todes und des Hasses weiterrollten. Damit ja keiner zum Nachdenken kam. Damit ordentlich zerfleischt wurde. Haucken war so ein Dämon, ganz sicher. Vielleicht waren alle Offiziere Dämonen, jeder der hier »Vorwärts! Marsch!« schrie. Dann war Napoleon Seine Majestät der Teufel.
Plötzlich spürte er die Kälte auf seiner Haut. Er fuhr zusam-

men wie ein kleines Kind, als hinter ihm ein Zweig knackte.
»Na, na!«, hörte er Deissens gedämpfte Stimme in seinem Rücken. »Held Unterkofler ist doch gerade eben nicht etwa erschrocken?«
»Ach, woher denn«, winkte Georg ab. »Hab nur grad gedacht, mir hätte ein kleines Männchen aus dem Feuer zugewunken.« Er kniff die Augen zusammen und musterte die Flamme. »Habe mich aber, scheint's, getäuscht ...«
Deiss warf neben Georg eine Decke auf den Boden, die er unter dem Arm getragen hatte, und setzte sich darauf. »Nicht, dass ich was dagegen hätte, wenn du dich mit deinen kleinen Freunden alleine unterhalten willst«, sagte er. »Aber ich find's verdammt schlecht, dass du dich stillschweigend von den anderen abseilst und mit finsterer Miene über einem Feuer grübelst. Das ist nämlich meine Rolle.«
»Tja, Deiss. Jetzt bist du nicht mehr wirklich einzigartig. Bald schon werden sich alle Soldaten abends mit finsterer Miene an ihr eigenes Lagerfeuer setzen und einsam ihren Gedanken nachgehen.«
Deiss warf einen Blick zu den anderen Lagerfeuern, an denen die Stimmung immer mehr zu steigen schien. »Wenn ich mir das so anschaue, muss ich mir darüber, glaube ich, keine ernsthaften Sorgen machen. Die veranstalten lieber einen Leichenschmaus. Pfffft. Weil der Dünnschiss sie verschont hat, freuen sie sich wie die Kinder.«
»Dann hätten wir ja auch allen Grund zur Freude.«
»Ich freue mich erst dann, wenn ich diese Uniform nicht mehr anhab. Erst dann!«
Georg nickte.
Deiss zog seine Blechdose aus der Manteltasche und öffnete sie. »Das ist noch immer der Tabak von dem Mädchen, du weißt schon«, meinte er, während er begann, sich seine Pfeife zu stopfen. Er zog die Augenbrauen hoch. »Not macht eben sparsam, Herr Unterkofler.« Dann zuckte er mit den Schultern. »Wenn's mich in der Schlacht allerdings erwischt, dann war's dumm zu sparen. Dann hätte ich locker doppelt so viel am Tag rauchen können. Hilft nämlich bestens gegen

den Hunger. Seit vier Tagen habe ich nichts anderes als die ausgescharrten Saatkartoffeln zwischen die Zähne bekommen.«

»Du glaubst, dass es bald losgeht?«

Deiss zog sich seelenruhig einen Zweig aus dem Feuer und hielt ihn in den Pfeifenkopf. Im Schein der kleinen Flamme konnte Georg ihn deutlich nicken sehen. »In den nächsten drei Tagen.«

Obwohl Georg derselben Meinung war, zogen sich ihm jetzt, als es ein anderer so sicher aussprach, sämtliche Eingeweide zusammen. »Schade!«, meinte er, während er den würzigen Tabakgeruch einatmete.

»Wie man's nimmt.« Deiss blies den Rauch durch seine Lippen. »Dann ist's endlich vorbei.«

»Unter Umständen ist's dann halt auch mit dem Leben vorbei.«

Wieder einmal zuckte Deiss mit den Schultern. »Hängst du am Leben? Ich nicht.«

»Das nehme ich dir nicht ab. Jeder Mensch hängt am Leben, weil trotz allem Dummen das Schöne überwiegt.«

»Pah! Schau dich doch nur mal um! Wo überwiegt denn hier das Schöne? Leben heißt doch grad nichts anderes, als sich zu überlegen, auf welche Weise man stirbt, ob am Dünnschiss, an der Erschöpfung oder an einer Bleikugel. Leben heißt nur auf den Tod warten, und darauf hab ich keine Lust. Dann lieber gleich tot sein.«

Georg hob seine Hände beschwichtigend in die Luft. »Sachte, sachte! Immerhin gibt's ja auch die Möglichkeit, dass man am Leben bleibt, so wie bisher. Und man kann ja auch auf ein Leben nach dem Feldzug hoffen, wo man wieder über sich selbst bestimmt. So wird es irgendwann auch sein, da bin ich mir sicher.«

Deiss schlug sich mit der Hand an die Stirn. »Ja, glaub's doch nicht! Unterkofler! Dir wird dein Leben lang irgendein Volldepp was zu sagen haben. Also, *mir* zumindest. Ich weiß ja nicht, was *du* noch so alles vorhast, aber in der Regel sieht's ja wohl so aus, dass es immer einen über dir gibt, der irgendwas zu melden hat.«

»Nicht in Amerika.«
Deiss winkte ab. »Ach, ich glaub das Märchen von der schönen, heilen Welt da drüben nicht. Sind doch alles auch bloß Menschen.«
»Man muss halt was dafür tun, dass man nicht ewig der Knecht bleibt.«
»Und was ist das?«
Georg stieß den Atem zwischen den geschlossenen Lippen hindurch. »Für unsern Fall sage ich: bei der Schlacht den günstigen Augenblick abpassen und sich aus dem Staub machen.«
Deiss zog mit einem genüsslichen Lächeln an der Pfeife. »Du hast dir's wohl immer noch nicht aus dem Kopf geschlagen?«
»Ich glaube, dass es keinen besseren Zeitpunkt zum Abhauen gibt als die Schlacht. Weißt du, warum? Weil's dir in dem Augenblick völlig egal sein kann, ob die Kugel, die dich trifft, von den Russen oder deinen Vorgesetzten kommt. Du wirst entweder getroffen oder nicht. Und wenn nicht, dann hast du nicht nur überlebt, sondern bist auch frei dazu.«
Deiss klatschte mitleidig Beifall. »Ein mordsmäßiger Einfall. Wirklich. Das hast du dir ja fein zurechtgelegt.«
»Machst du mit?«
»Mal schauen.«
Er zog an seiner Pfeife. »Ich weiß nicht, ob es sich lohnt, mein Leben für mein Leben aufs Spiel zu setzen.«
Georg legte sich kopfschüttelnd auf den Rücken. »Junge, Junge! Du tischst hier wieder Sätze auf! Das gibt's doch gar nicht! Wie kannst du mit so 'nem Kopf nur leben?«
»Ganz ruhig, Unterkofler! Ganz ruhig!«
Georg richtete sich wieder auf, wobei er sich immer noch ungläubig schüttelte. »Dann überleg dir das mal schnell! Wer weiß, welche Gelegenheiten zum Türmen so ein Schlachtengetümmel bietet. Hinter einzelnen Deserteuren herzurennen, hat dann nämlich keiner Zeit.«
»Da ist schon was dran. Andererseits schießt sich's mit 'ner ohnehin gezückten Knarre auch schneller auf einen, der abhaut.«
Eine Pause entstand. Eine günstige Gelegenheit, etwas über Deissens Vergangenheit zu erfahren, ging es Georg durch den

Kopf. Aber behutsam! Am besten fing er selbst an zu erzählen!

»Ich muss immer wieder dran denken, wie wir als Kinder Soldaten gespielt haben«, sagte er unvermittelt. »Was hat uns das Spaß gemacht! Im Schlamm rumspringen und aufeinander eindreschen! Wir haben uns in zwei Gruppen geteilt, jede hatte eine selbst gemachte Fahne. Die galt es zu verteidigen bis zuletzt. Wir haben unsere immer auf den Misthaufen gesteckt, weil wir gedacht haben, dass das die anderen abschreckt. Hat es aber eigentlich überhaupt nicht. Wenn Mädchen zugeguckt haben, haben wir uns besonders ins Zeug gelegt.«

Er machte eine Pause. Deiss nuckelte gleichgültig an seinem Mundstück.

»Wie sind wir damals eigentlich draufgekommen, Krieg zu spielen?«, fuhr Georg fort. »Unsere Eltern haben uns das sicher nicht gesagt. Sicher, in Ludwigsburg hat's von Soldaten nur so gewimmelt, aber ob die wirklich so glücklich aussahen, dass wir sie nachmachen wollten? Ob wir nicht ganz von alleine draufgekommen sind? Weil der Mensch böse ist von Jugend an? Scheint fast so im Nachhinein, und wenn man hier sieht, dass die Erwachsenen immer noch Spaß am Kriegspielen haben. Na ja, wir haben jedenfalls Soldaten gespielt. Schön blöd!«

Der Köder war zu schwach, dachte er unzufrieden, als Deiss stumm blieb. Der schien nur seine Pfeife im Kopf zu haben.

»Da hattest du ja wirklich eine bewegte Kindheit«, meinte Deiss dann doch, gewohnt spöttisch, wobei er den Qualm zu den Nasenlöchern hinausstieß.

»Ich denke mal, ihr in Steinheim habt als Kinder auch nichts anderes gespielt, oder?«, fragte Georg.

Als wäre der Pfeifenkopf ein Körperteil von Deiss, glühte er plötzlich hell auf. »Hab ich dir nicht schon mal erzählt, dass keiner mit mir gespielt hat, weil ich der Sohn eines Säufers war?«, fragte er mit zusammengekniffenen Augen. »Das hab ich doch, oder?«

»Jaaa, ich erinnere mich«, sagte Georg gedehnt. »Richtig, das war *die* Geschichte ...«

»Aber ich glaub, ich war damals auch schon helle genug, um zu sehen, dass das mit dem Soldatendasein nicht das Gelbe vom Ei war.«
Deiss starrte einige Sekunden gedankenverloren ins Feuer. »Ich hab mich eigentlich von klein auf eher aufs Desertieren verstanden. Oder was heißt verstanden? Geklappt hat's auch damals nicht.«
Georg lachte. »Verstehe. Du bist zu denen hin: He, Buben, darf ich mitspielen? Und dann hast du die erstbeste Gelegenheit genutzt, um wieder zu verduften. Witzig! Aber geklappt hat's dann doch nicht, oder was?«
»Erzähl hier nicht so 'n Kinderquatsch!«, fuhr Deiss ihn an. »Ich hab dir doch gesagt, dass ich nicht mit denen gespielt hab. Ich bin von zu Hause abgehauen in der Nacht, als sich mein Alter aufgeknüpft hat. Das habe ich gemeint.«
»Und wer hat dich geschnappt?«
»Der dümmste Dorfpolizist in ganz Württemberg. In Marbach war das. Ausgerechnet in seinem Haus hab ich nach was Essbarem gesucht ...«
»Und dann?«
»Und dann! Und dann ham se mich zum Vater meiner Mutter verfrachtet, der war Pfarrer in Rielingshausen.«
»Da ging's dir dann sicher besser als ...«
»Einen feuchten Dreck ging's mir da besser!«, brauste Deiss auf. »Wenn's dir einmal im Leben dreckig geht, dann geht's dir immer dreckig, das kannst du mir glauben! Ich hatte meinen Großvater bis zu diesem Zeitpunkt noch nie gesehen, er war ein Fremder für mich. Jetzt plötzlich meinte er sich daran erinnern zu müssen, dass ich sein Enkel war. Davor hat er sich keinen Furz lang um mich gekümmert.«
Deiss machte eine Pause, in der Georg ihn nicht stören wollte. Tatsächlich hatte er sich schon so in Fahrt geredet, dass er von alleine weitermachte: »Für meinen Vater war ich der Mörder meiner Mutter. Jetzt war's plötzlich vertrackter, aber genauso bescheuert. Für meinen Großvater war ich nämlich zeitlebens der Sohn des Mannes, der seine Tochter ins Elend getrieben hatte. Der hat mich behandelt wie seinen Stalljungen. Was hab ich den Mann gehasst! Bei meinem Vater herrsch-

ten wenigstens klare Verhältnisse. Aber bei meinem Großvater kam noch eine mordsmäßige Heuchelei dazu. Bei den Leuten hat er den großen Samaritaner raushängen lassen, der seinen armen, verwaisten Enkel aufnimmt und vor der Bettelei bewahrt. Das hat der sogar so in seinen Predigten gesagt. Und dabei hat der mich ausgenutzt, wie Dreck behandelt. Als ich mal eine Lungenentzündung hatte, war er erst dann bereit, Geld für den Arzt auszugeben, als ich schon halb hinüber war. Heute würde ich bei beiden den Spieß umdrehen und ihnen das Leben so zur Hölle machen. Schade nur, dass sie schon tot sind ...«

Seine Pfeife war ausgegangen, und offensichtlich nahm er das als Zeichen, selbst zu verstummen.

»Hast du eigentlich ein Mädchen daheim?«, fragte Georg nach einer Weile.

Weil die Pfeife aus war, konnte er Deissens Gesichtszüge nicht mehr erkennen.

»Zeit, schlafen zu gehen, sonst holt uns noch der Nachtkrabb«, überhörte Deiss die Frage ziemlich deutlich und stand auf.

»Ja, wie sieht's denn jetzt aus mit dem Abhauen?«, raunte Georg ihm nach.

»Wenn sich's ergibt, Unterkofler. Wenn sich's ergibt.«

Damit verdrückte er sich mit seiner Decke ins Lager. Georg blieb grübelnd sitzen. Die Frage nach dem Mädchen hatte Deiss die Lust am Gespräch verdorben. Da steckte etwas dahinter. Wenn man Deissens Leben so anschaute, war das sicher wieder eine Sache, die gründlich schief gelaufen war.

Er griff in die Brusttasche seines Uniformrocks, den er unter dem Mantel trug, und zog einen Kiesel und Sophies schwarzes Haarband heraus.

Den Kiesel hatte ihm Blümler im Lazarett gegeben. Er hatte ihn damals am Grenzpfahl aufgehoben und – besoffen, wie er war – feierlich gelobt, ihn am Tag der Rückkehr dort wieder abzulegen. Im Lazarett hatte er den Stein aus seiner Tasche geholt. »Leg du ihn für mich hin!«, hatte er gebeten.

Ein Stein und ein Haarband waren seine größten Schätze. Das war kindisch, aber wahr. Mit den beiden Dingen ver-

band sich die Erinnerung an zwei Menschen, die er vermisste. Blümler war unwiederbringlich verloren. Sophie auch. Und doch wollte er die Hoffnung nicht aufgeben. Er wollte sie wiedersehen!
Vielleicht war er in einer Hand voll Tagen aber auch schon tot. Wer würde ihn dann vermissen? Kopp würde vielleicht so dasitzen wie er jetzt und ein paar trübe Gedanken haben. Deiss? Nicht wirklich. Oder doch?
Er schnippte ein Rindenstück in die niedergebrannte Flamme.
Wie es wohl den Eltern ging? Ob sie oft an ihn dachten? Vielleicht warteten sie immer noch auf einen Brief aus Amerika, worin er ihnen schrieb, dass er es geschafft hatte. Aber sie schauten in die falsche Richtung. Er war nicht in Amerika, er war in Russland. Die einzige Nachricht, die sie hier von ihm bekommen konnten, war die seines Todes. Zufällig würden sie seinen Namen auf der Liste entdecken, auf der zu Hause die Gefallenen bekannt gegeben wurden. Und wir dachten …
Was würde er jetzt dafür geben, mit ihnen am Tisch zu sitzen, gemeinsam zu essen, zu trinken, zu reden!
Am liebsten würde er sich verwandeln, in eine Maus, die sich in ihr Loch verkroch. Oder in einen Baum, so wie die Lärche da drüben, die schon seit vierzig Jahren dastand und auch die nächsten vierzig Jahre noch dastehen würde …

VI.

Schlachttag. Das Wort hatte es auch zu Hause gegeben. Aber was hatte es da bedeutet? Wieso nur konnte er keinen einzigen klaren Gedanken fassen? Schlachttag. Das hatten sie doch zu Hause nicht gebraucht, sie waren doch nie Soldaten gewesen, seine Eltern und die anderen. Wozu dieses Wort? Was hatten sie ...? Sie hatten Tiere geschlachtet, wenn Schlachttag war. Diese elende Blutspritzerei in der Schlachtkammer! Jetzt wusste er es wieder: Die Hühner waren immer noch ohne Köpfe rumgeflattert. Schlachtvieh! Das war auch so ein Wort, wo Schlacht drinsteckte. Schlachtvieh, Schlachttag ...

Da! Jetzt hatte den Soldaten eine Kugel niedergestreckt. Er stand nicht wieder auf. Klein wie eine Ameise lag er da unten. Bisher hatte es noch keiner, dem er nachgeschaut hatte, bis zu den Mauern geschafft.

Georg schaute ungläubig auf seine Füße, die fest auf dem Boden standen.

Die Erde bebte wieder. Man konnte es deutlich in den Knien spüren, wie der ganze Erdboden durchgeschüttelt wurde. Das kam wohl von den Zwölfpfündern der Franzosen, die sich oben in den rotbraunen Haselnusssträuchern versteckt hielten und mit einem riesigen Krawumm über ihre Köpfe hinweg rausfeuerten. Die Kugeln schlugen weiter vorne in die Mauern der Russenstadt ein – wenn sie denn trafen.

Der Name der Stadt war nicht auszusprechen. Er klang wie Schmalz. Die Mauern von Schmalz waren in die Pulverdampfwolken der russischen Geschütze eingehüllt, die von ihnen herunterfeuerten. Ab und an blitzte es in den schwarzen Schwaden auf. Dann wusste man, dass wieder eine Kugel angeflogen kam. Natürlich war man selbst noch außer Reichweite. Aber die Jungs, die sich da unten schon im Ein-

satz befanden, die wurden niedergemäht. Nein, klar: Die Erde bebte von den einschlagenden Russengranaten.
Das Ganze da unten sah aus, als ob ein Gewitter nicht im Himmel, sondern auf der Erde stattfand: Der Pulverdampf kroch wie schwere, schwarze Wolken über das Erdreich und schraubte sich in zähen Schwaden an den Türmen der Stadtmauer hinauf. Für Blitze sorgten die Geschütze, und ihr Donner war so laut, dass man seine eigenen Gedanken nicht verstand. Der Regen – das waren die Bleikugeln aller Größen, die hier durch die Luft schwirrten, zischten, pfiffen, heulten. Weltuntergangsstimmung war das. Als ob man wie Johannes an der Offenbarung des Weltuntergangs teilnahm.
Sie selbst warteten noch ab. In Reih und Glied stand das Bataillon auf einer kleinen Anhöhe und schaute dem Schlachttreiben zu, als wären sie selbst gar nicht zum Kämpfen hier. Aber irgendwann würden die Offzen hinten schon den Einsatz geben, da konnte man sicher sein. Ein lähmendes Gefühl war das. Genauso wie der Gedanke, der sich ihm immer wieder aufdrängte: Lebte er in einer Stunde noch?
Wieder heftete er seine Augen an einen Soldaten in Ameisengröße, den er sich willkürlich herausgesucht hatte. Er war grün und schon ziemlich nah an einem der Sturmlöcher, welche die Artillerie in die Mauern geschossen hatte. Jägereinheiten trugen grüne Röcke. Sagte man das aber nicht auch von den Russen? Na, Hauptsache, die da unten wussten sich zu unterscheiden.
Der Grüne schlug sich ganz wacker. Da er sein Pulver schon verschossen und keine Zeit zum Nachladen hatte, verließ er sich auf sein Bajonett. Auf das Bajonett schien hier sowieso alles hinauszulaufen. Die meisten da unten kamen über drei oder vier Schüsse gar nicht hinaus. Dann mussten sie wie die Wilden mit ihren Spießen durch die Gegend rennen.
Der Grüne machte einen Purzelbaum und blieb liegen. Wahrscheinlich hatte ihn eine Schrapnellkugel erwischt. Wenige Schritte hinter ihm war das Geschoss zerplatzt. Hätte er aufgepasst, hätte er gesehen, dass die Geschütze von den Mauerzinnen genau auf seine Höhe feuerten. Er hätte die Feuerpause abpassen müssen. Aber wahrscheinlich sah man

so was da unten nicht. Hier oben hatte man den Überblick und außerdem die Ruhe. Das musste er ausnutzen für nachher, wenn er selber da unten stand. Alles, was er sich jetzt einprägte, konnte ihm nachher das Leben retten ...
Je länger diese Rumsteherei hier oben allerdings dauerte, desto schwerer fiel es ihm, sich vorzustellen, bald selbst eine dieser Ameisen, die da unten um ihr Leben rannten, zu sein. Er wollte nicht nach da unten, sondern hier oben stehen bleiben! Nein, nicht einmal das wollte er. Schon der Anblick dieser Massenabschlachtung war zu viel für ihn. Er wollte nicht sehen, wie Menschen zerfetzt wurden oder einander erschlugen! Aber er hatte den Befehl, hier zu stehen, und musste deshalb da hinunterschauen.
Er wollte niemanden töten. Und er wollte nicht getötet werden. Er würde zusehen, dass er da unten einen Unterschlupf fand, und wenn möglich, dass er Land gewann!
Georg blickte nach rechts. Deiss stand in demselben Glied rechts von ihm. Das hieß, wenn sie in Sturmkolonne marschierten – und darauf lief es wohl hinaus –, dann war Deiss vor ihm. So konnte er ihn gut im Auge behalten, falls der eine Gelegenheit zum Türmen witterte. Kopp war gestern Abend nicht zu bewegen gewesen. Der wollte lieber gehorsam mitmarschieren. Gut, vielleicht war ja auch das der richtige Weg. Zum Fliehen wurde hier wahrlich keiner gezwungen!
Er hatte einmal ein Bild gesehen von einer Stadt, die von den glühenden Steinen eines Feuer speienden Berges verschüttet wurde. So sah das im Moment aus. Die zerschmolzenen Gesteinsmassen, das waren die Soldaten, die in ihren Kolonnen auf die Stadt zumarschierten. Funken flogen durch die Luft. Einige der Häuser standen auch schon in Flammen. Und dann noch dieser Höllenlärm.
Plötzlich leuchtete in dem ganzen Durcheinander eine einzelne, rote Rakete am Himmel auf. Raketen hatte er bisher nur einmal in seinem Leben gesehen. Das war am Seeschloss in Ludwigsburg gewesen. Irgendjemand aus der Familie des Dicken hatte Geburtstag gefeiert. Sie hatten sich als Buben im Schilf versteckt und mit offenen Mündern das Feuerwerk verfolgt. Ein Mordsspektakel war das gewesen.

Dagegen wirkte diese einzelne Rakete freilich lächerlich. Aber sie schien das Zeichen zu sein, auf das die Offzen gewartet hatten. Tatsächlich: Sie ließen rechtsum machen und dann mit einem Linksschwenk losmarschieren.
Es ging los.
Unwillkürlich prüfte er mit der Linken, ob sein Kaskett richtig saß.
Es ging die Anhöhe hinunter, genau auf Schmalz zu. Der Totenmarsch war im Gange. Aussteigen war strengstens untersagt. Sturmkolonne also. Wahrscheinlich, weil sie nur so durch die Mauerlöcher passten.
So lange wie nötig mitmarschieren, nahm er sich vor. Sobald sich eine Gelegenheit bot: verduften. Wenn ihn freilich etwas traf, dann war es so oder so aus. Doch das lag in Gottes Hand. Er hatte in den letzten Stunden einige Male gebetet. Um die Gelegenheit zu fliehen oder einen schnellen Tod, wenn er sterben musste.
Noch unterschied sich nichts von einem gewöhnlichen Marsch. Sie marschierten hintereinander, das Gewehr auf der Schulter. Die erste Kompanie ging links von ihnen. Allein der Anblick dessen, worauf sie zumarschierten, war anders als sonst. Sehr viel anders.
Er ertappte sich dabei, wie er mit seiner Linken bereits zum zweiten Mal den Sitz seines Kasketts überprüfte. Das Verbandszeug hatte er gestern Abend am Lagerfeuer noch einmal überprüft. Aber er hatte von der Anhöhe noch keinen einzigen Gefallenen beobachten können, der sich selbst verband oder den jemand verbunden hätte. Das Verbandszeug hatten sie wahrscheinlich nur zur Beruhigung ausgegeben.
Sie waren längst auf dem Schlachtfeld, nur dass sich die Schlacht mittlerweile weiter nach vorne, Richtung Schmalz, verlagert hatte. Sie mussten ihr selbst am Schlachttag hinterherlaufen.
Er heftete den Blick stur auf den Hinterkopf seines Vordermannes. Denn was man jetzt rechts und links aus voller Nähe zu sehen bekam, das raubte einem den letzten Funken Zuversicht: Pferdekadaver, aus denen verdreckte Eingeweide heraushingen, Menschen, die als solche nur noch an den

Uniformfetzen zu erkennen waren. Er wollte gar nicht wissen, was das war, worüber sie ab und an stolperten.
Zum Glück roch es nach Pulverdampf und nicht nach dem, was hier alles verstreut im Dreck lag. Der Boden war von den Geschossen, Stiefeln und Hufen zu einem einzigen Acker zerfurcht worden. Das Wort Gottesacker kam ihm in den Sinn. Was für ein seltsames Wort. Als ob Gott Tote pflanzte …
Die Offzen schienen direkt auf eines der Sturmlöcher in der Mauer zumarschieren zu wollen. Damit würden sie eine leichte Beute für die Geschütze auf den Zinnen bilden, die sich für diesen Fall eingeschossen hatten. Sahen die das denn nicht? Wollten die sie einfach stur in den Tod marschieren lassen? Aber hier mitzudenken war zwecklos. Es war alles unabwendbar. Es kam, wie es kommen musste.
Plötzlich standen die Russen da. Eine ganze Kompanie in grünen Uniformen. Sie waren aus einer Bodenwelle wie aus dem Nichts aufgetaucht. Auch sie schienen überrascht zu sein und versuchten sich rasch zu formieren. So ganz reibungslos wie im Kasernenhof klappte es aber auch bei denen nicht.
»Im gesteigerten Schritt! Marsch!«, brüllte von Gehlen auch schon von hinten.
Zuverlässig wie immer sorgte Leutnant Faber für das Echo: »Im gesteigerten Schritt! Marsch!«
Die Tambours steigerten den Takt ihrer Schläge. Das war das Schaurigste an dem Ganzen, was am meisten Todesstimmung verbreitete: das Trommeln. Jetzt hörte es sich wie Hagelkörner an, die auf ein Kutschendach peitschten. Sie wollten tatsächlich mit der Sturmkolonne mitten in die Russen hineinfahren, wie ein Keil. Wenn das mal gut ging!
Treu und brav liefen alle schneller, wie sie es gelernt hatten. Und er mit ihnen. Am lächerlichsten hatten sie bei der Ausbildung in Ludwigsburg die Anweisung gefunden, dass »beim Sturmmarsch alles Rufen zu unterlassen« sei. Aber weit hergeholt war das gar nicht. Höchstens noch zweihundert Schritte von den Russen entfernt, die ihm ans Leder wollten, war ihm gerade wirklich zum Schreien zumute.
Er musste es schaffen! In der Stadt gab es sicher genug Möglichkeiten abzutauchen.

Plötzlich war ein dumpfes Poltern zu hören. Die Erde bebte wieder. Kanonenkugeln! Nicht zu fassen: Sie sprangen über den Boden wie Steine, die man über die Wasseroberfläche hüpfen ließ. Und mähten dabei alles nieder.
Wieso musste er jetzt ausgerechnet an Sophie denken?
Eine der Kanonenkugeln polterte mitten in die Kolonne der ersten Kompanie und riss die Leute um wie Holzfiguren. Er musste den Kopf abwenden.
Jetzt wurde es ernst!
»Senkt's Gwehr!«, ertönte das nächste Kommando.
Warum schrien die nicht »Nur Mut!« oder »Alles halb so schlimm!«?
Er nahm das Gewehr von der Schulter und brachte es vor den Oberkörper. Die Russen waren noch fünfzig, höchstens sechzig Schritte entfernt. Genau hinter ihnen gähnte ein Loch in der Mauer. Da mussten sie hinein! Vielleicht doch nicht so dumm von den Offzen: Weil sie genau auf die Russen zumarschierten, wagten die auf den Zinnen es nicht mehr, mit Schrapnell zu schießen. Um die eigenen Leute nicht zu gefährden. Glück im Unglück.
Sein Gesicht war nass vom Schweiß. Er tropfte über die Brauen in die Augen. Es war entsetzlich heiß heute. Er wischte sich schnell über die Stirn und überprüfte dabei noch einmal den Sitz seines Kasketts.
»Vorwärts! Fällt's Gwehr!«, gellte der nächste Schrei.
Jetzt mussten die drei an der Spitze der Kolonne ihre Gewehre wie Lanzen vor sich herschieben. Ob sie das auch machten, war durch die vielen Köpfe hindurch nicht zu sehen.
Er spürte das Loch in seinem Bauch. Er hatte heute nichts gegessen als eine der Saatkartoffeln, die sie gestern ausgebuddelt hatten. Sie hatte schon ausgetrieben. Aber sonst gab es ja nichts mehr. Den Offzen war das egal: Die ließen sie mit leerem Magen in die Schlacht ziehen.
Dann kam von Gehlens letzter Schrei. Er gellte lang und erregt: »Marsch!«
Augenblicklich schlagen die Trommler den Sturmmarsch, der die hohe Geschwindigkeit der Schritte vorgibt. Die Kolonne hält im Laufschritt genau auf die grünen Russen zu, die in Li-

nie dastehen und in diesem Augenblick zu feuern beginnen. Zwei, drei sinken vorne in die Knie. Die Kolonne lässt sich nicht stören und trampelt weiter. Die zweite Salve der Russen. Wieder sinken welche nieder. Er muss aufrücken, um die Lücken zu schließen. Nach der dritten Salve pflanzen die Russen ihre Bajonette auf. Einigen scheinen dabei die Hände zu zittern, Auge in Auge mit der heranbrausenden Sturmkolonne.
»Die Soldaten stürzen sich mit dem Bajonett auf den Feind, indem sie berücksichtigen, die Richtung so viel wie möglich beizubehalten«, geht ihm der Spruch durch den Kopf, den ihnen Korporal Bollinger für diesen Fall in der Ausbildung eingetrichtert hat.
Die Kolonne tut aber alles andere, als sich an den Spruch zu halten. Sie gerät in Unordnung und fächert sich breit auf. Tatsächlich fangen jetzt einige zu schreien an. Auch die Russen schreien, als sie ihnen entgegenrennen.
Auch Georg schreit. Er hat Todesangst.
Einer hat es auf ihn abgesehen, das merkt er am Blick. Er kommt genau auf ihn zugestürmt. Georg schießt aus der Hüfte, ohne zu zielen und im Laufen. Die Kugel geht fehl. Der Russe stürmt mit weit aufgerissenen Augen weiter.
Also das Bajonett, denkt Georg. In den Bauch muss es. Er stemmt sich gegen das Gewehr und lässt den Russen einfach hineinstolpern. Er wundert sich, wie einfach das geht. Das Bajonett dringt in die Brust des Russen, ohne dass der irgendeinen Schaden anrichten kann.
Es ist ein junger Kerl und erinnert mit seinem bleichen Gesicht an Blümler. Der Krieg ist nichts für ihn. Vielleicht ist es ein Klavierspieler oder ein Geiger. Er lässt sein Gewehr sinken und versucht sich schreiend aus dem Bajonett herauszuwinden, während ihm das Blut aus der Brust quillt. Georg will das Bajonett aus ihm herausziehen und weiter, aber die Klinge hat sich in den Rippen festgeklemmt. Der Russe brüllt wie ein Bulle, den der Schlachter nicht recht erwischt hat – nur eine Gewehrlänge entfernt.
Er wirft den Russen auf den Rücken. Dessen Atem rasselt wie eine Brunnenkette, als er ihm den Stiefel auf die Brust setzt und am Bajonett reißt, bis es endlich herauskommt.

Er ist durch und durch nass geschwitzt. Das Blut des Russen klebt wie warme Milch an seinen Händen. In dessen Gesicht schaut er keine Sekunde. Ja nicht!
Um ihn herum wird gebrüllt, geblutet, gestorben. Befehle sind keine mehr zu hören, nicht einmal mehr das Trommeln der Tambours. Georg nutzt die Unordnung und rennt mittendurch zum Sturmloch in der Mauer.
Da erwischt es ihn am linken Bein. Der Schmerz ist nicht stark, nur kurz aufgeflammt. Der wird sich erst später so richtig melden. Er fliegt der Länge nach auf den Boden, mitten in einer Pfütze aus Blut und Dreck. Als er sich seine Wade ansieht, ist da nichts. Der Schmerz ist auch wieder weg. Nicht lange nachfragen! Er rappelt sich auf und rennt weiter. Er stolpert über den Schutt der zerschossenen Mauer in die Stadt. Dort sieht er erst einmal gar nichts. Ein Haus steht in Flammen und treibt ihm beißende Rauchschwaden ins Gesicht. Der Qualm kommt wie gerufen. Er macht unsichtbar und schützt vor den Russen, die mit Sicherheit hinter den zertrümmerten Häuserwänden auf Eindringlinge anlegen.
Hustend tastete er sich an der Mauer entlang über das Geröll.
»Kofler!«, zischte es plötzlich aus einem Haus heraus, von dem nicht mehr viel mehr als die Grundmauern standen.
Es war Deiss. Er lag auf dem Boden und nahm hinter einem Steinhaufen Deckung. Sein Kaskett fehlte. Seine Haare waren grau vor Staub und Asche. Georg warf sich neben ihn. »Meinst du, wir kommen hier weg?«, fragte er ohne Umschweife.
»Wie denn?«, fragte Deiss zurück. »Wir ham doch null Übersicht. Da«, er nickte mit dem Kinn in Richtung Sturmloch, »da kommen schon die nächsten von uns. Zurück können wir also nicht, und in der Stadt wird noch gekämpft.«
»Und wenn wir hier liegen bleiben und unsere vorbeirennen lassen?«
»Können's drauf ankommen lassen. Aber wenn sie uns finden, sind wir tot.«
Plötzlich waren wieder die Hagelkörner zu hören.
»Hörst du das? Die sammeln! Wenn, dann müssen wir jetzt zurück zur Fahne!«

Georg fuhr zusammen: Plötzlich bemerkte er, dass sich die Steine, auf denen Deiss lag, rot gefärbt hatten. »Sag mal, blutest du?«
»Ja, scheint so.«
»Zeig mal her!«
Deiss drehte sich zur Seite. Seine Hose war am rechten Oberschenkel aufgeschlitzt, wo aus einer handbreiten Schnittwunde Blut quoll. Georg verzog das Gesicht.
»Wie hast'n die bekommen?«
»Woher wohl?«, fragte Deiss nur.
»Kannst du so überhaupt noch laufen?«
»Würde ich dann hier liegen?«, kam die deutliche Antwort.
»Sag das doch gleich, Mann! Dann können wir's ja gleich lassen!«
»War ein Witz, Mann! Ich kann rennen wie ein Hirsch! Das ist nur oberflächlich!«
»Komm her, ich wickel trotzdem einen Verband drum!«
»Nicht jetzt, nicht jetzt, Unterkofler! Schau dir das an!«, zischte Deiss da.
Plötzlich hatte er sich an der Mauer, hinter der sie lagen, aufgerichtet. Als auch Georg über sie hinüberspähte, sah er einen Reiter in all dem Qualm und Staub durch das Sturmloch kommen. Kein Zweifel: Das war Haucken. Etwas orientierungslos schaute er sich um.
»Was um alles in der Welt macht der da?«, raunte Georg.
»Den wird halt auch ein Russe aufgehalten haben«, raunte Deiss zurück. »Vielleicht ist er auch zweimal gegen die Wand geritten, bevor er das Loch getroffen hat. Soll sein letztes Problem gewesen sein. Das ist *die* Gelegenheit!«
Deiss nahm sein Gewehr und legte den Lauf auf der Mauer auf. Georg wünschte sich, dass die Kugel ihr Ziel nicht verfehlen würde. In Gedanken sah er sie schon Hauckens Schädel spalten. Gleich hatte die Hölle einen Oberteufel mehr! Er musste daran denken, wie Haucken ihm die Narbe im Gesicht verpasst hatte, wie er sie in der Regennacht durch den Schlamm gejagt hatte, wie ihn Haucken nach Gimpels Tod beinahe wie einen Hund erschossen hätte.
Aber das Klicken des Hahnes, den Deiss gerade spannte,

schreckte ihn auf wie aus einem schlechten Traum. Er zögerte, dann fiel er Deiss in den Arm, noch bevor dieser abdrückte.

»Lass es!«

Deiss schüttelte ihn ab. »Weg jetzt!«, zischte er, wobei er sein Auge wieder zukniff. »Der wird's kaum weitererzählen können!«

Georg zog Deissens Lauf von der Mauer.

»Bist du jetzt übergeschnappt?«, fuhr der ihn zornig an.

»Wenn du abdrückst, bist du ein Mörder! Dann bist du wie er! Willst du das?«

»Was redest du da?«, zischte Deiss, während er sein Gewehr wieder in die richtige Lage rückte. »Das ist doch auch Blut, was da an deinen Händen klebt! Oder täusch ich mich? Wer hat denn den Tod mehr verdient? Haucken oder der Russe, den du für ihn getötet hast?«

Diese Frage lähmte Georg wie Gift.

»Jetzt hast du was zum Nachdenken«, sagte Deiss, wobei er wieder angestrengt über seinen Lauf peilte.

Dann krümmte sich sein Zeigefinger.

Zuerst war sich Georg sicher, dass die Kugel ihr Ziel verfehlt hatte. Haucken drehte sich nicht einmal zu ihnen um, so, als hätte er den Schuss gar nicht gehört. Dann aber breitete er wie der Gekreuzigte die Arme aus und ließ seinen Kopf in den Nacken sinken. Sein Pferd, dessen Ohren an Schüsse gewohnt waren, ging ahnungslos weiter. Hauckens Körper wiegte sich noch einige Schritte mit dem Rücken des Pferdes. Dann kippte er rücklings zu Boden. Die ganze Zeit hatte er keinen Laut von sich gegeben.

»Ich glaube wieder an die Gerechtigkeit«, sagte Deiss, wobei er sich langsam von der Mauer aufrichtete und auf Hauckens reglosen Körper starrte.

Die Kugel war ihm von hinten durch die Brust gefahren.

Georg spürte erst nach einer Weile, dass sein Mund offen stand. Sollte er hin und Haucken helfen? Dazu war es zu spät.

»Ich hau ab!«, stieß er aus, weniger, weil er es in diesem Augenblick wirklich wollte, als vielmehr nur, um zu verbergen, wie schlecht er sich fühlte.

Deiss schaute ihn fragend an. »Warum plötzlich so sicher? Hast du wegen dem jetzt Schiss bekommen, oder was?«
»Es kann jeden Augenblick zu spät sein – darum! Ich versuch's in die Richtung, aus der wir gekommen sind. Da wird jetzt nicht mehr gekämpft! Und selbst wenn – lieber kämpfe ich für meine Freiheit als für den Tod!«
Deiss nickte.
»Ich komm mit!« Sie richteten sich hinter der Mauer auf. Georg spähte in die Richtung des Loches. Haucken war der Letzte gewesen, der durchgekommen war.
»Ich renn vor und schau, ob die Luft rein ist«, raunte er Deiss ins Ohr.
Gebückt hastete er mit großen Sätzen die Mauer entlang. Am Sturmloch angekommen, kauerte er nieder, um das Schlachtfeld zu übersehen.
Plötzlich hörte er einen Pfiff hinter sich. Mit dem Gewehr im Anschlag wirbelte er herum. Deiss winkte ihn zurück. Hatte er sich's anders überlegt?
Mit fünf Sätzen stand er wieder vor ihm. »Bleibst du?«, fragte Georg knapp.
Deiss presste seinen Zeigefinger an die Lippen. »Pst! Hör doch!«
Georg lauschte in den Schlachtendonner hinein. »Trompeter!«, stellte er fest. »Sie blasen Sieg!«
»Genau das meine ich auch!«
»Und?«
»Was, wenn wir drauf und dran sind, die Schlacht zu gewinnen? Dann gäb's nichts Dümmeres, als jetzt abzuhauen! Dann geht's nämlich auch so bald heim, aber im Schutz der Armee. Zu zweit kann uns eine Hand voll Bauern ...« Deiss strich sich mit dem Zeigefinger an der Kehle vorbei.
Georg biss sich auf die Unterlippe. »Ja doch! Ja!«
»Also, was jetzt?«, zischte Deiss.
»Zurück zur Fahne! Und beten, dass wir richtig gehört haben!«
Im Schutz der Häusermauern rannten sie in die Richtung, in der die anderen verschwunden waren. Plötzlich rasselten wieder Trommeln.

»Das sind unsere«, keuchte Georg. »Die sammeln immer noch!«
»So hört sich's an.«
»Also hin!«
Nach wenigen Schritten tauchte die Fahne aus dem Schwarzpulverqualm auf.
»Unterkofler! Deiss!«, begrüßte sie Leutnant Faber. Es war gerade einmal die Hälfte der Kompanie, die hinter ihm stand. »Hatte schon gedacht, ihr wärt auch hinüber. Los, eintreten!«
Keiner der Männer sprach ein Wort, als sie sich bei ihnen eingliederten. Alle starrten vor sich ins Leere. Berger neben ihm fehlte das linke Ohr.
Sie sahen schrecklich aus. Die Schlacht hatte sie alle um Jahre älter gemacht, schien es.
Plötzlich merkte er, dass Kopp fehlte.
»Der Scharfschütze im vorderen Haus«, sagte Berger tonlos.
Georg schloss die Augen.

Es war, als ob die Sonne beim Untergehen am Horizont hängen geblieben wäre. Eine feurige Halbkugel schimmerte am ansonsten schwarzen Nachthimmel. Es war die brennende Stadt. Georg sah sie von seinem Lager aus. Schon seit Stunden sah er diese Stadt, die nicht aufhören wollte zu brennen, als sei sie sein schlechtes Gewissen, das ihm den Schlaf raubte. Es musste schon gegen Morgen gehen, und er hatte noch keine zehn Minuten die Augen zugetan.
Wie Herbstlaub wirbelte der Tag in seinem Kopf herum und ließ ihn nicht zur Ruhe kommen. Immer wieder schaute er dem sterbenden Russen ins Gesicht, der ihn wie ein kleines Kind, mit Augen voller Angst, anstarrte, dessen Atem rasselte, weil in seiner Brust das Bajonett steckte.
Georg krümmte sich wie unter Schmerzen. Er hatte diesen jungen Menschen getötet! Ihm das Leben genommen! Sein eigenes Leben gäbe er jetzt dafür, wenn der Russe dadurch wieder lebendig würde!
Was er sich so fest und ernst vorgenommen hatte, nie einen Menschen zu töten – er hatte es doch innerhalb von Sekunden und ohne das geringste Zögern getan.

Dann tauchte Kopp in seinen Gedanken auf. So, wie er ihn das letzte Mal gesehen hatte, am Lagerfeuer, am Abend vor der Schlacht. Er war still gewesen, die Angst hatte ihn stumm gemacht. Von einer Flucht hatte er nichts wissen wollen.
Vielleicht hätte man ihn noch retten können! Vielleicht hatte er um Hilfe gerufen, ihn, Georg! Vielleicht hatte er noch bis zu seinem letzten Atemzug auf ihn gehofft! Er hatte Kopp im Stich gelassen, mit der Flucht nur an sich selbst gedacht! Kopp war der letzte Mensch hier gewesen, dem er wirklich vertraut hatte. Jetzt gab es ihn nicht mehr.
Er wickelte sich neu in seine Decken ein, wälzte sich hin und her, versuchte alles Mögliche, um einzuschlafen und nichts mehr denken zu müssen, aber sein Kopf arbeitete hellwach weiter.
An etwas Gutes denken! Die Stadt war erobert, die Schlacht endlich geschlagen, er hatte überlebt – wenn es jetzt nur so schnell wie möglich heimging!
Er musste jetzt endlich einschlafen, wenn der Tag morgen nicht zur Hölle werden sollte. Aber er fühlte sich wie ein Mörder, ihm schlug das Gewissen. Auch wenn es so nicht stimmte: Er fühlte sich schuldig am Tod Hauckens. Das Geheimnis, dass er nicht durch einen russischen Scharfschützen gefallen war, wie der Kommandeur erst vor wenigen Stunden bekannt gegeben hatte, sondern dass *sie* es gewesen waren – es drückte wie ein Gewicht auf seiner Brust.
Es war seltsam. Den Russen hatte er mit den eigenen Händen umgebracht, aber er fühlte sich an seinem Tod weniger schuldig als an dem Hauckens. Bei dem Russen hatte er sein Leben verteidigt. Und bei Haucken? War es da anders?
»Ist es nicht!«, hatte Deiss sich gewehrt. »Wenn die das Töten im Krieg erlauben, befehlen, wo ist dann der Unterschied, wen ich kalt mache? Dann doch lieber den, der's verdient! Wo's einen Sinn hat! Wo hundert andere aufatmen!«
Nein, so war es nicht! Sie hatten Haucken hinterrücks erschossen. Sie hatten ihn ermordet, weil sie ihn hassten, weil er ihnen das Leben zur Hölle gemacht hatte.
Wie weit war es nur gekommen! Er war ein Mörder! »Vater, vergib mir!«, betete er. »Vergib mir!«

Er starrte in den schwarzen Himmel. Sein Herz hämmerte, als sei er gerannt.
Wie Deiss das nur wegsteckte! Hatte der denn kein Gewissen? Wieso nicht auch so denken?
Nein! Der Tag, an dem ihm die Schweinerei gleich wurde, die hier vor sich ging, sollte sein letzter sein! Viel zu tief hing er schon mit drin! Viel zu viel hatte er schon mitgemacht und mitgetötet! Viel zu wenig Widerstand geleistet!
Er durfte auf keinen Fall gleichgültig werden! Vieles ließ ihn bereits kalt, was ihn früher um den Verstand gebracht hätte! Die Sterbenden, an denen sie täglich vorbeimarschierten, berührten ihn nicht mehr. Den Bauern ihre Vorräte zu klauen war Alltag, bereitete ihm nicht mehr die geringsten Gewissensbisse. Seit heute gehörte auch das Töten zu seinem Handwerk! Dieser Feldzug hatte ihm mit Gewalt die Unschuld geraubt wie damals der alte Kesselflicker der kleinen Jette. Ihn hatten sie auf dem Hohenasperg hingerichtet. Wer richtete Napoleon?
Er wollte so bleiben, wie er gewesen war, bevor sie die Weichsel überschritten hatten. So, wie ihn Sophie in Dresden kennen gelernt hatte. Von einem Mörder wollte sie sicher nichts wissen. Schon allein ihretwegen musste er einen klaren Kopf behalten.
Wo sie jetzt wohl gerade war?
Sicher nicht mehr in Russland. So, wie sich der Feldzug in die Länge gezogen hatte, hatte sie von dieser Einöde vermutlich bald genug gehabt und war wieder heimgefahren. Auf das Gut ihres Onkels in Preußen.
Dort wollte er sie nach diesem Krieg besuchen. Das war das Einzige, wofür er überhaupt versuchte, am Leben zu bleiben. Das einzig Helle in der Dunkelheit. Heim auf den Hof der Eltern würde er nie mehr gehen. Und selbst Amerika war kein Ziel, wenn sie nicht mitging.
Sie hatte ihn vom ersten Augenblick an geliebt. Da war er sich sicher. Da gab es keinen Zweifel.

VII.

Sie fühlte sich bedroht.
Es lag nicht daran, dass der Tag heute noch schwüler als die anderen war. Aber allein das reichte aus, um ihr das Gefühl zu geben, ein Korsett aus Blei zu tragen. Das Atmen fiel schwer, und am liebsten hätte sie sich sämtliche Kleider vom Leib gerissen, um sich nicht so eingeengt zu fühlen. Immer wieder überlegte sie, ob es bei der Hitze nun besser war, das Fenster offen zu lassen oder zu schließen. Der Schweiß klebte wie Honig auf ihrer Haut und gab ihr das Gefühl, selbst Fieber zu haben. So wie Antoinette.
Übermüdet hob sie den Kopf und ließ ihren Blick auf dem Gesicht ihrer Freundin ruhen. Obwohl Antoinette schlief, schüttelte sie immer wieder den Kopf und schlug mit den Händen gegen die Matratze, die von ihrem Schweiß und den Wadenwickeln durchnässt war. Ihre Augenlider zuckten nervös.
Sophie hatte die ganze Nacht bei ihr gewacht, nachdem der Arzt seinen Verdacht auf Nervenfieber geäußert hatte. Jetzt wartete sie auf Charles. Er hatte die Nacht durcharbeiten müssen, weil seine Einheit den Auftrag hatte, Smolensk zu einem Lebensmitteldepot einzurichten. Die Russen waren zurückgewichen, aber noch nicht besiegt. Der Krieg ging weiter.
Charles wollte sie aber jetzt am Morgen ablösen. Sie beide waren mit der Pflege Antoinettes auf sich allein gestellt. Momentan wurde in Smolensk jeder Arzt für die Verwundeten herangezogen. Arme und Beine mussten abgenommen werden. Da interessierte eine Schwangere mit Fieber niemanden.
Sie hatten gerade vorgehabt heimzufahren. Ausgerechnet Charles hatte den Anstoß gegeben – aus Sorge um Antoinette

und das Kind. Er hatte sich entschuldigt, weil der Feldzug sich so in die Länge gezogen hatte. Schon am nächsten Tag aber, genau in den Stunden, als die Soldaten gegen die Mauern von Smolensk gestürmt waren, hatte Antoinette ihren ersten Fieberschub bekommen. Somit war die Heimreise, die heiß ersehnte Heimreise, auf einen Schlag gestorben. Aber das war nicht schlimm, verglichen damit, dass Antoinette und das Kind jetzt erst recht in Gefahr schwebten.
Sie hörte Schritte auf der Treppe und das Quietschen des Eimerhenkels, das sie die ganze Nacht hindurch immer wieder begleitet hatte, wenn sie vom Fluss kühles Wasser geholt hatte.
Charles kam herein. »Wie geht es ihr?«, fragte er leise, als könnte er Antoinette wecken.
»Ich glaube, etwas besser«, log Sophie, wobei sie von ihrem Stuhl aufstand und erst dabei feststellte, wie verspannt ihr ganzer Körper war. »Die Wadenwickel sind ein Wundermittel!« Sie wollte ihm wenigstens diese Hoffnung lassen, wenn sie ihn jetzt gleich mit seiner Frau allein ließ. Eine andere gab es nicht.
Nachdem er ihr die Stirn gefühlt hatte, wickelte er ihr die Tücher von den Waden und tunkte sie in den Eimer.
Sophie legte ihm die Hand auf die Schulter. »Ich muss ein wenig hinaus«, sagte sie leise.
»Es ist lieb, dass du auf sie aufgepasst hast«, meinte er mit einem dankbaren Blick. Als sie schon in der Tür stand, ergänzte er noch, halb zu ihr gewandt: »Sophie, du brauchst nur ein Wort zu sagen, und ich lasse dich von einer Eskorte nach Preußen zurückbringen.«
»Es ist gut, Charles«, erwiderte sie. »Ich bleibe. Sie braucht mich.«
Er nickte. »Danke!« Dann sagte er noch: »Es ist nicht schön da draußen.«
Sie wusste, was er damit meinte, noch bevor sie auf der Straße war. Wie sollte eine Stadt, die gestern noch ein Schlachtfeld gewesen war, auch schön aussehen?
Als sie vor dem Haus in der prallen Sonne stand, spürte sie augenblicklich das Bedürfnis, den Schweiß von ihrer Haut zu

waschen. Was ihr unterwegs zum Dnjepr begegnen würde, konnte sie nur ahnen. Heute Nacht war sie die Strecke mehrmals mit dem Eimer abgelaufen, und oft genug hatte sie Wasser verloren, weil sie über einen Toten gestolpert war. Ihr fiel ein süßlicher Geruch auf, der in der Luft lag. Wie würde das morgen erst stinken, wenn die Tausende von Leichen so in der Sonne liegen blieben.
Sie ging die Straße hinunter, vorbei an einigen ausgebrannten Häusern, in denen es hier und da noch zischte und qualmte. Ihren Blick hielt sie stur auf ihre Füße gerichtet, denn die unzähligen Toten, die zerschunden und verkrümmt auf dem Boden lagen, wollte sie nicht sehen. Und doch erwischte sie ihre Augen immer wieder, wie sie abschweiften und eine Leiche danach untersuchten, ob sie nicht etwa eine dunkelblaue Uniform trug.
Sie hatte sich noch nie so stark nach Hause auf das Gut ihres Onkels gesehnt wie hier und jetzt. Ihr kam es so vor, als sei sie die einzige Überlebende einer mittelalterlichen Stadt, durch welche die Pest mit aller Macht hindurchgefegt war. Einsam hatte sie sich auf dieser sinnlosen Fahrt durch Russland immer schon gefühlt, auch oder gerade wegen Charles und Antoinette. Aber jetzt, ganz allein in einer Stadt der Toten – als hätte Gott über Sodom Gericht gehalten und sie als Einzige vergessen.
Wo die Menschen, deren Körper hier lagen, jetzt wohl waren? Ob es ihnen besser ging als in ihrem Leben auf der Erde? Ob sie überhaupt noch einmal zurückkommen würden, wenn sie die Wahl dazu hätten?
Sie wusste nicht, ob sie ihr Leben, wenn sie vor die Wahl gestellt worden wäre, angenommen hätte. Da war nichts, für das sie lebte, als das Leben selbst. War das nicht zu wenig? Lange Zeit hatte sie geglaubt, dass die Liebe dem Leben den Sinn gab. Aber eigentlich hatte sie davon noch nie etwas gespürt. Liebe – was hieß das denn schon in ihren Kreisen! Verheiratet werden mit einem, dessen Gesicht man nicht sehen und dessen Atem man nicht riechen wollte. Oder: hereinfallen auf Gecken wie Gustav, die einem schöne Augen machten und dann nicht einmal einen Brief schrieben! Dieser

Pfau! Wahrscheinlich hatte er in der Zwischenzeit schon fünf anderen den Kopf verdreht und sie wieder fallen lassen. Gustav war für sie gestorben – und mit ihm all die anderen schmucken Offiziere und reichen Räte, Sekretäre und Kanzler.

Diese Leute – ihr eigener Stand – waren es, die all die Toten hier auf dem Gewissen hatten. Die es Politik nannten, Unschuldige wie Kohlenstücke zu verheizen. Die letzten Wochen hatte sie genug Kontakt mit Offizieren und ihren Frauen gehabt, genug herablassende Worte über die gehört, die jetzt hier am Straßenrand lagen, während die, die das Ganze zu verantworten hatten, in gepolsterten Kutschen durch die Gegend fuhren. Dass der Krieg so ein schmutziges Geschäft war – davon hatte sie sich noch vor dieser Reise kein Bild gemacht. Sie hatte nur an Leutnants und an Abenteuer gedacht – so, wie es ihr die Romane vorgegaukelt hatten. In denen kamen Tote nur als einzelne, tragische Gestalten vor. Von den Massen, die hier im Dreck lagen, hatte sie nie gelesen.

Napoleon hasste sie. Sie hatte ihn immer verehrt, fast schon geliebt, wenn sie von ihm gehört oder ihn, wie in Dresden, gesehen hatte. Seine Taten, sein Ruhm hatten sie fasziniert. Doch jetzt sah sie das Ergebnis mit eigenen Augen: die unschuldigen Toten – ob aus seiner Armee oder Russen. Er hatten jeden einzelnen Toten auf seinem Gewissen. Dafür hasste sie ihn.

Sie erschrak, als sie hinter sich Stimmen hörte. Was sie zu sehen bekam, als sie herumfuhr, verstärkte ihr Bild von der mittelalterlichen Stadt nur noch: Vier Soldaten sammelten mit vor den Mund gebundenen Tüchern die Leichen ein. Sie warfen sie mit derben Flüchen auf einen großen Leiterwagen, aus dem bereits unzählige Arme und Beine heraushingen. Wie auf einem Pestkarren.

Sie wunderte sich über sich selbst, wie sie es schaffte, an all diesen Toten vorbeizugehen.

Sie erinnerte sich, wie Hans, der Pferdeknecht, als sie noch ein kleines Mädchen war, einmal eine Maus aus dem Futtertrog gezogen hatte. Er hatte sie am Schwanz gepackt und mit einem »Fahr zur Hölle!« auf den Boden geschleudert – So-

phie genau vor die Füße. Sie hatte die letzten Zuckungen der Maus an ihren Zehen gespürt. Vor lauter Heulen war sie gegen die Wand gerannt. Die Narbe hatte sie heute noch auf der Stirn. Vater hatte Hans noch am selben Tag vom Gut gejagt. Drei Nächte lang hatte sie kein Auge zugetan, weil sie immer noch die Maus an ihren Zehen zucken spürte.
Dafür war sie jetzt angesichts ganzer Leichenberge recht tapfer. Ruhig blieb sie wahrscheinlich auch deswegen, weil sie keinem der Toten bisher ins Gesicht geschaut hatte. Weil sie so tat, als wären es gar keine Menschen, sondern Steine oder Sträucher, die zum Landschaftsbild gehörten. Wie würde sie wohl reagieren, wenn sie einen der toten Soldaten kannte?
Sie erreichte die Obstgärten, die sich bis unmittelbar an den Dnjepr erstreckten. Ihre Besitzer hatten sie gehegt und gepflegt. Die Apfelbäume, wenn die Granaten sie denn verschont hatten, hingen voller Früchte, die reif zur Ernte waren. In manchen Anlagen hatten die Geschütze freilich nichts als Kleinholz hinterlassen. Überall lagen Tote – einzeln oder mehrere zu einem Knäuel verworren. Manche völlig zerfetzt.
Wie schön es hier sein könnte ohne den Krieg!
Sie ging durch eine Anlage, die wie durch ein Wunder nichts abbekommen hatte, und setzte sich an der Uferböschung in das lange, tiefgrüne Gras. Nachdem sie ihre Schuhe abgestreift hatte, tauchte sie ihre nackten Füße in das klare Wasser. Es war eiskalt. Sie schloss die Augen und genoss das Streicheln der Sonne auf ihrem Gesicht.
Warum nur musste sie hier alleine sitzen? Warum hatte sie niemanden, mit dem sie jetzt reden konnte, um alles, was ihr auf der Seele brannte, loszuwerden? Jemand, mit dem sie über ihre Sorgen und Träume sprechen konnte, der ihr vertraut war, bei dem sie sich geborgen fühlte.
Abgesehen von den Gesprächen mit Johann, ihrem Bruder, hatte sie dieses Gefühl nur ein einziges Mal gehabt. Es war an jenem Maitag in Dresden auch an dem Ufer eines Flusses gewesen. Mit dem württembergischen Soldaten. Mit Georg Unterkofler.
Sie dachte, was sie die ganze Zeit zu denken vermieden hat-

te. Dass die Begegnung mit ihm an der Elbe eben nicht nur ein koketter Zeitvertreib gewesen war – wie sie sich einzureden versucht hatte –, sondern dass dieser Mensch sie mit seinen funkelnden blauen Augen von der ersten Sekunde an begeistert hatte. Die wenigen Minuten mit ihm, die wenigen Sätze, die sie gewechselt hatten – nie in ihrem Leben hatte sie so ein Gefühl der Übereinstimmung mit einem anderen Menschen gespürt. Seine Gedanken, sein Traum, nach Amerika auszuwandern, hatten sie mitgerissen. Und er war ehrlich, alles an ihm war ehrlich. An ihm klebte nicht die Arroganz des Hofes. Er trug nicht die übliche Maske, Gustavs einstudiertes Lächeln. Er hatte ihr, ohne sie zu kennen, vertraut und ihr aufrichtig sein Inneres preisgegeben. Das hatte Gustav bei seinen hochphilosophischen Monologen nie. Damit hatte er nur wie ein Pfau ihre Aufmerksamkeit gesucht. Georg Unterkofler hatte nicht kokettiert, er hatte erzählt, was ihn beschäftigte.
Sie wünschte ihn sich hierher. Sie wollte jetzt und hier mit ihm reden. Und wenn sie ihm nur das erzählte, was sie die letzten Wochen mitgemacht hatte, wie sie dieses Elend hasste, das sie über die Russen und sich selbst gebracht hatten – er würde ihr teilnahmsvoll zuhören, auch wenn er in derselben Zeit noch viel Schlimmeres durchlebt hatte. Es gab so viel, was sie sich von der Seele reden wollte, was sich in den letzten Wochen angestaut hatte. Antoinette war durch die unerwartete Schwangerschaft nur noch mit sich selbst beschäftigt, und jetzt, da sie das Nervenfieber hatte, zählte sie zu ihren größten Sorgen. Charles kannte sie nicht so gut, als dass sie ihm ihr Innerstes anvertraut hätte.
Sie beugte sich ungläubig nach vorne.
Am anderen Ufer, im Gesträuch zwischen den zwei knorrigen Weiden – der Tote, er hatte sich bewegt. Lebte da noch jemand?
Sie hielt sich die Hand vor den Mund und versuchte, die Stelle so fest wie möglich mit ihrem Blick zu fixieren. Blau! Er trug eine blaue Uniform!
Ohne die Hand vom Mund zu nehmen, rannte sie zu der wenige Schritte entfernten Brücke.

Sie hörte das Gestrauch, in dem der Körper lag, schon aus der Entfernung rascheln. Hektisch, stoßartig. Durch das Grün des Gestrauchs sah sie nackte, blutverschmierte Haut, am Boden auch das Blau der Uniform.
Eine Efeuranke verfing sich um ihren Fuß, und sie fiel hin. Sie rappelte sich wieder auf und stolperte weiter.
Als sie den Toten erreichte, schaute sie plötzlich in das Gesicht eines Schweins. Es war groß, rosa und hatte schwarze Flecken. Von seinem fleischigen Rüssel troff Blut. Es grunzte sie unwillig an, dann leckte es wieder das Blut vom Gesicht des Toten.
Sie kreischte, wie sie damals gekreischt hatte, als Hans ihr die Maus vor die Füße geknallt hatte. Sie krümmte sich dabei, als drückte eine schwere Last auf ihre Schultern. »Verschwinde!«, brüllte sie, wobei ihr die Tränen aus den Augen schossen. »Fort!« Sie schrie das Schwein an, als könnte es ihre Worte verstehen. Da es stehen blieb und grunzend weiterleckte, hob sie Erde auf und schleuderte sie ihm ins Gesicht. Es quiekte unwillig. Sie nahm mehr Erde, formte sie zu einer festen Kugel und schleuderte sie ihm voller Hass auf den Rüssel. Mit einem lauten Schrei floh das Schwein durch das Gebüsch.
Weinend fiel Sophie auf ihre Knie. Ihre dreckigen Hände presste sie flach auf die Augen.
Sie rochen nach Erde. Immer wieder rutschte sie mit ihren Fingern zur Seite, um den Toten ansehen zu können. Doch dann verließ sie der Mut, und sie versteckte sich wieder hinter ihren Händen, über die ihre Tränen rannen.
Was, wenn es Georg war? Dann blieb ihr keine Hoffnung mehr. Sie zog ihre Hände weg und schaute dem Toten ins Gesicht – es war nicht Georg Unterkofler.
Schockiert über den gräulichen Anblick und doch erleichtert, wandte sie sich wieder ab und stand auf. Der Anblick der Leiche und ihr Geruch waren zu viel. Sie ging die drei Schritte zum Dnjepr und erbrach sich.
Dann setzte sie sich wieder, wobei ihr Blick auf die braunen Sohlen ihrer nackten Füße traf. Sie bewegte die Zehen. Wann war sie zum letzten Mal draußen barfuß gelaufen?

Stolz schaute sie ihre dreckigen Hände an. Sie waren so braun wie die Rinde der Weiden, und das war gut so. Sie gaben einen intensiven, erdigen Duft ab.
Sie spürte, wie sich ihre Mundwinkel wieder nach oben schoben. Staunend biss sie sich mit ihren Schneidezähnen auf die Unterlippe.
Sie gehörte Georg Unterkofler. Sie würde mit ihm nach Amerika gehen.
Mit diesem Gedanken im Herzen stand sie auf. Sie versuchte sich sein Bild in Erinnerung zu rufen. Wie er sie angeschaut hatte. Seine Stimme.
Sophie ging zurück zum Haus. Sie war die ganze Nacht wach geblieben. Jetzt spürte sie, wie sich die Müdigkeit in ihr ausbreitete. Sie wollte sich auf ihr Bett legen und von Georg träumen.
Schon als sie die Treppen hochging, hörte sie Charles schluchzen. Er saß in sich zusammengesunken auf dem Holzboden, den Rücken gegen den Türrahmen ihres Zimmers gelehnt, und weinte wie ein Kind in den Ärmel seiner Uniform hinein.
»Elle est morte!«, stieß er hervor, ohne aufzuschauen. »Elles sont mortes!«
Sie stürzte in Antoinettes Zimmer. Ihre Freundin lag so auf ihrem Bett, wie sie sie verlassen hatte, nur dass sie sich nicht mehr bewegte. Ihr Gesicht war wie aus Wachs, die Stirn, die vorhin noch geglüht hatte, eiskalt.
Das Kind!, dachte sie, als könnte man es noch retten.
Dann rannte sie auf ihr Zimmer, wie sie damals auf ihr Zimmer gerannt war, als sie vom Tod ihrer Eltern erfahren hatte. Die volle Weinflasche stand auf dem Tisch. Sie griff nach ihr. Mit einem Schrei warf sie sie gegen den großen Wandspiegel, sodass beide in tausend Scherben zerschellten. Wie Blut ergoss sich der Wein über den Boden.
Schluchzend warf sie sich auf das Bett und umklammerte mit ihren schmutzigen Händen das weiße Kissen.

VIII.

Er sah ein Licht, aber es war so grell, dass es ihm wie ein Messer in die Augen stach. Es rauschte. Dann war wieder alles schwarz.

Obwohl er nichts sah, wusste er: Gleich würden sie kommen, um ihm sein Bein abzunehmen. Der kleine Mann mit der Brille und der große lange Kerl. Sie hatten eine Säge, mit der sie einem die Knochen wie dürre Äste durchraspelten. Der Lange hielt einen fest, und der Kleine begann zu sägen. Er hatte die anderen schreien gehört.

Er wollte sein Bein behalten. Sie durften ihm sein Bein nicht abnehmen. Ohne das Bein war er ein Krüppel.

In der Nacht vor der Schlacht, vor der zweiten Schlacht, hatte es genieselt. Kalter Nieselregen. Es war September – der heiße Sommer war endgültig vorbei. Der Boden hatte sich aufgeweicht. Keiner hatte geschlafen in dieser Nacht. Frierend saßen sie vor dem Lagerfeuer, um ihre letzten Briefe zu schreiben oder um das Verbandszeug zu überprüfen.

Die zweite Schlacht ist die schlimmere. Weil man weiß, worauf man da wartet. Die Geisterreiter, sie kommen. Die Erde zittert und wackelt unter dem Aufschlag ihrer Hufe. Stiefel an Stiefel jagen sie auf ihn zu, mit den gezückten Säbeln zeigen sie auf ihn. Ihre Pferde sind eine schwarze Wand, eine Mauer aus Muskeln und Sehnen. Die Augen haben sie weit aufgerissen, als seien Dämonen in ihre Köpfe gefahren. Er rennt weg, aber seine Füße rühren sich nicht vom Fleck. Er bleibt auf der Stelle stehen. Die Pferde jagen über ihn hinweg und zertrampeln ihn.

Das Bein! Nicht das Bein!

Er spürte etwas unter seinem Kopf, es schob ihn nach oben. Plötzlich lief Wasser in seinen Mund. Er schluckte gierig.

Er erinnerte sich, wie er im Zelt voller Heulen lag. Die ganze

Zeit heulten sie. Wenn der Kleine und der Lange kamen, dann schrie immer einer so laut, dass man das Heulen nicht mehr hörte. Plötzlich schrie er dann nicht mehr, und man hörte endlich das Heulen wieder.
Jedes Mal kamen sie ihm ein Stückchen näher. Irgendwann würden sie es versuchen, aber er würde sich wehren. Er hatte sein Messer.
Die Luft wollte ihn ersticken! Es roch nach Käse, Schweiß, Blut, Dreck, Fäulnis, gelben Zähnen und nach dem Kleinen und dem Langen! Alles an ihm war nass. Nieselte es wieder?
Die anderen und er versuchen, aus den Körpern der Toten einen Wall aufzubauen. Schneller! Komm schon! Dahin! Deckung!
Wieder zerplatzt ein Geschoss. Es hagelt Splitter, aber die Toten fangen sie ab. Arsch an Gesicht gestapelt bilden sie eine hervorragende Deckung. Nur weiter! Immer mehr auf die anderen! Nach jeder Explosion kann man auch einige von denen, die gerade noch mitgeholfen haben, selbst als Steine verwenden.
Die Russen kommen!, schreit einer. Es ist immer der Gleiche, der das schreit.
Er rennt wieder den Hügel hinunter. Immer wieder hoch und runter geht es. Es sind jedes Mal mehr Leichen, die den Hügel bedecken. Schon rennt er wieder nach oben, wo die Russen sind. Dann wieder hinunter, weil sie ihn wieder vertreiben. Ihm wird schwindelig: immer hoch und runter. Wie Wellen. Das Schiff, das ihn nach Amerika bringen soll.
Sophies Haarband. Er hat es in der Nacht vor der Schlacht um den Gewehrlauf gebunden, damit er es immer sieht und weiß, wofür er am Leben bleiben muss. Es ist schon lange nicht mehr schwarz, sondern grau und spröde wie altes Leder.
Er muss nachladen, als er hinter den Toten liegt. Er macht es auf dem Rücken. Seine Hand zittert wie verrückt, als er versucht, das Pulver aus der Papierpatrone in die Mündung zu schütten. Im Liegen fast unmöglich. Das Pulver rieselt am Lauf vorbei. Er formt mit seinen Fingern einen Trichter um den Lauf und jetzt geht's. Als er den Ladstock in den Lauf hinunterrammt, reißt er sich am Bajonett den Handrücken

auf. Die Wunde brennt wie die Hölle. Er nimmt sie in den Mund und saugt das Blut heraus.
Da tötet man Menschen, damit sie einem nichts tun, und dann verstümmelt man sich selbst!
Er weiß nicht mehr, wie Bier schmeckt, aber er weiß dafür, wie Blut schmeckt.
Alle schreien. Die Pferde, die Kanonen, die Menschen. Das Holz der Bäume, die es zerfetzt. Die Kugeln und Granaten heulen in der Luft. Die Zwölfpfünder fauchen und brüllen. Die Säbel klirren, die Pistolen knallen. Die Sterbenden heulen. Die Lebenden heulen. Immer hoch und runter geht es den Hügel. Erstürmen und davongejagt werden. Den ganzen Tag. Hoch und runter.
Sie hatten ihn in einen Sarg gelegt. Er spürte das harte Holz gegen seine Wirbelsäule, die Schultern und die Füße drücken. Das Holz! Verflucht ist, wer am Holz hängt!
Georg schreckte hoch und riss sich die Binde von den Augen. Das grelle Licht tat weh. Er hielt sich die Hand vor die Augen und ließ seinen Kopf auf das Holz zurücksinken. Mit der anderen drückte er das Tuch, das ihm über der Stirn und den Augen gelegen hatte. Es war durch und durch nass. Er warf es neben sich.
Das Bein!
Wieder richtete er sich auf, wobei er seine Augenlider immer wieder zukniff. Langsam streckte er seine Hände nach den Oberschenkeln aus. Er spürte sie beide – den linken und den rechten! Langsam, als könne sich sonst ein Bein in Luft auflösen, schob er seine Hände weiter nach unten in Richtung Knie. Dabei versuchte er, sie unwillkürlich anzuwinkeln.
Ein Schmerz durchzuckte ihn. Das linke Knie, das rechte Knie – sie waren beide da. Das rechte Bein – es war da! Sie hatten es ihm nicht abgenommen! Aber es ließ sich nicht anwinkeln. Vom Knöchel bis über das Knie war das Bein fest eingeschnürt. Aber es war da. Wo war er? Wo waren der Kleine und der Lange?
Er spürte Schmerzen in allen Gelenken seines Körpers, als er seinen Kopf zum Himmel drehte und seinen Oberkörper aufrichtete.

Der Himmel war hellblau. Links und rechts neben ihm – das waren Holzkisten. Munitionskisten. Das Holz, das Schaukeln: Er lag auf einem Munitionswagen, auf dem Boden, zwischen den Kisten. Der Wagen fuhr, man hörte es ja auch.
Er war nicht mehr im Zelt. Wieso war er hier?
Vorne musste der Kutscher sein. Er versuchte sich zum Kutschbock umzudrehen und fühlte sich dabei wie gerädert. Er hatte Durst.
Sie fuhren auf einen bewaldeten Hügel zu. Weiter vorne marschierten die anderen. Nur noch ein kleines Häufchen, ein dunkelblauer Fleck in der Landschaft waren sie.
Als er dem Fahrer die Hand von hinten auf die Schulter legte, zuckte der zusammen, als habe ihn eine Kugel erwischt.
»Haben wir gewonnen oder verloren?«, fragte Georg heiser, wobei er sich mit den Armen an den aufeinander getürmten und mit Seilen verzurrten Patronenkisten stützte.
Der Fahrer, es war Berthold, schaute ihn mit kreidebleichem Gesicht an. »Unterkofler! Willst du mich umbringen?«, schimpfte er los, wobei er sich an die Brust griff. »Mannomannomann! Steht der plötzlich von den Toten auf und legt mir die Hand auf die Schulter!« Noch einmal schüttelte er den Kopf.
»Ja, wir haben gewonnen«, brummte er, »aber was zum Henker schert dich das? Sei froh, dass du noch lebst!«
»Fahren wir heim?«
Berthold lachte. »Nein, schlag dir das ganz schnell wieder aus dem Kopf! Ach du Güte! Heim! Ha! Wahrscheinlich doch noch das Fieber im Leib!«
Georg wurde schwarz vor Augen. Kraftlos sank er wieder auf die Ladefläche zwischen die Kisten zurück und fasste sich an die stechende Stirn. Sie war warm.
»War die Schlacht gestern, oder sind es schon zwei Tage?«, fragte er müde durch die Kisten durch.
»Eine Woche«, erwiderte Berthold. »Es ist genau eine Woche her.«
Er sank vor Schreck noch mehr in sich zusammen. Die Frage, wo der Kleine und der Lange waren, verkniff er sich. »Ist Deiss noch am Leben?«

Berthold ließ seine Zügel auf die beiden Pferderücken knallen. Es ging plötzlich steil bergauf.
Georg rutschte bis zum Ende des Wagens durch.
»Deiss?«, fragte Berthold verwundert, während Georg sich an den Kisten festkrallte. »Ob der überlebt hat? Junge, du hast wirklich keine Ahnung! Allein dem Deiss verdankst du's ja, dass du jetzt hier und nicht immer noch auf dem Leichenhügel liegst! Ich hab's selbst gesehen, wie der mit dir auf den Armen angesprungen kam, nachdem dich die Granate erwischt hatte. Du warst der einzige Verletzte, der während der Schlacht vom Feld getragen wurde. Alle anderen haben sie liegen lassen, und nach der Schlacht waren sie alle von der Kavallerie zertrampelt. So, jetzt bist du wieder auf dem Laufenden.«
Damit verfiel Berthold wieder in Schweigen.
Georg schloss die Augen. Fürs Erste hatte er auch genug gehört. Das musste er erst einmal verdauen. In seinem Kopf drehte sich alles, als hätte jemand darin mit einem großen Löffel herumgerührt. Er fasste sich wieder an die Stirn. Wahrscheinlich hatte er immer noch Fieber. Die Augen wollten ihm zufallen, obwohl er eine Woche am Stück durchgeschlafen hatte.
Doch er kämpfte dagegen an. Nach dem, was er in letzter Zeit geträumt hatte und was er gerade erfahren hatte, war er sehr gerne wieder bei Bewusstsein. Er ließ sich auf das Schaukeln des Wagens ein und starrte in den Himmel. Jetzt wusste er ja, woher das Schaukeln kam.
Deiss hatte ihm das Leben gerettet ...
Mit einem Mal stand der Wagen ganz still.
»Wenn du mal einen Blick von oben auf dein neues Zuhause werfen willst, solltest du noch mal zu mir vorkriechen«, unterbrach Berthold sein langes Schweigen. »Moskau«, meinte er dann, als Georg sich wieder hinter seinem Rücken aufgerichtet hatte.
Georg folgte seinem Blick in das Tal hinunter, das sich an den Hügel anschloss. Überrascht hielt er den Atem an.
Ein Meer aus roten und schwarzen Ziegeldächern breitete sich dort unten in einer Weite aus, die alles übertraf, was

man sich unter dem einfachen Wort Moskau nur hätte vorstellen können. Hier und da hoben sich goldene Zwiebeln aus diesem endlosen Dächermeer. Ein Fluss ging mitten hindurch. Es war seltsam, nach Monaten in der Einöde so eine riesige Stadt von oben zu sehen.
»Das ist Moskau«, wiederholte Berthold langsam, als müsste er diesem Augenblick eine besondere Würde verleihen.
Kraftlos ließ Georg sich wieder auf den Boden sinken. Er wollte Berthold in seiner Andacht nicht stören, aber ihm war diese Stadt völlig egal.
Er war in der letzten Woche dem Tod sehr nahe gewesen und hatte überlebt – das war es, was ihn beeindruckte. Nie wieder wollte er das erleben und träumen, was er seither im Kopf gehabt hatte. Nie wieder dem Tod auch nur den kleinen Finger lassen.
Er wollte am Leben bleiben – um jeden Preis.

IX.

Er glaubte zu verdursten.
Die Zunge klebte ihm am Gaumen. Er wollte den Kopf anheben, weil er sich nicht daran erinnern konnte, wo er lag. Doch sein brummender Schädel ließ sich so schwer wie eine Kanonenkugel bewegen – es war, als ob eine unsichtbare Hand seinen ganzen Körper fest auf den Boden drückte.
Die Luft war zum Schneiden dick. Nach Rauch stank es, als hätte der Wind ihn die ganze Nacht genau in sein Gesicht geweht.
Es war hell, obwohl es unmöglich schon Morgen sein konnte. War die Nacht denn so schnell herumgegangen?
Er stöhnte. Eine Handbreit hinter den Augen spürte er einen stechenden Schmerz. Was war nur los?
Er hatte wirres Zeug geträumt. Haucken war ihm im Kopf herumgegeistert. Immer wieder hatte er ihn mit ausgebreiteten Armen vom Pferd stürzen gesehen. Wenn er dann an sich runterschaute, hielt er, nicht Deiss, das Gewehr in der Hand. Er redete sich dann ein, dass es gerecht war, dass es Haucken getroffen hatte. Kurz vor dem Aufwachen hatte er von Sophie geträumt. Sie war in Eis eingebrochen und ertrunken. Wie damals Marie.
An seinen Händen spürte er biegsame Halme. Als er sich bewegte, raschelte es. Das war Stroh. Langsam kam die Erinnerung zurück: Er war in Moskau. Zusammen mit Deiss hatte er ein kleines Haus in Besitz genommen. Das Bataillon hatte die ganze Straße zugewiesen bekommen. Knapp zwei Wochen war es jetzt her, dass sie in Moskau eingezogen waren.
Die Kopfschmerzen, der geräderte Körper: Der Wein, den sie am Abend im Keller gefunden hatten, musste daran schuld sein! Klar, für seinen geschwächten Körper war die ganze

Flasche, die er geleert hatte, zu viel gewesen. Er hatte einen ordentlichen Kater, das war es. Nicht etwa wieder Wundfieber.
Er spürte quälenden Durst. Aber er war zu müde, seinen schmerzenden Körper aufzurichten, überhaupt nur die Augen zu öffnen, um in der Stube nach Wasser Ausschau zu halten. Er wälzte sich auf seinem Lager hin und her, weil er wieder einschlafen wollte. Aber sein Körper war seltsam aufgeregt. Er öffnete die Augen einen kleinen Spalt weit, wobei sein Blick direkt zur Decke ging. Irgendetwas blendete ihn. Er wartete einige Sekunden, bis sich seine Augen scharf gestellt hatten. Dann kniff er sie noch einmal zusammen, um sicherzugehen, dass sie ihn nicht täuschten.
Die Decke brannte. Dicker, grauer Qualm hing in der Bude wie eine Gewitterwolke, aus der gleich ein Blitz herausfahren wollte. Durch das Grau hindurch züngelten gelbe Flammen. Die Balken waren kohlrabenschwarz.
Er rappelte sich von seinem Lager auf. »Deiss, wach auf! Die Bude brennt!«, lallte er mit seiner unbeweglichen Zunge, wobei ihn die Schmerzen in seinem rechten Knie daran erinnerten, dass es noch nicht wieder in Ordnung war.
Himmel, das Haus brannte! Jetzt gehörten sie also auch zu den Trotteln, die sich über Nacht selbst verbrannten, weil sie das Feuer im Kamin vergessen hatten!
Er taumelte. Sein Kreislauf schien noch im Stroh zu liegen. Mit seinen Händen hielt er sich an der Lehne eines Ledersessels fest, bis die schwarzen Flecken vor seinem Auge wieder verschwanden. Dann hustete er. Er brauchte frische Luft!
»Deiss!«, krächzte er, als er zum Fenster taumelte. »Bist du wach, Mann?«
Keine Antwort. Wo hatte der sich denn nur hingelegt? Der Qualm wurde immer dichter.
Er tastete nach der Weinflasche, gegen die er mit dem Fuß gestoßen war. Die drei Schlucke, die noch drin waren, befeuchteten immerhin die Kehle.
Kaum hatte er den eisernen Griff des Fensters in die Hand genommen, ließ er sie wieder sinken.

Noch einmal kniff er seine Augen zusammen, um auszuschließen, dass sie ihm einen Streich spielten, und wieder schaute er aus dem Fenster. Dann spürte er, wie sich seine Kopfhaut zusammenzog und ihm die Haare zu Berge standen.
Entweder er war in der Hölle aufgewacht, oder Moskau, die ganze Stadt, brannte. Da jedenfalls, wo gestern noch Häuser gestanden hatten, war jetzt ein Meer aus Feuer.
Er öffnete das Fenster, um weiter in die Gasse einsehen zu können. Ein Luftstrom schlug ihm entgegen, als habe er heimlich vor der Glasscheibe gelauert. Mit einem Mal schien das ganze Zimmer in Flammen aufzugehen.
Das hatte er aber fein hingekriegt! Jedes Kind wusste, dass man bei Feuer die Fenster zuließ! Er verrammelte es wieder und fuhr herum. Was war mit Deiss los?
Er stolperte durch den Qualm, bis er Deissens reglosen Körper an seinen Füßen spürte. Als er sich zu ihm herunterbeugte, wusste er sofort, was geschehen war. Ein Dachbalken war heruntergekommen und hatte Deiss am Kopf erwischt. Er war bewusstlos, Georg spürte Blut an seiner Hand.
Er schlug Deiss gegen die Wangen, schüttelte ihn und brüllte seinen Namen gegen das Fauchen des Feuers, das sie jetzt von allen Seiten umgab. Doch Deiss wachte nicht auf.
Plötzlich stürzte wieder ein brennender Dachbalken auf den Boden, nur einen Schritt neben ihnen. Funken und Qualm zerstoben in alle Richtungen.
Er dachte nicht weiter, schlüpfte in seinen linken Stiefel, mit zusammengebissenen Zähnen auch in den rechten, packte Deiss am Kragen und zerrte ihn mit sich die Tür hinaus.
In der Mitte der Gasse, umringt von brennenden Häusern, legte er sich erst einmal neben Deiss, um Atem zu schöpfen. Sein ganzer Körper fühlte sich fiebrig und vertrocknet an. Seine angeschwollene Zunge war rau wie Sandstein. An seinen hämmernden Schläfen schien das Blut durch die Haut brechen zu wollen.
Im Haus rumpelte es: wieder ein Balken.
Deissens Herz schlug noch schwach, aber sosehr er auch an

ihm rüttelte, aus seiner Bewusstlosigkeit wollte er nicht aufwachen.
Er schaute ratlos auf die Stadt. Moskau war ein tosendes Flammenmeer in Rot, Orange und Gelb. Die weißen, grauen, braunen und schwarzen Rauchsäulen stiegen wie Hexen zum Nachthimmel auf, um sich zu einer einzigen Rußwolke zu vereinigen. Unmittelbar über den Häusern zitterte die Luft, als hätte sie Fieber.
Er spürte Wind auf der Haut. Wie Wurzeln das Wasser, sogen die Flammen die Luft an, um sich von ihr zu ernähren. Er musste vorsichtig sein. Wenn er zu nah rankam, verschluckten die Flammen ihn mit Sicherheit.
Deiss und er waren hier die einzigen Menschen. Entweder die anderen verbrannten gerade in den Häusern, oder sie hatten sie im Stich gelassen und waren schon längst über alle Berge.
Ein metallisches Quietschen schreckte ihn auf. Als er nach oben schaute, stockte ihm der Atem. Das Kupferdach des Hauses, in dem sie gerade noch geschlafen hatten, hob sich langsam wie ein riesiger Maikäfer aus dem hölzernen Dachstuhl und schob sich bedrohlich auf die Gasse.
Er fuhr Deiss, so schnell er nur konnte, unter die Achseln und die Knie und trug ihn unter den Türrahmen eines Steinhauses, das einen sicheren Eindruck machte.
Kaum war er dort, krachte das Kupferdach mit einem ohrenbetäubenden Lärm genau auf die Stelle der Gasse, wo er eben noch mit Deiss gelegen hatte.
Es lief ihm eiskalt den Rücken herunter, weil er jetzt verstand, wie wenig Zeit ihnen noch blieb. Wenn die brennenden Häuser einzustürzen begannen und in die Gassen fielen, konnten sie einen nicht nur unter sich begraben, vielmehr versperrten sie einem dann auch den Weg. Dann gab's da kein Durchkommen mehr.
Er kannte sich kein bisschen aus in dieser Stadt! Er hatte keinen blassen Schimmer, wie er am schnellsten, ja wie er überhaupt aus dieser Falle herauskommen sollte! Um sein Knie zu schonen, hatte er das Haus in den vergangenen Tagen nicht verlassen.

Der Wahnwitz dieses Feldzugs meldete sich mit einem Donnerwetter zurück, gerade da, wo es danach ausgesehen hatte, dass er vorüber war. Der Tod spielte wieder Katz und Maus mit ihm, und langsam hatte es den Anschein, als wäre ihm kein Aufwand zu groß, um sich nur ja keine Maus durch die Lappen gehen zu lassen.
Wenn Deiss doch nur bei Bewusstsein wäre! Der hatte sich den Weg zum nächsten Stadttor mit Sicherheit beim Einmarschieren eingeprägt. Mensch, das gab's doch gar nicht! Ein Mann wie ein Schrank, und jetzt, wo's drauf ankam, lag der so hilflos da wie ein Kleinkind!
Er musste ihn tragen – und das mit dem kaputten Bein! Das war unmöglich!
Aber er musste es tun. Irgendwo würde er schon auf Leute treffen, die den Weg heraus kannten. Die ihm auch dabei helfen würden, Deiss zu tragen.
Von dem Blick auf Moskau hinunter wusste er noch, dass es einen Fluss gab. Der Fluss konnte die Rettung sein. Nur dass er keine Ahnung hatte, wo er floss.
Er lud sich Deiss, der nichts als sein verrußtes Hemd trug, wie ein Joch auf die Schultern. Da ihm das Kupferdach die eine Richtung versperrte, humpelte er in die andere los.
Schon in der nächsten Gasse bekam er den ersten Dämpfer. Ein eingestürztes Haus versperrte den Weg. Die glühenden Trümmer hatten sich so gegeneinander verkeilt, dass es absolut kein Durchkommen gab – schon gar nicht mit Deiss auf den Schultern.
Er drehte um. Noch gab es andere Möglichkeiten. Der Augenblick, wo er einsehen musste, dass ihm alle Wege versperrt waren, musste schrecklich sein.
Die Gasse, die er jetzt hinunterhumpelte, schien immer enger zu werden. Er wurde unsicher, ob es richtig war weiterzugehen. Funken flogen ihm aus den brennenden Häusern ins Gesicht und brannten sich fest. Er hatte keine Hand frei, um sie abzustreifen. Gegen den beißenden Rauch in den Augen konnte er sich nur mit Blinzeln wehren.
Der stechende Schmerz meldete sich im rechten Bein zurück.

Plötzlich hörte er Hufe auf den Pflastersteinen vor ihm aufschlagen. Tatsächlich trabten drei Reiter aus dem Qualm heraus. Sie husteten, was das Zeug hielt. Mit Deiss auf den Schultern stellte er sich ihnen in den ohnehin engen Weg, um sie zum Anhalten zu zwingen. Aus reiner Nächstenliebe wurde hier schon lange nicht mehr angehalten. »Wisst ihr, wo's hier rausgeht?«

Sie unterbrachen ihn mit Flüchen in einer Sprache, die er nicht kannte. Es war kein Französisch, wahrscheinlich Italienisch.

»Helft mir schon, ihr Trottel!«

Fluchend rammte der vorderste von ihnen seinem Pferd die Sporen in den Leib.

Er musste sich mit Deiss in einen Gluthaufen schmeißen, um von den drei Pferden nicht niedergetrampelt zu werden. Die glühenden Holzteile brannten sich überall in seinen Körper. Als er sich wieder aufrappelte und Deiss aus der Asche zog, spürte er, dass sein rechtes Bein bei dem Sprung etwas abbekommen hatte. Heißer Dreck hatte sich in die Wunde über dem Knie eingebrannt. Der Schmerz erreichte die Grenze des Erträglichen.

Er hätte gleich von Anfang an wissen müssen, dass ihm hier keiner half! Die Spielregeln waren einfach: Wer half, verlor. Wer an sich selbst dachte, gewann.

Deiss würde ihm bald zu schwer werden. Er biss die Zähne zusammen und lud ihn sich wieder auf den Rücken.

»Merde!«, entfuhr es ihm, als er spürte, wie sehr jetzt jeder Schritt schmerzte. Unschlüssig drehte er sich mit Deiss auf den Schultern im Kreis.

Plötzlich machte es in der Richtung, in der die Reiter verschwunden waren, einen Riesenknall. Er konnte sehen, wie ein Garbe von glühenden Funken in den Nachthimmel schoss. Dann hörte er es rumpeln, als stürzte wieder ein Haus ein.

Keine Frage, da war Schwarzpulver im Spiel gewesen. Das Haus hatte es zerrissen wie eine mit Bleikugeln gefüllte Granate. Die drei Reiter gab es jetzt nicht mehr.

Er nahm dies als Zeichen, in die andere Richtung weiterzugehen.

Woher kam der Brand wirklich? Möglich war es schon, dass irgendwelche Nasskappen nicht mit dem Feuer aufgepasst hatten. Aber bei so vielen Soldaten, die hier vor Ort waren – da musste so ein einzelner Häuserbrand doch schnell wieder in den Griff zu bekommen sein. Nein, da steckte mehr dahinter. Das Feuer musste an mehreren Stellen gleichzeitig ausgebrochen sein, um so einen geschlossenen Flammenteppich zu bilden. Ob die Russen das Feuer gelegt hatten? Dafür sprach auch das explodierte Haus. Das war ohne Zweifel eine versteckte Sprengladung gewesen.

War das die große Rache der Russen? Die von Anfang an in der schwülen Luft gelauert hatte wie ein Gewitter? Von der jeder geahnt hatte, der die zerstörten Dörfer, die zertrampelten Felder, die vergewaltigten Frauen gesehen hatte?

Es hatte ganz den Anschein. Und er verbot sich selbst weiterzudenken, was das bedeutete.

Deiss drückte ihm mit jedem Schritt schwerer auf die Schultern. Mit jedem Schritt schien auch die Nadel in seinem Bein tiefer einzudringen, die Luft noch dünner und das Feuer um ihn noch heißer zu werden.

Er erreichte die nächste Kreuzung. Der Schweiß klebte ihm in den Augen, als er sich nach dem Weg umschaute. Weil die Gasse, die quer kam, breiter war, entschied er sich für sie. Und da sie nach links leicht abfiel – vielleicht ja zum Fluss –, humpelte er nach links.

Das Feuer fraß überall ungebremst weiter. Überall züngelten die Flammen, qualmten die Balken und zischten die Aschehaufen, die der Wind ihm ins Gesicht wehte. Die Häuser würden nicht mehr lange stehen. Jeden Augenblick konnten sie einstürzen und damit Wege für immer versperren. Er musste sich ranhalten!

Er biss sich vor Enttäuschung die Unterlippe blutig, als er plötzlich wieder vor einem Trümmerhaufen stand. Wieder zurück? Nein! Diesmal versuchte er sich unter den Balken und Brettern hindurchzuwinden.

Er schob sich auf dem Boden vorwärts, mit den Füßen voraus, sodass er Deiss mit den Händen nachziehen konnte. Heiße Asche rieselte ihm in den Nacken, und er roch, wie seine eigenen Haare verbrannten. Als er mitten in diesem Gewirr seinen Kopf drehte, sah er, dass nur wenige Schritte weiter schon das nächste Haus in die Straße gefallen war. Der Verzweiflung nahe, kämpfte er sich wieder zurück. Wieder an der Kreuzung, entschied er sich, die alte Gasse fortzusetzen, in der Hoffnung, an der nächsten Kreuzung links durchzukommen. Er versuchte, nichts mehr zu denken, denn der einzige Gedanke, der ihm kam, war der, dass er keine Aussicht mehr hatte, aus diesem Irrgarten herauszufinden.

Neben dem Stechen im Knie, das seinen Körper bei jedem Schritt wie ein Blitz durchleuchtete, spürte er zunehmend einen starken Druck in der Lunge. Wenn er hustete, war der Druck fast nicht mehr auszuhalten. Längst kam er nur noch wankend voran, Deiss war zu schwer.

Er legte ihn auf den Boden und setzte sich daneben, um Kraft zu schöpfen.

Plötzlich klirrte neben ihm Glas. Er beugte sich über Deiss, um dessen Gesicht vor den fliegenden Scherben zu schützen. Wie von Geisterhand zerriss die Hitze bei dem hohen Steinhaus neben ihm eine Fensterscheibe nach der anderen. Damals am Seeschloss, beim Feuerwerk, hatte es auch so regelmäßig nacheinander geknallt. Die Flammen schlugen jetzt wie feurige Klauen aus den Fenstern, als wollten sie ihn sich krallen und in das Haus ziehen.

Was für seltsame Laute sie von sich gaben, fast schienen die Flammen zu heulen. Immer deutlicher hörte er dieses Heulen aus dem Tosen heraus. Wieder kamen ihm Bilder der Hölle in den Sinn.

Plötzlich sah er einen Schatten durch die Flammen im Haus huschen. Er erkannte die Umrisse eines Menschen. Wie ein Besessener heulte und schüttelte er sich. Er versuchte sich durch das zersprungene Fenster zu retten.

Er rappelte sich vom Boden auf, nahm den Ellbogen vor die Augen und kämpfte sich gegen die Hitze an das Fenster heran. Der arme Kerl versuchte sich durch das Fenster herauszuwinden wie ein Wurm aus dem Apfel. Die Glasscherben, die noch im Holzrahmen steckten, schnitten sich in seine nackte Brust. Er brüllte wie ein sterbendes Tier.

Er konnte ihm nicht helfen. Verdammt, er konnte ihm nicht helfen, ohne selbst draufzugehen! Er konnte ihn ja nicht an der Nase herausziehen!
Der Russe hatte einen Verband um die Stirn. War das Haus ein russisches Lazarett? Verbrannten die in ihrem Racheanfall ihre eigenen Leute?
Er wich den riesigen Augen aus. Sich umzudrehen und einfach wegzugehen traute er sich genauso wenig wie zu helfen. Starr vor Entsetzen blieb er stehen, bis der Russe regungslos im Rahmen hing und die Flammen die Leiche wieder langsam in das Haus zurückzogen.
So wollte er nicht sterben! Er lud sich Deiss wieder auf die Schultern. Mittlerweile kam der ihm so schwer wie ein Mühlstein vor.
Lebte er überhaupt noch?
Er legte ihn noch einmal auf den Pflastersteinen der Gasse ab. Sein Puls ließ sich ganz schwach und unregelmäßig fühlen. Aber noch schlug das Herz. Auch sonst war alles unverändert: Aufwachen wollte er nicht.
Er musste die Zähne zusammenbeißen, als er ihn wieder aufnahm.
Er humpelte weiter. Das rechte Bein war steif geworden. Schmerzen tat es trotzdem noch. Er bekam einen Hustenanfall, bei dem er sich beinahe die Seele aus dem Leib spuckte. Als er über einen Balken steigen wollte, der ihm im Weg lag, klatschte er der Länge nach auf den Boden. Deiss schlug ihm dabei wie eine Faust in den Nacken. Benommen blieb er liegen.
Er war am Ende! Er hatte nicht einmal mehr die Kraft, sich unter Deissens bleischwerem Körper herauszuwinden.
Er begann Deiss zu hassen. Weil er von Anfang an ohnmächtig gewesen war! Weil er ihm alle Kraft geraubt hatte! Weil er ihn aus Dank jetzt unter sich gefangen hielt!
Er wollte nicht so sterben wie der Russe! Er wollte überhaupt nicht sterben! Wenn Deiss nicht aufstehen wollte, sollte er eben liegen bleiben! Alleine!
Mit dem letzten Rest an Kraft und Willen bäumte er sich gegen Deissens Körper auf. Wie einen Holzbalken wälzte er

ihn von sich. Ohne Deiss noch einmal anzuschauen, humpelte er weiter.
In der nächsten Straße wimmelte es plötzlich von Soldaten. Aber obwohl es auch hier schon in dicken, schwarzen Wolken aus den Häuserdächern qualmte, schienen sie an alles andere, nur nicht an Flucht zu denken. Ungläubig hielt er inne.
Sie plünderten die Häuser. Mitten in einer brennenden Stadt, die nichts mehr als ein sicheres Grab war, fiel ihnen nichts Besseres ein, als Bücher, Kleider und sogar Matratzen aus den Häusern zu tragen.
Als er näher heranhumpelte, trat ihm aus einem steinernen Kellereingang ein grobschlächtiger Franzose entgegen. Er schwenkte eine Flasche Schaumwein in der Hand, die er offensichtlich mit dem Säbel aufgeschlagen hatte. Die Scherben am Flaschenhals hatten ihm die Lippen zerschnitten. Blutiger Schaum triefte an seinem Kinn herunter. Er grölte ein Liedchen und schien glücklich zu sein.
Erst jetzt bemerkte Georg im Schatten des Kellereingangs eine ganze Kiste dieser Flaschen stehen. Ohne zu zögern, griff er nach einer, um seinen brennenden Durst zu löschen. Als er sie am Geländer, das in den Keller führte, aufschlagen wollte, schaute er plötzlich in den Lauf einer Pistole. Der Franzose zeigte mit einem sehr finsteren Blick zuerst auf die Flasche, dann auf die Kiste.
»Durst!«, krächzte Georg, wobei er die entsprechende Handbewegung machte.
Der Franzose schüttelte den Kopf, deutete wieder zuerst auf die Flasche, dann auf die Kiste.
Georg blieb nichts anderes übrig, als zu gehorchen. Hätte er nur selbst eine Knarre! »Wo ist der Fluss?«, fragte er dennoch, wobei er eine Wellenlinie in die Luft zeichnete. »Wasser?«
Der Franzose nahm einen Schluck aus der Flasche, dann begann er wieder zu grölen, als sei niemand anderes da.
»Fahr zur Hölle!«, schrie Georg, als er weiterhumpelte. »Fahr doch zur Hölle!«
Er versuchte seinen Hass herunterzuschlucken, aber je mehr

er sich umschaute, desto mehr keimte er in ihm auf. Überall torkelten diese besoffenen Gestalten herum, die in ihrem Suff nicht kapierten, dass ihnen demnächst die Bude über dem Kopf zusammenfiel! Aus jedem Haus dieser Straße, in der sehr reiche Leute leben mussten, wankten die Besoffenen heraus – über und über mit Beutestücken behangen: Gemälde, Geschirr, Besteck, Spiegel, Decken, zusammengerollte Teppiche. Ein kleines Männchen mit Vollbart hatte sich sogar ein rosa Frauenkleid angezogen, um die Hände für den Leiterwagen frei zu haben, den es voll beladen mit Büchern hinter sich herzog.
Widerlich! Menschen, die noch im Angesicht des Todes gierig waren! Keiner half hier dem anderen. Vielleicht wollte sich auch niemand helfen lassen. Selbst die mit den langen Teppichrollen nicht. Um ja alles selber behalten zu dürfen!
»Ohne mich!«, zischte er.
Schnurstracks humpelte er auf den Vollbärtigen mit dem rosa Kleid zu, riss ihm die Pistole aus dem darüber geschnallten Gürtel und schob sie ihm in die Nase. »Fluss! Wo?«, fauchte er ihn an.
Der Kerl ließ vor Schreck die Deichsel fallen. »Gleich da unten!«, kam die überaus ängstliche Antwort.
»Sprichst du Deutsch?«
»Ja, ich bin Württemberger. Artillerie. Ich heiße Hans!«, versuchte das Männchen sich anzubiedern.
»Bestens, Hans. Pass auf: Wir beide werden jetzt mit deinem Leiterwägelchen einen Kameraden aus diesem Drecksnest herausholen! Wenn wir ihn nicht lebend zum Fluss bringen, schieß ich dich nieder. Wenn er überlebt, dann überlebst du auch. Verstanden? Ja? Also, Abmarsch!«
Mit einem grimmigen Schrei kippte er den Karren um. »Tu alle Bücher raus!«
»Aber das ist Voltaire!«, klagte Hans.
»Und das hier ist eine Pistole!«, erwiderte er. »Los jetzt!«
Als sie in die Gasse kamen, in der Deiss lag, sahen sie zunächst gar nichts. Ein ausgebranntes Haus war in sich zusammengestürzt und hatte jede Menge Rauch und Asche aufgewirbelt.

»Deiss!«, brüllte Georg.
Hatten die Trümmer ihn erwischt?
»Los, rüber! Vielleicht liegt er dahinter!«
»Aber das ist heiß!«, beschwerte sich Hans.
»Nicht so heiß wie die Hölle!«, schrie Georg ihn an.
Sie kletterten beide über den Schutt aus Steinen, Balken und Glasscherben. Glühende Asche brannte ihnen in die Füße und Hände.
Der Rauch wurde immer dichter. Georg sah seine eigene Hand nicht vor Augen. Er hielt sich sein Taschentuch vor Mund und Nase, um atmen zu können. Ein Spreißel hatte sich tief in seine linke Handfläche geschoben.
Am Ende des Trümmerhaufens sah er etwas Weißes. »Dahin, Hans!«, schrie er, während er sich weiter vorkämpfte. »Da liegt er!«
Mit Entsetzen bemerkte er plötzlich die Gefahr, in der Deiss schwebte. Eine Steinmauer, die bisher noch stehen geblieben war, schwankte genau neben ihm wie ein Baum im Wind.
Er stolperte weiter, bis er bei Deiss war. Ihn alleine wegzutragen, dafür hatte er keine Kraft mehr. »Hilf mir, Hans! Komm schon!«
Hans zögerte. Seine Augen klebten an der schwankenden Mauer.
»Komm jetzt!«, brüllte er, wobei er den Lauf der Pistole auf Hans richtete. »Oder ich drück ab!«
Das zog. Mit wehendem Kleid sprang er von den Trümmern. Gemeinsam packten sie Deiss an Händen und Füßen und trugen ihn über das Trümmerfeld zurück. Dort luden sie ihn in den Wagen.
»Das Kleid kann ich jetzt wegschmeißen!«, hustete Hans, wobei er an sich herunterschaute.
Plötzlich rumpelte es.
»Das war die Wand!«, stellte Hans fest. Ohne weitere Aufforderung nahm er die Deichsel in die Hand und begann zu ziehen.
Georg wusste nicht, ob Deiss noch lebte. Er hatte sich nicht getraut, gleich nachzuschauen. Erst unten am Fluss, wenn

sie endgültig in Sicherheit waren, wollte er nachschauen. Besorgt humpelte er hinter dem Wagen her.
Zurück in der Straße, erwartete sie ein Riesengeschrei. Mittlerweile brannten auch die Häuser, in welche die Plünderer eingedrungen waren. Nicht wenige brüllten wie verrückt zu den Fenstern heraus, weil die Flammen sie eingeschlossen hatten. Einer warf aus dem zweiten Stockwerk eine Matratze heraus und versuchte, auf sie zu springen. Er verfehlte sie und schlug mit dem Kopf auf das Pflaster. Er stand nicht wieder auf.
Je weiter sie die Straße herunterkamen, desto voller wurde sie. Die meisten Plünderer hatten ihre bedrohliche Lage eingesehen. Ohne auf ihre Beutestücke verzichten zu wollen, schoben und drückten sie sich gegenseitig vorwärts. Außerdem schien jeder das Bedürfnis zu haben, irgendetwas zu schreien. Man kam sich vor wie auf dem Trödelmarkt.
»Die Moskwa«, meinte Hans plötzlich.
Georg, der die ganze Zeit auf Deissens reglosen Körper gestarrt hatte, schaute auf.
Der Fluss war breiter, als er ihn erwartet hatte. In seinem Wasser, das sich in aller Seelenruhe dahinschob, spiegelten sich die brennenden Häuser des anderen Ufers. Auf dieser Seite begann es jetzt zu spritzen und klatschen: Viele der Plünderer ließen sich so, wie sie waren, ins Wasser fallen.
Auch Hans sprang in den Fluss, wo sein Kleid sofort wie eine Kirschblüte aufquoll. Georg zerrte Deiss aus dem Wagen. Auf dessen bleicher Gesichtshaut hatte sich eine schwarze Rußschicht abgesetzt. Er stieg mit den Füßen in das Wasser, das augenblicklich alle Schmerzen, Brandblasen und Wunden entweder zu vertausendfachen oder zu vernichten schien. Wenn Deiss jemals wieder aufwachte, dann durch dieses eiskalte Wasser!
Er packte ihn unter den Achseln, zog ihn mit sich in die Moskwa und tauchte ihn unter. Als er seinen Kopf wieder aus dem Wasser hob, hatte Deiss die Augen offen. Er fasste sich an den Hals und begann fürchterlich zu husten.
Georg biss sich in die Unterlippe. Noch nie hatte er diese düsteren Augen so gerne gesehen!

BUCH III

November 1812

Ich schere mich
den Teufel um das Leben
einer Million Menschen.
NAPOLEON

I.

»Da ist ein Pferd!«, flüsterte Georg.

Er packte Deiss am Ärmel, damit dieser stehen blieb. Vorsichtig ging er dann auf die Birke zu, hinter der er den braunen Körper des Pferdes gesehen hatte. Unter seinen Stiefeln knirschte der harsche Schnee, der den Waldboden wie eine Staubschicht bedeckte.

Das Pferd versuchte, mit seinen Zähnen die Rinde einer jungen Birke abzuschaben. Es hob seinen Kopf und schnaubte leise, als es die beiden Menschen bemerkte. Es schien nur noch aus Rippen zu bestehen. Der Sattel war noch aufgeschnallt, aber von einem Reiter war weit und breit keine Spur.

Georg streckte ihm behutsam seinen Handschuh hin. »Brav! Ganz brav!«

Schwerfällig hob das Pferd den Kopf, dann streckte es sein Maul gierig nach Georgs Fingern aus. Seine Augen waren weit aufgerissen. Aufmunternd schlug Georg ihm gegen den Hals.

»Du bist ein Braver! Ein ganz Braver!«

Es blähte die Nüstern und schnaubte. Deiss kam nach und schüttelte den Kopf.

»Ein Glück ham wir!«, raunte er.

Dann hob er den Lauf seines Gewehres und schoss dem Pferd in die Stirn. Der Schuss hallte in der Tiefe des Waldes wider. Ein dunkelroter Blutstrahl schoss Georg entgegen. Zitternd schlug das Pferd mit den Hufen auf den Boden, als versuchte es wegzurennen. Dann brach es mit einem tonlosen Hauch zusammen. Es zitterte noch eine Weile in seiner wachsenden Blutlache, die den umliegenden Schnee wegschmolz.

»Verdammt!«, zischte Georg ärgerlich. »Du kannst hier doch nicht mit deiner Knarre herumballern, Knabe! Ich meine, wir können auch Leuchtraketen in den Himmel schießen, damit uns die Kosaken noch schneller finden …«

»Wie hast denn du gedacht, dass wir den Gaul tot kriegen? Hast ihn mit 'nem Bindfaden erdrosseln wollen, oder was?«, fragte Deiss aggressiv.

»Schon mal was von 'nem Bajonett gehört?«

»Schon mal eins damit auf die Mütze gekriegt?«

»Von wem denn? Von dem Schneemann, den du dir heute Nacht heimlich gebaut hast, während ich geschlafen hab?«

Deiss schüttelte sprachlos den Kopf, wobei er den Ladstock wieder am Lauf befestigte. Seine weißen Zähne blinkten aus dem schwarzen Gewirr seiner verfilzten Barthaare heraus wie ein Kreidestrich an der Tafel des Pfarrers. »Junge, Junge!«, stöhnte er. »Wenn deine Sprüche Räder hätten, könnten wir's bis Weihnachten nach Hause schaffen!«

Georg zog ein Messer aus dem Gürtel, den er sich um seinen Mantel geschnallt hatte, und kniete am Kopf des toten Pferdes nieder. »Weihnachten?«, fragte er. »Ist in anderthalb Monaten, oder?«

»So was in der Richtung wird's sein …«

»Vorher kommt aber noch der Nikolaus!«

»Ja, richtig!«

»Bis er kommt und uns leckere Nüsse und Mandelkerne bringt – vielleicht könntest *du* ja so freundlich sein, das verkrampfte Gebiss dieses Kleppers auseinander zu ziehen, sodass ich die Zunge herausschneiden kann?«

»Warum sagst du nicht gleich, dass ich dir helfen soll?«

Deiss legte sein Gewehr weg und kniete sich ebenfalls in den blutgetränkten Schnee. Seine in dicke Handschuhe verpackten Finger schoben sich unterhalb der Nüstern zwischen die gelben Pferdezähne und zogen sie mit sichtlicher Anstrengung auseinander.

Georg zog mit der einen Hand an der grauen Zunge des Pferdes, mit der anderen schnitt und riss er sie unter zahlreichen Verrenkungen vom Rachen los.

»So, das beste Stück hätten wir. Die hauen wir uns am Sonntag in die Pfanne«, sagte er, während er sie im Schnee von

Blut und Schleim reinigte. »Oder wir tauschen sie. Könnten noch mehr Decken gebrauchen.«
Deiss zuckte mit den Schultern. »Kauf dir irgendwas Hübsches davon«, spöttelte er, als er sich mit seinem Messer daranmachte, den Leib des Pferdes aufzuschlitzen. Immer wieder blieb er mit seiner Klinge an den Rippen hängen.
»Vielleicht ist es ein großer Fehler, dass wir nicht bei den anderen geblieben sind«, sagte er, als sie das Pferdefleisch in ihren Tornistern verstaut hatten und weiterstapften. »Zu zweit haben wir keine Chance gegen die Kosaken. Die machen doch ganz gezielt Jagd auf solche Ausreißer wie uns. Die drei heut Morgen, die auf der Lichtung lagen, die hatten auch Lanzenlöcher in der Brust. Deshalb sind doch die meisten, als sich das Bataillon nach Moskau aufgelöst hat, trotzdem zusammengeblieben. Weil sie dann stärker sind.«
Deiss zuckte mit den Schultern. »Dann müssten wir jetzt das Fleisch durch zehn oder hundert teilen. Wär das besser?«
Georg schüttelte den Kopf. »Nein. Wär auch noch das kleinere Übel. Tot aufwachen, weil deine Kameraden nicht teilen wollen, das ist das, warum ich es lieber allein versuche.«
»Da liegt wieder einer!«, sagte Deiss. Mit dem Kinn deutete er auf einen Mann, der mit dem Gesicht nach oben zwischen zwei Birken lag.
»Was denkst du?«, fragte Georg. »Nachts erfroren? Verhungert? Oder Kosaken? Wenn ihn Bauern totgeprügelt hätten, würde er jedenfalls keine Kleider mehr tragen.«
Deiss zuckte mit den Schultern, als sie näher hingingen. »Vielleicht ist das ja von unserm Pferd der Reiter, wenn er fällt, dann schreit er?«
Sie beugten sich über den Toten. Seine Augen waren offen und starrten in die Birkenwipfel. Plötzlich blinzelte er.
»Der ist noch gar nicht tot!«, staunte Georg, als sie sich beide über ihn beugten wie zwei neugierige Kinder über einen Hirschkäfer. »Der lebt!«
Jetzt ließ der Mann auch tatsächlich einen schwachen Seufzer hören. Sich zu bewegen schien er nicht mehr in der Lage zu sein, doch eine Verletzung war nirgends zu entdecken.

Die Kräfte hatten den ausgehungerten Alten verlassen wie die Ratten ein sinkendes Schiff.
»Aber schau dir mal seinen Fellmantel an«, sagte Deiss. »So was kriegst du frühestens als Oberst, wenn nicht als General umgehängt. Scheint ein hohes Tier zu sein, das da vor uns liegt.«
Der Mann hob mit einem enormen Kraftaufwand seinen Kopf und begann irgendetwas auf Französisch zu wimmern. Seine Augen wanderten dabei hilfesuchend von einem zum anderen.
»Der Mantel ist mindestens dreimal so warm wie meiner«, fuhr Deiss fort, während er mit der Hand prüfend nach dem Fell griff. Dann begann er, ohne ein weiteres Wort, den Mantel aufzuknöpfen.
Georg packte ihn am Oberarm. Dabei spürte er, dass er ihn ganz umfassen konnte, was früher unmöglich gewesen war. »Lass den Mantel zu!«
Deiss hielt inne, schaute ihn mit böse zusammengekniffenen Augen an, in denen eine Mischung aus Ärger und Neugier lag, sagte aber nichts.
»Solang der Alte lebt, ist das sein Mantel«, meinte Georg, »und wir plündern verdammt noch mal keine alten Männer aus, die hilflos im Schnee liegen und auf ihren Tod warten, weil das verdammt noch mal das Schäbigste ist, was mir in diesem Scheißkrieg untergekommen ist!«
Der Alte schien zu spüren, dass jemand für ihn Partei ergriff, und sein Wimmern wurde lauter.
Deiss schloss die Augen, nickte, als wäre er einverstanden, schüttelte dann aber den Kopf.
»Der Kerl ist in der nächsten halben Stunde eine Leiche, Unterkofler, das weißt du so gut wie ich«, sagte er ungeduldig. »Und daran wird sein Mantel auch nichts mehr ändern. Nur, dass wir in einer halben Stunde nicht mehr hier sind und der Mantel dann völlig sinnlos hier herumliegt, während ich mir in dieser Saukälte den Hintern abfriere! Und weil ich darauf keine Lust habe, nehme ich mir diesen Mantel. Die Kleider, die du auf dem Leib trägst, hat doch auch nicht deine Mutter gestrickt!«

Der Mann wimmerte immer leiser vor sich hin.
»Ich hab sie *Toten* abgenommen, verstehst du?«, hielt Georg dagegen. »Menschen, die nicht mehr gelebt haben!«
»Der hier ist auch tot!«, sagte Deiss hart, wobei er dem Alten mit gespielter Freundlichkeit zulächelte. »Der hat's nur noch nicht kapiert! Aber wenn du drauf bestehst, dann frag ich ihn eben höflich, ob er mir seinen Mantel überlässt!« Er zog seine Pistole aus dem Gürtel.
»Lass deine Pistole stecken!« Georg schüttelte ungläubig den Kopf. »Lass deine lächerliche Pistole stecken!«
Deiss hielt dem Mann die Mündung seiner Pistole an das Kinn. »Hallo, mein Herr General!«, rief er ihn an. »Sind Sie jetzt tot?«
Der Mann regte sich nicht mehr. Jetzt glichen seine grauen Augen zwei trüben Glaskugeln.
»Der hat den Geist aufgegeben«, stellte Georg fest und beobachtete Deiss dabei, wie er dem Toten den Mantel auszog. »Ich frag mich«, sagte er laut, aber mehr an sich selbst gerichtet, »was bei dem ganzen Rückzugsdurcheinander noch Recht und was Unrecht ist. Das stimmt schon, der Mantel hat dem Alten auch nichts mehr genützt. Andere hätten ihn vielleicht bis aufs Hemd ausgezogen. Aber Diebstahl wär's trotzdem gewesen, auch wenn's hier draußen keine Richter gibt.«
»Wenn du keine Antworten weißt, dann stell keine Fragen!« Deiss warf seinen alten Mantel über den Toten, dann zog er dessen Fellmantel an.
»Vielleicht ist es aber gut, Fragen zu stellen«, hielt Georg dagegen. »Wenn sich der Kleine nur ein einziges Mal gefragt hätte, ob das Recht oder Unrecht ist, was er hier veranstaltet hat, dann säßen wir jetzt nicht in der Patsche, weil wir gar nicht hier wären. Und der Alte hier würde jetzt bei seiner Mutti hinterm Herd hocken.«
»Dann denke ich eben nicht nach, weil der Kleine auch nicht nachgedacht hat.«
»He, du brauchst dich nicht dafür zu rechtfertigen, dass dir das Denken schwer fällt!«
»Die Sache ist die«, sagte Deiss, als er seinen Gürtel um den

neuen Mantel schnallte. »Deine Einstellung ist hier draußen Selbstmord. Das ist genauso, wie wenn ein Wolf beschließt, keine Schafe mehr zu reißen, weil er die Welt verbessern will. Wir sind Wölfe hier draußen, und wer nicht zubeißt, der verliert den Kampf ums Überleben.«
»Noch sind wir aber Menschen und gar keine Wölfe!«, warf Georg ein.
»Umso schlimmer!«, erwiderte Deiss, dann schaute er an sich herunter. »Der Mantel hält warm wie ein Kanonenofen.«
»Pah, der Wolf im Schafspelz«, spottete Georg und ließ Deiss stehen.
Erst jetzt bemerkte er, dass in die Wipfel der Birken ordentlich Bewegung gekommen war. Der Himmel hinter dem Gewirr aus kahlen Ästen und Zweigen, die jetzt hin und her gerissen wurden, hatte sich von blau nach hellgrau verfärbt.
Dann flogen ihm auch schon die ersten Schneekristalle ins Gesicht.
»Merde!«, schimpfte er gleichzeitig mit Deiss.
Die Birkenstämme fingen an, wie Betrunkene im Wind zu taumeln, der immer stärker zwischen ihnen hindurchpfiff. Nach einer Weile ließ der Sturm nach, dafür setzte aber der Schneefall richtig ein, und die Bäume, der Himmel und der Boden verschwanden. Alles war weiß.
Wie zwei hilflose Kaninchen kauerten sie sich an einen Birkenstamm.
Georg zog sich seinen Kolpack, den er einem erfrorenen Jäger zu Pferd abgenommen hatte, tiefer über die Ohren. Stumm schnallte Deiss seine Decke vom Tornister, unter der sie sich gemeinsam gegen den Schnee schützten.
»Jetzt geht's richtig los mit dem russischen Winter«, raunte Deiss, wobei seine Augen begeistert leuchteten. »Der ist von einem anderen Kaliber als unserer daheim.«
»In Moskau hat's nach dem langen Regen irgendwann auch mal geschneit, kurz bevor wir Kehrtmarsch gemacht haben«, erinnerte Georg sich. »Das war der erste Schnee, weißt du noch? Mitte oder Ende Oktober, als wir den großen Aschehaufen verlassen haben. Jetzt müssen wir Anfang November haben.«

Sie saßen wie unter einem Zelt und schwiegen sich an. Mit der Zeit begann Georg zu frösteln. Das Stillsitzen in dieser Kälte, nachdem man sich den ganzen Tag bewegt hatte, war entsetzlich. Aber im Schneegestöber weiterzumarschieren, wo man die Hand vor Augen nicht sah, hatte keinen Sinn. Der Schnee drückte mittlerweile schwer auf die Decke herunter, sodass der Wind sie immerhin nicht mehr mitnehmen konnte.

»Wenn's bis nach Hause bergab ging, würde ich uns einen Schlitten bauen«, sagte er nach einer Weile.

Deiss zog die Nase hoch. »Will gar nicht dran denken, wie weit das noch ist. Das ist das eigentlich Grausame an der Sache, dass wir wissen, wie weit es noch ist, weil wir alles schon mal abgelaufen sind.«

»In ein paar Tagen könnten wir's bis Smolensk schaffen«, warf Georg ein.

»Und, was bringt's?«

Georg schüttelte den Kopf. »Ich weiß es nicht. Ich hab wirklich keine Ahnung, was einem eine befestigte Stadt mit beheizten Häusern und randvollen Brotmagazinen mitten im Winter bringen soll …«

»Ich werde grad noch das Märchen glauben, dass es in Smolensk was zu holen gibt«, unterbrach ihn Deiss. »Das Gerücht haben die Offzen der Verbände gestreut, die noch unter Fahne marschieren, um die Leute bei der Stange zu halten.«

»Glaubst du wirklich, dass es nur ein Gerücht ist? Sosehr der Kleine was am Helm hat: Dass er es versäumt haben soll, den Nachschub in unserem Rücken für einen Stützpunkt sorgen zu lassen, während wir in Moskau einmarschiert sind – das wär dann doch zu blöd.«

»Und was, wenn Moskau der Stützpunkt war, den er sich einrichten wollte? Dann ist sein Stützpunkt jetzt ein feuchter Aschehaufen, in dem sich die Ratten gegenseitig die Schwänze abknabbern. So war's doch: Die haben uns Moskau auf dem Hinmarsch als das Leben in Saus und Braus verkauft!«

»War's ja auch, bis die Russen es abgefackelt haben.«

»Von da an war's aber ein Dreckloch. Und wir haben gehen müssen. Und so kommt's auch mit Smolensk. Das fackeln die dreimal ab und uns mit! Wahrscheinlich haben's die schon längst abgefackelt. Vielleicht ist ja noch ein bisschen Glut da, wenn wir vorbeikommen, dann können wir unsere Würstchen grillen.«
»Wie auch immer! Smolensk liegt so oder so auf unserm Weg«, stelle Georg fest. »Aber es könnte zur Falle werden« ließ Deiss nicht locker. »Was, wenn's dem Kleinen dort einfällt, die Krümel der Armee doch noch einmal zusammenzuscharren? Der würd uns doch noch mit Schneebällen gegen die Russen ins Feld schicken.«
»Nee, im Winter ist nichts mit kämpfen. Für den geht's jetzt nur noch darum, so viele Schäfchen wie möglich ins Trockene zu bringen, damit er im Frühjahr wieder eine Herde zusammen hat, um einiges klarzustellen. Außerdem: Schau dir doch die Jungs, die mit uns hier herumstapfen, an! Wer von denen wird sich denn noch irgendwas sagen lassen? Wenn sich denen ein Uffz in den Weg stellt, dann schießen die ihn nieder, als ob's ein Kosak wär. Und Schmalz zum Kämpfen hat doch auch keiner mehr, wir kippen doch alle aus den Latschen. Nein, wenn, dann wird der Kleine versuchen, uns in Smolensk hochzupäppeln.«
Deiss zuckte mit den Schultern. »Soll mir recht sein.«
Dann schaute er Georg seltsam von der Seite an. »War nicht der Offz, mit dem deine Baronesse durch die Lande gezogen ist, vom Nachschub?«
Georg nickte.
»Ja, könnte gut sein, dass der was mit Smolensk zu tun hat.«
»Dann ist doch die Kleine, Sophie hieß sie, auch in Smolensk. Drängt's dich deshalb so dahin?«
Deiss war ihm also doch auf die Schliche gekommen. Jetzt musste er möglichst unbefangen wirken. Was nicht einfach war, nachdem der Name Sophies einmal gefallen war.
»Was? Wer? Sophie? Ach die! Die ist doch schon längst wieder zu Hause! Spätestens nach einer Woche in Russland wird sie die Nase voll gehabt haben! Nein, Sophie ist nicht in Smolensk! Auf keinen Fall!«

Seltsamerweise grinste Deiss. »Soweit ich das noch im Kopf hab, ist die doch dabei, damit der Frau von dem Offz nicht langweilig wird? Wenn jetzt aber der in Smolensk ist, dann ist das seine Frau genauso, und die Sophie dann auch.«
Georg schüttelte heftig den Kopf, obwohl er Deiss für diesen Satz am liebsten um den Hals gefallen wäre.
»Wenn der Offz seine Frau nur ein bisschen liebt«, spann Georg seine Gedanken weiter, »dann hat er sie, *spätestens* als wir in Moskau die Koffer gepackt haben, *vorsorglich* nach Hause geschickt. Dass Sophie dann mit ist, muss ich wohl nicht besonders erwähnen.«
Jetzt schüttelte Deiss den Kopf. »Du schickst doch im Winter, wenn du einen Krieg verloren hast, nicht zwei Frauen mit der Kutsche durchs Feindesland! Was den Bauern jetzt in die Finger kommt und nicht nach Wodka stinkt, das zerlegen die in seine Einzelteile.«
»Soll mir ja recht sein, wenn sie dort ist«, räumte Georg ein. »Wird sich eh nicht mehr an mich erinnern ...«
Da Deiss lediglich mit den Schultern zuckte, war das Gespräch schneller zu Ende, als Georg sich das gewünscht hatte. Deiss hätte ihm ruhig noch ein paar Gründe dafür sagen können, warum sich Sophie doch an ihn erinnern würde.
Mittlerweile musste rundherum eine dicke Schneeschicht auf der Decke liegen, denn es war stockdunkel unter ihr geworden. Als Kinder hatten sie sich immer Schneehäuser gebaut. War nicht einfach gewesen, den Schnee so hinzubekommen, dass er auch oben, in der runden Kuppel, nicht wieder herunterkrachte. Sie hatten vor der Nacht Wasser darüber gegossen, damit sich alles festfror. Deiss und er hatten jetzt auch so ein Schneehaus. Keine dumme Bauweise: eine Decke über den Kopf spannen und es einfach draufschneien lassen. Nur ein Fenster zum Lüften fehlte.
»Gemütlich, aber stickig«, sagte er deshalb und hob die Decke neben sich an.
Sofort strömte kühle frische Luft herein. Er kniff die Augen zusammen, weil der Schnee draußen sie blendete. Es musste fast eine Elle sein, die es hingeworfen hatte. Jetzt hatte der Schneefall deutlich nachgelassen.

Plötzlich bemerkte er durch einige Birkenstämme hindurch eine Bewegung. »Keinen Mucks!«, zischte er, wobei er die Decke wieder sinken ließ. »Kosaken!« Er schloss die Augen, um sich zu vergegenwärtigen, was er in Bruchteilen einer Sekunde gesehen hatte. »Mindestens fünf Reiter, keine vierzig Schritt entfernt, mit Kriegsgefangenen«, flüsterte er, so leise es ging. »Keine vierzig Schritt!«
»Wohin?«, raunte Deiss.
Georg strich mit seiner Hand in der Richtung durch die Luft, die das Rudel eingeschlagen hatte. Er schaute Deiss in die Augen. Angst lag in ihnen. Zum ersten Mal lag Angst in ihnen.
Sie wagten kein Wort mehr zu wechseln. Wenn nur einer der Kosaken seinen Blick in ihre Richtung schweifen ließ und den seltsamen Schneehügel entdeckte, war es aus. Sie mussten nur noch ihre Lanzen hineinrammen.
Ein Pferd schnaubte. Einer der Russen ließ ein paar Bemerkungen fallen. Was hatte er ihnen zu sagen?
Deiss hatte seine Pistole aus dem Gürtel gezogen und den Hahn gespannt. Ihre Gewehre hatten sie hinter sich abgelegt. Es war unmöglich, nach ihnen zu greifen, ohne dass man die Bewegung von außen bemerkt hätte. Auch er zog seine Pistole. Zwei Pistolen gegen mindestens fünf Kosaken. Das war nicht einmal mehr zum Lachen.
Deissens Augen irrten durch die Luft. Auch er versuchte zu enträtseln, was der Kosak gesagt hatte.
Wieder rief dieser etwas.
Georg schaute Deiss fragend an. Hatte sich das weiter weg angehört? Deiss nickte stumm, als habe er den Blick verstanden.
Erst nach einer halben Stunde krochen sie unter der Decke hervor. Deiss schüttelte den Schnee von ihr herunter.
»Wenn's nicht geschneit hätte, hätten die unsere Spuren entdeckt«, stellte er dabei nüchtern fest.
Jetzt flogen nur noch vereinzelte Flocken vom Himmel. Den Boden bedeckte ein dicker Schneeteppich, in den man bei jedem Schritt bis weit über die Knöchel einsank.
»Da kostet jeder Schritt dreimal so viel Kraft«, sagte Georg,

während er auf der Stelle hüpfte, um seine Glieder wieder beweglich zu machen.
»Ja«, sagte Deiss kurz, wobei er seine Decke wieder auf den Tornister schnallte.
Dann gingen sie schweigend weiter. Die Angst saß ihnen noch zu tief in den Knochen.

II.

»Ich habe zwei Semester Medizin in Tübingen studiert«, sagte Thomas so ruhig, als sei es gar nicht sein Fuß, der amputiert werden musste. »Ich weiß, was Brand ist.«
Sophie, die neben seiner Pritsche stand, betrachtete den Fuß neugierig. Er war zusammengeschrumpelt und braun wie eine Rosine. Sie hatte hier im Lazarett schon viel gesehen, aber einen Brandfall hatte bis jetzt noch keiner gehabt.
»Mit dem kleinen Zeh hat's angefangen, er ist erst weiß und dann, nach drei Tagen, blau geworden«, berichtete er so sachlich, als diene er damit der Forschung. »Wegen der enormen Kälte da draußen haben ihn die Arterien nicht mehr ausreichend mit Blut versorgen können: Er ist ausgetrocknet – deshalb spricht man auch vom trockenen Brand – und abgestorben. Damit sich die Verwesung nicht weiter ausbreiten kann, muss amputiert werden.«
Er ließ seinen Oberkörper zurück auf die Pritsche fallen, wobei ihm unwillkürlich ein Seufzer entwich. Ganz so gelassen, wie er sich bei seiner Selbstdiagnose gab, war er also doch nicht. Sie musste weiter mit ihm sprechen, bis der Chirurg kam, um ihn abzulenken.
»Was für ein Glück, dass ich's mit dem Fuß noch bis Smolensk geschafft habe«, fing er von selbst wieder an. »Das ging nur, weil ich das Pferd gefunden habe. Sein Besitzer hat es sich über Nacht am Bein festgebunden, denn die da draußen klauen alle wie die Raben. Er war im Schlaf erfroren, als ich ihn gefunden habe.«
Für den Bruchteil einer Sekunde warf er ihr einen ängstlichen Blick zu.
Vielleicht hast du ihn auch umgebracht, um sein Pferd zu bekommen, dachte sie deswegen. Von den anderen im Laza-

rett wusste sie längst, welcher Umgang draußen, bei den Resten der Armee, gepflegt wurde.
»Du müsstest jetzt mal die Große Armee sehen«, fuhr Thomas mit einem Kopfschütteln fort, wobei sein Blick gedankenverloren ins Leere ging. »Nur noch zerlumpte Gestalten wie ich. Alle sind auf Haut und Knochen abgemagert. Und die Russen sind uns dicht auf den Fersen. Das große Pech: Überall bleiben die Geschütze im Schnee stecken und müssen zurückgelassen werden. Pferde gibt es auch immer weniger. Ein Wunder, dass es auf unserer Seite überhaupt noch geordnete Verbände gibt. Da glauben wohl immer noch welche an Napoleon. Aber an den Sieg glauben auch die nicht mehr. Nicht mal er glaubt mehr an den Sieg. Das wird ihm ganz schön zu schaffen machen!«
Er schaute ihr kurz in die Augen, um dann wieder sinnierend vor sich hinzublicken. »Der Gute wird sich das auch anders vorgestellt haben«, staunte er kopfschüttelnd. »Eine Schlacht und fertig. Keine Ahnung, ob die Russen von Anfang an geplant hatten, ihn in die Mausefalle zu locken, oder ob sie aus Angst vor ihm davongelaufen sind. Jedenfalls war es das Beste, was sie machen konnten. Der Brand von Moskau – auch Städte können den Brand kriegen! – zusammen mit dem Wintereinbruch war die Wende. Da bekommen die russischen Chronisten zwar nichts Heroisches zu schreiben, aber eben doch den Sieg. Außerdem können sich die Russen jetzt, bei der großen Hatz auf die Franzosen, noch genug Lorbeeren verdienen.« Er schaute sie an. »Aber so wie die Russen auf dem Hinmarsch, wird jetzt Napoleon alles darum geben, einer Schlacht auszuweichen. Deshalb wird er auch Smolensk räumen, weil die Russen ihn sonst einkesseln, da bin ich mir ganz sicher. Mit nur einem Fuß wird das ganz schön schwer für mich werden, ich muss eben zusehen, dass ich auf einem Wagen mitfahren kann. Aber selbst für die wird es nicht einfach werden. Am besten sind die russischen Schlitten, da wird sicher irgendwo Platz für mich sein.« Keine Frage, Thomas plapperte sich die Angst vor dem Chirurgen von der Seele. »Wie bist du hier eigentlich gelandet? Als Frau, meine ich jetzt.«

Sophie stöhnte. »Das frage ich mich auch. Wie bin ich eigentlich hier gelandet? Es hat mit der Idee einer harmlosen Reise angefangen. Irgendwann ist dann meine Freundin gestorben, und ich hab beschlossen, hier im Lazarett mitzuhelfen, um etwas Sinnvolles zu tun.«
»Hä?« Thomas schien ihr nicht ganz folgen zu können. Ob er eigentlich schon wusste, dass sie keine Betäubungsmittel hatten?
»Wann holst du eigentlich das Morphium?«, fragte er in demselben Augenblick.

Nach der Operation ging Sophie in die Kammer, wo sich alle, die im Lazarett mithalfen, waschen, umziehen und ausruhen konnten. Erschöpft ließ sie sich auf einen Stuhl sinken.
Zu seinem eigenen Unglück hatte Thomas einfach nicht in Ohnmacht fallen wollen. Sie hatte ihm »eine ordentliche Dosis Silentium« verabreicht, wie Doktor Lhereux das Stöckchen aus Kiefernholz nannte, das sie den Patienten bei der Operation in den Mund schoben. Erst beim Raspelgeräusch der Säge von Lhereux hatten sich Thomas' Pupillen hinter die Augenbrauen geschoben.
Bis dahin, bis der Chirurg den Knochen freigelegt hatte, hatte sie sich mit ihrem ganzen Körpergewicht auf seine Brust gelegt, ihm mit beiden Händen das Gesicht festgehalten und ihn mit Worten und Blicken abzulenken versucht. »Eine Frau kann da so viel ausrichten wie zehn Soldaten«, pflegte Lhereux zu sagen.
Sie stand auf und goss sich aus dem Krug, der auf dem kleinen Tischchen stand, Wasser in eine Schale. Sie tauchte ihre Hände bis über beide Knöchel ein. Das Wasser war so kalt, dass sich schon nach wenigen Augenblicken ein taubes Gefühl in den Fingern einstellte. Es musste kurz vor dem Gefrieren sein. Dennoch überwand sie sich und spritzte sich eine Hand voll davon ins Gesicht. An der Nasenwurzel schmerzte die Kälte etwas, aber insgesamt fühlte sie sich wie ein neuer Mensch.
Sie ging in die Knie und betrachtete sich in der trüben Spie-

gelscherbe, die irgendjemand auf den Tisch gestellt hatte. Vor einer Vogelscheuche wäre sie weit weniger erschrocken. Unter ihren Augen hingen dicke, dunkelblaue Ränder wie Tintenflecke, die nicht nur von der Übermüdung herrühren konnten, wie sie die aufreibende Arbeit im Lazarett mit sich brachte. Bald waren es zwei Monate, dass sie hier in Smolensk das Dasein einer Ordensschwester fristete. Zwölf Stunden oder mehr brachte sie täglich im Lazarett zu, wo sie nie etwas anderes zu sehen bekam als Leid und mit niemand anderem Gespräche führte als mit hoffnungslosen Menschen. Diese ganze trübe Stimmung nagte an ihrer eigenen Verfassung wie eine Wühlmaus an der Wurzel.

Keine Frage: Sie war hier am richtigen Ort. Im Lazarett mitzuhelfen war die beste Entscheidung gewesen, die sie je in ihrem Leben getroffen hatte. Als sie den Arzt für Antoinette geholt hatte, hatte sie das Lazarett zum ersten Mal von innen gesehen. Und gewusst, dass das hier ihre Aufgabe war.

Und diese Aufgabe hatte ihr geholfen, den Verlust Antoinettes besser zu verkraften. Aber viel mehr noch hatte sie ihr zum ersten Mal in ihrem Leben das Gefühl vermittelt, nicht nur als Braut, sondern als denkender, helfender Mensch gebraucht zu werden, der Verantwortung übernahm und selbstständig Entscheidungen treffen konnte. Der außerdem etwas Sinnvolles tat, etwas Gutes.

Doch jetzt war sie am Ende ihrer Kräfte angelangt. Die tägliche Begegnung mit Leid und Tod, mit Sterbenden und Schreienden, das Ausbleiben der Medikamente und der nun in Smolensk eintreffende Strom neuer Patienten gingen über ihre Belastbarkeit. Das Wachs ihrer Kerze war aufgebraucht, sie konnte nicht weiterbrennen.

Am meisten machte ihr die Einsamkeit zu schaffen. Charles hatte Antoinettes Tod nicht verkraftet. Erst hatte er sich wie wild in seine Aufgabe gestürzt, Smolensk zum Depot der Armee auszubauen. Jede Nacht hatte er bis morgens in seinem Zimmer über Stadtplänen und irgendwelchen Depeschen gebrütet, als hätte Napoleon selbst ihm den Auftrag dazu gegeben. Wenn sie ihn gebeten hatte, doch einmal an sich selbst zu denken und zu schlafen, hatte er sie aus ihrem

Zimmer gejagt. Immer häufiger hatte auf seinem Schreibtisch eine Flasche Wein gestanden, die am nächsten Morgen leer getrunken war. In letzter Zeit kam er nur noch schwankend von den Saufgelagen mit seinen Offizierskollegen zurück.

Wenn sie ihn fragte, wie es ihm ging, und sie sich Zeit für ihn nehmen wollte, um mit ihm zu reden, auch um die eigenen Probleme loszuwerden, dann fuhr er sie wie ein Hitzkopf an, oder er beachtete sie gar nicht. Es war so weit gekommen, dass sie sich fragte, ob sie überhaupt noch in demselben Haus mit ihm leben konnte. Wenn er betrunken war, dann warf er ihr manchmal Blicke zu, die bei ihr die Frage aufwarfen, ob er nicht verrückt geworden war. Aber um Antoinettes willen konnte sie ihn nicht einfach sich selbst und dem Alkohol überlassen.

Sie öffnete ihr Haar, das sie zu einem lockeren Zopf zusammengebunden hatte, und kämmte es mit ihren Fingern durch. Es war so kurz, dass es nicht einmal die Schultern streifte. Früher hatte es ihr beim Bürsten bis zum Po gereicht. Nach ihrem ersten Tag im Lazarett, noch am selben Abend, hatte sie mit derselben rostigen Schere, mit der sie gewöhnlich die Verbände in die richtige Größe brachte, ihre Haare abgeschnitten. Sie waren ihr im Weg gewesen und hatten ohnehin schon lange unter der mangelnden Pflege gelitten. Jetzt reichten drei Handgriffe aus, und ihre Frisur war fertig. Das hatte etwas für sich, auch wenn sie wie ein Bettelweib aussah.

Bettelweib. Der Unterschied zwischen einem Bettelweib und einer Baronesse? Als Bettelweib hätte sie Georg Unterkofler heiraten können, als Baronesse nicht. Wie verrückt war diese Welt?

Sie war aber gar keine Baronesse mehr. Hier, bei den Menschen, die nicht auf der privilegierten Seite des Daseins lebten, hatte sie sich entschieden, keine Baronesse mehr zu sein. Sie hatte ihren Namen abgelegt, ihre Herkunft interessierte sie nicht mehr und hatte auch niemand anderen zu interessieren. Schwester Sophie – das reichte.

Ihr Entschluss stand fest: Sollte sie diese Stadt hier jemals wieder verlassen können, sollte sie jemals wieder nach

Deutschland zurückkehren, sie würde unverzüglich den nächsten Überseehafen aufsuchen und an Bord eines Schiffes steigen, das die Segel Richtung Amerika setzte. Denn dort schien die Welt noch in Ordnung zu sein.
Oft hatte sie sich in den letzten Wochen ausgemalt, wie anders alles gekommen wäre, hätte sie damals am Ufer der Elbe Georg bei der Hand gepackt und mit ihm das Weite gesucht. Wie wenig war einem das eigene Leben doch wert, dass man sich von Konventionen und den Zwängen anderer Menschen das rauben ließ, was man für richtig und gut hielt. Sie beide hätten gemeinsam ein Leben zurücklassen können, mit dem sie nicht einverstanden waren. Gemeinsam hätten sie dort ein neues Leben beginnen können, wo sie die Menschen nicht auf unterschiedlich hohe Stufen stellten. In diesen wenigen Augenblicken an der Elbe hätten sie alle Masken voreinander fallen lassen müssen, sie hätten sich blind verstehen müssen. Sie würde hier nicht eingehen, und er wäre noch am Leben.
Denn dass er nicht mehr am Leben war, damit musste sie schon lange rechnen.
Sie schlüpfte in ihren dicken Mantel, der fast den Boden streifte, wenn sie ihn trug. Aus seiner Tasche zog sie einen großmaschigen Wollschal, den sie dreifach um ihr Gesicht wickelte. Schließlich setzte sie sich die hohe Fellmütze auf den Kopf, die sie einem auf der Straße erfrorenen Soldaten abgenommen hatte. Es war ein betrunkener Wachposten gewesen, der in der Nacht nicht mehr in seine Unterkunft gefunden hatte.
Jetzt sah sie selbst aus wie ein Soldat, und das musste so sein. Wenn nur einer von denen dort draußen auf der Straße herausbekam, dass sie eine Frau war, dann hatte sie schneller einen Mann, als ihr lieb sein konnte. Deshalb hatte sie auch die Pistole des Toten an sich genommen.
Sie verließ den Raum. Müde schob sie die schwere, hölzerne Eingangstür des früher als Verwaltungsgebäude genutzten Lazaretts auf, um sich durch den Spalt hindurchzuschieben. Trotz des Schals schlug ihr eisige Kälte ins Gesicht. Wie zur Salzsäule erstarrt blieb sie vor der Tür stehen.

Niemals, an keinem einzigen Abend, seit sie im Lazarett arbeitete, waren ihr beim Verlassen des Gebäudes mehr als zwei Personen auf der Straße begegnet. Und jetzt schoben und drängten sich Hunderte von Menschen an ihr vorbei.
Trotz der Dunkelheit war zu erkennen, dass dies die geschlagene Armee war, die gebeugt und mit düsteren Blicken an ihr vorbeidefilierte. Soldaten zu Schießbudenfiguren abgemagert, mit Bärten, wie sie die Kosaken nicht wilder tragen konnten. Die wenigsten hatten noch eine einheitliche Uniform. Jeder schien sich das um den Leib geschnürt zu haben, was ihm unterwegs zwischen die Finger geraten war. Die Stiefel knirschten im festgetretenen Schnee der Straße, ihre Stimmen bildeten ein unauflösbares Knäuel aus unterschiedlichen Tonlagen, Sprachen und Stimmungen. Sie drückte sich mit dem Rücken gegen die Hauswand, um nicht vom Menschenstrom mitgerissen zu werden.
Angst befiel sie. Der Ernst dieser Gesichter sagte ihr, wie ernst die Lage auch für sie war. Der Krieg, der für sie bis jetzt immer in sicherer Entfernung stattgefunden hatte, hatte sie heute in Smolensk eingeholt.
Sie mussten alle zum Osttor hereinkommen. Tatsächlich war diese Straße einer der Hauptwege dorthin, was bisher von untergeordneter Bedeutung gewesen war. Nun aber hatte die Armee auf ihrer Flucht aus Moskau Smolensk erreicht. Thomas auf seinem Pferd musste heute Morgen einer der Ersten gewesen sein. Jetzt kam der Hauptstrom – sie waren alle zu Fuß. Die Pferde waren ihnen offenbar eingegangen.
Plötzlich kam Bewegung in die Schlange. Die Männer reckten ihre Köpfe wie ein erwachendes Wolfsrudel, und ein Riesengeschrei erhob sich. Mit einem Mal begannen sie alle in Richtung Stadtmitte zu stürmen, und die wenigsten schienen zu wissen, warum. Doch dann verbreitete sich ein einziges französisches Wort wie ein Lauffeuer unter ihnen: »Pain!«
Irgendwer dort vorne musste eines der Brotmagazine entdeckt haben. Die Regale der Magazine waren bis an den äußersten Rand mit Brotlaiben gefüllt.

Die Männer sahen ganz und gar nicht gewillt aus, sich an die Verteilungspläne und Rationen zu halten, die Charles in seinen durchwachten Nächten »für den Fall des Winterquartiers in Smolensk« ausgearbeitet hatte. Noch weniger sahen sie gewillt aus, irgendwelchen Unteroffizieren oder Offizieren, die mit der Verwaltung und Ausgabe der Brote betraut waren und die sich ihnen in den Weg stellen würden, Gehorsam zu leisten. Vielmehr sahen sie wie Männer aus, die für eine Brotkrume die eigene Mutter erwürgten.
Immer mehr Männer drängten von Osten her in die Straße, die bald schon aus allen Nähten zu platzen drohte. Sophie bekam einen Ellbogen ins Gesicht. Wenige Augenblicke später rammte ihr ein vorbeistürmender Soldat seine Faust in den Bauch. Mehrere Sekunden lang bekam sie keine Luft. Wenn sie nicht an die Hauswand gequetscht oder zertreten werden wollte, musste sie mitrennen. Es fiel ihr nicht schwer, mit den völlig ausgebrannten Soldaten Schritt zu halten, wenngleich diese auch um ihre Leben rannten.
Vor dem Brotmagazin scherte sie aus der Herde aus, um nicht von ihr mit in die bedrohlich kleine Holzhütte gerissen zu werden. Schweißgebadet, mit heftigem Seitenstechen und keuchendem Atem, zog sie sich in eine ruhige Gasse zurück.
Gebannt vor Entsetzen starrte sie auf die Szene, die sich nur wenige Schritte entfernt vor ihren Augen abspielte. Durch das Fenster der Hütte konnte sie sehen, dass diese längst völlig überfüllt war. Dennoch drängten alle von außen mit Wucht herein. Die Männer innen begannen in ihrer Angst, erdrückt zu werden, zu heulen wie kleine Kinder. Den einzelnen abrupt verstummenden Schreien zufolge wurden dort drinnen tatsächlich Menschen von Menschen zu Tode zerdrückt.
Und die Herde schob von außen mit unverminderter Kraft weiter hinein. Die Gier nach dem Brot machte sie für die Schreie der Sterbenden taub. Was für ein groteskes Bild! Durch das Fenster der Blick auf die heulenden, erstickenden, in Panik um sich beißenden Menschen. Wenige Schritte daneben, vor dem Eingang, die Soldaten, die sich mit gierigem

Grinsen, ungeduldigen Rufen und begeistert leuchtenden Augen selbst in die tödliche Falle schoben.
Diese Dummköpfe! Diese von der Habgier verblendeten Dummköpfe!
Sie konnte den Anblick nicht weiter ertragen. Durch die dunkle Gasse floh sie zu ihrem Haus.
Die Stube war wie immer völlig ausgekühlt, weil den ganzen Tag lang niemand geheizt hatte. Charles würde erst spät in der Nacht kommen.
Sie ließ den Mantel an und spaltete mit dem Beil die Reste des Fensterladens, den sie gestern mangels Brennholz von ihrem eigenen Fenster abgeschlagen hatte. Als das Feuer im Kamin endlich knisterte, setzte sie sich davor und rieb sich zitternd die Hände warm.
Sie musste sich schleunigst klar darüber werden, wie es mit ihr weitergehen sollte. Die Lage war ernst. So wie das Brotmagazin im Kleinen, konnte Smolensk selbst bald zur großen, tödlichen Falle werden. Heute waren die ersten Soldaten angekommen. Wenn erst einmal der Hauptteil der Armee auf der Suche nach Brot in die Stadt preschte, um schließlich festzustellen, dass nichts mehr zu holen war, dann brach hier die zweite Französische Revolution aus. So wie Thomas den Zustand der Männer draußen schilderte und wie sie selbst die Kerle heute erlebt hatte, würden die sich allesamt für einen Brotlaib über den Haufen schießen. Die anrückende Armee war ein heißhungriger Heuschreckenschwarm, der hier in Null Komma nichts alles auffraß und einen Trümmerhaufen hinterließ, in dem weiteres Leben unmöglich war.
Sie musste hier weg, bevor alles zusammenbrach. Bevor die große Panik ausbrach, bei der alle wild um sich schossen. Bevor es nichts mehr zu essen und zu heizen gab. Charles musste sie hier herausbringen! Sie mussten hier endlich die Zelte abbrechen! Am besten noch heute Nacht!
Sie würde ihn hier am Kamin erwarten – und wenn er noch Stunden auf sich warten ließ! – und es ihm, wenn nötig, in beide Ohren brüllen: Sie wollte heraus aus dieser Falle!
Sie spürte, wie ihre Augenlider trotz ihrer Wut immer schwerer wurden.

Als sie aufschreckte, wusste sie sofort, dass es Charles war. Er wankte die Treppen hinauf und brummte bei jeder Stufe einen Ton der Marseillaise.
Sie stand auf und wartete, bis er die Türe öffnete. »Charles, ich möchte heraus aus der Stadt! Würdest du mich bitte nach Hause bringen?«, versuchte sie es in aller Freundlichkeit.
Er blieb überrascht im Türrahmen stehen, streckte beide Arme zur Seite, um sich festzuhalten, und schaute sie dann mit ausdruckslosem Gesicht an. Eine Antwort gab er nicht.
»Charles!«, rief sie ihn an, wie ein Lehrer einen schlafenden Schüler anrief. »Verstehst du mich nicht? Ich will weg hier!«
»Du gehst?«, lallte er. »Schön!«
Ihre Hände ballten sich unwillkürlich zu Fäusten.
»Charles, ich kann hier nicht alleine fort! Das weißt du! *Du* musst mich hier herausbringen!«
»Ich?«, staunte er, wobei er beinahe aus dem Türrahmen fiel. »Kann nicht.« Er torkelte zum Schränkchen, in dem er seinen Vorrat an Weinflaschen aufbewahrte.
»Du wirst dich jetzt nicht noch weiter besaufen!«, brüllte sie ihn an, wobei sie sich vor das Schränkchen stellte. »Du wirst mir jetzt zuhören! Ich bin Antoinettes Freundin, falls du das schon vergessen hast! Du ...«
»Antoinette ist tot!«, schrie er sie zornig an. »Sie ist tot und das Kind auch! Sie sind beide tot!«
»Und wir sind es auch, wenn wir hier nicht rechtzeitig wegkommen, du Träumer!«, brüllte sie zurück.
»Wir sind schon tot!«, keuchte er, wobei er sie mit weit aufgerissenen Augen anstarrte. Jeder seiner hektischen Atemzüge pustete ihr ein widerliches Gemisch aus Luft und Alkohol ins Gesicht. Dennoch schien er plötzlich nüchtern zu sein. »Glaubst du denn im Ernst, die Russen lassen uns aus dieser Falle entkommen? Sie werden uns einkreisen und zerdrücken! Fertig!«
»Deshalb lass uns doch fliehen, solange noch Zeit ist!«
»Fliehen? Glaubst du denn im Ernst, wir können vor den Russen fliehen?«, höhnte er bitter. »›Ich entfliehe euch!‹, sagte der Käfer zu den Ameisen und saß mitten im Amei-

senhaufen. Wir sind tot, Sophie! Schon längst mausetot! Es gibt kein Entrinnen vor den Russen! Renn doch vor ihnen davon, wenn du willst! Irgendwo da draußen werden sie dich einholen, noch bevor du erfroren bist.«

»Halt deinen verfluchten Mund!«, brüllte sie ihn an, wobei sie ihn mit beiden Händen von sich wegstieß.

Er krachte mit dem Rücken gegen die Wand und sank langsam in die Knie. Dabei lächelte er sie an, als hätte sie ihm einen Gefallen getan.

Sie stieg über ihn hinweg und rannte in ihr Zimmer. Dort setzte sie sich auf ihr Bett und spannte die Pistole.

Wenn er heute Nacht ihr Zimmer betrat, würde sie ihn erschießen.

Morgen verließ sie Smolensk! Zu Fuß und alleine – wie auch immer: Morgen verließ sie Smolensk!

III.

»Pinkelst du, oder schaust du der Tanne beim Wachsen zu?«
Deiss konnte einem gewaltig auf die Nerven gehen!
»Was, wenn ich beides mache?« Georg ließ sich nicht aus der Ruhe bringen. Er versuchte, die aus dem Boden ragende Wurzel der Tanne vom Eis zu befreien. Das satte Geplätscher hatte etwas Beruhigendes, und es war ein befriedigendes Gefühl, wenigstens hier im Kleinen dem Eis unweigerlich den Garaus machen zu können. Er knöpfte sich die Hose und den Mantel darüber wieder zu und drehte sich um.
Wie der Vater auf den Sohn wartete Deiss da am Waldrand auf ihn, während in seinem Rücken der in den letzten Tagen immer dichter gewordene Strom von völlig heruntergewirtschafteten Soldaten vorbeistapfte. Nach Smolensk. Wieder einmal.
Es war ein bunter Zug, in den sie sich da einreihten. Keine Frage, etwas Einmaliges. Ein seltsamer Mischmasch aus Truppen, die tatsächlich noch so etwas wie Befehl und Gehorsam aufrechterhielten, und aus herrenlosen Kerlen wie ihm und Deiss, die oftmals die letzten Überlebenden ihrer ehemaligen Einheiten waren. Geschütze funkelten hier und da in der tief stehenden Wintersonne, die heute ausnahmsweise einmal von einem blauen Himmel herunterschien. Die Geschütze – um ihr Vorankommen kämpfte man hier mehr als um alles andere. Dass ja die Geschütze nach Smolensk kamen! Die Menschen durften ruhig verrecken!
Darauf wartete man ja nur. Wenn es einen umhaute, der keine Kraft mehr hatte, stürzten sich die anderen auf ihn wie Schmeißfliegen auf einen Kuhfladen, um ihn auszuplündern.
Hier und da rutschten auch russische Pferdeschlitten durch

den Schnee, die noch aus Moskau stammten. Die Pferde, die sie zogen, spotteten jeder Beschreibung. Wo die Leute nur das Futter für die auftrieben? Hohe Tiere mussten das jedenfalls sein, die auf den Schlitten saßen. Dass die anderen die nicht einfach runterzogen! Ein letzter Rest an Ehrfurcht vor hohen Tieren war eben nicht aus den Köpfen zu bekommen.

Immerhin: Heute, das war unter den Männern so schnell herumgegangen wie sonst nur die versauten Witze, würden sie die Stadt erreichen. Smolensk. Das rief in der Tat einiges an Hoffnungen wach. Dach, Brot, Feuer.

»Schau mal da nach!« Deiss ging vor ihm, zog sich die Fellmütze herunter und streckte ihm den Hinterkopf hin. »Ist da was?«

»Was soll da sein?«, fragte Georg gleichgültig. »Haare halt!«

»Schau genau hin! Das juckt so!«

Stöhnend nahm Georg den Lederriemen von seinen Augen, in den er schmale Schlitze geritzt hatte, um sich vor dem grellen Schnee zu schützen. Im ersten Moment sah er so gut wie gar nichts, und er musste die Augen zukneifen. Dann packte er Deiss bei den Schultern, während beide weitergingen, und zog ihn an sich heran. Augenblicklich stieß er ihn wieder weg. »Mist!«, schimpfte er.

»Was?«, fragte Deiss.

»Du hast Läuse! Aber nicht zu knapp! Die haben dir teilweise schon die Kopfhaut weggeknabbert! Bah! Bleib mir bloß vom Leib!«

»Und mir auch!«, drehte sich weiter vorne ein schlaksiger Kerl mit bösen Blicken um. Offensichtlich war er auch Deutscher. Die anderen um sie herum waren hauptsächlich Franzosen. Was »Läuse« wohl in deren Sprachen hieß?

»Was geht's dich an, du Null!«, schimpfte Deiss. Er fasste sich an den Hinterkopf, um sofort wieder loszulassen, als hätte er sich die Finger daran verbrannt.

»Der Mantel«, knirschte er. »Ich verwette meine Fellmütze, dass der alte Sack den Wams voller Läuse hatte! Deshalb hat der tot noch so gegrinst! Verdammt!«

Georg hatte das Bedürfnis, sich am ganzen Körper zu krat-

zen. Hatte er jemals den Mantel angefasst? Würde sich bald herausstellen.
»Hinnehmen!«, sagte er in strengem Ton zu Deiss. »Sind bloß Läuse!«
Was konnte Deiss auch anderes tun, als sie hinzunehmen?
»In Smolensk kriegst du die wieder los!«, schob er dann doch noch nach. »In der heißen Badewanne!«
»Wenn nicht, erschieß ich mich!«
»So machen wir's!«, rief der schlaksige Kerl von vorne.
»Halt du deine verdammte Fresse!«
Georg zog sich den Lederriemen wieder über die Augen. Immer, wenn er das Wort Smolensk hörte oder selbst aussprach, klang für ihn Sophie mit. So etwas wie Glück überkam ihn dann für einen kurzen Augenblick. Dass er sie in der Stadt wieder treffen könnte – warum sollte das nicht möglich sein? Die Vorstellung gab ihm Rückenwind.
Die Straße, auf der sie marschierten, führte nach Smolensk. Aber wie weit war der Weg noch? Links und rechts der Straße versperrten die Tannen jede Aussicht, und wenn man über die Köpfe der anderen hinweg nach vorne schaute, standen einem bewaldete Hügel im Weg.
»Wenn das mit Smolensk nicht hinhaut, Unterkofler, wenn's da nichts zum Beißen gibt, dann sind wir am Ende unserer Reise! Dann brauchen wir gar nicht erst weiter! Smolensk ist noch nicht einmal die Hälfte bis zur Memel. Ich pack das nicht mehr, das sag ich dir gleich. An meinem linken Fuß ist der kleine Zeh über Nacht blau wie eine Zwetschge geworden. So kann ich nicht mehr lang marschieren. Und ohne was zum Beißen gleich gar nicht.«
»Sachte, sachte«, versuchte Georg ihn zu beschwichtigen. »Nur nicht die Pferde scheu machen!«
»Welche Pferde denn, Unterkofler?«, schimpfte Deiss. »Es gibt ja noch so viele! Schon vergessen? Den letzten Fleischfetzen haben wir heut Nacht gegen den Platz am Feuer eingetauscht.«
Deiss hatte Recht. Ihr Zustand war aussichtslos. Aber wann war er das nicht gewesen?
Bemerkenswert war nur: Deiss hatte sich früher niemals

über Widrigkeiten beklagt. Er hatte immer alles mit seiner Lebensverachtung hingenommen. Er hatte jeden noch so harten Schlag gegen sein Leben mit einem höhnischen Lächeln aufgefangen, weil er sein eigenes Leben zutiefst verabscheute.

Jetzt war das anders. Deiss schien an seinem Überleben brennend interessiert zu sein. Er hasste sein Dasein nicht mehr, sondern wollte es im Gegenteil um keinen Preis der Welt verlieren.

Nicht erst heute war ihm das aufgefallen. Schon die ganze Zeit, die sie seit Moskau gemeinsam unterwegs waren, hatte er den Eindruck gehabt, dass sich Deiss mehr und mehr aus seiner dunklen Ecke gelöst hatte. Je kälter der Winter geworden war, desto mehr war Deiss aufgetaut.

Bisher hatte er vermieden, ihn danach zu fragen – aus Angst, Deiss könnte es selbst gar nicht bemerkt haben, um dann aus purem Trotz wieder in sein altes Wesen zurückzufallen. Aber jetzt war die Zeit reif dafür.

»Was treibt dich nach Hause? Was hast du mir bisher noch nicht gesagt, was ich wissen sollte?«, fragte er Deiss unverblümt, wobei er ihn von der Seite anschaute.

Deissens Augenbrauen zuckten. Seine Züge, die trotz des schwarzen Rauschebarts und der tief sitzenden Fellmütze auszumachen waren, hatten stark an Biss verloren. Seine Wangen waren eingefallen, sie hatten in den letzten Wochen zu wenig zu beißen bekommen. Nur die dunklen Augen selbst hatten nicht an ihrer eigentümlichen Leuchtkraft verloren.

»Keine Ahnung, von was du redest«, knurrte Deiss.

»Und wie du es ahnst! Komm schon, da gibt es irgendwas, das dich heimtreibt!«

Deissens Augenbrauen zuckten wieder. Sie verrieten ihn. Dennoch gab er sich noch nicht geschlagen. »Dir ist doch das viele Pferdefleisch ins Hirn gerutscht!«, schimpfte er. »Du bist doch auf den Tratsch aus wie sonst nur Tante Emma!«

»Wie heißt sie?« Er schaute Deiss an.

Deiss schaute ihn an. Dann schaute Deiss weg.

»Luise heißt sie«, sagte er, wobei der Kloß, der ihm im Hals saß, nicht zu überhören war.

»Luise«, wiederholte Georg schwärmerisch, als verberge sich hinter diesem Namen sein Lieblingsessen. »Jetzt erzähl endlich!«
»Was soll ich denn verdammt noch mal erzählen?«
»Wer ist Luise?«
»Es ist eine beschissene Geschichte.«
»Bestens.«
Deiss atmete mit einem gequälten Seufzer ein, während er einem Geschütz auswich, das ihm im Weg stand. Die Artilleristen, die es unter unsäglichen Anstrengungen noch bis hierher gebracht hatten, hatten es letztlich doch aufgeben müssen. Vermutlich waren ihnen die Gäule zusammengebrochen, oder sie hatten sie aufgegessen. Das Geschütz war jedenfalls ordnungsgemäß vernagelt, damit die Russen keinen Schindluder damit treiben konnten, wenn es ihnen in die Hände fiel.
»Ich hab sie sitzen lassen. Mit einem Kind.«
Georg wollte irgendetwas erwidern, aber er wusste nicht, was er sagen sollte. »Du bist Vater?«, staunte er dann nach einer ganzen Ewigkeit.
»Ja, ich bin Vater.« So karg seine Stimme klang, das hatte er nicht ohne Stolz gesagt.
»Warum hast du sie sitzen lassen?«
»Warum? Warum?«, brauste Deiss auf. »Du kennst mich doch! Was für ein Kerl ich bin! Glaubst du, ich hab mich irgendwas drum geschert, dass die schwanger geworden ist?«
»Ist es ein Mädchen oder ein Junge?«
Deiss packte ihn am Kragen und schüttelte ihn. »Wenn ich das doch nur wüsste, Mann! Ich hab das Kind doch noch gar nie gesehen! Das kam doch erst irgendwann jetzt!«
»Wer ist Luise?«, wiederholte Georg seine Frage.
»Sie ist der schönste Mensch, den es gibt. Kräftiges, braunes Haar hat sie, grüne Augen, ein feines Lächeln. Ich habe sie in der Schmiede kennen gelernt, ein Mädchen aus dem Ort. Wurde von ihren Alten hart rangenommen auf dem Hof. Die haben keine Söhne. Musste mir immer die Hufe aufheben, wenn ich ihren Gaul beschlagen hab. Konnte zupacken wie ein Mann. Ein selbstbewusstes Wesen. Hab halt was mit ihr angefangen, wie's so läuft.«

Er atmete tief durch. »Eines Tages steht sie neben dem Amboss und sagt, dass sie 'n Kind kriegt. Fängt mir vom Heiraten an. Ich sag kein Wort, hau auf mein Eisen ein, obwohl's schon längst eiskalt ist. Hau immer weiter, bis sie irgendwann geht. Da hab ich sie das letzte Mal gesehen.«
»Du hast sie so gehen lassen?« Georg schüttelte den Kopf. »Du hast sie schwanger zu ihren Eltern zurückgeschickt? Alleine? Was für ein Arschloch bist du eigentlich?«
»Ein Riesenarschloch!«, kam die Stimme des schlaksigen Soldaten von vorne.
»Halt du die Klappe da vorne, oder ich klopf dich zu Brei!«, rief Deiss ihm nach. Zu Georg gewandt meinte er dann: »Du weißt doch, wie ich war! Was wollt denn ich mit Kindern oder Familie anfangen!«
»Ja und jetzt?«
Deiss zog die Nase hoch. »Ich will zurück, Mann! Ich will zu Luise und dem Kind! Ich will, dass sie einen Mann hat und dass das Kind zwei Eltern hat! Ich will nicht, dass es sein Leben lang mit einem Hass auf seinen Vater herumläuft, weil ich es feig im Stich gelassen hab! Ich will mit den beiden zusammenleben und für sie da sein! Und soll ich dir was sagen: Ich liebe Luise, sie ist ein großartiger Mensch!«
Georg war baff, und er war sich sicher, dass Deiss es genauso war. »Und wie kommt's, dass du das so plötzlich alles willst?«
»Was?«
»Warum willst du jetzt auf einmal zu ihr zurück? Warum ist sie dir plötzlich nicht mehr egal?«
Gemeinsam machten sie einen großen Schritt über einen am Boden liegenden Soldaten, den die Kräfte verlassen hatten. Deiss rang wieder einmal mit sich selbst. »Weißt du noch – das Feuer in Moskau?«, drückte er widerstrebend heraus.
»Ja, doch, jetzt wo du's sagst, erinnere ich mich!«, spöttelte Georg. »War ja eigentlich nicht zu übersehen, das Feuer! War, glaub ich, ziemlich heiß!«
»Schnauze!«, bellte Deiss. »Ich mein, die Sache, wo du mich durch die Gegend getragen hast.«
»Ich erinnere mich vage.«

»Ich war die ganze Zeit bewusstlos. Aber als du mich hingeschmissen hast, um den Karren zu holen, da bin ich für kurze Zeit zu mir gekommen. Ich hatte keine Ahnung, wo ich bin und was Sache ist. Hab kaum Luft bekommen und vor lauter Rauch nichts gesehen. Ich hab nur gewusst, dass ich's nicht mehr lange machen werd, so wie ich daliege. Da, ob du mir das jetzt glaubst oder nicht, seh ich plötzlich mein ganzes Leben vor mir. Alles schön der Reihe nach, wie hingeschissen. Von klein auf alles: die Sache mit meinem Vater, wie er sich aufknüpft, meinen Großvater, meinen Meister, die ganze Bande eben. Auch Luise. Und in der Hauptrolle ich, wie ich mich idiotischer nicht hätte aufführen können. Ich lieg da und denk nur: Was für ein Leben hab ich da gelebt! Was für eine einzige Schande!
Jedem anderen das Leben so schwer wie möglich gemacht. Immer schön ekelhaft! Und dann die Sache, dass ich Haucken von hinten abgeknallt hab. Da träum ich jetzt noch nachts davon und find keine Ruhe. Kurz: Ich hab mein Leben völlig in den Sand gesetzt. Und ich lieg da, und mir wird das klar. Und ich denk: So will ich nicht sterben, nicht als der Scheißkerl! Und da fällst du mir ein, und ich weiß: Wenn's den Unterkofler nicht selbst erwischt hat, dann holt der mich hier raus. Auf den ist Verlass! Und wieder wird mir was klar: Auf mich wäre kein Verlass gewesen! Ich hätt mich selbst dort liegen lassen! Und ich beschließe, ab sofort so zu werden wie du, Unterkofler, und dann wach ich erst wieder auf, als du mich aus der Moskwa fischst.«
Georg ließ seine Augen durch den blauen Himmel wandern, dann über das Weiß und Schwarz der schneebedeckten Tannen am Straßenrand, schließlich über den endlosen Menschenstrom vor ihnen. Dann schaute er zu Deiss und nickte stumm.
»Deshalb muss ich unbedingt heim!«, schob Deiss nach. »Um für Luise und das Kind da zu sein! Ich will gar nicht wissen, was sie alles ertragen musste, schwanger ohne Mann – bei *den* Alten in *dem* Kaff. Deshalb müssen wir schauen, dass wir in Smolensk neue Kraft kriegen! Dass wir's auch sicher heimschaffen.«

»Sieht ganz so aus, als wären wir schon bald am Ziel unserer Träume«, meinte Georg, während er links von ihnen auf einen Fluss zeigte, der sich in einiger Entfernung still und heimlich aus dem Wald stahl. »Wenn mich nicht alles täuscht, dann ist das der Fluss, der durch Smolensk fließt.«
»Kann schon sein«, nickte Deiss.
Kleinere Eisschollen, die mit Schnee bedeckt waren, trieben den Fluss wie gefaltete Papierschiffchen hinunter und blieben an den großen, runden Kieselsteinen oder den geschlossenen Eisflächen am Ufer hängen, um ihren Weg, so wie sie Lust hatten, irgendwann wieder fortzusetzen.
Die Menschenschlange begann sich jetzt immer häufiger zu stauen, teilweise standen sie bis zu einer halben Stunde auf der Stelle. Ein Ausweichen war auf der einen Seite wegen des Flusses unmöglich, auf der anderen wegen der mit dichtem Haselgestrüpp bewachsenen Hügel, die sie mittlerweile erreicht hatten.
»Sind wohl kurz davor«, vermutete Georg. »Das Stadttor wird der Grund dafür sein, dass sich alles staut. Da können halt immer nur 'n paar Hansel auf einmal durch. Wenn da ein Geschütz den Weg versperrt, geht erst mal gar nichts.«
»Wollen's hoffen«, meinte Deiss in seiner alten Kargheit, wobei seine Augen misstrauisch nach vorne spähten.
Stunde um Stunde verstrich. Immer dichter standen sie sich in der Schlange auf den Fersen, wobei die Stimmung der Männer nicht besser wurde. Zwanzig Schritte vorwärts zu kommen war das höchste der Gefühle. Irgendwann tauchte dann aber die Stadt mit ihren Mauern wie ein grauer Fels vor ihnen auf. Dahinter die Dächer und die herausstechenden Kirchtürme. Es war ein seltsamer Anblick, nach all den Tagen und Wochen in der Wildnis plötzlich auf eine Stadt zuzugehen.
Es begann bereits dunkel zu werden, dennoch konnte man die bei der Schlacht in die Mauer hineingeschossenen Sturmlöcher noch genau erkennen. Darüber die Wachtürme mit ihren ungewöhnlich geformten Dächern, manche rund wie Zwiebeln, andere kantig. Dahinter die vielen Kirchtürme. Es war ein eigenartiges Gefühl, das einem beim Anblick

dieser Mauern befiel. Die Sinnlosigkeit dieses Feldzugs war an ihnen genauso deutlich abzulesen wie das feurige Menetekel.
»Schau dir das an!«
Deiss zeigte mit seinem Kinn auf einige Lagerfeuer, die vor den dunklen Stadtmauern zu leuchten begonnen hatten.
»Wieso sind die nicht in der Stadt? Wieso sind die nicht in der verdammten Stadt?«, fragte er mit deutlicher Unruhe.
»Die Torposten da vorne scheinen wählerisch zu sein«, meinte Georg überrascht. »Schau doch, die lassen nur ganz bestimmte Leute durch! Die anderen müssen draußen bleiben!« Er fasste das Tor genauer ins Auge, das vielleicht noch dreihundert Schritte entfernt lag. Eine Holzbrücke führte hin, aber schon sie war für die Masse der Leute gesperrt. Sie mussten an der Stadt vorbeiziehen. Mindestens ein Dutzend bis auf die Zähne bewaffneter Posten riegelten die Brücke ab.
»Feldgendarmen!«, knurrte er. »Die haben den Eingang verbarrikadiert. Und ich kann dir genau sagen, wen sie in die Stadt lassen. Kerle wie wir, die nicht mehr unter Fahne marschieren, sind es jedenfalls nicht. Da vorne wird die Spreu vom Weizen getrennt, Deiss! Kanonen und Pferde zuerst, dann die geschlossenen Verbände! Und der Rest macht Biwak wie einst im Mai! Für Hungerschlucker wie uns ist kein Platz in der Stadt.«
»Nicht mit mir!«, raunte Deiss trocken. »Nicht mit mir!«
»Obacht, da legen sich welche mit denen an!«
Eine ungeordnete Gruppe von sieben Männern in schäbiger Kleidung versuchte mit verzweifeltem Gebrüll, die Brücke zu stürmen. Schüsse krachten. Drei der Männer fielen. Noch eine Salve. Keiner der Männer stand mehr. Sofort warfen die Gendarmen ihre blutigen Leichen von der Brücke. Dann luden sie ihre Gewehre nach.
»Teufel sind das!«, zischte Georg. »Und todernst nehmen die ihre Befehle! Hauptsache, sie selbst sind auf der Gewinnerseite! Wen sie nicht reinlassen, der kann ihnen auch nichts wegessen.«
»Mich werden sie trotzdem nicht aufhalten«, meinte Deiss mit langsamem, entschlossenem Kopfschütteln. »Ich bleib

nicht draußen, um heut Nacht zu erfrieren oder übermorgen zu verhungern. Ich geh da rein, ob's denen passt oder nicht.«
Georg stellte sich ihm in den Weg und schaute ihm eindringlich in die Augen. »Vergiss es! Die mähen uns um wie die anderen! Wir schaffen es auch ohne Smolensk!«
Deissens Augen glühten. Er packte Georg mit festen Griffen am Mantel. »Nein, ohne die Stadt schaffen wir's nicht! Hier draußen sind wir die Spreu! Und die Spreu verbrennt man, verflucht noch eins! Was glaubst du, was hier los ist, wenn die Kosaken Wind von der Sache bekommen? Dann werden sie eine mit Soldaten und Geschützen bestückte Festung vorfinden und davor einen ungeordneten Haufen von Jammerlappen, der so schwach ist, dass man ihn mit Steinschleudern wegpusten kann. Auf wen werden sich die Jungs da wohl stürzen? Glaubst du, die da drin«, er zeigte mit dem Kinn in Richtung Stadt, »werden uns zur Seite stehen, wenn uns die Kosaken hier draußen abschlachten? Können sie gar nicht, weil sie uns mit ihren Geschützen genauso treffen. Und einen heldenhaften Ausfall wegen uns machen die gleich dreimal nicht. Die schlagen sich da drin die Bäuche voll, während es uns hier draußen an den Kragen geht. Schert doch die nicht!«
Es lag Deiss einiges daran, in die Stadt zu kommen. Und verglichen mit dem Leben hier draußen und mit der Hoffnung, dass Sophie dort sein konnte, war sie auch das Paradies. Nur, dass ein Cherub mit feurigem Schwert davorstand.
»Du kannst nicht zu Luise zurück, wenn du dir von den Franzmännern Kugeln vor den Latz knallen lässt!«, versuchte er, Deiss von seinem Vorhaben abzubringen.
»Ich kann's genauso wenig, wenn ich hier draußen verhungere, erfriere und von Kosaken aufgespießt werde. Unterkofler, ich hab auch nicht vor, denen ins offene Messer zu laufen wie die Trottel gerade eben! Es gibt andere Wege, da reinzukommen!«
»Ach, und welche? Lass mich raten! Du willst ein Pferd aus Holz bauen, warten, bis sie es für einen Gott halten und dich von ihnen heimlich in die Stadt ziehen lassen!«
»Kinderquatsch!«, brauste Deiss auf. »Fängst du an durchzu-

drehen, weil unsere Lage so aussichtslos ist?« Er schüttelte den Kopf und fuhr mit leiserer Stimme fort: »Für Schaukelpferde haben die nichts übrig, aber für Kanonen! Artilleristen und Geschütze haben freien Eintritt! Bei der nächsten Kanone, die sie reinlassen, hängen wir uns hintendran. Sehen doch die Gendarmen nicht, dass wir gar nicht dazugehören. Wir laufen hier doch alle vermummt herum wie die Schneekönige. Einfach mit und durch!«

»Das klappt nicht!«

»Zum Henker, Unterkofler!«, schimpfte Deiss. »Was willst du? Du musst dir darüber klar werden, was du willst! Wenn du überleben willst, wenn du Sophie willst, dann führt kein Weg an der Stadt vorbei. Wer nicht drin ist, der stirbt. Das weißt du, und deshalb müssen wir dieses Spiel spielen, und wenn der Einsatz unser Leben ist. Es ist kein hoher Einsatz, weil wir es ansonsten ohnehin verlieren. Wenn wir erst mal drin sind, dann können wir auch irgendwo untertauchen. Und wenn's da drin nichts zu holen gäbe, dann hätten die nicht so viele Hampelmänner vors Tor gestellt. Bist du dabei?«

Georg schaute zur Brücke. Ein gutes Dutzend Gendarmen mit Schießbefehl. Dahinter eine Stadt, in der man nicht mehr im Schnee umherstapfen musste, sondern in Betten liegen konnte, in der man Brot statt Pferdehaare zu essen bekam und in der man ohne die Angst einschlafen konnte, am nächsten Morgen erfroren aufzuwachen. Außerdem die Möglichkeit, Sophie anzutreffen.

Dann schaute er auf die Lagerfeuer neben der Stadt. Keine Gendarmen mit Schießbefehl. Dafür unzählige Marodeure, die auch ohne Schießbefehl schossen. Hungrige, habgierige Lebewesen, halb Tier, halb Mensch, denen alles egal war, wenn sie nur etwas zwischen die Zähne bekamen und einen Platz am Lagerfeuer. Die Kosaken mit ihren Lanzen und die nachrückende russische Armee nicht mitgerechnet. Sterben, ohne Sophie noch einmal gesehen zu haben. Verhungern, erfrieren.

»Also gut, Deiss!«, sagte er dann. »Wir haben nur einen Versuch.«

Deiss nickte. »Der reicht.«
Georg schaute wieder zur Brücke. Der Menschenstrom schob sich dicht an ihr vorbei, wobei die Gendarmen alle, die ein Geschütz, ein Pferd oder gar einen Schlitten hatten, wie Karpfen aus dem Teich herausfischten und in die Stadt ließen.
»Der Zwölfpfünder da!«, raunte Deiss und deutete mit dem Kinn auf ein Geschütz wenige Schritte hinter ihnen. »Wir helfen schieben, da haben die sicher nichts dagegen.«
Zwei Pferde zogen vorne an der Kanone. Zwei Artilleristen führten die Pferde an ihren Halftern, während am linken Rad zwei Männer schoben, am rechten Rad einer.
»Wir lassen sie an uns vorbei und schieben hinten mit, wenn's auf die Brücke geht«, sagte Deiss.
Mit einem fragenden Ruf nahm der vorderste der Artilleristen Kontakt mit den Gendarmen auf, wobei er immer wieder hektisch auf die Kanone zeigte. Selbst die Kanoniere bangten ums Reinkommen.
Einer der Gendarmen wurde auf ihn aufmerksam und begann nun seinerseits zu winken und mit dem Kopf zu nicken. Der Artillerist gab seinen Leuten französische Anweisungen, woraufhin sie die Kanone immer weiter durch die Menschen hindurch an den linken Rand der Schlange drängten, um dann scharf rechts in die Brücke einbiegen zu können.
Die Gendarmen gingen ihnen tatsächlich aus dem Weg.
Die Pferde, die wie alle anderen auch für den Sommer beschlagen waren, begannen auf der gewölbten Brücke, unter deren Schneebelag sich Eisplatten gebildet hatten, mit ihren Hufen wegzurutschen. Das Gewicht der Kanone zog sie nach hinten weg, sodass sie scheuten. Einer der beiden Männer am linken Rad sprang seinen Kameraden vorne mit den Pferden zu Hilfe.
»Die Gelegenheit! An die Räder! Geh du zum rechten!«, zischte Deiss und stemmte sich auch schon gegen die Speichen des linken Rades.
Der Artillerist dort machte ihm bereitwillig Platz.
Auch der am rechten Rad ließ Georg in die Speichen greifen. Vielleicht glaubten sie, dass Deiss und er dazu abbestellt waren, auf der Brücke schieben zu helfen.

Das Geschütz war schwer. Wie die es damit bis nach Smolensk geschafft hatten, war nicht nachvollziehbar. Es sträubte sich wie ein Esel gegen die leichte Steigung des Brückenbogens. Auf den festgepressten Schneeplatten rutschten die Füße weg.

Dennoch kamen sie vorwärts. Die Gendarmen standen ihnen in lässiger Haltung Spalier. Ihre Augen waren allerdings die von Wachhunden.

Georg versuchte, ihren Blicken auszuweichen, ohne gerade dadurch verdächtig zu wirken. Stur schaute er auf das Holzrad der Kanone, dessen Speichen er mit seinen klammen Fingern umschloss und in Richtung der Stadt drückte.

Deren Torbogen rückte Elle um Elle näher. Durch ihn durch und sich dann hinter den nächsten Häusern absetzen!

Die Pferde hatten sich wieder gefangen. Der Artillerist, der seinen Kameraden zu Hilfe geeilt war, kehrte wieder auf seinen Platz am Rad zurück. Als er dort Deiss entdeckte, rief er ihn unfreundlich an und gab ihm mit Handzeichen zu verstehen, dass er sich wegscheren sollte. Glücklicherweise machte ihm Deiss ohne Widerrede Platz und wich nach hinten zur Mündung aus, wo er, ohne ein Wort zu sagen, weiterschob.

Als sich ihre Blicke dabei trafen, blinzelte Deiss Georg schlitzohrig zu. Gleich haben wir's!, sollte das wohl heißen. In der Tat war der Torbogen nur noch wenige Schritte entfernt.

Aus dessen Schatten tretend, stellte sich ihnen plötzlich ein untersetzter Unteroffizier in den Weg. Er schien der Wachhabende zu sein oder es sich zumindest einzubilden. Seine lächerlich weit gespreizten Beine sollten zu verstehen geben, dass nur die Leute nach Smolensk hereinkamen, die er an sich vorbeiließ. Sein Kopf sah aus wie der eines Spiegelkarpfens.

Er bellte irgendetwas auf Französisch, das alles andere als ein Willkommensgruß zu sein schien. Dann hob er seine Hand mit den fünf abgespreizten Fingern deutlich in die Höhe – mit dem selbstgefälligen Gesichtsausdruck eines Menschen, der von niemandem geliebt wurde außer von sich selbst.

»Cinq hommes!«, sagte er mehrmals mit zunehmender Be-

drohlichkeit, während sich in seinem Rücken zwei Wachposten aufbauten.
Die Kanone kam zum Stehen, und Georg wagte einen flüchtigen Blick zu Deiss. Dass das fünf hieß und sich auf die Anzahl der Leute bezog, die der Karpfenkopf vorbeilassen würde, musste auch er kapiert haben.
Wenn der Kerl stur blieb, dann saßen Deiss und er mächtig in der Patsche. Denn die Artilleristen würden auf ihren freien Eintritt in die Stadt nicht aus Selbstlosigkeit verzichten. Und dass der Karpfenkopf stur blieb, stand ihm in sein selbstgefälliges Gesicht geschrieben. Trottel wie der drückten kein Auge zu.
Der Artillerist, der Deiss an die Mündung verbannt hatte, erhob ein Mordsgeschrei und zeigte immer wieder auf Deiss. Keine Frage, der wollte deutlich machen, dass Deiss nicht zu ihnen gehörte. Dass er wieder kehrtmachen sollte.
Sie waren den Kerlen ausgeliefert. Sie verstanden kein Wort von dem, was die sich auf Französisch zuwarfen, und konnten auch kein Wort sagen.
»Gehen wir!«, raunte er Deiss zu. »Sonst geht's in die Hose!«
Deiss antwortete mit einem kurzen Kopfschütteln. So kurz vor dem Ziel wollte er nicht mehr aufgeben. »Bleib du am Geschütz! Geh du mit denen rein!«, flüsterte Deiss.
Dabei schaute er so entschlossen aus, dass es Georg himmelangst wurde.
Plötzlich springt Deiss auf den Artilleristen los, schleudert ihn gegen das Holzgeländer der Brücke und rennt auf den Torbogen zu. Der Karpfenkopf schreit. Noch bevor Deiss ihn erreicht, kracht ein Schuss. Deiss taumelt, greift sich an den Bauch. Dann sinkt er auf die Knie.
»Nicht schießen!«, brüllt Georg. Mit erhobenen Händen hastet er um das Geschütz, um Deiss zu helfen.
»Sie steckt im Bauch!«, schreit Deiss, während sich der Schnee unter ihm rot färbt.
Georg bettet Deissens Kopf in seinen Schoß. Deissens Hände umklammern seine Handgelenke wie Eisenringe. Sie zittern dabei immer heftiger.
»Lass mich liegen, geh in die Stadt!«, schimpfte Deiss.

»Holt einen Arzt!«, schreit Georg die Kanoniere, den Karpfenkopf und seine Posten an. »Seht ihr nicht, dass er verblutet!«
Doch die stehen alle da, als ginge sie das nichts an. Der Karpfenkopf weist ihn an, Deiss über das Geländer der Brücke zu schmeißen.
»Non! Non!«, schreit Georg.
Er packt Deiss unter den Achseln und zerrt ihn rückwärts mit sich über die Brücke. Unzählige Male rutscht er dabei im Schnee aus. Deiss hinterlässt eine Blutspur auf der Brücke, ein breites rotes Band.
Genau in der Mitte, zwischen dem Karpfenkopf und den Gendarmen, knöpft er Deiss die blutgetränkten Kleider auf. Das Loch der Kugel ist wie ein zweiter Bauchnabel, aus dem schubweise Blut quillt. Verbinden hat keinen Sinn. Nicht bei einem Bauchschuss. Er legt die Hand drauf, aber das warme Blut rinnt unter ihr hindurch.
Deiss bäumt sich unter Schmerzen auf. »Tu was!«, wimmert er.
Georg schaut sich hilflos um, schlägt sich unbewusst mit den Händen gegen den Kopf.
Kraftlos sinkt Deiss wieder zurück. Seine Augen sind aufgerissen. Es sind die eines kleinen Jungen, der Angst vor seinem Vater hat. Das Blut und mit ihm das Leben fließen ungebremst aus Deiss heraus. Schwach, noch bleicher als sonst, liegt er da. »Du musst zu Luise und es ihr sagen!« Es ist nur noch ein Flüstern.
Georg nickt heftig. Er will nicht, dass seine Tränen Deiss ins Gesicht fallen, aber das ist nicht zu ändern. »Das werde ich machen, ich versprech's dir, Deiss!« Auch er bringt seine Worte nur gequält heraus.
Sie schauen sich an, mit ihren Blicken sagen sie sich alles, was jetzt nicht mehr auszusprechen ist.
»Danke«, flüstert Deiss. Dann atmet er ein letztes Mal aus.
Mit Zeigefinger und Mittelfinger schließt Georg seine Augen.
Er hat keine Ahnung, was zu tun ist. Er bleibt einfach mitten auf der Brücke sitzen.

IV.

Der Himmel grau wie Blei.
Darunter die milchigen Kiefernwipfel, die nach unten hin dunkler wurden und in die schwarzen Stämme übergingen. Unter den schwarzen Stämmen gräuliche Dämmerung, kaltes Zwielicht. Der Boden weiß, aber ohne Sonne wie graues Haar, das nur fast weiß war. In alle Richtungen bis in die Unendlichkeit.
Dazu das feindliche Knirschen des Schnees als einziges Geräusch seit Stunden und Tagen. Es quälte die Nerven, wie jemand, der neben einem saß und ständig mit den Zähnen knirschte oder mit dem Messer über einen Porzellanteller fuhr. Mal nur die eigenen Schritte, mal auch die der anderen, die sich ebenfalls stumm vorwärts schleppten. Das Knarzen der Schritte als einziges Lebenszeichen, als einzige Bestätigung des eigenen Daseins. Nach außen hin.
Nach innen waren die Lebenszeichen vielfältiger: das Drücken und Pieken der steif gefrorenen Zehen. Das taube Prickeln und Ziehen der Finger. Kühle in jedem Winkel des Körpers. Schmerzende Gelenke, wundgescheuerte Knöchel, stechende Schlüsselbeine. Größter Schwachpunkt waren die Nase und die Ohren. Bei ihnen kam alles zusammen.
Dazu dieser dumpfe Druck im Bauch. Wie vier Becher schwarzer Bohnenkaffee auf leeren Magen. Es war das Wissen um die Aussichtslosigkeit jedes Schrittes. Die Sinnlosigkeit des Weitermachens. Das, was am meisten an einem zehrte. Der Kampf gegen die Gleichgültigkeit, gegen die Stimme, die einem einreden wollte, der Tod sei das kleinere Übel.
Wer hier auf die Welt kam, der kannte keine Farben. Kein Gelb, kein Grün, kein Blau. Nichts davon gab es hier zu sehen. Wie in einem Buch, in dem alles nur mit schwarzen Li-

nien gezeichnet war. Man konnte sich die Farben nur hinter geschlossenen Augen ins Gedächtnis rufen. Gestern hatte es bei Gelb einige Sekunden gebraucht. Erst als er sich die Sonne vorgestellt hatte, war ihm die Erinnerung wieder gekommen.

Nur eine Farbe stach hier und da wie falscher Hafer aus der Einöde heraus. Rot. Eine unglaublich kräftige Farbe. Schon ein kleiner Fleck schien mehr Kraft und Leben zu besitzen als ein ganzer Landstrich von weißem Schnee. Ausgerechnet der Tod war der Künstler, der hier mit Rot malte. Große Flecken bei den Überresten der geschlachteten Pferde. Kleine, aber dafür umso kräftigere neben den Köpfen der von den Franzosen erschossenen russischen Kriegsgefangenen.

Er blieb stehen und zog sich mit den Zähnen vorsichtig den Handschuh von der rechten Hand. Jedes Mal begleitete ihn dabei die Angst, einer der Finger könnte hinterher noch im Handschuh stecken. Er drückte die tauben Finger gegen seinen Körper, um sie beweglich zu machen, und führte sie langsam wie ein Greis in seine Manteltasche ein.

Wie erwartet, kamen sie leer zurück. Heute Morgen hatte er die letzten Haferkörner gegessen. Das hatte er gewusst. Dennoch war es nicht falsch gewesen, noch einmal nachzuschauen. Es hätte ja doch noch etwas da sein können. Er hätte sich ja nur einbilden können, dass er alles schon gegessen hatte.

Er konnte sich auf seinen Kopf nicht mehr vollständig verlassen. Die Erinnerung, aber auch das Denken, das waren zunehmend Sachen, bei denen er sich einfach nicht mehr sicher sein konnte. Was war wirklich, und was war nur ein Gedanke, eine Einbildung, ein Hirngespinst? Er hatte niemanden, der ihm das sagen konnte.

Besser war es da, man verzichtete ganz auf seinen Kopf, bevor man sich auf trügerische Gedanken einließ. Er hatte vergessen, wie Sophie aussah. Ihr Gesicht, das er auf dem ganzen Hinmarsch wie die Feuersäule vor sich hergetragen hatte, es war einfach aus seinem Kopf herausgefallen. Unwiederbringlich.

In den ersten Tagen hatte er das nicht wahrhaben wollen. Er

hatte sein Hirn durchforstet, umgepflügt, zusammengefegt. Tagelang in dieser Einsamkeit. Aber ihr Gesicht hatte er nicht wieder gefunden. Oft war er nur eine Handbreit davon entfernt gewesen. Vielleicht hätte er nur ein, zwei Augenblicke länger in eine bestimmte Richtung weiterdenken müssen, und er hätte ihr Gesicht wieder vor dem inneren Auge gehabt. Aber er hatte es nicht gefunden.
Krampfhaft hatte er dann versucht, es sich aus einzelnen Teilen zusammenzusetzen. Ihre Lippen. Sie waren das einzige, bei denen er sich völlig sicher war. Aber es waren eben nur ihre Lippen. Sobald er versuchte, von ihnen aus das ganze Gesicht in den Blick zu bekommen, zerstäubte alles.
Er hatte aufgegeben. Irgendwo auf der Strecke zwischen Moskau und hier hatte er ihr Gesicht verloren. Jetzt hatte er nur noch den Klang ihres Namens.
Er marschierte ihretwegen weiter. Wenn sie für ihn auch nur noch aus dem Klang bestand. Vielleicht betrog er sich damit, aber wofür sollte er sonst weiterlaufen? Für wen oder was sollte er weiterhin die verlogene Hoffnung aufrechterhalten, er könnte mit seinen lächerlich kleinen Schritten durch diese Schneewüste dem Tod entfliehen? Seine Eltern? Der Hof? Amerika? Nichts davon rief bei ihm die Sehnsucht weiterzuleben hervor. Nichts als der Klang ihres Namens.
Tock. Tock. Tock.
Ein regelmäßiges Tocken. Es kam von rechts aus dem Wald. Immer in gleichen Abständen wie Regentropfen, die von einer undichten Stelle im Dach tropften. Nur ein Holzfäller machte solch ein Geräusch. Wer war er? War er allein? Hatte er Essen? Wenn er allein war, dann würde er mit seiner Axt gegen das Gewehr nicht ankommen, wenn man ihn überraschte. Dann musste er rausrücken, was er an Essen hatte.
Er nahm das Gewehr vom Rücken und ging geduckt in die Richtung, aus der das Tocken kam. Als er nahe dran war, kroch er durch den Schnee weiter vorwärts.
Je näher er dem Tocken kam, desto deutlicher mischten sich Stimmen dazwischen. Frauenstimmen vor allem. Russisch. Aufgeregt, als ob sie dort mitten im Wald einen Markttag abhielten.

Er zögerte weiterzukriechen. Wenn sie ihn erwischten, würden sie ihn grausam zu Tode foltern. Die Bauern waren berüchtigt für die Art und Weise, wie sie an der Armee Rache nahmen. Andererseits: Wo so viele Leute waren, da gab es auch Essen. Vielleicht war er in die Nähe eines Dorfes gekommen. Die Gelegenheit durfte er nicht verstreichen lassen. Vermutlich war es die letzte, dem Verhungern zu entrinnen.
Er kroch weiter. Elle um Elle zog er seinen ausgemergelten Körper durch den Schnee. Sein ganzes Bewusstsein lag in seinen Augen und Ohren. Sobald er einen Menschen sah, sobald eine Stimme in nächster Nähe erklang, musste er still liegen bleiben. Wie er an ihr Essen herankommen sollte, wenn sie überhaupt welches hatten, konnte er erst entscheiden, wenn er von den Leuten und dem, was sie trieben, ein klares Bild hatte.
Wenn sie ihn entdeckten: Einen Schuss hatte er. Einen von ihnen konnte er mitnehmen.
Das Tocken hatte, nachdem ein Baum gefallen war, aufgehört.
Jetzt sah er sie auf einer kleinen Lichtung, und deshalb blieb er hinter dem Stamm der nächsten Kiefer liegen.
Kriegsgefangene. Zwanzig, splitternackt. Sie zitterten wie Espenlaub.
Die Russen hatten sie eingekreist wie Wölfe eine Schafsherde. Näher dran waren die Frauen, die sich mit Prügeln bewaffnet hatten. Den äußeren Kreis, eine Art Pferch für die Gefangenen, bildeten die russischen Männer. Jeder hatte sein Gewehr bei Fuß. Sie standen einfach nur da und schauten zu, wie ihre Frauen die Gefangenen anspuckten und verfluchten. Es waren ein Dutzend Männer und genauso viele Frauen.
Die Gefangenen zeigten nicht das kleinste Zeichen von Widerstand. Ihre Köpfe hingen ihnen tief in die Brust, auf der sich jede einzelne Rippe in aller Deutlichkeit abzeichnete. Mit den Händen bedeckten sie ihre Blöße. Sie drängten sich dicht aneinander, vielleicht, um sich gegenseitig zu wärmen, vielleicht auch nur, um so weit wie möglich von den Weibern wegzukommen.

Plötzlich stellte sich einer der Männer auf den Stamm der gefällten Kiefer, der neben den Gefangenen lag. Sein schwarzer Bart war genauso zottelig wie das Fell, das er sich um die Schultern gebunden hatte. Er fing an, wie wild mit seinen Händen in der Luft herumzufuchteln, wobei er mal die Gefangenen, mal die Frauen, mal die Männer anbrüllte. Während diese regungslos stehen blieben, kreischten die Frauen immer wieder bestätigend oder schlugen mit ihren Knüppeln nach einem Gefangenen.
Der Zottelige schien Gericht über die Gefangenen zu halten, vielmehr eine Anklagerede, die von Hass und Flüchen nur so wimmeln musste. Gegen Ende überschlug sich seine Stimme, und als er fertig war, bekreuzigte er sich, was er mit einem seltsamen Schrei begleitete.
Plötzlich packte der Zottelige einen der Gefangenen an den Haaren und zerrte ihn zum Kiefernstamm, wo er ihn mit einem kräftigen Ruck in die Knie zwang. Mit wilden Gesten und jeder Menge Geschrei brachte er den völlig willenlosen Kerl dazu, sich auf dem Boden auszustrecken und seinen Kopf auf den Stamm zu legen. Mit dem Blick in den Himmel. Wollte der jetzt jedem einzeln den Kopf mit der Axt abschlagen? Unwillkürlich glitt Georgs Hand an den Abzug seines Gewehrs, das neben ihm lag. Es war seine Pflicht zu helfen. Er durfte nicht tatenlos liegen bleiben, wenn die anderen abgeschlachtet wurden.
Er konnte nur einen Schuss abfeuern. Die Russen würden ihm keine Zeit zum Nachladen lassen. Selbst wenn der erste Schuss saß, waren da immer noch elf andere Russen. Und ein Dutzend Hexen mit Holzprügeln. Er hatte dann nur noch sein Messer.
Konnte er auf die Mithilfe der Gefangenen setzen?
Unterdessen mussten sich alle Gefangenen hinlegen, mit dem Kopf auf dem Stamm, dicht an dicht, auf jeder Seite zehn. Sie waren alle stumm wie Lämmer, die man zur Schlachtbank führte. Keiner sagte etwas zum anderen. Ihre Blicke wichen voreinander aus. Als sie dalagen, hoben sich ihre bleichen Körper kaum vom Schnee ab, genauso wenig wie ihre bärtigen Gesichter vom Stamm der Kiefer. Mit

ihren Händen bedeckten sie wieder ihre Blöße, als wollten sie im Angesicht des Todes noch ein letztes Zeichen von Würde bewahren.
Die Frauen begannen zu singen und dabei um die Kiefer zu tanzen. Mit ihren Stöcken schlugen sie auf die Gefangenen ein, die ihr bisheriges Schweigen aufgaben und entsetzlich zu heulen anfingen. Die Prügel trafen sie überall, im Gesicht, zwischen den Beinen, auf die Knie. Sie wandten sich hin und her, versuchten sich auf den Bauch zu drehen, mit ihren Händen die Schläge abzufangen.
Die Hexen sangen wie im Vollrausch, wobei sie ihre Prügel mit einer unglaublichen Kraft niedersausen ließen. Zähne krachten, Knochen zersplitterten, Finger zerquetschten. Kein Mitleid, auch kein Ekel war in ihren Gesichtern zu erkennen, vielmehr leuchteten ihre Augen, als schwebten sie im siebten Himmel, während ihre Opfer im eigenen Blut erstickten.
Georg hechelte wie ein kranker Hund, während seine von der Angst aufgerissenen Augen nicht von den Gefangenen wichen. Bei jedem Atemstoß rechnete er damit, sich übergeben zu müssen. Aber da war nichts, das er hätte ausspeien können.
Sie ließen sie einfach liegen. Die Hexen verließen den Ort mit fröhlichem Getratsch, als hätten sie gerade am Fluss ihre Wäsche gewaschen. Ihre blutigen Prügel nahmen sie mit. In einigem Abstand folgten ihre Männer, so stumm, wie sie es die ganze Zeit gewesen waren. Die Toten würdigten sie keines Blickes.
Er blieb liegen. Was er gesehen hatte, raubte ihm die Kraft. Nicht einmal aufstehen wollte er. Er legte seine Stirn auf seinen flachen Händen ab und stierte auf den Boden, als könnte er dort die Antwort finden für das, was er gesehen hatte. Immer wieder schaute er kurz auf, um nachzusehen, ob es die Toten wirklich gab oder ob ihm die Einbildung einen Streich gespielt hatte. Es gab sie wirklich. Er hatte ihnen nicht geholfen. Er hatte nichts für sie tun können.
Er nahm sein Gewehr auf und taumelte vorwärts. Um die Lichtung mit den Toten machte er einen großen Bogen.

Die Bilder der Hinrichtung, die Schreie der Sterbenden, die wie erstickende Fische im eigenen Blut zuckten, die besessenen Blicke der Hexen – alles wirbelte ihm durch den Kopf wie ein Haufen Laub.
Bei jedem Geräusch, das aus dem Wald kam, und wenn es nur ein bisschen Schnee war, der von einem Zweig fiel, fuhr er vor Schreck zusammen wie ein altes Weib und drehte sich in alle Richtungen. Sein Gewehr trug er im Hüftanschlag, bereit, jeden Augenblick loszufeuern.
Was, wenn die Hexen ihn fanden? Wenn sie plötzlich vor ihm auftauchten? Was dann?
Er blieb stehen und schielte auf die Mündung seines Gewehres. Das kleine, schwarze Loch war sein letzter Ausweg. Die einzige Möglichkeit, sich den Qualen zu entziehen.
Er drehte das Gewehr gegen sich. Der Lauf war zu lang. Wenn er die Mündung in seinen Mund stecken wollte, dann kam er nicht mehr an den Abzug heran. Wenn er die Finger dagegen am Abzug ließ, dann waren seine Füße das Einzige, in das er sich selbst eine Kugel jagen konnte.
Die Pistole hatte er verloren. Das Messer?
Nein. Sich selbst ein Messer in den Leib rammen, das war nichts. Das hatte nichts mit einem schnellen Tod zu tun, dazu fehlte ihm auch der Mut.
Er setzte den Gewehrkolben auf dem Boden ab. Dann zog er den stählernen Ladstock aus seinen Befestigungsringen am Lauf und legte ihn auf den Abzug, sodass er auf beiden Seiten gleich weit herausschaute. Er lotete ihn so lange aus, bis er waagrecht auf dem Abzug lag.
Dann stand er auf. Wenn er den Lauf so wie jetzt mit der rechten Hand festhielt, mit beiden Füßen, jeweils rechts und links vom Abzug auf den Ladstock sprang und dabei seinen Kopf über die Mündung hielt, war er tot.
Er nickte, dann steckte er sich den Ladstock in seinen Gürtel. Dort hatte er ihn sofort griffbereit, falls er auf Hexen traf.
In Gedanken verinnerlichte er sich die Bewegung immer wieder. Wenn er auf Hexen oder auch auf Kosaken oder sonst wen traf: den Ladstock rausziehen, auf den Abzug legen und springen.

Er empfand Stolz. Er hatte tatsächlich ein Mittel gefunden, gegen das sie machtlos waren, das ihnen die Möglichkeit raubte, sich an seinem qualvollen Tod zu weiden. Ein Kerl, der plötzlich aus dem Wald auftauchte, wie aus heiterem Himmel auf sein Gewehr sprang und sich seine Kugel durch den Kopf jagte. Das würde selbst den Hexen einige Zeit zu schaffen machen.

Das Feuer brannte. Er hatte die Glut tatsächlich noch einmal entfachen können. Trotz des Schneesturms.
Das rettete ihm für diese Nacht das Leben. Mit dem Feuer würde er nicht erfrieren, wenn er es denn die ganze Nacht unterhielt. Das war der große Nachteil, wenn man allein an einem Feuer übernachtete. Man hatte niemanden, mit dem man die Feuerwache aufteilen konnte. Man durfte nur ganz oberflächlich schlafen, musste sich selbst immer wieder aus dem Schlaf reißen, um Holz nachzulegen. Das war fast anstrengender, als gar nicht zu schlafen. Man musste sich beim Einschlafen ganz fest einbläuen, dass man nicht schlafen durfte. Dann schlief man oberflächlich. Die Kälte tat, wenn das Feuer heruntergebrannt war, ihr Übriges, um einen zu wecken.
Sicher konnte er aber nicht sein, dass er nicht einfach einschlief und nicht wieder aufwachte, weil er erfroren war. Er musste es einfach darauf ankommen lassen. Was sollte er auch sonst tun?
Wenn ihn der Hunger denn einschlafen ließ. Den ganzen Tag hatte er keinen Bissen zwischen die Zähne gekriegt. Die Tage davor nur ein paar Körner. Dieses Loch im Bauch war wie ein innerer Wurm, der an einem nagte und alle Kraft verzehrte. Das Verlangen, etwas Essbares zwischen den Zähnen klein zu mahlen und es dann in einem herunterzuschlucken, war entsetzlich.
Leben: nur Entbehrung, Leid und Schmerz.
Sophie.
Als er wieder erwachte, zitterte er am ganzen Leib. Erschrocken fuhr er hoch.
Das Feuer! Es war nur noch Glut. Er legte Holz nach und

pustete, was das Zeug hielt. Minutenlang. Nichts tat sich. Keine Flamme wollte aufzüngeln.
Aus den Augenwinkeln bemerkte er plötzlich, dass er nicht mehr allein war. Zwei andere Soldaten hatten sich an sein Feuer gelegt. Sie rührten sich nicht. Ihre Gesichter konnte er nicht erkennen, da sie sich tief in ihre Decken eingewühlt hatten. Auch die konnten froh sein, dass er noch einmal aufgewacht war. Er pustete hier auch um ihr Leben. Ob er sie wecken sollte? Das brachte nichts.
Endlich knisterte das Holz wieder. Er legte ordentlich nach, und im Nu hatte er so viel Hitze im Gesicht, dass er sich weiter von den Flammen weglegen musste. Zu weit. Augenblicklich war es wieder eiskalt. Er rückte wieder auf. Jetzt hatte er im Gesicht zu viel Hitze, dabei fror er am Rücken so sehr, als würde gar kein Feuer brennen.
War doch zum Verrücktwerden!
Am nächsten Morgen stellte er als Erstes fest, dass einer der beiden Mitschläfer schon weitermarschiert und der andere erfroren war.
Er richtete sich auf und hielt seine steifen Hände über die Glut.
Was für eine Nacht!
Die ganze Nacht lang waren die Prügel auf ihn heruntergesaust. Ein einziges Gezappel und Blutgespritze.
Immerhin: Er war dadurch sogar öfter aufgewacht, als es für das Feuer nötig gewesen war.
Das Loch im Bauch hatte sich weiter vergrößert. Es raubte ihm die Kraft aufzustehen. Den Willen. Hunger war in erster Linie eine Kopfsache.
Er war gezwungen, in den nächsten Stunden größere Mengen Nahrung zu finden. Ein totes Pferd. Einen Sack Getreide. Kartoffeln vielleicht.
Es war aussichtslos. Das musste er sich ganz klar sagen. Nachdem er sich anfangs, wie auch davor noch mit Deiss, von den anderen und der Straße fern gehalten hatte, in der Hoffnung, so eher auf unentdeckte Lebensmittel zu treffen, war er mittlerweile wieder in die Spur des »Großen Rückzugs«, wie sich die Reste der Großen Armee jetzt selbst

nannten, zurückgekehrt. Weil es leichter war, im niedergetrampelten Schnee zu gehen. Weil er in dieser Ödnis lieber unter Tausenden hoffnungslosen, mordenden, aus Entbehrung wahnsinnig gewordenen Menschen war als völlig allein.
Wenn er nichts aß, starb er noch heute. Er würde aus Erschöpfung umkippen, mitten unter den anderen. Sie würden ihn liegen lassen, wie sie schon damals auf dem Hinmarsch alle liegen gelassen hatten, die umgekippt waren. Mit dem einen hatte die Umfallerei damals angefangen. Wie hieß er doch gleich? Der rothaarige Major hatte ihm wegen irgendetwas die Pistole an den Kopf gehalten.
Im Sommer. Schwer vorzustellen, dass hier mal die Sonne geschienen hatte.
Er musste etwas essen.
Er spürte einen Gedanken in sich, schon seit Wochen, wie eine Walnuss in eine harte Schale verpackt. Er hatte die Nuss immer sofort von sich weggestoßen, geschweige denn, sie geknackt, weil er ihren Inhalt ahnte. In diesem Augenblick knackte er sie.
Er zog sein Messer aus dem Gürtel und kroch auf allen vieren zu dem von seinen Felldecken völlig verborgenen Erfrorenen. Dort, wo er dessen Beine vermutete, schnitt er einen Schlitz in die Felle.
Er schaute sich um, ob ihn jemand beobachtete.
Dann schnitt er die Hose des Erfrorenen am rechten Oberschenkel auf. Die stählerne Klinge drang in das Muskelfleisch des Erfrorenen ein, wie sie zuvor schon in unzählige Pferdekadaver eingedrungen war. Mit dem Bajonett hatte er auch schon Menschen aufgeschlitzt. Damals, um sie zu töten. Das war doch viel schlimmer.
Er musste die andere Hand zu Hilfe nehmen, um besser schneiden zu können. Blut lief über sie. Es war kalt. Zum ersten Mal spürte er kaltes Blut.
Wenn man keine andere Wahl hatte, fürs Überleben musste man das doch dürfen!
Die Haut war bleich, mit ein paar blonden Haaren und rötlichen Pickeln. Er schnitt ein kleines Stück Fleisch heraus.

Er zuckte zusammen. Was, wenn der Kerl noch lebte? Nur schlief?
Nichts denken! Das Teil jetzt in die Glut legen!
Er dachte an nichts, bis das Teil gar war. Auch als er es kaute und in kleinen Stückchen herunterschluckte, zwang er sich, nichts zu denken.
Während er seine Zähne mit der Zunge von Fleischresten reinigte, schnitt er sich noch ein Stück heraus. Größer als das letzte.
Als er weiterging, war er tatsächlich satt, und er glaubte, das Schlimmste hinter sich zu haben. Recht schnell spürte er, dass das falsch war. Die Gedanken, die er verdrängt hatte, stürmten jetzt von allen Seiten auf ihn ein wie Soldaten mit Bajonetten.
Er hatte von einem Menschen gegessen.
Er hatte sein Gesicht nicht gesehen.
Der rechte Oberschenkel eines Menschen lag zerkaut in seinem Bauch.
Er hatte viele Menschen getötet, er wusste nicht, wie viele. Das machte ihm nicht zu schaffen. Aber dass er einen gegessen hatte, das ließ ihm jetzt keine Ruhe. War es denn schlimmer, einen Menschen zu essen, als ihn zu töten?
Er marschierte mitten hinein in den endlosen Zug der Jammergestalten, die er sonst immer gemieden hatte. Sie schleppten sich in Gruppen oder einzeln vorwärts, Pferde sah man schon lange nicht mehr. Die waren alle schon verspeist. Keiner sprach ein Wort, auch die in den Gruppen nicht. Stumm wie Karpfen im Mühlweiher schwammen alle vor sich hin, wenn einer der Länge nach umkippte und liegen blieb, war das die einzige Unterbrechung.
Dennoch hatte er das Gefühl, dass sie ihm alle verstohlene Blicke zuwarfen. Hatten sie ihn am Feuer beobachtet?
Das Fleisch lag ihm schwer im Magen. Wie sollte das weitergehen? Würde er jetzt jeden Tag einen Menschen essen? Und die anderen? Am Ende aßen sie sich alle gegenseitig auf.
Er hatte einen Menschen gegessen.
Wofür? Wieso machte er sich selbst zum Tier? Um ein Leben zu erhalten, das weit weniger wert war als das eines Tieres?

Das einfach nur da war, um dafür zu kämpfen, weiterhin da zu sein. War der Preis, den er für dieses Dasein zahlte, nicht tausendmal höher als sein eigentlicher Wert? Es hatte keinen Wert mehr.
Es hatte keinen Wert mehr.
Schneeflocken schlugen ihm ins Gesicht. Es sah nach einem neuen Sturm aus. Wie viele Stürme noch?
Seine Schritte wurden immer kürzer. Die Füße machten den Wahnsinn nicht mehr mit, sie begannen zu streiken.
Er spürte, wie ihn die Hoffnungslosigkeit übermannte. Wie sie in ihn eindrang und wie ein Dämon von ihm Besitz ergriff. Er hatte ihr nichts mehr entgegenzustellen. Weinen wollte er. Die anderen um Hilfe anschreien. Er konnte nicht mehr weitergehen.
Das musste der Zustand sein, kurz bevor man umkippte und für immer liegen blieb.
Dem Tod war jetzt nicht mehr auszuweichen. Er hatte alle Grenzen übersprungen, warum nicht auch noch die letzte?
Er wollte nicht einfach umkippen und liegen bleiben. Er konnte sich aber auch nicht selbst erschießen.
Er blieb stehen und wartete, bis ihn derjenige, der hinter ihm ging, eingeholt hatte. »Erschieß mich!«, sagte er ihm, wobei er ihm das Gewehr hinstreckte. »Erschieß mich!«
Der andere schaute ihn erschrocken an. Tatsächlich griff er nach dem Gewehr, aber nur, weil er völlig überrumpelt war, wie es schien. Wahrscheinlich ließ er den Lauf auch deshalb auf den Boden sinken.
»Georg«, sagte der andere mit einer eigenartigen Stimme.
Er schaute auf und blickte forschend in das Gesicht des anderen. Dann erkannte er ihre Lippen. »Sophie?«, stammelte er.
Ohne ein weiteres Wort zu verlieren und schneller, als er reagieren konnte, fiel sie ihm um den Hals. Auch er schlang seine Arme um sie, unfähig, sich auch nur ein einziges Wort zurechtzulegen. Er drückte sie so fest an sich, dass er fürchtete, ihr wehzutun. Doch als er seine Arme lockerte, umschlang sie ihn umso fester, als habe sie Angst, er würde loslassen.

Dabei verlor er das Gleichgewicht. Eng umschlungen lagen sie im Schnee für Augenblicke, die ihm wie Ewigkeiten vorkamen. An den Tränen, die seinen Hals befeuchteten, spürte er, dass sie weinte. Ihr Körper schüttelte sich, und er strich ihr mit den Händen über den Rücken, um sie zu beruhigen.
»Wir sind zusammen«, sagte er und konnte doch seinen eigenen Worten nicht glauben.
Sie schwieg. Auch ihr fiel es schwer, die richtigen Worte zu finden. Aber ihre Tränen sagten ihm mehr als tausend Worte. Sie hatte ihn nicht vergessen, sie hatte ihn gesucht. Sie hatten sich gefunden, obwohl sie beide nicht mehr daran geglaubt hatten, und das Glück hatte sie überwältigt. Das Glück – es war also auch hier, mitten in Eis und Untergang zu finden.

Ein Fluss versperrte ihnen den Weg. Zwei Brücken, die aufgerichtet worden waren, durften nur von geordneten Verbänden überquert werden. Die anderen mussten warten und lagerten sich an unzähligen Feuern am Ufer. Eisschollen trieben auf dem Wasser.
Sophie kam auf die Idee, Steine über das Wasser springen zu lassen. »Ich habe viel geübt«, sagte sie, als sie einen Stein suchte.
Georg lachte. »Da bist du im Vorteil. Ich habe das seit Dresden nicht mehr gemacht.«
Sie übertraf ihn auf Anhieb mit drei Sprüngen. Er umarmte sie.
»Das wird schon«, neckte sie ihn. »Du musst eben üben.«
Sie küssten sich.
Die Nacht brach schnell herein. Sie machten sich ein Feuer und wickelten sich in ihre Decken. Sophie hatte noch drei Hände voll Roggenkörner, die sie miteinander teilten. Sie schmiegten ihre Körper, so eng es nur ging, aneinander, was sie mehr wärmte, als es das Feuer vermochte. Sie konnten sich aneinander nicht satt sehen. Immer wieder huschte ihnen im Feuerschein ein neues Lächeln über das Gesicht, und sie küssten sich dann. Er griff nach ihrem blonden Haar und strich es ihr zärtlich hinter das Ohr.

Nur langsam fanden sie Worte für ihr Glück. Dann erzählten sie sich, was sie seit dem Frühling erlebt hatten.
»Warum wolltest du, dass ich dich erschieße?«, fragte sie später.
»Ich hatte die Hoffnung verloren. Ich sah keinen Sinn mehr darin weiterzugehen«, antwortete er. Dann lächelte er. »Aber ich habe sie wiedergefunden. Morgen werden wir weitergehen.«
»Lass uns nicht von morgen reden«, sagte sie.
Er spürte, dass sie sich sorgte. »Was hast du?«, fragte er.
»Ich habe keine Kraft mehr, Georg«, sagte sie. »Ich kann nicht weitergehen.«
»Das kannst du«, erwiderte er. »Ich bin doch da. Ich werde dir helfen. Weißt du noch von unserem Traum, nach Amerika zu gehen?«
»Ja«, antwortete sie. »Ich habe oft daran gedacht. Wären wir damals doch nur gegangen! Einfach losgegangen!«
»Wir sind heute losgegangen, Sophie! Unser Weg hier, er führt nach Amerika. Glaubst du das?«
Sie nickte zuversichtlich, und doch war die Sorge aus ihren Augen nicht verschwunden.
»Du hast Recht«, sagte er dann. »Lass uns nicht an morgen denken.«
Sie hielten sich in den Armen und schauten einander an, bis der Schlaf sie überwältigte.

V.

Schreie und Kanonendonner hatten ihn geweckt. Er schaute sich um. Sophie schlief noch friedlich.
Schnell schälte er sich aus seinen Decken. Was er sah, als er in die Richtung des Flusses schaute, erfüllte ihn mit Entsetzen. Er richtete sich langsam auf, ohne seine Augen von dem abzuwenden, was sich am Ufer abspielte.
Er sah ein Meer aus Menschen, das gegen die beiden hölzernen Brücken brandete, die über die eistreibende Beresina führten. Granaten explodierten in diesen Wogen und warfen die Menschen wie Gischt in die Luft. Die Lücken, die sie rissen, schlossen sich in Sekunden wieder, weil unzählige Erwachte von ihren Lagerfeuern nachströmten. Alle drängten in Todesangst nach den beiden Brücken, um sich vor den Granaten zu retten. Diese waren hoffnungslos überlastet, immer wieder fielen Menschen herunter, gestoßen und gedrängt, ihre Körper klatschten in das eiskalte Wasser und tauchten nicht wieder auf.
Die Russen hatten angegriffen. Sie hatten ihnen die letzten Tage schon im Nacken gesessen. Jetzt hatten sie sie in die Enge getrieben.
Vor ihnen die Beresina und hinter ihnen die Russen. Das Rote Meer und die Ägypter. Doch hier brachte keiner mehr den Glauben auf, den Stab zu heben und die Fluten zu teilen. Und die Russen griffen nicht mir Streitwagen, sondern mit Zwölfpfündern an. An eine Gegenwehr war nicht zu denken. Natürlich waren die letzten geordneten Verbände als Erste über die Brücken geflohen. Zurückgeblieben waren nur die Nachzügler: aufgelöste Einheiten mit verwahrlosten Soldaten, außer Dienst gestellte Offiziere mit ihren Frauen und Kindern, Familien aus Moskau, die es mit Napoleon gehalten hatten und jetzt die Rache der Russen fürchteten. Der

Kleine ließ sie alle im Stich, die an ihn geglaubt hatten. Der Abgott trennte sich vom Abschaum.
Er schaute zu Sophie. Sie hatte Recht gehabt. Der nächste Morgen war grausam. Wie friedlich sie aussah! Er wollte sie nicht wecken, ihr den Frieden lassen. Aber sie mussten weiter. Er weckte sie und zeigte ihr das Chaos.
»Wir müssen zu den Brücken, Sophie«, sagte er unruhig. »Sonst fallen wir den Russen in die Hände. Die Brücken sind der einzige Weg, ihnen zu entkommen.«
Sophie zuckte zusammen, als sie sah, wie eine Granate mitten in der Menschenmasse einschlug. Dann nickte sie tapfer. Ihre Decken ließen sie liegen. Er nahm sie bei der Hand.
»Ausgerechnet jetzt musste es tauen«, schimpfte er. »Wahrscheinlich war der Fluss wochenlang zugefroren.«
Mit Sorge sah er, wie rücksichtslos die Menschen im Gedränge gegeneinander vorgingen, um ihre eigene Haut zu retten. Wer hinfiel, den zertrampelten die Nachdrängenden im weich getretenen Uferschlamm.
»Bleib immer dicht bei mir!«, forderte er Sophie auf, als er sie bei der Hand nahm.
Er zog sie mit sich in das Menschenmeer, dessen Gefahren sie sofort von allen Seiten bedrohten. Vollbärtige Gestalten umgaben sie, die sich mangels Stiefeln Tapeten um die Füße gewickelt hatten und die sich in Frauenkleidern und Priesterroben mit ihrem Gewehrkolben den Weg freischlugen. Pferde scheuten, die mit stieren Augen ihre Hufe in die Brustkörbe der sie umringenden Menschen schlugen. Frauen und Kinder irrten weinend umher, bis sie von den Stärkeren zertrampelt oder von den einschlagenden Granaten zerfetzt wurden. Da mussten sie hindurch, wenn sie überleben wollten.
Georg zerrte Sophie hinter sich her und zwischen schreienden Menschen hindurch. Das Menschenmeer hatte seine eigene Bewegung, die es selbst und nicht die einzelnen Menschen zu bestimmen schien. Wie Wellen schlugen sie gegeneinander, Strudel rissen sie mit sich und führten sie im Kreis, Strömungen führten sie in die Tiefe, unter die Stiefel der anderen, wo es kein Entrinnen gab.

Er durfte ihre Hand auf keinen Fall verlieren. Wenn sie hier getrennt wurden, gab es kein Wiedersehen.
»Geht's?«, rief er gegen das Geschrei der anderen an, obwohl sie dicht hinter ihm ging.
»Ja, nur weiter!«, antwortete sie und bekräftigte dies mit einem Händedruck.
Ein Pferd scheute, und der Huf streifte ihn am rechten Oberschenkel. Der Schmerz trieb ihm die Tränen in die Augen, er krümmte sich. Aber ihre Hand ließ er nicht los. Das Tier hatte in dem Menschengedränge Todesangst und schlug aus. Sein Reiter hatte ihm die Sporen gegeben, um es durch die brüllenden Menschen zu drängen. Jetzt bockte es mit weit aufgerissenen Augen, warf den Reiter ab und zertrampelte ihn. Das Pferd tanzte auf ihm im Kreis, wobei es auch immer wieder nach den anderen Menschen ausschlug. Ein riesiges Geschrei war die Folge. Erst als ein Mann dem Pferd eine Kugel durch den Hals schoss, hörte es auf.
Georg versuchte sich in dem Gedränge zu orientieren. Längst war es nicht mehr so, dass sie sich einfach durch die anderen hindurchzwängen konnten. Sie waren festgekeilt zwischen Menschen, die ihrerseits wieder festklemmten. Sie bewegten sich nur als Gesamtheit, als Welle, der jeder einzelne Wassertropfen auf Gedeih und Verderben ausgeliefert war. Wenn man Glück hatte und an den Rand gelangte, dann konnte man versuchen, in eine andere Welle hinüberzuwechseln, die eine günstigere Richtung verfolgte.
Es gab tödliche Wellen: Viele Leute, die zu nahe ans Ufer gerieten, wurden von denen, die auf die Brücke drängten, trotz allen Sträubens und Flehens in die Beresina geschoben. Das Wasser spritzte über ihnen auf wie weißer Pulverdampf. Schwimmend versuchten sie, wieder an Land zu kommen, doch die, die nach ihnen hineingeschoben wurden, rissen sie wieder mit sich. Andere gerieten unter die Eisschollen, die klatschend den Fluss hinuntertrieben.
Wie lange die beiden Brücken den riesigen Ansturm von Wasser und Menschen noch mitmachten? Das Tauwetter ließ den Strom mit jeder Minute höhersteigen und mit im-

mer größerer Wucht an den Brückenböcken reißen. Lange würden die das nicht mehr aushalten.
Einige aus dem Menschenmeer hatten es offensichtlich schon aufgegeben, die Brücken zu erreichen. Sie stürzten sich mit voller Absicht in den Fluss und versuchten, ans andere Ufer zu schwimmen. Vor allem die Reiter trieben ihre Pferde in die Wellen. Viele ertranken, doch einige wenige schafften es ans andere Ufer.
Dabei wurde ihm klar, dass auch sie beide den Brücken nicht nahe genug waren und Gefahr liefen, von den anderen Menschen weiter links in den Fluss gespült zu werden.
Sophie würde nicht schwimmen können, sie war zu schwach.
Mit einem ohrenbetäubenden Knall zerplatzte eine Granate. Auf einen Schlag hatte sie ein riesiges Loch in die dichte Menschenmasse gerissen. Für wenige Augenblicke würde ein Weg zu einer günstigeren Welle frei sein.
»Komm, da durch!«, schrie er und zog sie hinter sich her in das Blutbad hinein. »Schließ die Augen! Ich führe dich!«
Unwillkürlich schloss auch er die Augen, schaute nur hin und wieder auf, um die Richtung zu halten. Er hatte nach der letzten Schlacht gehofft, nie mehr wieder diese Bilder sehen zu müssen von zappelnden Rümpfen und abgetrennten Gliedmaßen. Nie mehr wieder durch Blut waten zu müssen. Es nie mehr riechen zu müssen. Nie mehr wieder diese Schreie aus der Hölle zu hören. Hier kam alles auf einer Fläche zusammen, die gerade eben noch einem Dutzend Menschen Raum geboten hatte.
Sophie rutschte aus und fiel der Länge nach in die Blutlache. Er musste sie loslassen, damit er ihr nicht die Hand brach.
»Bist du in Ordnung?«, rief er, als er ihr wieder aufhalf.
Sie nickte nur, von oben bis unten mit Blut bespritzt. Erst als er sah, wie sie nach Luft schnappte, merkte er, wie sehr sie kämpfen musste.
Er nahm sie in den Arm. »Kannst du noch?«
Sie nickte mühsam. »Ja, es geht schon.«
Sie waren der Brücke schon um einiges näher gekommen. Ob das reichte, um nicht in den Fluss geschoben zu werden,

war fraglich. Zunächst ging gar nichts mehr vorwärts. Die anderen schoben aber so gewaltig nach, dass es ihm kaum möglich war, sich zu Sophie umzudrehen. Er musste Acht geben, dass sie nicht zerdrückt wurde.
Er kämpfte sich mit ihr vorwärts bis an die Holzrampe. Längst war ihr Zugang von einem Berg aus Menschen versperrt, die teils schon tot waren, teils aber noch schrien und sich regten. Es roch nach Blut, Schweiß und Kot.
»Wir müssen da rüberklettern, Sophie! Es ist der einzige Weg, um auf die Brücke zu kommen! Ich steige voraus!«, rief er, während die anderen Menschen bereits an ihnen vorbeidrängten, sodass sie kaum noch standhalten konnten.
Ihre Antwort ging in der Explosion einer Granate unter.
Plötzlich krachte es in der Ferne, Wasser klatschte, das Geschrei wurde noch lauter. Alle um sie herum schienen für einen Augenblick wie gelähmt und schauten sich um.
»L'autre pont est cassé!«, schrie ein Mann entsetzt.
»Was hat er gesagt, Sophie?«, fragte Georg eilig.
»Die andere Brücke, sie ist eingestürzt«, antwortete sie aufgeregt. »Aber nicht unsere, Georg!«
»Die ist nun der einzige Ausweg«, rief er. »Die anderen werden jetzt auch herdrängen. Wir müssen schnell machen! Bleib dicht hinter mir!«
Er stieg an dem Leichenberg hinauf. Sie folgte ihm.
Als er oben war, konnte er vor sich auf die Brücke und das andere Ufer schauen. Er sah auch die andere, eingestürzte Brücke, unter der nun unzählige Menschen gegen das Ertrinken ankämpften. Dann sah er auf das Menschenmeer, das sich hinter ihnen ausbreitete. Die Granaten, die darin explodierten, erinnerten an das Spritzen des Wassers, wenn man einen Stein hineinwarf.
Plötzlich hörte er Sophie seinen Namen rufen. Er beugte sich über den Rand des Leichenbergs nach unten. Sie hing auf halber Höhe.
»Was ist, Sophie?«
Sie klang sehr aufgeregt. »Georg, da unten ist ein Kind! Ein Mädchen!«
Er begriff zunächst nicht, was sie ihm damit sagen wollte.

»Es gibt einige Kinder hier, Sophie!«, sagte er dann eindringlich. »Komm, bitte, wir müssen weiter!«
»Es weint, Georg! Es ist alleine! Wir müssen ihm helfen! Es kann doch für all das hier nichts!«
Da erst sah er ein kleines Mädchen, es mochte nicht älter als zwei Jahre sein. Schreiend stand es vor dem Kadaver eines Pferdes, das es davor schützte, von den anderen zertrampelt zu werden.
Er fürchtete, dass sie umdrehen würde. »Sophie, wir können ihm nicht helfen! Es ist unmöglich!«
»Wir müssen ihr helfen, Georg!«, rief Sophie. Abwechselnd schaute sie nach oben und unten. Dann kletterte sie tatsächlich wieder hinunter.
Ehe er sich's versah, hatte sie das Mädchen erreicht. Sie nahm es mit einem Lächeln auf den Arm und wischte ihm die Tränen ab. Tröstend sprach sie auf das Kind ein.
Gerade als auch er zu ihr hinuntersteigen wollte, hörte er das Schwirren in der Luft.
»Sophie!«, brüllte er.
Dann schlug die Granate ein.
Er rutschte den Leichenberg hinunter. Ein Stiefel schlug ihm gegen den Mund, er schmeckte Blut.
Um ihn herum wälzten sich Menschen auf dem Boden. Er sah Sophie nicht. Er stolperte über Körper, Hände versuchten ihn festzuhalten, er riss sich los.
Er fand sie auf dem Rücken liegend. Sie konnte sich nicht bewegen, ihre Augen waren weit aufgerissen.
Er schaute sie an. Ihre Lippen zitterten.
»Sophie, was tust du nur?«, sagte er sanft, wobei er ihr zärtlich das verklebte Haar aus der Stirn strich. »Wir hätten sie nicht mitnehmen können.«
»Vergib mir, Georg«, flüsterte sie. »Aber sie ... sie hat mir so Leid getan.«
»Es ist gut, Sophie«, flüsterte er zurück. »Du bist ein guter Mensch.«
Sie hustete, als sie sich etwas aufrichten wollte. Er spürte ihr warmes Blut an seinen Händen.
»Georg, ich sterbe«, sagte sie dann. »Aber sei ... sei nicht

traurig. Ich hätte es auch so nicht mehr weit geschafft, nicht mehr nach Hause.« Sie schaute ihn an und schüttelte sanft den Kopf. »Ich hatte keine Kraft mehr, weißt du.«

Auch er schüttelte den Kopf, wobei seine Tränen auf ihr Gesicht fielen. »Nein, Sophie, du wirst nicht sterben. Wir werden weitergehen«, stammelte er, obwohl er wusste, dass das nicht stimmte.

Er beugte sich weiter über sie, denn die anderen drohten sie zu überrennen.

»Georg«, sagte sie leise, aber eindringlich. »Du musst nach Amerika! Hörst du? Du musst für uns beide gehen – auch für mich! Mach dort ein Grab für mich. Gedenke dort mein. Wenn du es nach Amerika schaffst, dann … dann habe ich es auch geschafft, dann haben wir es geschafft.«

»Ich liebe dich, Sophie«, sagte er unter Tränen.

»Ich habe dich immer geliebt, Georg«, lächelte sie. Dann schloss sie die Augen.

Er drückte sie an sich und stammelte ihren Namen. Als sie nicht mehr antwortete, küsste er sie verzweifelt. Vergebens. Er konnte die Vorstellung nicht ertragen, sie hier zurücklassen zu müssen, wo die anderen sie zertrampelten. Aber er hatte keine Wahl.

Mit seinem Messer schnitt er ihr eine Haarsträhne ab und steckte sie in seine Tasche. Mehr von ihr konnte er nicht mitnehmen. Er musste weiter, wenn er nicht auch sterben wollte. Wollte er jetzt noch leben?

Er stand auf und wandte sich von ihr ab, um noch einmal den Leichenberg hinaufzusteigen. Mehr drängten ihn die anderen auf die Brücke, als dass er selbst marschierte. Die losen Querhölzer gaben seinen Füßen nur einen unsicheren Halt, und er musste sich zwingen, nicht an Sophie zu denken, damit er nicht wie die Asche durch den Rost fiel.

Die Entsetzensschreie der anderen rissen ihn aus seinem Taumel. Als er aufblickte, sah er den Grund.

Am jenseitigen Ufer brannte die Brücke. Schwarze Rauchfahnen stiegen in den Himmel. Die Franzosen selbst mussten die Brücke angesteckt haben, damit die Russen nicht nachkamen. Um die Zurückgebliebenen scherten sie sich

nicht. Sie hatten die eigenen Leute verraten und den Feinden ausgeliefert.
Wut ergriff ihn. Ohne einen weiteren Gedanken, sprang er in die eisigen Fluten der Beresina. Kälte begann ihn schnell zu lähmen. Einem Ertrinkenden, der sich an ihm festklammerte, musste er einen Faustschlag geben, damit er ihn nicht mit sich in die Tiefe zog.
Er hielt sich dicht an die Brücke. Um nicht die Orientierung zu verlieren und abgetrieben zu werden, kämpfte er sich von Brückenbock zu Brückenbock. Ständig musste er ein Auge nach oben richten, damit ihm niemand von der Brücke ins Genick sprang.
Zu spät, um ihr noch auszuweichen, bemerkte er eine Eisscholle, die auf ihn zutrieb. Hastig schnappte er nach Luft und tauchte unter. Als er wieder auftauchte, sah er, wie die Eisscholle an einem der Brückenböcke zerschellte.
Abgekämpft stieg er endlich am anderen Ufer aus dem Wasser. Mit Händen und Füßen kämpfte er sich durch den zähen Morast, der ihn festhielt und ihm die letzten Kräfte abverlangte. Er spürte, wie die Kälte seinen Körper töten wollte.
Er taumelte an eines der vielen Feuer, an dem sich diejenigen wärmten, die es geschafft hatten. Nur am Feuer konnte er überleben.
Als er sich umwandte, sah er die brennende Brücke, deren Flammen sich in der Beresina spiegelten. Immer noch sprangen Menschen von ihr ins Wasser. Am anderen Ufer wogte noch immer das Menschenmeer, das jetzt keine Hoffnung mehr hatte und von den Granaten aufgefressen wurde. Irgendwo dort lag Sophie.

* * *

Die Furt war tückisch. Die Regenfälle der letzten Tage hatten den Neckar anschwellen lassen, und nun zog er kräftig an den Füßen. Sie stocherte mit dem Stecken, den sie in der rechten Hand hielt, nach einem festen Grund, dann machte sie einen Schritt vorwärts. Das Holzbündel, das sie sich auf den Rücken gebunden hatte, schwankte bedrohlich zur Sei-

te, sodass sie all ihre Kraft einsetzen musste, um ihr Gleichgewicht zu halten. Unwillkürlich hatte sie ihren linken Arm schützend über das Kind gelegt, das sie in einem Tuch auf der Brust trug.
Die Sonne brach gerade durch die grauen Wolken und schien ihr für einen Augenblick ins Gesicht.
Wärme. Sie hatte Wärme gespürt. Es war ein schönes Gefühl. Wie eine Sehnsucht, die endlich gestillt wird. Es schien, als sei die Regenzeit endlich vorüber. Der Zwetschgenbaum neben der Kirche hatte gestern die ersten Blüten gezeigt. Es würden jetzt schönere Tage kommen. Mit mehr Wärme und Licht.
Die Sonne war die Einzige, die ihr Gutes tat. Aber auch sie versteckte ihr Gesicht jetzt wieder hinter den Wolken. Genauso, wie es die Leute machten, wenn sie ihr begegneten. Der Frau, die nie einen Mann, dafür aber ein Kind hatte.
Frieder war aufgewacht und schrie. Sein Köpfchen lief rot an. Sie wiegte ihn und redete beruhigend auf ihn ein. Doch er ließ sich nicht beruhigen. Er hatte Hunger. Sie hatte auch Hunger. Doch ihre Schreie hörte niemand. Sie musste erst einmal ans andere Ufer kommen.
Plötzlich spürte sie, dass jemand hinter ihr war.
»Bist du Luise?«, fragte jemand.
Überrascht drehte sie sich um, wobei sie einen unüberlegten Schritt machte. Er schien ins Leere zu gehen. Sie spürte keinen Grund unter den Füßen. Auch der Stecken, auf den sie sich rasch stützte, versank im Nichts.
Sie klatschte ins Wasser. Sofort zerrte die Strömung mit Macht an ihrem Holzbündel.
»Frieder!«, schrie sie entsetzt und versuchte, das Kind über Wasser zu halten. »Hilfe!«
Sie war der Strömung hilflos ausgeliefert. Das Holzbündel zog sie mit sich. Dass nur Frieder über Wasser blieb!
Jemand griff ihr unter die Arme und zog ihren Kopf aus dem Wasser. Sie sah ein Messer, dann spürte sie, wie ihr jemand das Holz vom Rücken schnitt. Die zentnerschwere Last wich von ihr.
Sie prustete. Frieder schrie. Er schrie! Ein Glück!

Der Fremde nahm sie, ohne ein Wort zu sprechen, auf die Arme. Während er sich mit aller Kraft gegen die Strömung stemmte und auf das Ufer zuhielt, dabei immer wieder bedrohlich schwankte, glaubte sie zu träumen.
Erst als der Fremde sie im Gras ablegte, sich schnaufend neben sie setzte und nach dem Kind fragte, wurde ihr klar, dass sie nicht träumte.
»Er schreit. Das ist, glaube ich, ein gutes Zeichen«, sagte sie noch ganz verwirrt.
»Kann ich ihn mal haben?«, fragte der Fremde.
Er schaute sie dabei so freundlich an, dass sie sich fragte, wann ihr zum letzten Mal ein Mensch so ein Lächeln geschenkt hatte. Sie musterte den Fremden und kam zu dem Schluss, dass er wohl nur ein paar Jahre älter war als sie. Seine Augen leuchteten zuversichtlich, wenn auch sein hübsches Gesicht einen ausgezehrten Eindruck machte. Unter seinem rechten Auge entdeckte sie eine Narbe.
Sie gab ihm Frieder auf den Arm. Er schaute den kleinen Schreihals so liebevoll an, dass sie völlig verwirrt mit den Tränen kämpfte. Niemand hatte ihn jemals mit Liebe angeschaut.
»Es sind seine Augen«, sagte der Fremde leise, wie zu sich selbst. Dann fragte er sie, während er den Kleinen im Arm wog: »Wie heißt denn der Wurm?«
»Friedrich«, antwortete sie.
»Und wie weiter?«
Sie zuckte mit den Schultern und schaute auf den Neckar. »Nichts weiter.«
Plötzlich begann der Fremde zu lachen.
»Da heißt du also Friedrich«, sagte er kopfschüttelnd. »Wie der Dicke! Ha, wenn das dein Vater wüsste!«
Ihre Verwirrung war vollkommen. Verunsichert nahm sie Frieder dem Fremden wieder aus dem Arm. Dann strich sie sich energisch ihr nasses Haar aus dem Gesicht.
»Frieder hat keinen Vater«, sagte sie barsch. »Und was gibt es da zu lachen?«
Der Fremde überhörte ihre Frage und schaute sie weiter freundlich an.

»Du bist Luise, oder?«, fragte er, wobei er ihr seltsam forschend in die Augen schaute.
»Ja«, antwortete sie verblüfft. »Woher weißt du das?«
»Ich habe im Dorf nach dir gefragt. Man hat mich hierher geschickt.«
Luise konnte nur staunen. »Wer bist du? Woher kommst du?«
»Ich heiße Georg«, erwiderte der Fremde, der ihr schon längst nicht mehr so fremd zu sein schien. »Georg Unterkofler. Ich war in Russland. Mit Rudolf Deiss.«
Sie fuhr zusammen, als habe der Blitz eingeschlagen. »Sprich diesen Namen nicht aus!«, fuhr sie Georg an, wobei sie aufsprang. »Sprich diesen Namen nicht aus, hörst du? Es gibt keinen Menschen, der so heißt!«
Ihre grünen Augen blitzten zornig. Georg stand nun ebenfalls auf. Als er einen Schritt auf sie zuging, verbarg sie das Kind vor ihm.
»Geh weg!«, schrie sie ihn an.
»Nein, ich gehe nicht weg«, erwiderte er ruhig. »Nicht, bevor du mir nicht zugehört hast.« Er hielt sie an ihrem nassen Ärmel fest. Sie wand sich wieder heraus. Er stellte sich ihr in den Weg. »Hör zu, Luise!«, fing er wieder an. »Er hat dich geliebt. Er wollte zu dir zurückkehren.«
Sie brach in Tränen aus. »Nein, das hat er nicht. Das hat er nicht! Sitzen gelassen hat er mich, der Feigling! Mich und Frieder! Weißt du, was ich seitdem durchgemacht habe? Weißt du das? Wie eine Hure haben sie mich behandelt! Der Feigling!« Sie war auf ihre Knie gesunken und weinte. Ihre Tränen fielen auf das Kind in ihren Armen.
Er kauerte sich vor ihr hin. »Luise, alles, was du sagst, ist wahr. Aber auch ich sage die Wahrheit. Er hat bereut. Er hat mir von dir erzählt. Er wollte Frieder sehen. Seine letzten Worte galten dir.«
Sie hielt inne. »Seine letzten Worte? Ist er tot?«
Georg nickte. Wieder strömten ihr die Tränen aus den Augen. Sie schüttelte sich hilflos. Er setzte sich neben sie und nahm sie in den Arm. Unwillkürlich legte sie den Kopf auf seine Schulter und schluchzte. »Ich habe ihn geliebt«, flüsterte sie nach einer Weile.

Er nickte stumm.
Als sie sich beruhigt hatte, schaute er sie an. »Luise, wie geht es dir und Frieder hier?«
Sie schaute ihn fragend an. »Wie meinst du das?«
»Bist du glücklich mit deinem Leben?« Sie schluckte, wobei sie sich die Tränen aus dem Gesicht wischte. Aber schon flossen neue nach.
»Mein Leben ist die Hölle«, schluchzte sie. »Ich muss alleine für den Kleinen sorgen und komme selbst kaum durch. Für meine Eltern gibt es Frieder nicht. Die Leute behandeln mich wie eine Hexe. Sie machen mich kaputt.«
»Sie haben uns alle kaputtgemacht«, sagte er. »Rudolf, dich, mich.« Er machte eine lange Pause, dann fing er wieder an: »Luise, es gibt einen Ausweg aus diesem Elend. Er ist vielleicht nicht einfach, aber er lohnt sich.«
Als sie ihn fragend anschaute, fuhr er fort: »Ich werde nach Amerika gehen, Luise. Ich werde mir dort drüben etwas Land kaufen und mir einen Hof aufbauen. Es wird auch dort kein einfaches Leben sein, und doch ein besseres, freieres. Ich möchte dir anbieten, mit mir zu gehen, wenn du hier weg willst.«
Sie schaute ihn fassungslos an. »Du willst mich mitnehmen?«
Er nickte.
»Aber …«, stammelte sie, »aber das ist doch gefährlich, ich weiß nicht, wie …«
»Luise«, unterbrach er sie. »Ich will dir nicht verschweigen, dass ich es schon einmal versucht habe und dabei gescheitert bin. Vielleicht musste das so sein. Aber weißt du, verglichen mit dem, was ich im letzten Jahr durchgestanden habe, scheint mir der Weg nach Amerika ein Spaziergang zu sein.«
»Aber …«, fing sie wieder an, doch diesmal mit einer gewissen Erregung. »Aber dazu braucht man doch Geld, Georg! Ich besitze nicht mehr als das, was ich auf dem Leib trage.«
Er nickte wieder.
»Ja, Geld braucht man, da hast du Recht. Sieh her!«
Er stand auf und zog zwei kleine, pralle Ledersäckchen aus seinen Hosentaschen. Als er ihr eines in die Hand drückte, stand auch sie verblüfft auf.

»Mach's ruhig auf!«, sagte er, wobei er ihr Frieder abnahm. Sie öffnete das Säckchen. Riesige, goldene Münzen glänzten da in ihrer Hand. »Das ... das ist sehr viel Geld«, stammelte sie ungläubig. »Nur ein Edelmann besitzt so viel. Woher hast du es?«

»Aus Russland«, antwortete er. »Es hat auf dem Rückzug einem Offizier gehört, der über Nacht an meinem Lagerfeuer erfroren ist. Noch zwei andere Männer waren da. Am nächsten Morgen haben sie sich um seine Stiefel und Handschuhe gestritten. Das Geld hat sie nicht interessiert, es war damals so viel wert wie eine Hand voll Schnee, weißt du? Es ging nur noch um Dinge, die einen wärmten oder satt machten. Niemand dachte weiter als bis zur nächsten Nacht. Ich habe es dennoch eingeschoben. Ich habe wieder an Amerika geglaubt.«

Sie schnürte das Säckchen wieder zu und wollte es ihm zurückgeben. Er schüttelte den Kopf. »Es gehört dir, Luise«, sagte er. »Das bin ich Deiss jedenfalls schuldig. Mir reicht das eine Säckchen.«

Sie gingen einige Schritte schweigend nebeneinanderher.

»Ich werde diese Nacht noch einmal bei meinen Eltern verbringen, drüben in Neckarweihingen«, fing er wieder an. »Morgen früh breche ich nach Amerika auf. Du hast also nur eine Nacht, um dich zu entscheiden, Luise. Das Geld gehört dir, so oder so. Du wirst auch hier einige Zeit davon leben können, aber irgendwann wird es aus sein.«

Da sie immer noch nichts sagte, blieb er stehen und schaute sie an.

»Bei Sonnenaufgang werde ich hier, an dieser Stelle, auf dich warten«, fuhr er fort. »Wenn die Sonne ganz aufgegangen ist, werde ich losgehen – mit euch oder ohne euch. Aber ich würde mich freuen, wenn ihr beiden mit mir kommt.«

Ihre grünen Augen schillerten. »Willst du mich wirklich mitnehmen, Georg?«, fragte sie. »Wir kennen doch einander gar nicht.«

»Wir werden uns unterwegs schon kennen lernen«, erwiderte er.

Sie schüttelte den Kopf, dann lächelte sie zum ersten Mal seit langer Zeit. »Das ist so unglaublich. Aber ich will nicht darüber nachdenken. Ja, ich komme mit dir, Georg. Es ist mir, als hätte Gott auf einen Schlag alle meine Gebete erhört.« Sie reichte ihm das Säckchen und schaute ihm in die Augen. »Hier hast du das Geld wieder. Bei dir ist es besser aufgehoben. Versprichst du mir, dass du auf mich warten wirst?«

Er nickte: »Ich verspreche es. Und versprichst du mir, dass du kommen wirst?«

»Ich verspreche es«, sagte sie.

Er gab ihr Frieder zurück. Noch einmal schauten sie einander an. Dann trennten sie sich für eine Nacht.

* * *

In Erinnerung an
Johann Georg Unterkofler,
geboren am 10. Oktober 1793,
gestorben am 6. Juni 1883